魯　迅　作　品　精　華

魯迅作品精華

（選評本）

第二卷　散文詩・散文・舊體詩・書信集

楊義／選評

JPC HK

責任編輯　鄭海檳
書籍設計　鍾文君

書　　名　**魯迅作品精華（選評本）**　第二卷　散文詩・散文・舊體詩・書信集
選　　評　楊義
出　　版　三聯書店（香港）有限公司
香港北角英皇道 499 號北角工業大廈 20 樓
Joint Publishing (H.K.) Co., Ltd.
20/F., North Point Industrial Building,
499 King's Road, North Point, Hong Kong
香港發行　香港聯合書刊物流有限公司
香港新界大埔汀麗路 36 號 3 字樓
印　　刷　美雅印刷製本有限公司
香港九龍觀塘榮業街 6 號 4 樓 A 室
版　　次　2015 年 7 月香港第一版第一次印刷
2019 年 12 月香港第一版第二次印刷
規　　格　特 16 開（152 × 228 mm）488 面
國際書號　ISBN 978-962-04-3725-0

Published & Printed in Hong Kong

序 言

楊 義

呈獻在讀者面前的這部《魯迅作品精華（選評本）》，凝聚了本人近二十年的心血。一九九五年將書稿送交香港三聯書店出版時，我就根據可以傳世不衰的思想文化經典的應有的標準，遴選魯迅作品二百二十餘篇，在魯迅全部作品中擷取十分之一二作為精華，力圖讓世人認知一個“經典魯迅”。時隔近二十年，當北京的生活書店計劃重印這部精華集時，我重讀當年寫下的百餘篇簡短的點評，為它們的淺陋感到汗顏，因而狠下決心，補齊全部點評，並對所有點評進行脱胎換骨的修訂和拓展深化，以副我目下的學術能力和水平。這番努力，追求的是為一部精華文集作點評，理應點出其精、評出其華，選與評相搭配，使讀者能夠在一個思想文化精華的平台上，進行酣暢痛快的、而不是八股老調式的或瞎子摸象式的精神對話。因而點評的篇幅，就由原來的三四萬字拓展為近二十萬字。儘管時間倉促，或不周密，但對我而言，已是“李長吉真欲嘔出心頭血乃已耳”。

中國現代思想和文學，是有幸的。因為二十世紀中國之有魯迅，使二十世紀的文化和文學，增加了不少聲色、血性，以及對中國和中國人的深度思考。魯迅藉文學而思想，使思想得以長久保鮮；魯迅藉思想而文學，使文學牽繫着民族和歷史的筋骨血脈。他是中國現代文學之父，也是“五四”諸子中最燦爛、也最不能説盡的思想者。

“魯迅”這個筆名，是一九一八年五月在《新青年》第四卷第五號發表中國現代文學史上第一篇白話文小説《狂人日記》時，首次使用的，至今已近一百年了。百年歲月並沒有使魯迅作品顏色凋殘，滋味減淡，以至今天讀魯迅的書，依然有一種辛辣的思想智慧被釋放的痛快感。讀他的文學而能夠從思想深處感到辛辣、感到痛快，進而從辛辣、痛快中，感到生命力的汩汩啓動，魯迅以外似乎很難找到另外的人。只要你的思想不麻木、不輕薄，不受某些成見所控制，你都會感受到魯迅以刻骨銘心的深刻性和焦灼不已的憂患意識，關注着中國人的精神，關注着中國的命運，他是奴役體制和奴才心理的不可調和的敵人。有些利益集團壓迫他，有些苟安求存者討厭他，他們自有理由。但魯迅從來不迴避也不畏怯這一點，他生前受過"冷箭"，身後也受得起"冷箭"，"那怕你銅牆鐵壁！那怕你皇親國戚！……"。

看見了毀譽不一的種種議論，再從魯迅作品閱讀中體驗那種辛辣的痛快感，就更能感覺到不痛就不快，不痛就不能狠下心來作出深度的歷史和精神的反思。既然要對生命相許的老大而貧弱的民族和它的思考者本人進行歷史理性的反思，既然要"抉心自食"，豈能不"創痛酷烈"？痛而後快，這是一種精神的錘煉、淬火和釋放，精神的干將莫邪不是在花柳叢中、而是在烘爐烈火中煉成的，由此而產生剛毅的擔當意識和創造意識。用魯迅的話來説，就是要"在冰谷中救出死火"，讓它繼續燃燒；就是要打出"火焰的怒吼，油的沸騰，鋼叉的震顫相和鳴"，邊沿開着慘白色的曼陀羅花的地獄，"肩住了黑暗的閘門"，放青年一代"到寬闊光明的地方去"。他的終極關懷，在於這麼一條因果鏈：由人的覺醒，達致民族的振興。這是人類性的，也是民族性的，二者不能割裂。

沒有理由不承認，魯迅是一位真正以人為本，並為之除蟲固本的戰鬥者。自語義學而言，本就是根柢，在木的下方以一橫來標示，正如在刀口以一點標示"刃"，出自同樣的原始造字法。根柢的根，是蔓生的根，柢是直生的根。因而魯迅在一九〇八年，就將以人為本表述為“根柢在人”，“首在立人”。在如何立人上，魯迅尤其注重精神，不僅呼喚“精神界戰士”的出現，而且認為“我們的第一要著，是在改變他們的精神，而善於改變精神的是，我那時以為當然要推文藝，於是想提倡文藝運動了”。《狂人日記》以滿紙荒唐言製造強烈的精神衝擊力，它查看每頁都寫着“仁義道德”的歷史，卻從字縫裡看出都寫着“吃人”，所吃掉的不只是人的肉體，更嚴重的是吃掉人的精神。“哀莫大於心死”，精神的萎縮，是民族的最大悲劇。因而魯迅始終堅持解剖和改造國民性，思考着如何鑄造剛健清新、生命力充溢的“民族魂”。

在解剖國民性中，魯迅最痛心疾首的是四性：一是奴性，或阿Q性，麻木以求苟存；二是剝皮性，或暴君性，殘暴以逞威權；三是二丑性，或叭兒狗性，流言蜚語而討好獻媚；四是流氓性，或《水滸》中的牛二性，非法耍橫而胡攪蠻纏。正是針對充其量也不過是“在瓦礫場上修補老例”的這四種習性，他總結雷峰塔倒掉的教訓時，反對寇盜式的破壞和奴才式的破壞，觀人省己，保護國家柱石不讓偷挖，主張“內心有理想的光”的革新式的破壞與建設並行。從這些闡述中可以發現，由於思想的銳進和閱歷的加深，一九二五年的魯迅與一九〇八年的魯迅相比，對於立人之“人”的類型把握，更加具體切實了，但以人為本還是前後一致的。魯迅把立人和立“人國”看作一個整體性的事業，很早以前他給許壽裳的兒子開蒙，寫了兩個字，一個是“天”，一個是“人”。“天”就是把握自然和世界，這是人的生存空間，生命實現空間；“人”就是要認識自己及同類，有一種頂天立地的精神自許，有一種人之為人、能夠實現人生意義的尊嚴。這無疑是綱常名教壓癟了的人，要恢復其天性的掙扎、反叛和重新鑄造。魯迅文化就是關聯着天的“人的文化”，天之本在人，人之本在天，二者互為本源和本質，是一種現代性的“天人之學”。這種“人學”或“天人學”，是中國思想史上前無古人的創造。

由於深度關懷着重鑄人的精神而建立“人國”，魯迅在他所處的內憂外患深重的歷史時代，作為一個知識者，只能訴諸嚴正的不留情面的“文明批評”和“社會批評”，以匕首投槍，短兵相接，殺出一條生存的血路，在當代世界發出中國的聲音。龔自珍一八三九年作《己亥雜詩》云：“九州生氣恃風雷，萬馬齊喑究可哀。我勸天公重抖擻，不拘一格降人材。”他感受到國家元氣殆盡，社會“萬馬齊喑”，呼喚着風雷激蕩，催生“九州生氣”。魯迅是喜歡龔定庵的詩的，八十多年後，魯迅也致力於“畫出這樣沉默的國民的魂靈”，一九二七年魯迅作《無聲的中國》講演，要求“青年們先可以將中國變成一個有聲的中國。大膽地説話，勇敢地進行，忘掉了一切利害，推開了古人，將自己的真心的話發表出來。……只有真的聲音，才能感動中國的人和世界的人；必須有了真的聲音，才能和世界的人同在世界上生活”。為此，魯迅也吶喊，那是“中華民族到了最危險的時候，每個人被迫着發出最後的吼聲”，只要國歌中“最危險”三個字沒有改動，就有魯迅存在的現實感；魯迅也彷徨，那是新文化團隊經歷了進退沉浮，佈不成陣後的堅持性彷徨，令人聯想到“屈原放逐，彷徨山澤”，見到廟宇祠堂中的精靈古怪和各色人物的顛倒錯綜的形相，“因書其壁，呵而問之，以抒憤懣”，以作《天問》的彷徨。無論他的吼聲或天問，都是從一個真正的“人之子”的口中發出的。從中可以體驗到在“風沙撲面，狼虎成群”的荊棘叢中“上下求索”，踏出路來的生命訴求。魯迅是在峽谷深處伸出雙手，竭誠盡力以托起“中國夢”的孤膽巨人。其中的拳拳之心，就像魯迅高度讚揚的德國女畫家珂勒惠支的木刻《犧牲》中，一位母親悲哀地閉了眼睛，獻出她的孩子一樣。魯迅代表着祖國母親，睜着悲憫的眼睛，獻出了狂人、孔乙己、阿 Q、閏土、祥林嫂，以及無常、女弔，令人在一種辛辣的痛快感中，反思着“真的人”與蟲豸、人間與地獄、中國與世界。

魯迅的人文世界是豐富多彩，趣味深遠的。雜學、野史、經籍、文物、繪畫、地方戲和民俗，無不隨手拈來，調侃體味，皆成妙趣。魯迅有兒童的好奇心，農民的幽默感及民俗的狂歡意態。他欣賞鄉下小孩"打了太公，一村的老老小小，也決沒有一個會想出'犯上'這兩個字來"的純真和頑皮；自己老大得子，還說"無情未必真豪傑，憐子如何不丈夫"。他以含淚的笑關注着頭上長滿癩瘡疤的阿Q，在街頭赤膊抓虱子與人比醜，還憤憤地與別人互抓辮子進行"龍虎鬥"；又關注着祥林嫂捐了土地廟門檻，依然贖不回地獄分屍的鬼債，懷着恐懼、疑惑和沒有泯滅的期待，惴惴然徘徊在地獄的邊緣。魯迅最忘不了這麼一幅神異的鄉愁圖："深藍的天空中掛着一輪金黃的圓月，下面是海邊的沙地，都種着一望無際的碧綠的西瓜，其間有一個十一二歲的少年，項帶銀圈，手捏一柄鋼叉，向一匹猹盡力的刺去，那猹卻將身一扭，反從他的胯下逃走了"；卻又為"多子，饑荒，苛稅，兵，匪，官，紳"苦累得像一個木偶人的閏土，淒涼地顫動嘴唇，恭敬地叫出"老爺！……"的稱呼，感受到大地的呻吟。即便是民俗的狂歡，他把金臉或藍臉紅臉的神像出遊，當成"罕逢的一件盛事"，能夠從中創造出詼諧的無常和剛烈的女弔，魯迅的經典地位已經足以不朽了。

還有一點需要補充討論。近年由於國學升溫，孔子升堂，也就浮現出思想史上的一個重大命題：魯迅與孔子的關係。作為一個現代大國，對此不應持守簡單的二元排斥的態度，而應該擁有一種多元共存、綜合創新的文化胸襟。還在最初編纂這部精華集之前的一九九二年，我就提出"魯迅與孔子溝通說"："魯迅思想自然不能等同於古越文化，它是二十世紀前期中國人面對世界以後，對自己文化建設，尤其是自己文化傳統弊端進行空前深刻的反思的結晶。因而它帶有明顯的現代性，這一點非孔學所能比擬。當民族積弱，需要發憤圖強之時，越文化和魯迅精神是一服極好的刺激劑；但當民族需要穩定和凝聚之時，孔學的優秀成分也是不應廢棄的黏合劑。儒者，柔也；而越文化與魯迅，則屬於剛。在穩定、開明的文化環境中，二者未嘗不可以剛柔相濟、文野互補、古今互惠。中華民族的現代文化建設應該超越狹隘的時間空間界限，廣攝歷代之精粹，博取各地域文化智慧之長，建構立足本土又充分開放的壯麗輝煌的文明和文化形態。正是在這種意義上，我認為魯迅和孔子之間，並非不能融合和溝通。”中華民族有五千年文明史，有九百六十萬平方公里的幅員，有總人口十三億的五十六個民族，在它創建現代大國文化的時候，有足夠的精神空間容納魯迅和孔子，容納老莊、孟荀、墨韓，容納中國思想文化及人類思想文化的精華。精華之為物，乃是人類文明的共同財富。

二〇一三年十二月十六日

編者弁言（一九九八年香港版）

楊義

在“二十世紀巨人”的行列中，無論如何，魯迅是佔有新文化先驅者的顯著位置的。屈指算來，他離開我們的歲月已是整整一個“六十甲子”，而且是中國歷史上發生了強烈震撼和偉大變遷的“六十甲子”。然而我們觀察中國事物之時，灼灼然總是感受到他那鋭利、嚴峻而深邃的眼光，感受到他在昭示着甚麼，申斥着甚麼，期許着甚麼。由此你不能不慨嘆了：讀魯迅，可以療治膚淺，可以更深刻地瞭解何為中國和中國人，這是讀任何文學家的書都難以達到的一種境界。

“魯迅眼光”，已經成為二十世紀中國智慧和精神的一大收穫，一種超越了封閉的儒家精神體系，從而對建構現代中國文化體系具有實質意義的收穫。在魯迅同代人中，比他激進者有之，如陳獨秀；比他機智者有之，如胡適；比他儒雅者有之，如周作人；唯獨無之者，無人如他那樣透視了中國歷史進程和中國人生模型的深層本質，這就使得他的著作更加耐人重讀，愈咀嚼愈有滋味。魯迅學而深思，思而深察，表現出中國現代史上第一流的思想洞察力、歷史洞察力和社會洞察力，從而使他豐厚的學養和深切的閱歷形成了一種具有巨大的穿透力的歷史通識。正是依憑着這種卓越的歷史通識，他觀察着和解剖着一個在災難深重中進行革故鼎新的大時代，在中外古今各種文化思潮都爭辯着自己存在的歷史合理性的漫無頭緒之中，梳理着中國的生存處境及其發展的契機和可能性，對之作出令人難以忘懷的形象表達。

魯迅作品以凝縮的形態，蘊藏着一個革故鼎新的大時代的思想含量和審美含量，其中的精華，堪稱現代中國必讀的民族典籍。這就是本書取名的來由，它尋找着彌足珍貴的“魯迅眼光”，出以“民族經典意識”。

誰能設想魯迅僅憑一支形小價廉的“金不換”毛筆，卻能疾風迅雷般揭開古老中國的沉重帷幕，賦予痛苦的靈魂以神聖，放入一線晨曦於風雨如磐？他對黑暗的分量有足夠的估計，而且一進入文學曠野便以身期許：“自己背着因襲的重擔，肩住了黑暗的閘門”，放青年一代“到寬闊光明的地方去，此後幸福的度日，合理的做人”。這便賦予新文化運動以勇者人格、智者風姿。很難再找到另一個文學家像他那樣深知中國之為中國了。那把啓蒙主義的解剖刀，簡直是刀刀見血，哪怕是辮子、面子一類意象，國粹、野史一類話題，無不順手拈來，不留情面地針砭着奴性和專制互補的社會心理結構，把一個國民性解剖得物無遁形、淋漓盡致了。讀魯迅，可以領略到一種苦澀的愉悦，即在一種不痛不快、奇痛奇快的大智慧境界中，體驗着他直視現實的“睜了眼看”的人生態度，以及他遙祭“漢唐魄力”，推崇“拿來主義”的開放胸襟。他後期運用的唯物辯證法也是活生生的，毫無“近視眼論匾”（參看他的雜文《扁》）的隔膜。我們依然可以在他關於家族、社會、時代、父子、婦女，以及文藝與革命，知識者與民眾，聖人、名人與真理一類問題的深度思考中，感受到唯物辯證法與歷史通識的融合，感受到一種痛快淋漓的智慧禪悦。他長於諷刺，但諷刺秉承公心，冷峭包裹熱情，在一種“冰與火”共存的特殊風格中，逼退復古退化的荒謬，逼出“中國的脊樑”和“中國人的自信力”。魯迅使中國人對自身本質的認識達到了一個新的歷史深度，正是這種充滿奇痛奇快的歷史深度，給一個世紀的改革事業注入了前行不息的、類乎“過客”的精神驅動力。

“甚麼是路？就是從沒路的地方踐踏出來的，從只有荊棘的地方開闢出來的。”魯迅把這段話寫入《生命的路》，使人們可以把“荊棘與路”的意象，作為他的生命哲學之精髓而加以解讀。魯迅是在荊棘叢生的曠野上為新文學開路的先驅者。要瞭解中國文學如何從古典階段轉型到現代階段，要瞭解現代中國的人文精神在開闢草萊時留下過何種彌足珍貴的足跡，是不可不讀魯迅的書的。起碼在這三個領域，他建立了新文學開路者的不世功勳：小説、散文詩、雜文。本精華集凡三卷，實際上想伴同讀者從三條路徑上一探現代中國人文精神和審美智慧的源頭。不是有過漢代博望侯張騫通西域之後，探尋黃河源頭的壯舉嗎？這三卷書想在另一種意義上探尋人文精神的河源，以“博”吾“望”。第一卷收小説二十四篇（序言和附錄八篇）。魯迅説，他的小説也是某種“論文”，這強調他小説藝術形態的深處隱寓着豐富的文化意義密碼。第二卷收散文詩三十三篇（附錄一篇），散文二十六篇（小引一篇），舊體詩二十六首，書信二十六篇。就散文詩和散文而言，這當是至今為止最為完備的集子，包括九篇散文詩和十五篇散文都是按照嚴格的文體概念，從他的雜文集中遴選出來的，應看作研究的結果。第三卷以編年方式，選錄雜文七十八篇。編年的好處是可以窺見時代思潮和作者思想脈絡，這次編選是把文化價值和審美價值置於時效價值之上，從中當可領略魯迅的胸襟、人格和思想深度。三卷精華集共收各類作品二百二十餘篇，除學術專著《中國小説史略》外，殆可代表一個“世紀巨人”的成就，亦可使讀者領略現代中國人文精神的綺麗河源。

編選，實為當代人與前輩先驅者在研究基礎上，進行心靈對話的一種方式，其中包含對先驅業績的價值理解和精神體驗的相互溝通。因此精華集在編輯體例上另創新格，不取以往對魯迅著作詳注典故人事的方式，而在一些重要篇章後面寫出“編者附語”，以裨讀者直接把握“魯迅眼光”—— 他的歷史通識和審美特質。比如魯迅自稱《野草》包含有他的“哲學”，編者附語採取“吾道一以貫之”的思路，在逐篇闡釋中系統地揭示他的自然哲學、歷史哲學、社會哲學、人生哲學和生命哲學的幽深境界，這種填補學術空白的貫通研究，諒可打開讀者一扇心靈窗戶。散文之附語，較多關注作者的鄉土因緣和精神家園，如《狗·貓·鼠》附語，援引作者的宋代同鄉陸游關於“貓為虎舅”的詩注，當可加深對紹興民俗幻想的體味。小說附語，多採納敍事學智慧，點明妙處，以滋讀者的審美修養。比如《祝福》附語，重在交代紹興歲終“祝福儀式”，使讀者更真切地領會小說複調敍事的效果。至於第一卷《小說集編餘雜識》，則於小說外談論小說，既交代魯迅未完成的三部長篇小說的構思，又揭示其未完成的社會心理原因，使人得到某種掩卷餘味。諸如此類的“編者附語”凡一百餘則，旨在開闊讀者的文化視野，引發廣泛的自由聯想，是否有點類乎魯迅編《唐宋傳奇集》而寫“稗邊小綴”的體例？倘若如此，多少算是師法魯迅體例而編《魯迅作品精華》吧。

一九九六年元月十一日

目　錄

野 草

野草外編

朝花夕拾

拾花之餘

舊體詩

書信

野草

題　辭

當我沉默着的時候，我覺得充實；我將開口，同時感到空虛。

過去的生命已經死亡。我對於這死亡有大歡喜，因為我藉此知道它曾經存活。死亡的生命已經朽腐。我對於這朽腐有大歡喜，因為我藉此知道它還非空虛。

生命的泥委棄在地面上，不生喬木，只生野草，這是我的罪過。

野草，根本不深，花葉不美，然而吸取露，吸取水，吸取陳死人的血和肉，各各奪取它的生存。當生存時，還是將遭踐踏，將遭刪刈，直至於死亡而朽腐。

但我坦然，欣然。我將大笑，我將歌唱。

我自愛我的野草，但我憎惡這以野草作裝飾的地面。

地火在地下運行，奔突；熔岩一旦噴出，將燒盡一切野草，以及喬木，於是並且無可朽腐。

但我坦然，欣然。我將大笑，我將歌唱。

天地有如此靜穆，我不能大笑而且歌唱。天地即不如此靜穆，我或者也將不能。我以這一叢野草，在明與暗，生與死，過去與未來之際，獻於友與仇，人與獸，愛者與不愛者之前作證。

為我自己，為友與仇，人與獸，愛者與不愛者，我希望這野草的死亡與朽腐，火速到來。要不然，我先就未曾生存，這實在比死亡與朽腐更其不幸。

去罷，野草，連着我的題辭！

一九二七年四月二十六日，魯迅記於廣州之白雲樓上。

點評

本《題辭》最初發表於一九二七年七月二日北京《語絲》週刊一三八期。以此篇置於卷首，匯集作者一九二四至一九二六年在《語絲》上發表的散文詩二十三篇，成《野草》集，作為作者所編的《烏合叢書》之一種，一九二七年七月由北京北新書局初版。《野草》如碎金閃爍、雲錦集萃，聚深邃、神秘與奇異之美於一爐而冶之，乃是魯迅奉獻給中國新文學的一份厚重的禮物，一份如貓頭鷹、赤練蛇、發汗藥似的令人不是在體量上，而是在形式上拍案驚奇，驚奇之餘又留下一點不安的生命哲學結晶物。

《野草》全書凝聚了魯迅對世界、對人生、對生命的獨特的哲學和審美的感覺，具有沉鬱深邃的隱喻性。魯迅曾表白，“他的哲學都包括在他的《野草》裡”（章衣萍：《太廟雜談（五）》）。許壽裳也説，《野草》“可説是魯迅的哲學”（《我所認識的魯迅·魯迅的精神》）。從《題辭》使用沉默、充實、空虛、大喜歡、明與暗、生與死、過去與未來一類詞語來看，《野草》的哲學是生命哲學、心靈哲學，以一叢野草面對地火運行、熔岩奔突，高歌大笑着焚毀一切腐朽。這是中國文學中從未見過的如鑽石般具有多重折光的異樣文字。這多重折光，是精神撕裂而默默地舔着、體味着血跡的結果，內在情感在昇華中的哲學結晶，如魯迅所言：“後來《新青年》團體散掉了，有的高升、有的退隱、有的前進，我又經驗了一回同一戰陣中的夥伴還是會這麼變化，並且落得一個‘作家’的頭銜，依然在沙漠中走來走去，不過已逃不出在散漫的刊物上做文字，叫作隨便談談。有了小感觸，就寫些短文，誇大點説，就是散文詩，以後印成一本，謂之《野草》。得到較整齊的材料，則還是做短篇小説，只因成了遊勇，佈不成陣了，所以技術比先前好一些，思路也似乎較無拘束，而戰鬥的意氣卻冷得不少。新的戰友在哪呢？我想，這是很不好的。於是印了這時期的十一篇作品，謂之《彷徨》，願以後不再這模樣。‘路漫漫其修遠兮，吾將上下而求索。’”（《南腔北調集·〈自選集〉自序》）

古人賦野草，如宋玉《九辯》的“霰雪雰糅其增加兮，乃知遭命之將至。願徼幸而有待兮，泊莽莽與野草同死”;《古詩十九首》的“白露沾野草，時節忽復易”；曹植《秋思賦》的“野草變色兮莖葉稀，鳴蜩抱木兮雁南飛”；陶淵明《雜詩》的“嚴霜結野草，枯悴未遽央”，其中野草意象都成了悲秋情緒的陪襯。唯有劉禹錫《金陵五題·烏衣巷》的“朱雀橋邊野草花，烏衣巷口夕陽斜”，具有穿透歷史滄桑的深度和蒼涼感。最是馳名的是白居易《賦得古原草送別》“離離原上草，一歲一枯榮。野火燒不盡，春風吹又生”，闡揚了野草在野火焚燒、枯榮無度中，笑對春風的頑強的生命力。魯迅的野草，不排除對劉禹錫、白居易的意象內涵的延續，但更本質的是以現代性意識，在各種生命形態的特異展示中注入了對生命本質的嚴峻的叩問，叩問出其真與偽、美與醜、善與惡，以及生與死的價值內核。

在表現方式上，儘管從行文方式可以聯想到尼采的箴言，波特萊爾的象徵，屠格涅夫的詩情，甚至聯想到我國古代嵇康的峻急和李賀的奇幻。但這些只能算是魯迅的“野草世界”的養分，還不是這個世界的野草本身。魯迅是博取眾長，另創新制的，他藉“根本不深，花葉不美”的野草意象，體驗着歷史的陰暗、生命的價值和心靈的焦慮，在每遭踐踏的境遇中坦然欣然地期待着使一切“無可朽腐”的地火噴發。其意象選擇追求獨特，語言體制則在凝聚矛盾的兩極中，充滿着精神探索的張力，以及意象錯綜的暗示性，艱澀、朦朧、怪異，構築了一座語言形式迷宮。多數篇章竭盡嘔心瀝血之功，走的是崎嶇警拔的路子，在有限的文字中增加了哲理含量。對魯迅生命哲學的探求，看魯迅如何以生命的發生、掙扎、震蕩和聚散來解釋宇宙，解釋生活、知識和信仰，解釋存在與空虛，這應該成為闡釋《野草》的一以貫之的關鍵。只有讀懂《野草》，才能深度地讀懂魯迅，讀懂他的生命與他的哲學。

秋 夜

在我的後園，可以看見牆外有兩株樹，一株是棗樹，還有一株也是棗樹。

這上面的夜的天空，奇怪而高，我生平沒有見過這樣的奇怪而高的天空。他仿佛要離開人間而去，使人們仰面不再看見。然而現在卻非常之藍，閃閃地䀹着幾十個星星的眼，冷眼。他的口角上現出微笑，似乎自以為大有深意，而將繁霜灑在我的園裡的野花草上。

我不知道那些花草真叫甚麼名字，人們叫他們甚麼名字。我記得有一種開過極細小的粉紅花，現在還開着，但是更極細小了，她在冷的夜氣中，瑟縮地做夢，夢見春的到來，夢見秋的到來，夢見瘦的詩人將眼淚擦在她最末的花瓣上，告訴她秋雖然來，冬雖然來，而此後接着還是春，胡蝶亂飛，蜜蜂都唱起春詞來了。她於是一笑，雖然顏色凍得紅慘慘地，仍然瑟縮着。

棗樹，他們簡直落盡了葉子。先前，還有一兩個孩子來打他們別人打剩的棗子，現在是一個也不剩了，連葉子也落盡了。他知道小粉紅花的夢，秋後要有春；他也知道落葉的夢，春後還是秋。他簡直落盡葉子，單剩幹子，然而脫了當初滿樹是果實和葉子時候的弧形，欠伸得很舒服。但是，有幾枝還低亞着，護定他從打棗的竿梢所得的皮傷，而最直最長的幾枝，卻已默默地鐵似的直刺着奇怪而高的天空，使天空閃閃地鬼䀹眼；直刺着天空中圓滿的月亮，使月亮窘得發白。

鬼䀹眼的天空越加非常之藍，不安了，仿佛想離去人間，避開棗樹，只將月亮剩下。然而月亮也暗暗地躲到東邊去了。而一無所有的幹子，卻仍然默默地鐵似的直刺着奇怪而高的天空，一意要制他的死命，不管他各式各樣地睞着許多蠱惑的眼睛。

哇的一聲，夜遊的惡鳥飛過了。

我忽而聽到夜半的笑聲，吃吃地，似乎不願意驚動睡着的人，然而四圍的空氣都應和着笑。夜半，沒有別的人，我即刻聽出這聲音就在我嘴裡，我也即刻被這笑聲所驅逐，回進自己的房。燈火的帶子也即刻被我旋高了。

後窗的玻璃上丁丁地響，還有許多小飛蟲亂撞。不多久，幾個進來了，許是從窗紙的破孔進來的。他們一進來，又在玻璃的燈罩上撞得丁丁地響。一個從上面撞進去了，他於是遇到火，而且我以為這火是真的。兩三個卻休息在燈的紙罩上喘氣。那罩是昨晚新換的罩，雪白的紙，摺出波浪紋的疊痕，一角還畫出一枝猩紅色的梔子。

猩紅的梔子開花時，棗樹又要做小粉紅花的夢，青蔥地彎成弧形了……。我又聽到夜半的笑聲；我趕緊砍斷我的心緒，看那老在白紙罩上的小青蟲，頭大尾小，向日葵子似的，只有半粒小麥那麼大，遍身的顏色蒼翠得可愛，可憐。

我打一個呵欠，點起一支紙煙，噴出煙來，對着燈默默地敬奠這些蒼翠精緻的英雄們。

一九二四年九月十五日。

點評

《秋夜》奇特幽謐的意象和境界，蘊含着多種可能性的意義解說。它書寫着人與秋夜星空的心靈對語，借助於棗樹、小粉紅花和小飛蟲。天地寂靜，恍兮惚兮，似乎有一種生命的精氣在瀰漫、在流動，棗樹與藍天、白月對峙，小粉紅花做着秋去春來的夢，小飛蟲撲向光明而殉難。在這些似乎互無干係的生命行為中，存在一種來自審美直覺的超邏輯，它暗示着一種充滿着矛盾、夢思和生存代價的自然哲學。

行文開頭，就用了以拙為奇的非常規的句式："在我的後園，可以看見牆外有兩株樹，一株是棗樹，還有一株也是棗樹。"在非常規中窺探着秋夜的消息：極細小的不知名的粉紅花，在冷的夜氣中，瑟縮地做夢，夢見時序的流逝，夢見瘦詩人的眼淚滴在花瓣上，泄露了秋冬之後接着春天，那時有蝶飛蜂唱。這裡似乎瀰漫着英國詩人雪萊《西風頌》"冬天到了，春天還會遠嗎？"的韻味。雖然孔子也有"天何言哉？四時行焉，百物生焉，天何言哉？"的名言，但此文反其意而用之，連棗樹被打棗竿梢打傷的最直最長的幾枝，也默默地鐵似的直刺着奇怪而高的天空，刺得天空閃着鬼眼，刺得月亮窘得發白。受傷的生命，也不放棄頑強的抗爭。就在時序流逝，生命無言地抗爭中，夜遊的惡鳥發出怪叫，微末的小青蟲撲燈而死，我雖然忽而聽到夜半吃吃的笑聲，竟然不知他原本出自我的口。在魯迅的自然哲學中，蘊藏着生命行為對生命本質的闡釋，以生命的消失來實行對生命的超越。

影的告別

人睡到不知道時候的時候，就會有影來告別，説出那些話——

有我所不樂意的在天堂裡，我不願去；有我所不樂意的在地獄裡，我不願去；有我所不樂意的在你們將來的黃金世界裡，我不願去。

然而你就是我所不樂意的。

朋友，我不想跟隨你了，我不願住。

我不願意！

嗚乎嗚乎，我不願意，我不如彷徨於無地。

我不過一個影，要別你而沉沒在黑暗裡了。然而黑暗又會吞併我，然而光明又會使我消失。

然而我不願彷徨於明暗之間，我不如在黑暗裡沉沒。

然而我終於彷徨於明暗之間，我不知道是黃昏還是黎明。我姑且舉灰黑的手裝作喝乾一杯酒，我將在不知道時候的時候獨自遠行。

嗚乎嗚乎，倘若黃昏，黑夜自然會來沉沒我，否則我要被白天消失，如果現是黎明。

朋友，時候近了。

我將向黑暗裡彷徨於無地。

你還想我的贈品。我能獻你甚麼呢？無已，則仍是黑暗和虛空而已。但是，我願意只是黑暗，或者會消失於你的白天；我願意只是虛空，決不佔你的心地。

我願意這樣，朋友——

我獨自遠行，不但沒有你，並且再沒有別的影在黑暗裡。只有我被黑暗沉沒，那世界全屬於我自己。

一九二四年九月二十四日。

點評

如此一個意象的告別，如此一篇告別辭，堪稱古今無二，其特異而幽深的想象力，別人又何憑以重複？李白舉杯邀月，對影成三，是一種名士的豪放；魯迅的影來告別，無地彷徨，一種智者的憂鬱。在李白藉酒進入惝恍迷離的境界之處，魯迅藉夢進入深沉的心理層面。李白的影，只能隨體起舞；魯迅筆下的影，已開口發言，具有作為一個主體的意識了。在這種意義上，影是人的另一個自我，它隱喻着自我分裂的"現代人"意識。影的告別辭有云："有我所不樂意的在天堂裡，我不願去；有我所不樂意的在地獄裡，我不願去；有我所不樂意的在你們將來的黃金世界裡，我不願去。"影已勘破三界，琢磨過去未來，陷入懷疑主義。光明與黑暗都威脅着它的存在，或使之消失，或使之沉沒，因此它只能彷徨於不可能長存的明暗之間，彷徨於無地。這裡隱喻着所謂"現代人"無以排遣的懷疑主義，以及在明暗之間難以逃避的消失或沉沒的兩難選擇。從《秋夜》的自然哲學，進入《影的告別》的人生哲學，這裡展示的人生哲學又是何其憂鬱！

《影的告別》寫的是一個夢，一個不斷地詰問探究着人如何存在、存在何為的混沌的理性之夢。其思維形式近乎《莊子．齊物論》所謂："昔者莊周夢為胡蝶，栩栩然胡蝶也，自喻適志與！不知周也。俄然覺，則蘧蘧然周也。不知周之夢為胡蝶與，胡蝶之夢為周與？周與胡蝶，則必有分矣。此之謂物化"。莊子用蝴蝶夢思辨了真與夢、人與蝴蝶的界限，由此探問人在大化流行中的生存形態和意義。但蝴蝶無言，任人揣測。而魯迅將人分為身與影，這也近乎莊子虛構影子（"景"）與影外影（"罔兩"）的對話，而且影確實開口告別了。影也有獨立的生命，不願意跟隨"身"，故來告別。但它有生命，而無生態環境，失去了生活之地。它要去天堂、地獄、黃金世界嗎？也都不願："嗚乎嗚乎，我不願意，我不如彷徨於無地"。它連逃到黑暗處生存的可能也沒有，"然而黑暗又會吞併我，然而光明又會使我消失"，面臨着如此兩個"然而"的影子，它的生存也就成了最大的悲哀。它失去了存在的空間，也失去了存在的時間，"然而我終於彷徨於明暗之間，我不知道是黃昏還是黎明。我姑且舉灰黑的手裝作喝乾一杯酒，我將在不知道時候的時候獨自遠行"。影的贈品，仍是黑暗和虛空而已；而留給自己的，"只有我被黑暗沉沒，那世界全屬於我自己"。全文以生命作為存在的個體，探索着生命的獨立與沉沒，它告別其所自來，卻同時失去了它欲何往，"無地彷徨"成了其生命存在的宿命。

本篇是《野草》多寫夢之始，有必要對魯迅進行追夢。《野草》寫作前六年，一九一八年五月魯迅寫過一首白話詩《夢》："很多的夢，趁黃昏起哄。前夢才擠卻大前夢時，後夢又趕走了前夢。去的前夢黑如墨，在的後夢墨一般黑；去的在的仿佛都說，'看我真好顏色。'顏色許好，暗裡不知；而且不知道：說話的是誰？暗裡不知，身熱頭痛。你來你來，明白的夢！"魯迅自稱"我在年青時候也曾經做過許多夢”，並且說過“夢很美滿”，雖然經過夢殘破後的痛苦的寂寞，但寫作新文學後，“卻也並不願將自以為苦的寂寞，再來傳染給也如我那年青時候似的正做着好夢的青年”。(《吶喊．自序》) 但魯迅畢竟以不能逃避夢的“墨黑”顏色，當他以《野草》作為獨語，作為靈魂反嚙，作為探究生命哲學的場地的時候，就情不自禁地對這一連串的夢塗上亮色少，塗上濃重的暗色多，就如本篇的影來告別，徘徊於明暗之間，沉沒於黑暗。

求乞者

我順着剝落的高牆走路，踏着鬆的灰土。另外有幾個人，各自走路。微風起來，露在牆頭的高樹的枝條帶着還未乾枯的葉子在我頭上搖動。

微風起來，四面都是灰土。

一個孩子向我求乞，也穿着夾衣，也不見得悲戚，而攔着磕頭，追着哀呼。

我厭惡他的聲調，態度。我憎惡他並不悲哀，近於兒戲；我煩厭他這追着哀呼。

我走路。另外有幾個人各自走路。微風起來，四面都是灰土。

一個孩子向我求乞，也穿着夾衣，也不見得悲戚，但是啞的，攤開手，裝着手勢。

我就憎惡他這手勢。而且，他或者並不啞，這不過是一種求乞的法子。

我不佈施，我無佈施心，我但居佈施者之上，給與煩膩，疑心，憎惡。

我順着倒敗的泥牆走路，斷磚疊在牆缺口，牆裡面沒有甚麼。微風起來，送秋寒穿透我的夾衣；四面都是灰土。

我想着我將用甚麼方法求乞：發聲，用怎樣聲調？裝啞，用怎樣手勢？……

另外有幾個人各自走路。

我將得不到佈施，得不到佈施心；我將得到自居於佈施之上者的煩膩，疑心，憎惡。

我將用無所為和沉默求乞……

我至少將得到虛無。

微風起來，四面都是灰土。另外有幾個人各自走路。

灰土，灰土，……

…………

灰土……

一九二四年九月二十四日。

點評

這裡隱喻的是人生哲學。人生的價值不是求乞來的，不管你用何種態度、聲調和手勢去求乞。人生的價值也不是靠佈施實現的，因為那樣只能換來“自居於佈施之上者的煩膩，疑心，憎惡”。全篇採用重疊複沓的詩歌語式，以我視人，由人視我，在角度轉換中暗示人生價值，而以高牆邊土路上的人們“各自走路”喻人生。

這裡是於存在的廢墟感中，體驗人生哲學的。“我走路”，意味着“我”依然是一個過客，而且是卑賤的幾同於乞丐的過客。走路者的生態環境是乾涸的自然，“我順着剝落的高牆走路，踏着鬆的灰土”，只有漫漫無際的灰土，灰土，灰土。高牆成了人際溝通的障礙，灰土隱喻着沒有野草鮮花的人生。這裡沒有靜與美，來陶冶性靈，滋養人格，提升智慧。走路者面對的是貧困的人生，“人與自我”發生了難以拯救的疏離，“另外有幾個人各自走路”。人是社會性的動物，由群居而具有群體性，但這裡是疏離隔絕的。生命應該有尊嚴、有骨氣、有情感的交流，但這裡一個、又一個孩子在求乞，穿着夾衣，或哀求，或作手勢。人應該有同情心，“救救孩子”的吶喊，在這裡出現彷徨，因而“我不佈施，我無佈施心，我但居佈施者之上，給與煩膩，疑心，憎惡”，疏離感使生命陷於困境。“我”將用甚麼方法求乞，“如何生存下去？”用無所為和沉默求乞，至少將得到虛無。這就是求乞於自然的荒原、人生的荒原、心靈的荒原，求乞於無可求乞之處。人與自然、人與己，都處在疏離隔絕的情景中，印證着叔本華所言：“人生根本徹頭徹尾就是一場悲劇。”存在的廢墟感，在這裡染上蒼涼的灰色調。

我的失戀

——擬古的新打油詩

我的所愛在山腰；

想去尋她山太高，

低頭無法淚沾袍。

愛人贈我百蝶巾；

回她甚麼：貓頭鷹。

從此翻臉不理我，

不知何故兮使我心驚。

我的所愛在鬧市；

想去尋她人擁擠，

仰頭無法淚沾耳。

愛人贈我雙燕圖；

回她甚麼：冰糖壺盧。

從此翻臉不理我，

不知何故兮使我胡塗。

我的所愛在河濱；

想去尋她河水深，

歪頭無法淚沾襟。

愛人贈我金表索；

回她甚麼：發汗藥。
從此翻臉不理我，
不知何故兮使我神經衰弱。

我的所愛在豪家；
想去尋她兮沒有汽車，
搖頭無法淚如麻。
愛人贈我玫瑰花；
回她甚麼：赤練蛇。
從此翻臉不理我，
不知何故兮——由她去罷。

一九二四年十月三日。

點評

《我的失戀》是《野草》中唯一的詩體文字。本篇曾投北京《晨報副刊》，因該報代理總編輯劉勉己排印時抽去，副刊編輯孫伏園憤而辭職，與魯迅、周作人、林語堂等人另創《語絲》週刊，開創了上世紀二十年代隨意而談、卻異彩紛呈的“語絲文體”。

副題中所謂“擬古”，乃是模擬東漢張衡《四愁詩》之“我所思兮在ＸＸ”的格式，而作了反諷性的處理。張衡《四愁詩》一思曰：“我所思兮在太山，欲往從之梁父艱。側身東望涕沾翰。美人贈我金錯刀，何以報之英瓊瑤。路遠莫致倚逍遙，何為懷憂心煩勞。”二思曰：“我所思兮在桂林，欲往從之湘水深。側身南望涕沾襟。美人贈我金琅玕，何以報之雙玉盤。路遠莫致倚惆悵，何為懷憂心煩傷。”三思曰：“我所思兮在漢陽，欲往從之隴阪長。側身西望涕沾裳。美人贈我貂襜褕，何以報之明月珠。路遠莫致倚踟躕，何為懷憂心煩紆。”四思曰：“我所思兮在雁門，欲往從之雪雰雰。側身北望涕沾巾。美人贈我錦繡段，何以報之青玉案。路遠莫致倚增嘆，何為懷憂心煩惋。”由於有“何以報之青玉案”，明人楊慎認為詞中有《青玉案》，“取四愁詩語”，源於此。《昭明文選》卷二九如此交代張衡作詩的緣由：“張衡不樂久處機密，陽嘉中，出為河間相。時國王驕奢，不遵法度，又多豪右併兼之家。衡下車，治威嚴，能內察屬縣，奸滑行巧劫，皆密知名，下吏收捕，盡服擒。諸豪俠遊客，悉惶懼逃出境，郡中大治，爭訟息，獄無繫囚。時天下漸弊，鬱鬱不得志，為《四愁詩》。屈原以美人為君子，以珍寶為仁義，以水深雪雰為小人，思以道術相報，貽於時君，而懼讒邪不得以通。”對於這四首抒憤懣之詩，後世擬作不少。晉人傅玄、張載都曾作《擬四愁詩》，傅玄擬作有小序曰：“昔張平子作四愁詩，體小而俗，七言類也。聊擬而作之，名曰《擬四愁詩》。”韓愈、王安石、王夫之都借用過“我所思兮在XX”的句式。明代文太青妻鄧氏仿效張衡《四愁詩》，而將其所思擴充為九，作《金陵九思》詩。清人王闓運也擬作《四愁詩》四首，序云：“昔傅休奕論張平子《四愁詩》，以為體小而俗，七言類也。世或疑此二言，謂為難通。余嘗尋張之序自云：仿《離騷》而作者。至其再三致意，信同靈均，局促成篇，又異楚骨，故比於辯歌則為小，諧於近世則為俗，但可入七言之格，成一家之例。”清人秦朝釪《消寒詩話》說：“偶讀王摩詰詩‘四愁連漢水’，意以‘四愁’即張平子《四愁詩》也，何以謂之‘連漢水’？……今來武昌，買得《文選》一部，出《四愁詩》觀之，其三章曰：‘我所思兮在漢陽，欲往從之隴阪長，側身西望涕沾裳。’蓋以東西南北分也。東泰山，南桂林，西漢陽，北雁門。時東漢天下漸亂，其以‘四方’分‘四愁’，即詩人‘我瞻四方，蹙蹙靡所騁’之意。所為‘四愁連漢水’始有著落。此詩吾輩所曾見者，而漫不經心，故書之以自警。”沈德潛編《古詩源》，謂《四愁詩》難以模仿：“四愁如何擬得？後人擬之，畫西施之貌耳。”

魯迅連自己有“橫眉冷對千夫指，俯首甘為孺子牛”名句的《自嘲》詩，也稱為“達夫賞飯，閒人打油”。因而他稱《我的失戀》為“擬古的新打油詩”，也在調侃中有其針對當時的文學風氣的深意，有其對戀愛在人生哲學中之位置的嚴肅思考。他如此告白：“因為諷刺當時盛行的失戀詩，作《我的失戀》。”（《〈野草〉英文譯文序》）又說：“不過是三段打油詩，題作《我的失戀》，是看見當時‘阿呀阿唷，我要死了’之類的失戀詩盛行，故意做一首用‘由她去罷’收場的東西，開開玩笑的。這首詩後來又添了一段，登在《語絲》上。”（《三閒集·我和〈語絲〉的始終》）遊戲筆墨所用意象值得注意，“殊不知貓頭鷹本是他自己所鍾愛的，冰糖壺盧是愛吃的，發汗藥是常用的，赤練蛇也是愛看的。”（許壽裳：《我所認識的魯迅·魯迅的遊戲文章》）雖有魯迅獨特的偏愛，但在常人看來也難免奇奇怪怪，極具反諷意味。進一步深思可以發現，以新打油詩“擬古”，乃是對情感沉溺的時髦的戀愛哲學的戲擬，並且戲擬出其間的虛偽來。因而結尾說：“從此翻臉不理我，不知何故兮——由她去罷”，語言淺白，幽默中含着辛辣味，卻啓示失戀者以解脫之道，走向健全的人生。

復　仇

人的皮膚之厚，大概不到半分，鮮紅的熱血，就循着那後面，在比密密層層地爬在牆壁上的槐蠶更其密的血管裡奔流，散出溫熱。於是各以這溫熱互相蠱惑，煽動，牽引，拚命地希求偎倚，接吻，擁抱，以得生命的沉酣的大歡喜。

但倘若用一柄尖銳的利刃，只一擊，穿透這桃紅色的，菲薄的皮膚，將見那鮮紅的熱血激箭似的以所有溫熱直接灌溉殺戮者；其次，則給以冰冷的呼吸，示以淡白的嘴唇，使之人性茫然，得到生命的飛揚的極致的大歡喜；而其自身，則永遠沉浸於生命的飛揚的極致的大歡喜中。

這樣，所以，有他們倆裸着全身，捏着利刃，對立於廣漠的曠野之上。

他們倆將要擁抱，將要殺戮……

路人們從四面奔來，密密層層地，如槐蠶爬上牆壁，如馬蟻要扛鯗頭。衣服都漂亮，手倒空的。然而從四面奔來，而且拚命地伸長頸子，要賞鑑這擁抱或殺戮。他們已經豫覺着事後的自己的舌上的汗或血的鮮味。

然而他們倆對立着，在廣漠的曠野之上，裸着全身，捏着利刃，然而也不擁抱，也不殺戮，而且也不見有擁抱或殺戮之意。

他們倆這樣地至於永久，圓活的身體，已將乾枯，然而毫不見有擁抱或殺戮之意。

路人們於是乎無聊；覺得有無聊鑽進他們的毛孔，覺得有無聊從他們自己的心中由毛孔鑽出，爬滿曠野，又鑽進別人的毛孔中。他們於是覺得喉舌乾燥，脖子也乏了；終至於面面相覷，慢慢走散；甚而至於居然覺得乾枯到失了生趣。

於是只剩下廣漠的曠野，而他們倆在其間裸着全身，捏着利刃，乾枯地立着；以死人似的眼光，賞鑑這路人們的乾枯，無血的大戮，而永遠沉浸於生命的飛揚的極致的大歡喜中。

一九二四年十二月二十日。

點評

《復仇》是針砭"看客型"的社會哲學的。《二心集·〈野草〉英文譯本序》說："因為憎惡社會上旁觀者之多，作《復仇》第一篇。"所謂"旁觀者"就是缺乏歷史主動精神和社會參與意識的人們，這是魯迅早年棄醫從文時就留下的心理情結。他留學日本時，從幻燈片上看到日、俄在中國土地上開戰，卻拿中國人作偵探而斬首示眾，周圍是鑑賞示眾盛舉的人群，因而感到愚弱的國民，"只能做毫無意義的示眾的材料和看客"，"第一要著，是在改變他們的精神"。(《吶喊·自序》) 本篇藉持刃男女不愛也不殺的反戲劇性，反諷把人生當兒戲看的看客。誠如魯迅一九三四年五月十六日致鄭振鐸函所說："不動筆誠然最好。我在《野草》中，曾記一男一女，持刀對立曠野中，無聊人竟隨而往，以為必有事件，慰其無聊，而二人從此毫無動作，以致無聊人仍然無聊，至於老死，題曰《復仇》，亦是此意。"倘若從哲學的角度立論，本篇是對"看客型"

的社會哲學的辛辣的嘲諷。

魯迅學過醫，又是文明的批評者，開頭如此寫人的生命及人際關係，是他的獨特考察和表述："人的皮膚之厚，大概不到半分，鮮紅的熱血，就循着那後面，在比密密層層地爬在牆壁上的槐蠶更其密的血管裡奔流，散出溫熱。於是各以這溫熱互相蠱惑，煽動，牽引，拚命地希求偎倚，接吻，擁抱，以得生命的沉酣的大歡喜。"利刃一擊，鮮血飛濺，使之人性茫然，得到生命的飛揚的極致的大歡喜。二人裸身持刃，對立於廣漠的曠野之上，似要擁抱或殺戮。於是看客成群："路人們從四面奔來，密密層層地，如槐蠶爬上牆壁，如馬蟻要扛鯗頭。衣服都漂亮，手倒空的。然而從四面奔來，而且拚命地伸長頸子，要賞鑑這擁抱或殺戮。他們已經豫覺着事後的自己的舌上的汗或血的鮮味。"而裸身持刃的二人，曠野對峙，不見有擁抱或殺戮之意。時間久了，圓活的身體，已將乾枯。看客們於是乎無聊，面面相覷，慢慢走散。曠野上裸身持刃的二人，以死人似的眼光，賞鑑看客們的乾枯，永遠沉浸於生命的飛揚的極致的大歡喜中。這裡以"反戲劇"的寫法，將看客置於被看的無聊境。這就是魯迅對無聊的看客的鄙視、憎惡、嘲諷的"復仇"。

復仇（其二）

因為他自以為神之子，以色列的王，所以去釘十字架。

兵丁們給他穿上紫袍，戴上荊冠，慶賀他；又拿一根葦子打他的頭，吐他，屈膝拜他；戲弄完了，就給他脫了紫袍，仍穿他自己的衣服。

看哪，他們打他的頭，吐他，拜他……

他不肯喝那用沒藥調和的酒，要分明地玩味以色列人怎樣對付他們的神之子，而且較永久地悲憫他們的前途，然而仇恨他們的現在。

四面都是敵意，可悲憫的，可咒詛的。

丁丁地響，釘尖從掌心穿透，他們要釘殺他們的神之子了，可憫的人們呵，使他痛得柔和。丁丁地響，釘尖從腳背穿透，釘碎了一塊骨，痛楚也透到心髓中，然而他們自己釘殺着他們的神之子了，可咒詛的人們呵，這使他痛得舒服。

十字架豎起來了；他懸在虛空中。

他沒有喝那用沒藥調和的酒，要分明地玩味以色列人怎樣對付他們的神之子，而且較永久地悲憫他們的前途，然而仇恨他們的現在。

路人都辱罵他，祭司長和文士也戲弄他，和他同釘的兩個強盜也譏誚他。

看哪，和他同釘的……

四面都是敵意，可悲憫的，可咒詛的。

他在手足的痛楚中，玩味着可憫的人們的釘殺神之子的悲哀和可咒詛的人們要釘殺神之子，而神之子就要被釘殺了的歡喜。突然間，碎骨的大痛楚透到心髓了，他即沉酣於大歡喜和大悲憫中。

他腹部波動了，悲憫和咒詛的痛楚的波。

遍地都黑暗了。

"以羅伊，以羅伊，拉馬撒巴各大尼？！"（翻出來，就是：我的上帝，你為甚麼離棄我？！）

上帝離棄了他，他終於還是一個"人之子"；然而以色列人連"人之子"都釘殺了。

釘殺了"人之子"的人們的身上，比釘殺了"神之子"的尤其血污，血腥。

一九二四年十二月二十日。

點評

《復仇（其二）》取材於《聖經》關於耶穌被釘死於十字架的記載，"自以為神之子，以色列的王"的"他"，就是耶穌。文中別開生面地展示耶穌臨刑時的心理感受，他為世人受難，世人卻辱罵、戲弄和譏誚他。它強調的不是基督與上帝的聯繫，而是人與"人之子"的血腥的荒謬。它展示了濟世者為世人所不理解的寂寞與悲哀，觸及了濟世而為世所棄的人間悖論。

魯迅站在宗教之外而考察宗教及其救世主，因而本篇蘊含着魯迅的宗教哲學，他由此思考着神的存在與否，宗教與道德的關聯。兵丁們釘穿神之子的掌心和腳背，神之子依然顯示憐憫之懷，感到痛得柔和、痛得舒服，雖然仇恨他們的現在，卻永久地悲憫他們的前途。然而路人都辱罵他，祭司長和文士也戲弄他，和他同釘的兩個強盜也譏誚他，四面都是可悲憫、可咒詛的敵意。如果把救贖看作宗教的根本問題，神之子既不能以自己的犧牲救贖庸眾，又不能在庸眾蒙昧仇恨的心中救贖自己的犧牲。他在大悲憫、大喜歡中感受到死亡之痛："上帝離棄了他，他終於還是一個'人之子'"；然而"釘殺了'人之子'的人們的身上，比釘殺了'神之子'的尤其血污，血腥。"將"神之子"轉換為"人之子"，這是以人本思想作為考察宗教問題的立足點。犧牲並不能醫治看客式的世人的精神，這是啓蒙的悲哀，及悲哀中啓蒙的必要。魯迅的宗教哲學，將宗教式的犧牲與民眾的難以警醒、現實的難以改造，進行對比性的考察，使其宗教哲學帶有深刻的人本和啓蒙的特徵。

從思想方式而言，《復仇（其二）》令人聯想到小説中的《藥》，革命者流血救國，血卻被愚昧的民眾用作治療癆病的"藥"，並引來小鎮茶館閒人對革命者特異行為的一片嘲笑聲。從藝術維度而言，本篇令人聯想到《故事新編》中站在神話之外寫神話，站在歷史現場之外寫歷史，消解了神話和歷史的神聖光環，滲入了對現實的漫畫化的褒貶。

希 望

我的心分外地寂寞。

然而我的心很平安；沒有愛憎，沒有哀樂，也沒有顏色和聲音。

我大概老了。我的頭髮已經蒼白，不是很明白的事麼？我的手顫抖着，不是很明白的事麼？那麼，我的魂靈的手一定也顫抖着，頭髮也一定蒼白了。

然而這是許多年前的事了。

這以前，我的心也曾充滿過血腥的歌聲：血和鐵，火焰和毒，恢復和報仇。而忽而這些都空虛了，但有時故意地填以沒奈何的自欺的希望。希望，希望，用這希望的盾，抗拒那空虛中的暗夜的襲來，雖然盾後面也依然是空虛中的暗夜。然而就是如此，陸續地耗盡了我的青春。

我早先豈不知我的青春已經逝去了？但以為身外的青春固在：星，月光，僵墜的胡蝶，暗中的花，貓頭鷹的不祥之言，杜鵑的啼血，笑的渺茫，愛的翔舞……。雖然是悲涼漂渺的青春罷，然而究竟是青春。

然而現在何以如此寂寞？難道連身外的青春也都逝去，世上的青年也多衰老了麼？

我只得由我來肉薄這空虛中的暗夜了。我放下了希望之盾，我聽到 Petőfi Sándor（1823-49）的"希望"之歌：

希望是甚麼？是娼妓：

她對誰都蠱惑，將一切都獻給；

待你犧牲了極多的寶貝——

你的青春——她就棄掉你。

這偉大的抒情詩人，匈牙利的愛國者，為了祖國而死在可薩克兵的矛尖上，已經七十五年了。悲哉死也，然而更可悲的是他的詩至今沒有死。

但是，可慘的人生！桀驁英勇如 Petőfi，也終於對了暗夜止步，回顧着茫茫的東方了。他説：

絕望之為虛妄，正與希望相同。

倘使我還得偷生在不明不暗的這“虛妄”中，我就還要尋求那逝去的悲涼漂渺的青春，但不妨在我的身外。因為身外的青春倘一消滅，我身中的遲暮也即凋零了。

然而現在沒有星和月光，沒有僵墜的胡蝶以至笑的渺茫，愛的翔舞。然而青年們很平安。

我只得由我來肉薄這空虛中的暗夜了，縱使尋不到身外的青春，也總得自己來一擲我身中的遲暮。但暗夜又在那裡呢？現在沒有星，沒有月光以至笑的渺茫和愛的翔舞；青年們很平安，而我的面前又竟至於並且沒有真的暗夜。

絕望之為虛妄，正與希望相同！

一九二五年一月一日。

點評

本篇題為《希望》，實質上揭示一種非常具有“魯迅性”的“反抗絕望”的哲學。《二心集·〈野草〉英文譯本序》説：“因為驚異於青年之消沉，作《希望》。”“驚異消沉”而談“希望”，宗旨就是通過反抗絕望而建立“希望哲學”。由於存在着對立雙方的角力，就拒絕了把“希望”膚淺化和廉價化。作者看見了民國初年的復辟醜劇和軍閥政治，感到辛亥革命“希望”的虛妄和五四運動“希望”的渺茫，改革中國及其國民性是一個艱難的數代人的過程。本為希望所在的青年之消沉，這給他原本信奉進化論的心靈以極大的震撼。因而反思，而發現，希望的反面是絕望，但絕望也虛妄而不可恃。一方是現實的沉痛的教訓，一方是歷史的焦灼的呼喚，因此作者借用匈牙利詩人裴多菲的名言“絕望之為虛妄，正與希望相同”，向青年讀者呈現出一個痛苦的靈魂。本篇是針對青年們因感到希望之虛妄而陷入絕望的，因而它的宗旨是反抗絕望，呼喚青年超越雙重的虛妄而尋找充實。在與絕望較量而把握到的希望，乃是更高一層的希望哲學。

德國布洛赫提出希望哲學的時候，將之稱為“烏托邦哲學”；他進而將烏托邦區分為“抽象的烏托邦”和“具體的烏托邦”。魯迅由於歷史現實的教訓，在“抽象的烏托邦”破滅、流於虛妄之後，並不放棄在虛妄的希望廢墟上，重建“反抗絕望”的希望。這是一種深刻的“不放棄”，如果他放棄了，何必又來談“希望”，而且把“希望”作為文章的標題？既然反抗絕望，就要拷問靈魂，拷問得“靈魂的手發顫和頭髮變白”，惋惜青春期血和鐵、火焰和毒、恢復和報仇的歌聲已歇，身外的青春，諸如星、月光、僵墜的蝴蝶、暗中的花、猫头鷹的不祥之言、杜鵑的啼血，笑的渺茫、愛的翔舞，已不復存在，於是只好以沒奈何的自欺的希望的盾，抗拒那空虛中的暗夜的來襲。但是，因此就止於絕望嗎？“絕望之為虛妄，正與希望相同！”魯迅引用匈牙利桀驁英勇的詩人裴多菲的詩句，拒絕了由“抽象的烏托邦”廢墟散發出來的虛妄。魯迅具有清醒的深刻，不願對還沒有清理的廢墟上的虛妄，採取“瞞與騙”的態度，那是他堅決反對的；同時魯迅又是堅韌不拔的，不願青年人沉溺在廢墟的絕望中就此消沉下去，他們應該如布洛赫闡明“希望哲學”要義所説的，有“一種更美好生活”的預先推定。魯迅甚至以身作則：“我只得由我來肉薄這空虛中的暗夜了，縱使尋不到身外的青春，也總得自己來一擲我身中的遲暮。”這裡用了“肉薄”一詞，如元人李治《敬齋古今黈》卷三所説：“肉薄攻城，或以肉薄為裸袒，或以肉薄為逼之使若魚肉，然皆非是。肉薄，大抵謂士卒身相匝，如肉相迫也。”也就是説，以短兵相接、徒手搏鬥的方式攻打“這空虛中的暗夜”之城。希望本是植根於人性之中的一種人類需要。正是由於有魯迅這種奮不顧身，一往無前的進取精神，他所闡釋“反抗絕望的哲學”，就匯入中國人追夢的歷程，成為其中一個閃閃發亮的“中間物”，並推進“中國夢”從殘破走向充滿魅力的圓滿。圓滿在希望中。

雪

暖國的雨，向來沒有變過冰冷的堅硬的燦爛的雪花。博識的人們覺得他單調，他自己也以為不幸否耶？江南的雪，可是滋潤美艷之至了；那是還在隱約着的青春的消息，是極壯健的處子的皮膚。雪野中有血紅的寶珠山茶，白中隱青的單瓣梅花，深黃的磬口的蠟梅花；雪下面還有冷綠的雜草。胡蝶確乎沒有；蜜蜂是否來採山茶花和梅花的蜜，我可記不真切了。但我的眼前仿佛看見冬花開在雪野中，有許多蜜蜂們忙碌地飛着，也聽得他們嗡嗡地鬧着。

孩子們呵着凍得通紅，像紫芽薑一般的小手，七八個一齊來塑雪羅漢。因為不成功，誰的父親也來幫忙了。羅漢就塑得比孩子們高得多，雖然不過是上小下大的一堆，終於分不清是壺盧還是羅漢；然而很潔白，很明艷，以自身的滋潤相粘結，整個地閃閃地生光。孩子們用龍眼核給他做眼珠，又從誰的母親的脂粉奩中偷得胭脂來塗在嘴唇上。這回確是一個大阿羅漢了。他也就目光灼灼地嘴唇通紅地坐在雪地裡。

第二天還有幾個孩子來訪問他；對了他拍手，點頭，嘻笑。但他終於獨自坐着了。晴天又來消釋他的皮膚，寒夜又使他結一層冰，化作不透明的水晶模樣；連續的晴天又使他成為不知道算甚麼，而嘴上的胭脂也褪盡了。

但是，朔方的雪花在紛飛之後，卻永遠如粉，如沙，他們決不粘連，撒在屋上，地上，枯草上，就是這樣。屋上的雪是早已就有消化了的，因為屋裡居人的火的溫熱。別的，在晴天之下，旋風忽來，便蓬勃地奮飛，在日光中燦燦地生光，如包藏火焰的大霧，旋轉而且升騰，瀰漫太空，使太空旋轉而且升騰地閃爍。

在無邊的曠野上，在凜冽的天宇下，閃閃地旋轉升騰着的是雨的精魂……

是的，那是孤獨的雪，是死掉的雨，是雨的精魂。

一九二五年一月十八日。

點評

《雪》是一篇既充滿着童趣，又省思着哲理的美文。一九二一年六月周作人在《晨報》上發表《美文》一文認為："外國文學裡有一種所謂論文，其中大約可以分作兩類。一批評的，是學術性的。二記述的，是藝術性的，又稱作美文，這裡邊又可以分出敘事與抒情，但也很多兩者夾雜的。這類美文似乎在英語國民裡最為發達，如中國所熟知的愛迭生，蘭姆，歐文，霍桑諸人都做有很好的美文，近時高爾斯威西，吉欣，契斯透頓也是美文的好手。讀好的論文，如讀散文詩，因為他實在是詩與散文中間的橋。中國古文裡的序、記與說等，也可以說是美文的一類。但在現在的國語文學裡，還不曾見有這類文章，治新文學的人為甚麼不去試試呢？"

魯迅在《雪》中，就來試一試美文寫作。此篇的格調一反前面數篇體驗自然哲學、人生哲學、宗教哲學、社會哲學、希望哲學時的陰鬱險峻，一反秋夜的淒寂，影子的彷徨和人際的隔膜，而增加了不少溫馨的甚至帶點明麗的詩情。它寫了三種雪，以尚未化為雪的“暖國的雨”開頭，以如粉如沙、漫天旋轉飛揚的“朔方的雪”結尾，但最令其眷戀不已的是佔據全文主體的“江南的雪”。因為滋潤美艷的江南雪，雪野的山茶、梅花和雜草，牽連着童年生命的信息。寫童年的天真爛漫，令人聯想到《社戲》。在此一年前，一九二四年早春魯迅寫《在酒樓上》，也有類似的回憶，可見他對江南雪景，難以忘懷：“樓上‘空空如也’，任我揀得最好的坐位：可以眺望樓下的廢園。這園大概是不屬於酒家的，我先前也曾眺望過許多回，有時也在雪天裡。但現在從慣於北方的眼睛看來，卻很值得驚異了：幾株老梅竟鬥雪開着滿樹的繁花，仿佛毫不以深冬為意；倒塌的亭子邊還有一株山茶樹，從暗綠的密葉裡顯出十幾朵紅花來，赫赫的在雪中明得如火，憤怒而且傲慢，如蔑視遊人的甘心於遠行。我這時又忽地想到這裡積雪的滋潤，著物不去，晶瑩有光，不比朔雪的粉一般乾，大風一吹，便飛得滿空如煙霧。……”只不過一年後魯迅換了一副童年眼光看江南雪。童年作為人生起點，以溫暖的情緣、赤誠的歡樂留下影響終生的回憶；又以好奇心牽繫着生命的潛能。發現童年，解放童心，應該成為大人世界的主題。《雪》就是以寫《社戲》所表現的童趣，重寫了《在酒樓上》的廢園雪中的梅花、山茶花。

記不得是誰説的了，意思是上天承諾：“我賜給孩子們三樣寶：清澈的眼神，無邪的心靈，純真的笑容。”堆雪羅漢一幕，寫得最用心，因為它對於兒童而言，仿佛是創造了另一個生命的“創世紀”式的愉悦：“孩子們呵着凍得通紅，像紫芽薑一般的小手，七八個一齊來塑雪羅漢。因為不成功，誰的父親也來幫忙了。羅漢就塑得比孩子們高得多，雖然不過是上小下大的一堆，終於分不清是壺盧還是羅漢；然而很潔白，很明艷，以自身的滋潤相粘結，整個地閃閃地生光。孩子們用龍眼核給他做眼珠，又從誰的母親的脂粉奩中偷得胭脂來塗在嘴唇上。這回確是一個大阿羅漢了。他也就目光灼灼地嘴唇通紅地坐在雪地裡。”

美好的童年是不可複製的，因而結尾處來到成年的世界，襯托以如粉如沙的朔方雪，喻之為“孤獨的雪，死掉的雨，雨的精魂”，以失落的惆悵增加了文章波折和聯想空間。但就全篇而言，最令人感動的是濃鬱的童年情趣、戀鄉情緒，文章由此成為洋溢着童年趣味的抒情詩。這是一種人性探索，珍藏在心靈深處的童年夢，成為路漫漫兮的人生旅途中可以頻頻反顧的精神家園。

風　箏

北京的冬季，地上還有積雪，灰黑色的禿樹枝丫叉於晴朗的天空中，而遠處有一二風箏浮動，在我是一種驚異和悲哀。

故鄉的風箏時節，是春二月，倘聽到沙沙的風輪聲，仰頭便能看見一個淡墨色的蟹風箏或嫩藍色的蜈蚣風箏。還有寂寞的瓦片風箏，沒有風輪，又放得很低，伶仃地顯出憔悴可憐的模樣。但此時地上的楊柳已經發芽，早的山桃也多吐蕾，和孩子們的天上的點綴相照應，打成一片春日的溫和。我現在在那裡呢？四面都還是嚴冬的肅殺，而久經訣別的故鄉的久經逝去的春天，卻就在這天空中蕩漾了。

但我是向來不愛放風箏的，不但不愛，並且嫌惡他，因為我以為這是沒出息孩子所做的玩藝。和我相反的是我的小兄弟，他那時大概十歲內外罷，多病，瘦得不堪，然而最喜歡風箏，自己買不起，我又不許放，他只得張着小嘴，呆看着空中出神，有時至於小半日。遠處的蟹風箏突然落下來了，他驚呼；兩個瓦片風箏的纏繞解開了，他高興得跳躍。他的這些，在我看來都是笑柄，可鄙的。

有一天，我忽然想起，似乎多日不很看見他了，但記得曾見他在後園拾枯竹。我恍然大悟似的，便跑向少有人去的一間堆積雜物的小屋去，推開門，果然就在塵封的什物堆中發見了他。他向着大方凳，坐在小凳上；便很驚惶地站了起來，失了色瑟縮着。大方凳旁靠着一個胡蝶風箏的竹骨，還沒有糊上紙，凳上是一對做眼睛用的小風輪，正用紅紙條裝飾着，將要完工了。我在破獲秘密的滿足中，又很憤怒他的瞞了我的眼睛，這樣苦心孤詣地來偷做沒出息孩子的玩藝。我即刻伸手折斷了胡蝶的一支翅骨，又將風輪擲在地下，踏扁了。論長幼，論力氣，他是都敵不過我的，我當然得到完全的勝利，於是傲然走出，留他絕望地站在小屋裡。後來他怎樣，我不知道，也沒有留心。

然而我的懲罰終於輪到了，在我們離別得很久之後，我已經是中年。我不幸偶而看了一本外國的講論兒童的書，才知道遊戲是兒童最正當的行為，玩具是兒童的天使。於是二十年來毫不憶及的幼小時候對於精神的虐殺的這一幕，忽地在眼前展開，而我的心也仿佛同時變了鉛塊，很重很重的墮下去了。

但心又不竟墮下去而至於斷絕，他只是很重很重地墮着，墮着。

我也知道補過的方法的：送他風箏，贊成他放，勸他放，我和他一同放。我們嚷着，跑着，笑着。——然而他其時已經和我一樣，早已有了鬍子了。

我也知道還有一個補過的方法的：去討他的寬恕，等他說，“我可是毫不怪你呵。”那麼，我的心一定就輕鬆了，這確是一個可行的方法。有一回，我們會面的時候，是臉上都已添刻了許多“生”的辛苦的條紋，而我的心很沉重。我們漸漸談起兒時的舊事來，我便敍述到這一節，自說少年時代的胡塗。“我可是毫不怪你呵。”我想，他要說了，我即刻便受了寬恕，我的心從此也寬鬆了罷。

“有過這樣的事麼？”他驚異地笑着說，就像旁聽着別人的故事一樣。他甚麼也記不得了。

全然忘卻，毫無怨恨，又有甚麼寬恕之可言呢？無怨的恕，說謊罷了。

我還能希求甚麼呢？我的心只得沉重着。

現在，故鄉的春天又在這異地的空中了，既給我久經逝去的兒時的回憶，而一並也帶着無可把握的悲哀。我倒不如躲到肅殺的嚴冬中去罷，——但是，四面又明明是嚴冬，正給我非常的寒威和冷氣。

一九二五年一月二十四日。

點評

《風箏》可與前一篇《雪》對照閱讀。它們抒寫的角度存在着根本性的差異，《雪》的主體部分是從孩子角度享受冰雪世界，《風箏》則是從兄長的角度阻隔孩子對風箏藍天的享受。因此，《雪》適合孩子們讀，而《風箏》更適合成人讀。此篇一九三六年九月曾由美國記者斯諾與中國作家姚莘農翻譯成英文，刊於紐約《亞洲》雜誌，後收入斯諾編譯的《活的中國——現代中國短篇小説選》，由倫敦喬治·哈拉普書局出版，同時收入的有魯迅的《藥》、《一件小事》、《孔乙己》、《祝福》、《離婚》。

風箏為何物？在兒童心目中，它大概是人與天聯繫，從而放飛童心、放飛思想的意象。我們已經説過，這種童年意象可以點綴人生旅途中頻頻回首的精神家園。

行文採取第一人稱的抒寫方式，記下了"我"刻骨銘心、歷久難以釋懷的"精神的虐殺的這一幕"："我"在發現"多病，瘦得不堪，然而最喜歡風箏"的小弟瞞着我偷偷地製作蝴蝶風箏時，把他即將做好的風箏，折斷踏扁了。其不知"玩具是兒童的天使"，而"我"卻把弟弟的"天使"扼殺了，剝奪了他童年的樂趣。由此，它寫出了一個祈求寬恕，卻無須寬恕、無法寬恕的精神困境。本來，"兒童的心情：好奇，向上"（《集外集拾遺補編·〈遠方〉按語》），是值得珍惜、保護和順勢利導的天性。但舊時的蒙學書卻教導兒童："兩耳不聞窗外事，一心只讀聖賢書。"（《增廣賢文》）剝奪了兒童天性所渴望的遊戲和玩樂，認為那是"沒出息孩子所做的玩藝"。魯迅並不隱秘可能受過此類舊思想、舊人生價值觀的濡染，以一隻蝴蝶風箏的偷偷製作和粗暴毀滅為精神哲學的案例，進行了深度的文化反思和人性解剖，不但解剖社會、更嚴峻地解剖自己。阿Q對王胡、小D這類自己人也有恃強凌弱的"國民劣根性"，魯迅解剖的是自己的"阿Q性"。

就踏碎風箏的案例進行反思和懺悔，實際上告知人們：理解兒童，理解童心，乃是對未來一代精神家園之價值的理解。在人們探尋人生哲學之時，是不應冷落和摧殘處在人生起點的這片精神家園而使之荒蕪，要愛護、扶持和引導它的合理健全發展，從而使兒童玩具能夠津津有味地喚起好奇心，發揮着訓練知覺、激發想象、增長體能的功能。茲事體大，涉及民族的未來，因為"童年的情形，便是將來的命運"。（《南腔北調集·上海的兒童》）

魯迅高度重視兒童成長哲學，由此他呼喚對兒童教育進行歷史的反省："現在自然是各式各樣的教科書，但在村塾裡也還有《三字經》和《百家姓》。清朝末年，有些人讀的是'天子重英豪，文章教爾曹，萬般皆下品，惟有讀書高'的《神童詩》，誇着'讀書人'的光榮；有些人讀的是'混沌初開，乾坤始奠，輕清者上浮而為天，重濁者下凝而為地'的《幼學瓊林》，教着做古文的濫調。……倘有人作一部歷史，將中國歷來教育兒童的方法，用書，作一個明確的記錄，給人明白我們的古人以至我們，是怎樣的被熏陶下來的，則其功德，當不在禹（雖然他也許不過是一條蟲）下。"（《准風月談·我們怎樣教育兒童的？》）這種歷史反省，應該以兒童的自然天性和潛能開發為本位："孩子是可以敬服的，他常常想到星月以上的境界，想到地面下的情形，想到花卉的用處，想到昆蟲的言語；他想飛上天空，他想潛入蟻穴……然而我們是忘卻了自己曾為孩子時候的情形了，將他們看作一個蠢才，甚麼都不放在眼裡。即使因為時勢所趨，只得施一點所謂教育，也以為只要付給蠢才去教就足夠。於是他們長大起來，就真的成了蠢才，和我們一樣了。然而我們這些蠢才，卻還在變本加厲的愚弄孩子。"（《且介亭雜文·看圖識字》）因此魯迅在五四時期就提出了"我們怎樣做父親"的命題："中國覺醒的人，為想隨順長者解放幼者，便須一面清結舊賬，一面開闢新路。就是開首所說的'自己背着因襲的重擔，肩住了黑暗的閘門，放他們到寬闊光明的地方去；此後幸福的度日，合理的做人。'這是一件極偉大的要緊的事，也是一件極困苦艱難的事。"（《墳·我們現在怎樣做父親》）

好的故事

燈火漸漸地縮小了，在預告石油的已經不多；石油又不是老牌，早熏得燈罩很昏暗。鞭爆的繁響在四近，煙草的煙霧在身邊：是昏沉的夜。

我閉了眼睛，向後一仰，靠在椅背上；捏着《初學記》的手擱在膝髁上。

我在朦朧中，看見一個好的故事。

這故事很美麗，幽雅，有趣。許多美的人和美的事，錯綜起來像一天雲錦，而且萬顆奔星似的飛動着，同時又展開去，以至於無窮。

我仿佛記得曾坐小船經過山陰道，兩岸邊的烏桕，新禾，野花，雞，狗，叢樹和枯樹，茅屋，塔，伽藍，農夫和村婦，村女，曬着的衣裳，和尚，蓑笠，天，雲，竹，……都倒影在澄碧的小河中，隨着每一打槳，各各夾帶了閃爍的日光，並水裡的萍藻游魚，一同蕩漾。諸影諸物，無不解散，而且搖動，擴大，互相融和；剛一融和，卻又退縮，復近於原形。邊緣都參差如夏雲頭，鑲着日光，發出水銀色焰。凡是我所經過的河，都是如此。

現在我所見的故事也如此。水中的青天的底子，一切事物統在上面交錯，織成一篇，永是生動，永是展開，我看不見這一篇的結束。

河邊枯柳樹下的幾株瘦削的一丈紅，該是村女種的罷。大紅花和斑紅花，都在水裡面浮動，忽而碎散，拉長了，縷縷的胭脂水，然而沒有暈。茅屋，狗，塔，村女，雲，……也都浮動着。大紅花一朵朵全被拉長了，這時是潑剌奔迸的紅錦帶。帶織入狗中，狗織入白雲中，白雲織入村女中……。在一瞬間，他們又將退縮了。但斑紅花影也已碎散，伸長，就要織進塔，村女，狗，茅屋，雲裡去。

現在我所見的故事清楚起來了，美麗，幽雅，有趣，而且分明。青天上面，有無數美的人和美的事，我一一看見，一一知道。

我就要凝視他們……。

我正要凝視他們時，驟然一驚，睜開眼，雲錦也已皺蹙，凌亂，彷彿有誰擲一塊大石下河水中，水波陡然起立，將整篇的影子撕成片片了。我無意識地趕忙捏住幾乎墜地的《初學記》，眼前還剩着幾點虹霓色的碎影。

我真愛這一篇好的故事，趁碎影還在，我要追回他，完成他，留下他。我拋了書，欠身伸手去取筆，——何嘗有一絲碎影，只見昏暗的燈光，我不在小船裡了。

但我總記得見過這一篇好的故事，在昏沉的夜……。

一九二五年二月二十四日。

點評

“渴望美好吧！”美好是生活的嚮導，生命的明燈，可以充當精神的歸屬。《好的故事》是探索精神家園的篇章，儘管《野草》多獨語和夢，在數以幾十計的夢境抒寫中，噩夢最是多見，而《好的故事》則於昏沉的油燈下，敞開了一種明麗、溫馨、閃爍、奇幻的故園畫卷，表達了魯迅思想深處的“渴望美好”的執着追求。它與《雪》等篇什一道，使得《野草》中最明麗的格調，非精神家園探索的篇章莫屬了。渴望是一種刻骨銘心的希望。

這種精神家園繫於家鄉，尤其是繫於難以忘懷的童年家鄉影像。紹興人都會津津樂道於《世説新語，言語篇》的這則記載："王子敬（獻之）云：從山陰道上行，山川自相映發，使人應接不暇。若秋冬之際，尤難為懷。"又云："顧長康（愷之）從會稽還，人問山川之美，顧云：'千岩競秀，萬壑爭流，草木蒙籠其上，若雲興霞蔚。'"這可是講究傳神寫照之妙，有"才絕、畫絕、痴絕"之稱的人物所得的觀感。本篇所寫"好的故事"，就是作者把珍藏於胸中的故鄉風物的觀感，從精神家園深處呼喚出來，以同"昏沉的夜"相對抗的。昏燈假寐間，"我仿佛記得曾坐小船經過山陰道，兩岸邊的烏桕，新禾，野花，雞，狗，叢樹和枯樹，茅屋，塔，伽藍，農夫和村婦，村女，曬着的衣裳，和尚，蓑笠，天，雲，竹，……都倒影在澄碧的小河中，隨着每一打槳，各各夾帶了閃爍的日光，並水裡的萍藻游魚，一同蕩漾。"此類描寫似乎頗得晉人的山水鑑賞趣味，但它在那一天雲錦中，已織進了農家男女和農舍風光。它已經減少了晉人的清玄，而在其"美麗，幽雅，有趣"的畫面增添了樸實。書寫手法碎散、伸長、交織、疊印、融合，已帶有意識流特點，又使幽雅樸素帶上濃鬱的現代意味。

值得注意的是，"兩岸邊的烏桕，新禾，野花"云云，意味着山陰道上風光，是以烏桕作為排頭的標誌。這令人聯想到《風波》的開頭："臨河的土場上，太陽漸漸的收了他通黃的光線了。場邊靠河的烏桕樹葉，乾巴巴的才喘過氣來，幾個花腳蚊子在下面哼着飛舞。面河的農家的煙突裡，逐漸減少了炊煙，女人孩子們都在自己門口的土場上波些水，放下小桌子和矮凳；人知道，這已經是晚飯的時候了。"尤其聯想到魯迅視為童年樂園的百草園："不必説碧綠的菜畦，光滑的石井欄，高大的皂莢樹，紫紅的桑椹……"雖然有蕭瑟與明麗之別，但都以烏桕作河邊和花園的標誌。清人陳淏子輯《花鏡》卷三云：“桕，一名烏桕，一名桕柳。出浙東、江西。樹最高大，葉如杏而薄小，淡綠色，可以染皂。花黄白，子黑色，可以取蠟為燭。其子中細核，可榨取油，止可燃燈油傘，不可食，食則令人吐瀉。木必接過方結子，不接者，雖結不多。秋晚葉紅可觀，亦秋色之不可少者。”魯迅少年時代“最愛看的是《花鏡》，上面有許多圖”，當會對烏桕留下難忘印象。因而《雪》寫“雪野中有血紅的寶珠山茶，白中隱青的單瓣梅花，深黄的磬口的蠟梅花”，能對多種花卉進行分類指認。磬口的蠟梅花，也見於《花鏡》卷三：“蠟梅（俗作臘梅），一名黄梅，本非梅類，因其與梅同放，其香又相近，色似蜜蠟，且臘月開，故有是名。樹不甚大而枝叢。葉如桃，闊而厚，有磬口、荷花、狗英三種。惟圓瓣深黄，形似白梅，雖盛開如半含者名磬口，最為世珍。若瓶供一枝，香可盈室。”

由於對花卉的博識，使魯迅“渴望美好”的家園意識，織入一天雲錦般的花卉人物中了：“河邊枯柳樹下的幾株瘦削的一丈紅，該是村女種的罷。大紅花和斑紅花，都在水裡面浮動，忽而碎散，拉長了，縷縷的胭脂水，然而沒有暈。茅屋，狗，塔，村女，雲，……也都浮動着。大紅花一朵朵全被拉長了，這時是潑剌奔迸的紅錦帶。帶織入狗中，狗織入白雲中，白雲織入村女中……。在一瞬間，他們又將退縮了。但斑紅花影也已碎散，伸長，就要織進塔，村女，狗，茅屋，雲裡去。”如此水中倒影的描繪，有若印象派的光色敏感，新鮮別致得令人彷彿進入超現實的幻境。

過　客

時：

或一日的黃昏。

地：

或一處。

人：

老翁——約七十歲，白鬚髮，黑長袍。

女孩——約十歲，紫髮，烏眼珠，白地黑方格長衫。

過客——約三四十歲，狀態困頓倔強，眼光陰沉，黑鬚，亂髮，黑色短衣褲皆破碎，赤足著破鞋，脅下掛一個口袋，支着等身的竹杖。

東，是幾株雜樹和瓦礫；西，是荒涼破敗的叢葬；其間有一條似路非路的痕跡。一間小土屋向這痕跡開着一扇門；門側有一段枯樹根。

（女孩正要將坐在樹根上的老翁攙起。）

翁——孩子。喂，孩子！怎麼不動了呢？

孩——（向東望着，）有誰走來了，看一看罷。

翁——不用看他。扶我進去罷。太陽要下去了。

孩——我，——看一看。

翁——唉，你這孩子！天天看見天，看見土，看見風，還不夠好看麼？甚麼也不比這些好看。你偏是要看誰。太陽下去時候出現的東西，不會給你甚麼好處的。……還是進去罷。

孩——可是，已經近來了。阿阿，是一個乞丐。

翁——乞丐？不見得罷。

（過客從東面的雜樹間蹌踉走出，暫時躊躕之後，慢慢地走近老翁去。）

客——老丈，你晚上好？

翁——阿，好！託福。你好？

客——老丈，我實在冒昧，我想在你那裡討一杯水喝。我走得渴極了。這地方又沒有一個池塘，一個水窪。

翁——唔，可以可以。你請坐罷。（向女孩）孩子，你拿水來，杯子要洗乾淨。

（女孩默默地走進土屋去。）

翁——客官，你請坐。你是怎麼稱呼的。

客——稱呼？——我不知道。從我還能記得的時候起，我就只一個人。我不知道我本來叫甚麼。我一路走，有時人們也隨便稱呼我，各式各樣地，我也記不清楚了，況且相同的稱呼也沒有聽到過第二回。

翁——阿阿。那麼，你是從那裡來的呢？

客——（略略遲疑，）我不知道。從我還能記得的時候起，我就在這麼走。

翁——對了。那麼，我可以問你到那裡去麼？

客——自然可以。——但是，我不知道。從我還能記得的時候起，我就在這麼走，要走到一個地方去，這地方就在前面。我單記得走了許多路，現在來到這裡了。我接着就要走向那邊去，（西指，）前面！

（女孩小心地捧出一個木杯來，遞去。）

客——（接杯，）多謝，姑娘。（將水兩口喝盡，還杯，）多謝，姑娘。這真是少有的好意。我真不知道應該怎樣感激！

翁——不要這麼感激。這於你是沒有好處的。

客——是的，這於我沒有好處。可是我現在很恢復了些力氣了。我就要前去。老丈，你大約是久住在這裡的，你可知道前面是怎麼一個所在麼？

翁——前面？前面，是墳。

客——（詫異地，）墳？

孩——不，不，不的。那裡有許多許多野百合，野薔薇，我常常去玩，去看他們的。

客——（西顧，彷彿微笑，）不錯。那些地方有許多許多野百合，野薔薇，我也常常去玩過，去看過的。但是，那是墳。（向老翁，）老丈，走完了那墳地之後呢？

翁——走完之後？那我可不知道。我沒有走過。

客——不知道？！

孩——我也不知道。

翁——我單知道南邊；北邊；東邊，你的來路。那是我最熟悉的地方，也許倒是於你們最好的地方。你莫怪我多嘴，據我看來，你已經這麼勞頓了，還不如回轉去，因為你前去也料不定可能走完。

客——料不定可能走完？……（沉思，忽然驚起，）那不行！我只得走。回到那裡去，就沒一處沒有名目，沒一處沒有地主，沒一處沒有驅逐和牢籠，沒一處沒有皮面的笑容，沒一處沒有眶外的眼淚。我憎惡他們，我不回轉去！

翁——那也不然。你也會遇見心底的眼淚，為你的悲哀。

客——不。我不願看見他們心底的眼淚，不要他們為我的悲哀！

翁——那麼，你，（搖頭，）你只得走了。

客——是的，我只得走了。況且還有聲音常在前面催促我，叫喚我，使我息不下。可恨的是我的腳早經走破了，有許多傷，流了許多血。（舉起一足給老人看，）因此，我的血不夠了；我要喝些血。但血在那裡呢？可是我也不願意喝無論誰的血。我只得喝些水，來補充我的血。一路上總有水，我倒也並不感到甚麼不足。只是我的力氣太稀薄了，血裡面太多了水的緣故罷。今天連一個小水窪也遇不到，也就是少走了路的緣故罷。

翁——那也未必。太陽下去了，我想，還不如休息一會的好罷，像我似的。

客——但是，那前面的聲音叫我走。

翁——我知道。

客——你知道？你知道那聲音麼？

翁——是的。他似乎曾經也叫過我。

客——那也就是現在叫我的聲音麼？

翁——那我可不知道。他也就是叫過幾聲，我不理他，他也就不叫了，我也就記不清楚了。

客——唉唉，不理他……。（沉思，忽然吃驚，傾聽着，）不行！我還是走的好。我息不下。可恨我的腳早經走破了。（準備走路。）

孩——給你！（遞給一片布，）裹上你的傷去。

客——多謝，（接取，）姑娘。這真是……。這真是極少有的好意。這能使我可以走更多的路。（**就斷磚坐下，要將布纏在踝上，**）但是，不行！（**竭力站起，**）姑娘，還了你罷，還是裹不下。況且這太多的好意，我沒法感激。

翁——你不要這麼感激，這於你沒有好處。

客——是的，這於我沒有甚麼好處。但在我，這佈施是最上的東西了。你看，我全身上可有這樣的。

翁——你不要當真就是。

客——是的。但是我不能。我怕我會這樣：倘使我得到了誰的佈施，我就要像兀鷹看見死屍一樣，在四近徘徊，祝願她的滅亡，給我親自看見；或者咒詛她以外的一切全都滅亡，連我自己，因為我就應該得到咒詛。但是我還沒有這樣的力量；即使有這力量，我也不願意她有這樣的境遇，因為她們大概總不願意有這樣的境遇。我想，這最穩當。（**向女孩，**）姑娘，你這布片太好，可是太小一點了，還了你罷。

孩——（**驚懼，退後，**）我不要了！你帶走！

客——（**似笑，**）哦哦，……因為我拿過了？

孩——（**點頭，指口袋，**）你裝在那裡，去玩玩。

客——（**頹唐地退後，**）但這背在身上，怎麼走呢？……

翁——你息不下，也就背不動。——休息一會，就沒有甚麼了。

客——對咧，休息……。（**默想，但忽然驚醒，傾聽。**）不，我不能！我還是走好。

翁——你總不願意休息麼？

客——我願意休息。

翁——那麼，你就休息一會罷。

客——但是，我不能……。

翁——你總還是覺得走好麼？

客——是的。還是走好。

翁——那麼，你也還是走好罷。

客——（將腰一伸，）好，我告別了。我很感謝你們。（向着女孩，）姑娘，這還你，請你收回去。

（女孩驚懼，斂手，要躲進土屋裡去。）

翁——你帶去罷。要是太重了，可以隨時拋在墳地裡面的。

孩——（走向前，）阿阿，那不行！

客——阿阿，那不行的。

翁——那麼，你掛在野百合野薔薇上就是了。

孩——（拍手，）哈哈！好！

客——哦哦……。

（極暫時中，沉默。）

翁——那麼，再見了。祝你平安。（站起，向女孩，）孩子，扶我進去罷。你看，太陽早已下去了。（轉身向門。）

客——多謝你們。祝你們平安。（徘徊，沉思，忽然吃驚，）然而我不能！我只得走。我還是走好罷……。（即刻昂了頭，奮然向西走去。）

（女孩扶老人走進土屋，隨即闔了門。過客向野地裡踉蹌地闖進去，夜色跟在他後面。）

一九二五年三月二日。

點評

《過客》隱喻的是一種過程哲學，過程哲學乃是對希望哲學的落實，落實到“千里之行，始於足下”。據荊有麟《魯迅的工作和生活》回憶，“先生自己講：《野草》中《過客》一篇，在腦筋中醞釀了將近十年。但因為找不到合適的表現形式，所以總是遷延着”，終於找到採取“散文詩劇”結構方式，依然“對於那樣的表現手法，還沒有感覺到十分滿意。”可見這是千錘百煉、凝為精神情結的作品。寫成《過客》後二月，作者在《華蓋集·北京通信》中說：“我自己，是甚麼也不怕的，生命是我自己的東西，所以我不妨大步走去，向着我自以為可以走去的路；即使前面是深淵，荊棘，狹谷，火坑，都由我自己負責。”《過客》以獨幕劇的方式，所隱喻的便是這種不畏艱險、不計成敗、堅持不懈、昂頭奮進的“大步走去”的人格意志。

這種人格意志包含着對生命本質的深刻體驗，生命在走的過程中實現它的本質。李白有所謂：“夫天地者，萬物之逆旅也；光陰者，百代之過客也。而浮生若夢，為歡幾何？”（《春夜宴從弟桃李園序》）他也用了“過客”二字，也有視人生為過客的意識，但他卻以道家的態度，在春夜宴遊樂事中消解這份生命焦慮，顯得瀟灑而豁達。曾國藩出使四川，路過新都，漫遊三百畝荷花的明代詩人楊慎桂湖舊址，酒罷題聯語說：“五千里秦樹蜀山，我原過客；一萬頃荷花秋水，中有詩人。”左宗棠年輕時，為洞庭君祠題寫聯語說：“迢遙旅路三千，我原過客；管領重湖八百，君亦書生。”二人所謂過客即遊客，不及李白深沉渺遠。

當然，此過客非彼過客，魯迅將生命意識和過程哲學深深地植入過客形象之中。過客的肖像：“約三四十歲，狀態困頓倔強，眼光陰沉，黑鬚，亂髮，黑色短衣褲皆破碎，赤足著破鞋，脅下掛一個口袋，支着等身的竹杖。”老翁在路邊小土屋枯樹根前，問過客三個問題：一是你叫甚麼名字，你是誰？二是你從哪裡來？三是你到哪裡去？這是人生哲學的基本問題，過客都茫然無知。無知、無名、無慾，過客放下了一切，所務者唯有他的走路。過客無名，“稱呼？——我不知道。從我還能記得的時候起，我就只一個人。我不知道我本來叫甚麼。”過客的處境是穿行於廢墟之間：“東，是幾株雜樹和瓦礫；西，是荒涼破敗的叢葬；其間有一條似路非路的痕跡。”過客的行為就是不息的追求：“從我還能記得的時候起，我就在這麼走，要走到一個地方去，這地方就在前面……況且還有聲音常在前面催促我，叫喚我，使我息不下。可恨的是我的腳早經走破了，有許多傷，流了許多血。”這呼應着寫於一九二一年的《故鄉》結尾：“我想：希望本是無所謂有，無所謂無的。這正如地上的路；其實地上本沒有路，走的人多了，也便成了路。”過客說：“我還是走的好。我息不下。”“走走不止”由此通向“生生不息”。過客之破衣敗履，形似乞丐而不息前行的形象，令人聯想到禹、墨一流胼手胝足，實幹為民的人物。

這是一種不計結果，只問過程的生命行為。“走”的意義在於“走”，把人生哲學、精神哲學演繹為過程哲學。英國哲學家懷特海二十世紀中葉在美國創立的過程哲學，認為世界本質上是一個不斷生成的動態過程，事物的存在就是它的生成。過程哲學強調現實存在都是能動的主體或超主體，沒有純被動的消極客體。這與魯迅的過客精神和“路”的哲學，存在着不謀而合之處。魯迅的過客是一往無前，不願回頭，因為他沒有退路：“我只得走。回到那裡去，就沒一處沒有名目，沒一處沒有地主，沒一處沒有驅逐和牢籠，沒一處沒有皮面的笑容，沒一處沒有眶外的眼淚。我憎惡他們，我不回轉去！”

這個獨幕劇設計了三個人物：老翁、女孩、過客，幾無情節，只有對話。老翁說：“前面？前面，是墳。”蒼涼的心靈已經埋葬了希望，失去了未來。女孩說前方有“許多許多野百合，野薔薇。”她以人類童年的眼光，看到世界充滿色彩，活躍着生命，值得期待。他們出自不同的年齡心理，對世界作出亮色的、或暗色的解釋。在老翁和女孩之間的世界色譜反差中，魯迅呼喚着過客，以不息行走的實踐過程，超越失望和希望的精神糾結。他只記得了和認準了“從我還能記得的時候起，我就在這麼走，要走到一個地方去，這地方就在前面。”他甚至問老翁：你說前面是墳地，那麼，“走完了那墳地之後呢？”在其不息的追求中依稀存在着“終極關懷”。過客精神包含着複雜而深刻的人生哲學體驗，體驗着過去與未來、鮮花與墳場、休息與行進，而生命的意義只存在於不息地行進的他自己的腳下，這就是極而言之的“過客”之所以為“過客”了。他以過程作為自己生命的證明。

死　火

我夢見自己在冰山間奔馳。

這是高大的冰山，上接冰天，天上凍雲瀰漫，片片如魚鱗模樣。山麓有冰樹林，枝葉都如松杉。一切冰冷，一切青白。

但我忽然墜在冰谷中。

上下四旁無不冰冷，青白。而一切青白冰上，卻有紅影無數，糾結如珊瑚網。我俯看腳下，有火焰在。

這是死火。有炎炎的形，但毫不搖動，全體冰結，像珊瑚枝；尖端還有凝固的黑煙，疑這才從火宅中出，所以枯焦。這樣，映在冰的四壁，而且互相反映，化成無量數影，使這冰谷，成紅珊瑚色。

哈哈！

當我幼小的時候，本就愛看快艦激起的浪花，洪爐噴出的烈焰。不但愛看，還想看清。可惜他們都息息變幻，永無定形。雖然凝視又凝視，總不留下怎樣一定的跡象。

死的火焰，現在先得到了你了！

我拾起死火，正要細看，那冷氣已使我的指頭焦灼；但是，我還熬着，將他塞入衣袋中間。冰谷四面，登時完全青白。我一面思索着走出冰谷的法子。

我的身上噴出一縷黑煙，上升如鐵線蛇。冰谷四面，又登時滿有紅焰流動，如大火聚，將我包圍。我低頭一看，死火已經燃燒，燒穿了我的衣裳，流在冰地上了。

"唉，朋友！你用了你的溫熱，將我驚醒了。" 他說。

我連忙和他招呼，問他名姓。

"我原先被人遺棄在冰谷中，" 他答非所問地說，"遺棄我的早已滅亡，消盡了。我也被冰凍凍得要死。倘使你不給我溫熱，使我重行燒起，我不久就須滅亡。"

"你的醒來，使我歡喜。我正在想着走出冰谷的方法；我願意攜帶你去，使你永不冰結，永得燃燒。"

"唉唉！那麼，我將燒完！"

"你的燒完，使我惋惜。我便將你留下，仍在這裡罷。"

"唉唉！那麼，我將凍滅了！"

"那麼，怎麼辦呢？"

"但你自己，又怎麼辦呢？" 他反而問。

"我說過了：我要出這冰谷……。"

"那我就不如燒完！"

他忽而躍起，如紅彗星，並我都出冰谷口外。有大石車突然馳來，我終於碾死在車輪底下，但我還來得及看見那車就墜入冰谷中。

"哈哈！你們是再也遇不着死火了！" 我得意地笑着說，彷彿就願意這樣似的。

一九二五年四月二十三日。

點評

《死火》是心靈煉獄中的一個奇幻的哲理之夢。"春蠶到死絲方盡，蠟炬成灰淚始乾"，李商隱的《無題》詩是將燃燒的蠟燭（也是一種形態的火）比喻生命情感的。魯迅創造“死火”意象，在生、死之間思考生命價值和死亡哲學，因而更屬奇思妙想，堪稱絕筆，能夠設想出這麼一個意象，就足以使《野草》照耀古今而不朽了。它也是借用夢境，以提供一個奇幻絢麗的想象空間。火也有生死嗎？“我”夢見自己在冰山間奔馳，忽然墜在冰谷中，在青白色的死海中，看見了無數的生命的糾結如珊瑚網的形影：“這是死火。有炎炎的形，但毫不動搖，全體結冰，像珊瑚枝；尖端還有凝固的黑煙，疑這才從火宅中出，所以枯焦。這樣，映在冰的四壁，而且互相反映，化為無量數影，使這冰谷，成紅珊瑚色。”這種想象和描寫，簡直神妙入化境了。死火被裝進衣袋，為體溫驚醒，開始了它恢復生命的歷程。因此它面臨着一切生命都不能逃避的兩難選擇：攜帶它走出冰谷，使它永不冰結，永得燃燒，“那麼，我將燒完！”將它遺棄在冰谷，不再燃燒，“那麼，我將凍滅了！”生命哲學不能迴避它內在的悖謬，竟然要求助於死亡意識賦予生命價值以衡量的尺度。死火選擇了燃燒，它直截了當地宣佈“那我就不如燒完”，於是他“忽而躍起，如紅彗星，並我都出冰谷口外”，在燃燒中死亡，這種死亡是悲壯的。

這是一種積極的“死亡哲學”，“若不能死，就不能生”，反過來“若不能生，也無所謂死”，在生中顯示死的悲壯，在死亡中實現生命的價值。古希臘哲學家伊壁鳩魯説死亡與我不相干：“最可怕的惡是死，但死卻與我們毫無關係，因為我們活着的時候，死亡還不存在；當死亡來到的時候，我們又已經不存在了。”積極面對死亡的最好態度，就是珍愛生命。魯迅以“死火”意象積極的入世態度，探索着“生—死”或“有—無”的二元的對立，及對立的消解，探索着生命哲學的價值體系。

既然無從選擇，那麼凍滅不如燃燒。以燃燒充實生命，而不甘凍死以辜負生命，這就是《死火》的隱喻性的結論。唐人聶夷中樂府歌詞《短歌行》說："榮華忽消歇，四顧令人悲。生死與榮辱，四者乃常期。古人恥其名，沒世無人知。"林則徐又說："苟利國家生死以，豈因禍福避趨之。"梁啓超進一步發揮說："'死'之為物，最能困人。《記》曰：'天地之大也，人猶有所憾。'人既生而必不能無死，是尋常人所最引為缺憾者也。故古來宗教家哲學家，莫不汲汲焉研究死之一問題以為立腳點。"他又引司馬遷之言說："'死或重於泰山，或輕於鴻毛'，若何而與日月爭光，若何而與草木同腐……其為教也，激厲志氣，導人向上。"（《進化論革命者頡德之學說》）生命哲學兑現於由生至死的過程中，善用過程，乃是對生的珍惜，對死的敬畏。

狗的駁詰

我夢見自己在隘巷中行走，衣履破碎，像乞食者。

一條狗在背後叫起來了。

我傲慢地回顧，叱咤說：

“呔！住口！你這勢利的狗！”

“嘻嘻！”他笑了，還接着說，“不敢，愧不如人呢。”

“甚麼！？”我氣憤了，覺得這是一個極端的侮辱。

“我慚愧：我終於還不知道分別銅和銀；還不知道分別布和綢；還不知道分別官和民；還不知道分別主和奴；還不知道……”

我逃走了。

“且慢！我們再談談……”他在後面大聲挽留。

我一徑逃走，盡力地走，直到逃出夢境，躺在自己的床上。

一九二五年四月二十三日。

點評

《野草》多寫夢，《狗的駁詰》也以夢境提供奇特的想象空間，一個超出三維的第四維空間。在第四維空間中，人狗易位，思考着人間的道德價值。以萬物之靈自居的人，是有一種物種優越感的，在狗吠破衣人的時候，“我夢見自己在隘巷中行走，衣履破碎，像乞食者”，自然遭遇狗吠，於是斥責“呔！住口！你這勢利的狗！”怪異的事情發生了，狗不僅沒有被激怒，反而“嘻嘻”冷笑，連稱“不敢，愧不如人呢”。如此標榜“人性不如狗性”，嘲諷人沒有資格在道德上貶斥狗，實在是令作為人類者心靈震撼。狗談到嘲諷的理由，簡直是振振有詞：“我慚愧：我終於還不知道分別銅和銀；還不知道分別布和綢；還不知道分別官和民；還不知道分別主和奴；還不知道……”夢中的狗，竟然嘲笑人的貪得無厭的金錢慾、衣裝取人的勢利眼、崇官賤民的奴才相。以狗嘲人，其對人間市儈主義的價值觀和道德墮落的諷刺，也實在是辛辣得入木三分了。這就使得作為人的“我”無地自容，只好逃走了。讓狗同人突然對話，本身就具有極大的荒誕性，何況極而言之，説“狗不如人勢利”，這就給等級社會、金錢社會中提供了一種批判性的社會哲學。從而以荒誕性的寓言故事，提醒世人捫心自問：你與狗比如何？是廉潔正派呢，還是豬狗不如？

據二〇一三年二月號發佈的《BBC 知識》國際中文版第十八期載文説：“陪伴人類生活最久的物種，當屬狗兒了。我們與狗的淵源始於一萬五千年前農業發展之初（甚至可能更早）。雖然我們不可能釐清狗對人類文明的確切貢獻，但是也很難想象，如果少了它們，我們怎麼有辦法這麼有效地放牧牛羊，或是狩獵其他動物。狗的感官敏鋭，還懂得對人類察言觀色，稱得上是‘人類最好的朋友’。”這就是説原始人的進化過程中，遊獵獲取肉食，狗以其擅長搜索、跟蹤、撲咬，成為人類的有力幫手。而且瑞典皇家理工學院（KTH）的遺傳學家彼得·薩弗賴寧（Peter Savolainen）還確信，狗是發源自東亞。

在中國，狗的忠心耿耿，效忠主人，也頗受讚揚。歷代誌怪和筆記，不乏義犬的記載。東晉干寶的《搜神記》，謂“犬之報恩甚於人。人不知恩，豈如犬乎？”遂作“義犬冢”記載。清人蒲松齡《聊齋誌異》卷九有“義犬”條目，寫完後還發感慨：“嗚呼！一犬也，而報恩如是，世無心肝者，其亦愧此犬也夫！”《四庫全書總目》評述清人鄭與僑的《客途偶記》，謂其中“多忠義節烈之事。所謂義犬、義貓、義象諸記，疑寓言以愧背主者”。許多筆記雜集，不乏義犬記、義犬墓、義犬塔的記述，明代、清代都有《義犬記》雜劇戲曲。但社會成見多以為狗的品格卑下，“桀犬吠堯”，“狗眼看人低”，“狗吠破衣人”，“狗嘴裡吐不出象牙”，“蠅營狗苟”，“狐群狗黨”，以至於“走狗”、“狗腿子”、“癩皮狗”、“驢鳴狗吠”、“狼心狗肺”，簡直是狗頭、狗腿、狗的內臟、皮毛、叫聲，都成了貶義詞的取材。因此《狗的駁詰》以狗駁斥、詰難人，是以卑下質疑更卑下，在極而言之中促人反省。

魯迅一生，對叭兒狗、落水狗、乏走狗、癩皮狗之類，投以極大的蔑視。《狂人日記》說：那趙家的狗，何以看我兩眼呢？我怕得有理。《論“費厄潑賴”應該緩行》主張打落水狗，“倘是咬人之狗，我覺得都在可打之列，無論它在岸上或在水中”；“叭兒狗尤非打落水裡，又從而打之不可。”他由此總結出一種“叭兒性”，認為在“中國歷來的文壇上，常見的是誣陷，造謠，恐嚇，辱罵，翻一翻大部的歷史，就往往可以遇見這樣的文章，直到現在，還在應用，而且更加厲害。但我想，這一份遺產，還是都讓給叭兒狗文藝家去承受罷，我們的作者倘不竭力的拋棄了它，是會和他們成為‘一丘之貉’的”。（《南腔北調集·辱罵和恐嚇決不是戰鬥》）魯迅仇貓，何以又打狗？在回答名人教授論敵時，他查找狗貓結仇的原因：“在覃哈特博士（Dr. O. Dähmhardt）的《自然史底國民童話》裡，總算發見了那原因了。據說，是這麼一回事：動物們因為要商議要事，開了一個會議，鳥、魚、獸都齊集了，單是缺了象。大家議定，派夥計去迎接它，拈到了當這差使的鬮的就是狗。'我怎麼找到那象呢？我沒有見過它，也和它不認識。' 它問。'那容易，' 大眾說，'它是駝背的。' 狗去了，遇見一匹貓，立刻弓起脊樑來，它便招待，同行，將弓着脊樑的貓介紹給大家道：'象在這裡！' 但是大家都嗤笑它了。從此以後，狗和貓便成了仇家。"（《朝花夕拾·狗·貓·鼠》）原來狗貓結仇，是由於丟面子。

然而狗有狗的習性，"每一個破衣服人走過，叭兒狗就叫起來，其實並非都是狗主人的意旨或使嗾"；（《而已集·小雜感》）"狗也是將人分為兩種的，豢養它的主人之類是好人，別的窮人和乞丐在它的眼裡就是壞人，不是叫，便是咬。"（《二心集·上海文藝之一瞥》）這就是《狗的駁詰》中，何以狗見到"衣履破碎，像乞食者"的"我"，要不依不饒了。因此魯迅對狗的憎惡，是不言而喻的，他不能不宣佈："莊生以為'在上為烏鳶食，在下為螻食'，死後的身體，大可隨便處置，因為橫豎結果都一樣。我卻沒有這麼曠達。假使我的血肉該餵動物，我情願餵獅虎鷹隼，卻一點也不給癩皮狗們吃。養肥了獅虎鷹隼，它們在天空，岩角，大漠，叢莽裡是偉美的壯觀，捕來放在動物園裡，打死製成標本，也令人看了神旺，消去鄙吝的心。但養胖一群癩皮狗，只會亂鑽，亂叫，可多麼討厭！"（《且介亭雜文末編·半夏小集》）如此討厭的狗，還要嘲諷人的貪婪、勢利、奴性，令人情何以堪！

失掉的好地獄

我夢見自己躺在床上，在荒寒的野外，地獄的旁邊。一切鬼魂們的叫喚無不低微，然有秩序，與火焰的怒吼，油的沸騰，鋼叉的震顫相和鳴，造成醉心的大樂，佈告三界：地下太平。

有一偉大的男子站在我面前，美麗，慈悲，遍身有大光輝，然而我知道他是魔鬼。

"一切都已完結，一切都已完結！可憐的魔鬼們將那好的地獄失掉了！"他悲憤地説，於是坐下，講給我一個他所知道的故事——

"天地作蜂蜜色的時候，就是魔鬼戰勝天神，掌握了主宰一切的大威權的時候。他收得天國，收得人間，也收得地獄。他於是親臨地獄，坐在中央，遍身發大光輝，照見一切鬼眾。

"地獄原已廢弛得很久了：劍樹消卻光芒；沸油的邊際早不騰湧；大火聚有時不過冒些青煙，遠處還萌生曼陀羅花，花極細小，慘白可憐。——那是不足為奇的，因為地上曾經大被焚燒，自然失了他的肥沃。

"鬼魂們在冷油溫火裡醒來，從魔鬼的光輝中看見地獄小花，慘白可憐，被大蠱惑，倏忽間記起人世，默想至不知幾多年，遂同時向着人間，發一聲反獄的絕叫。

"人類便應聲而起，仗義執言，與魔鬼戰鬥。戰聲遍滿三界，遠過雷霆。終於運大謀略，佈大網羅，使魔鬼並且不得不從地獄出走。最後的勝利，是地獄門上也豎了人類的旌旗！

"當鬼魂們一齊歡呼時，人類的整飭地獄使者已臨地獄，坐在中央，用了人類的威嚴，叱咤一切鬼眾。

“當鬼魂們又發一聲反獄的絕叫時，即已成為人類的叛徒，得到永劫沉淪的罰，遷入劍樹林的中央。

“人類於是完全掌握了主宰地獄的大威權，那威棱且在魔鬼以上。人類於是整頓廢弛，先給牛首阿旁以最高的俸草；而且，添薪加火，磨礪刀山，使地獄全體改觀，一洗先前頹廢的氣象。

“曼陀羅花立即焦枯了。油一樣沸；刀一樣銛；火一樣熱；鬼眾一樣呻吟，一樣宛轉，至於都不暇記起失掉的好地獄。

“這是人類的成功，是鬼魂的不幸……。

“朋友，你在猜疑我了。是的，你是人！我且去尋野獸和惡鬼……。”

一九二五年六月十六日。

點評

魯迅自述：“（《野草》）大半是廢弛的地獄邊沿的慘白色小花，當然不會美麗。但這地獄也必須失掉。這是由幾個有雄辯和辣手，而那時還未得志的英雄們的臉色和語氣所告訴我的。我於是作《失掉的好地獄》。”（《二心集·〈野草〉英文譯本序》）魯迅因而也可以稱為一位歌唱着地獄邊沿“花極細小，慘白可憐”的曼陀羅花的哲理詩人。所謂“幾個有雄辯和辣手，而那時還未得志的英雄們的臉色和語氣”，當指想奪取人間地獄統治權的軍閥政客，魯迅揭示他們以權位是謀、不顧社會民生的折騰，充其量只是使地獄治權易手而已，無補於社會發展。“地獄”已是慘絕人寰，還稱“好”，還可惜它“失掉”，實在是以至痛之言作反諷，因而此篇最稱得上是“一部最典型的、最深刻的、人生的血書”的典型。

“地獄”的意象，來自佛教，已是民間信仰，北涼曇無讖譯《大方等大集經》卷三十四云：“命終之後墮阿鼻地獄一劫受苦，飢食鐵丸渴飲融銅。”在魯迅一九二六年夏的作品中，反覆出現地獄意象。如四月寫的《雜語》(收入《集外集》)，五月寫的《忽然想到(七)》、《“碰壁”之後》(收入《華蓋集》)，以及六月寫的本稿。魯迅在民國初年讀過不少佛經，這是藉佛家語來隱喻和反諷他所見的世界。許壽裳《亡友魯迅印象記》曾說：“民國三年以後，魯迅開始看佛經，用功很猛，別人趕不上。”佛教的術語、意象、思維方式，成為魯迅寫《野草》和雜文的豐厚資源。如《“碰壁”之後》說：“佛說極苦地獄中的鬼魂，也反而並無叫喚！華夏大概並非地獄，然而‘境由心造’，我眼前總充塞着重迭的黑雲，其中有故鬼，新鬼，遊魂，牛首阿旁，畜生，化生，大叫喚，無叫喚，使我不堪聞見。”《雜語》則思考“地獄”依舊的原因：“稱為神的和稱為魔的戰鬥了，並非爭奪天國，而在要得地獄的統治權。所以無論誰勝，地獄至今也還是照樣的地獄。”由“不堪聞見”的社會環境，到神魔戰鬥爭奪“地獄的統治權”，基於這種觀察和思考，就使得《失掉的好地獄》在描述地獄統治權的爭奪戰中，將“神魔之戰”改作“人魔之戰”，正如《復仇（其二）》把“神之子”改作“人之子”，用以強化對人間世界的指涉。它隱喻着某種荒唐的歷史邏輯：在人類正義旗號下，重複着比魔鬼更為殘酷的政治，這竟成為近代史相當一段時間內的血的現實。魯迅以“地獄哲學”隱喻社會哲學，以怪誕的色彩增加其哲學思考的沉痛的而非輕浮的、現實的而非虛玄的濃度和深度。

怪誕是一種現代性的精神焦慮，以怪誕來體驗生活中失去意義的意義，並借助於精神分析學原理下的夢境和佛教片段的組合，成就了《失掉的好地獄》中那種慘淡驚美的藝術表現。又是一個夢魘："我夢見自己躺在床上，在荒寒的野外，地獄的旁邊。"這已是人取代魔鬼後的地獄治理業績："一切鬼魂們的叫喚無不低微，然有秩序，與火焰的怒吼，油的沸騰，鋼叉的震顫相和鳴，造成醉心的大樂，佈告三界：地下太平。"以鬼魂們在地獄中並無反抗地上刀山、下油鍋，來標榜"地下太平"，這就是人治地獄的本質。於是難免引起曾經的統治者魔鬼的憤慨："一切都已完結，一切都已完結！可憐的魔鬼們將那好的地獄失掉了！"魔鬼統治者的形象是"一偉大的男子站在我面前，美麗，慈悲，遍身有大光輝"，似乎他是一個在野的貴族，他的發言並非信口胡謅，很有來頭。他回憶魔鬼從天神手中奪得地獄統治權的功德："天地作蜂蜜色的時候，就是魔鬼戰勝天神，掌握了主宰一切的大權威的時候。他收得天國，收得人間，也收得地獄。他於是親臨地獄，坐在中央，遍身發大光輝，照見一切鬼眾。"偉大男子是從"魔鬼的地獄"中沾染了"遍身發大光輝"的。只因治理廢弛，刀山油鍋失去威力，鬼魂們在冷油溫火裡覺醒，受到"應聲而起、仗義執言"的人類的鼓動，推翻了魔鬼的統治，在地獄門上豎起"人類的旌旗"。人類大力整飭地獄，將發出一聲反獄的絕叫的鬼魂們，遷入劍樹林的中央，永久沉淪，"人類於是完全掌握了主宰地獄的大威權，那威棱且在魔鬼以上。人類於是整頓廢弛，先給牛首阿旁以最高的俸草；而且，添薪加火，磨礪刀山，使地獄全體改觀，一洗先前頹廢的氣象"，人類的成功，成為鬼魂的不幸。地獄在神、鬼、人的手中反覆易幟，旗號換了，卻沒有給醒過來的鬼魂們帶來他們所承諾的"黃金世界"。這種怪誕詭譎的描寫，透露了新主子並非要把地獄改造成天堂，只是要奪取統治權，用各種旗號建立自己的"威嚴"、"大威權”，任用新的牛首阿旁，給舊的刀山油鍋，磨礪鋒芒，添薪加火，強化防範鬼魂反抗的秩序。在這裡，“地獄”是黑暗的社會的真實寫照，“人類”即獨裁統治者，“鬼魂”則是任人驅使和奴役的百姓，“偉大的男子”是在野的魔鬼。縱觀中國的歷史，在“地獄的門上豎了人類的旌旗”的英雄層出不窮，但是當“人類完全掌握了主宰地獄的大威權”時，那威棱更遠在“魔鬼以上”，人民在社會動蕩的刀山油鍋中受盡磨難，因而令人屢屢感到失掉的是一個“好地獄”。“地獄”本是一種災難性的存在，居然用“好”來修飾，意味着人類統治下的新地獄是一個懲治“鬼魂”們的更加暗無天日的世界。這就是魯迅所感受到的近代史上的殺伐和顛覆，旌旗和貨色；就是對“失掉的好地獄”的飽含血跡淚痕的歷史反思。

在如此詭異的夢魘中，點綴着、並貫穿着曼陀羅花的意象：“大火聚有時不過冒些青煙，遠處還萌生曼陀羅花，花極細小，慘白可憐”；“從魔鬼的光輝中看見地獄小花，慘白可憐”；“曼陀羅花立即焦枯了。油一樣沸；刀一樣銛；火一樣熱；鬼眾一樣呻吟，一樣宛轉……”在神、鬼、人主宰地獄的大威權的歷史更迭中，曼陀羅花“慘白可憐”和焦枯，象徵着在旗號換新、政權更迭中，國人江河日下的曼陀羅花式的宿命，其中的悲劇意識具有無可如何的沉重。魯迅寫作這篇散文詩的立場，就是“站在可詛咒的地方，擊退了可詛咒的時代”，思考着中國的生路和死路。

曼陀羅花，花美而整株有毒，種子毒性最大。三國時華陀以之製作“麻沸散”（麻醉劑），江湖民間用之製造“蒙汗藥”。由於花朵艷麗，形如喇叭，所以英文稱為 Angel's Trumpet（天使的喇叭）。明人劉侗等的《帝京景物略》卷七云：“百花者，紅紫翠黃，不可凡數，……土人指一種，尊之曰天花。艷光而幻質，佛諸經每所稱：天雨曼陀羅花、天雨曼殊沙花也。”李時珍《本草綱目》說：

“《法華經》言佛説法時，天雨曼陀羅花。又道家北斗有陀羅星使者，手執此花。故後人因以名花。”由此可見，曼陀羅花帶着濃鬱的宗教神秘色彩。“曼陀羅”，梵文 Mandala，意譯應為“壇”、“壇場”，即佛教密宗在修“密法”時為防止“魔鬼”侵入，在修法場地畫上一圈或建一土壇，有時在上面畫佛和菩薩像。這樣的法場地或壇場，通稱曼陀羅。東晉法顯譯《大般涅槃經》卷中云：“爾時諸天龍神八部，於虛空中，雨眾妙花、曼陀羅花……”唐釋義淨譯《金光明最勝王經》卷三又云：“爾時梵王及天帝釋等，於説法處皆以種種曼陀羅花而散佛上。三千大千世界地皆大動，一切天鼓及諸音樂不鼓自鳴，放金色光，遍滿世界，出妙音聲。”敦煌變文《妙法蓮華經講經文》説：“此唱經文，喜見菩薩下取世間種種諸物，以充供養，及入三昧，現大神通，而雨香花。經云‘曼陀羅花’者，梁言適意花，大適意，凡夫秋見便悦暢，仙出佛滅，方現一朵。”曼陀羅花是一種帶有神經麻醉毒素的美麗花，艷光而幻質，又與宗教神秘主義淵源甚深，魯迅由於熟知佛典，將之入文，在它的慘白可憐、烘烤焦枯中見證了人性在“好地獄”失掉的同時備受煎熬。曼陀羅花生於地獄邊緣，為地獄陷入更深一層的地獄作證。

墓碣文

我夢見自己正和墓碣對立，讀着上面的刻辭。那墓碣似是沙石所製，剝落很多，又有苔蘚叢生，僅存有限的文句——

……於浩歌狂熱之際中寒；於天上看見深淵。於一切眼中看見無所有；於無所希望中得救。……

……有一遊魂，化為長蛇，口有毒牙。不以嚙人，自嚙其身，終以殞顛。……

……離開！……

我繞到碣後，才見孤墳，上無草木，且已頹壞。即從大闕口中，窺見死屍，胸腹俱破，中無心肝。而臉上卻絕不顯哀樂之狀，但蒙蒙如煙然。

我在疑懼中不及回身，然而已看見墓碣陰面的殘存的文句——

……抉心自食，欲知本味。創痛酷烈，本味何能知？……

……痛定之後，徐徐食之。然其心已陳舊，本味又何由知？……

……答我。否則，離開！……

我就要離開。而死屍已在墳中坐起，口唇不動，然而說——

“待我成塵時，你將見我的微笑！”

我疾走，不敢反顧，生怕看見他的追隨。

一九二五年六月十七日。

點評

要讀懂一個人，先讀他的墓誌銘，也許可得一個大概。《墓碣文》可以看作魯迅自製的墓誌銘，魯迅在這裡與死亡遭遇，諦視死亡而與死亡進行結結巴巴的對話。但他正是在這番結結巴巴中掂量着生命的分量和死亡的分量，他的生命意識是糾纏着死亡意識，死亡意識又是擺脱不開生命意識，使人於浩風呼嘯的怪誕中體驗着一顆流着血的心。

墳前、墳中的墓誌銘，往往簡述着死者生平事跡，尤其是死者的豐功偉業，將其立德、立言、立行的行狀刻在石碑上，以期雁過留聲，人死留名。曾鞏説：“夫銘志之著於世，義近於史，而亦有與史異者。蓋史之於善惡無所不書，而銘者，蓋古之人有功德材行志義之美者，懼後世之不知，則必銘而見之。或納於廟，或存於墓，一也。苟其人之惡，則於銘乎何有？此其所以與史異也。其辭之作，所以使死者無有所憾，生者得致其嚴。而善人喜於見傳，則勇於自立。惡人無有所紀，則以愧而懼。至於通材達識，義烈節士，嘉言善狀，皆見於篇，則足為後法。警勸之道，非近乎史，其將安近！”（《寄歐陽舍人書》）墓誌記敘死者姓氏、籍貫和生平，既有善終追遠，讚揚死者，死而事之以敬之意；又多為子孫求作，或還奉上豐厚的潤筆，難免多見“諛墓”之詞。這種慣例在魯迅《墓碣文》中掃蕩無遺，實在是墓誌體式無可重複的突破。

當然也有的墓誌銘寫得別有深意。漢朝開國大將韓信的墓聯為："生死一知己；存亡兩婦人。"誰是知己，蕭何乎，劉邦乎？誰是婦人，漂母乎，呂后乎？寥寥十個字，呈現了韓信一生的千古之謎。也有自撰墓誌銘者，莎士比亞臨終自撰墓誌銘："看在耶穌的分上，好朋友，切勿挖掘這黃土下的靈柩；讓我安息者將得到上帝的祝福，遷我屍骨者定遭亡靈詛咒。"莎翁臨終還不知道自己的蓋世文名，比詛咒更能保護自己的屍骨。至於墓誌銘觸及心與不朽的，當以法國啓蒙思想家伏爾泰的最是馳名，他的心臟被保存在一隻鍍金的銀盒裡，安於大理石墓中，墓碑上刻下了兩句話："他的心存放在此，他的思想遍佈世界。"因而墓誌銘也是審視人生，啓迪後人的極好方式。

《墓碣文》可以當作魯迅自撰的精神墓碑來讀，他面對死亡所作的似斷還續的發問，直指生命與死亡的意義，直指人的一生應該像阿Q那樣，或以其他樣式畫圓圈的問題。這裡又是一個怪異的夢，夢見"我"和墓碣對立，"那墓碣似是沙石所製，剝落很多，又有苔蘚叢生"。為甚麼這樣寫？墓碣材質低劣，殘損不堪，反思了生命速朽，魯迅是從來不以"萬歲"自視的。墓碣文字就更是怪異莫名："……於浩歌狂熱之際中寒；於天上看見深淵。於一切眼中看見無所有；於無所希望中得救。……"這些都是充滿撞擊力的悖謬性語式和句式，沒有介紹他是誰，就毫無來由地説，他感覺到甚麼，他看見甚麼。"浩歌狂熱"是革命的激情，但激情如果不注意革命的痛苦和艱難，就容易"中寒"，容易一遇挫折就灰心喪氣。"天上"被想象為"黃金世界"，但黃金世界的許諾存在着陷阱，要看到那裡的深淵。人間紛紛擾擾的一切，被看成無所有，這種眼光近乎佛學"諸色皆空"；於無所希望中得救，則出自魯迅一貫的反抗絕望的哲學。

墓碣文又說："……有一遊魂，化為長蛇，口有毒牙。不以嚙人，自嚙其身，終以殞顛。……"以蛇作比喻，在魯迅作品中不乏其例。回憶童年的散文《從百草園到三味書屋》寫到，相傳百草園裡有一條很大的赤練蛇，長媽媽又講過美女蛇的故事。一九一九年的通信《對於〈新潮〉一部分的意見》，主張"最好是無論如何總要對於中國的老病刺他幾針"，"從三皇五帝時代的眼光看來，講科學和發議論都是蛇，無非前者是青梢蛇，後者是蝮蛇罷了；一朝有了棍子，就都要打死的。既然如此，自然還是毒重的好。"《吶喊·自序》說："這寂寞又一天一天的長大起來，如大毒蛇，纏住了我的靈魂了。"《華蓋集·雜感》又說："無論愛甚麼，——飯，異性，國，民族，人類等等，——只有糾纏如毒蛇，執着如怨鬼，二六時中，沒有已時者有望。"這些蛇在攻擊中國老病上，以劇毒的蝮蛇著名；在涉及愛憎上，以糾纏不已的執着為特點。但都不及《墓碣文》中遊魂化蛇來得怪異，蛇也有毒牙，卻不是用來咬人，而是用來咬自己，直咬到死為止。魯迅在《寫在〈墳〉後面》一文中說："我的確時時解剖別人，然而更多的是更無情面地解剖我自己，發表一點，酷愛溫暖的人物已經覺得冷酷了，如果全露出我的血肉來，末路正不知要到怎樣。我有時也想就此驅除旁人，到那時還不唾棄我的，即使是梟蛇鬼怪，也是我的朋友，這才真是我的朋友。"本篇便體現了"無情面地解剖自己"，"全露出我的血肉來"的堅執決絕的"反嚙"態度。

那麼，為何碑碣正面上又寫着"……離開！……"只要轉到墓碣背後便知。"我繞到碣後，才見孤墳，上無草木，且已頹壞。即從大闕口中，窺見死屍，胸腹俱破，中無心肝。而臉上卻絕不顯哀樂之狀，但蒙蒙如煙然。"遊魂化蛇反嚙，竟然使死屍"胸腹俱破，中無心肝”，可見其徹底的狠心。墓碣陰面殘存的文句是：“……抉心自食，欲知本味。創痛酷烈，本味何能知？……痛定之後，徐徐食之。然其心已陳舊，本味又何由知？……答我。否則，離開！……”反噬的要害是“抉心自食”而且食出“本味”，但反噬是創痛酷烈，酷烈到難以細細品嘗。忍過劇痛再來品嘗，但心已陳舊，品嘗到的也不是本味了。一個偉大的深刻的靈魂在承擔時代和人類的痛苦，在這裡用荒誕的噬心自食的象徵形式表現得一字一滴血痕。

最後發生了更加恐怖的“詐屍”的一幕：“我就要離開。而死屍已在墳中坐起，口唇不動，然而說——‘待我成塵時，你將見我的微笑！’我疾走，不敢反顧，生怕看見他的追隨。”夢中的“我”和墓碣下的死屍相對，其實是靈魂分裂為二而相互質疑和反詰。屍體與生身打照面，恐怖中蘊含着極度的深刻。墓碣陰面突出了靈魂分裂質疑的哲學是“抉心自食”，彷彿毒蛇自咬其身，感到無比痛苦。這種痛苦將伴其終生，化為煙塵的時候才能看到微笑。行文使用了荒誕手法，在夢中與墓碣、死屍相對相襯、相質疑之間，將墓碣文作為生與死的連接點，展示了自食心肝而胸腹無心肝的慘酷場面，排比的文言句式聚合着極不協調的詞語，風格奇特怪異得令人喘不過氣來。從而在幾乎窒息中，迸發出對死亡哲學、生命哲學，以及反噬自剖的思想態度的思考。從這種意義上說，可以說《墓碣文》是曠古未見的墓誌銘。

頹敗線的顫動

我夢見自己在做夢。自身不知所在，眼前卻有一間在深夜中緊閉的小屋的內部，但也看見屋上瓦松的茂密的森林。

板桌上的燈罩是新拭的，照得屋子裡分外明亮。在光明中，在破榻上，在初不相識的披毛的強悍的肉塊底下，有瘦弱渺小的身軀，為飢餓，苦痛，驚異，羞辱，歡欣而顫動。弛緩，然而尚且豐腴的皮膚光潤了；青白的兩頰泛出輕紅，如鉛上塗了胭脂水。

燈火也因驚懼而縮小了，東方已經發白。

然而空中還瀰漫地搖動着飢餓，苦痛，驚異，羞辱，歡欣的波濤……。

"媽！" 約略兩歲的女孩被門的開闔聲驚醒，在草席圍着的屋角的地上叫起來了。

"還早哩，再睡一會罷！" 她驚惶地説。

"媽！我餓，肚子痛。我們今天能有甚麼吃的？"

"我們今天有吃的了。等一會有賣燒餅的來，媽就買給你。" 她欣慰地更加緊捏着掌中的小銀片，低微的聲音悲涼地發抖，走近屋角去一看她的女兒，移開草席，抱起來放在破榻上。

"還早哩，再睡一會罷。" 她説着，同時抬起眼睛，無可告訴地一看破舊的屋頂以上的天空。

空中突然另起了一個很大的波濤，和先前的相撞擊，迴旋而成旋渦，將一切並我盡行淹沒，口鼻都不能呼吸。

我呻吟着醒來，窗外滿是如銀的月色，離天明還很遼遠似的。

我自身不知所在，眼前卻有一間在深夜中禁閉的小屋的內部，我自己知道是在續着殘夢。可是夢的年代隔了許多年了。屋的內外已經這樣整齊；裡面是青年的夫妻，一群小孩子，都怨恨鄙夷地對着一個垂老的女人。

"我們沒有臉見人，就只因為你，" 男人氣忿地説。"你還以為養大了她，其實正是害苦了她，倒不如小時候餓死的好！"

"使我委屈一世的就是你！" 女的説。

"還要帶累了我！" 男的説。

"還要帶累他們哩！" 女的説，指着孩子們。

最小的一個正玩着一片乾蘆葉，這時便向空中一揮，仿佛一柄鋼刀，大聲説道：

"殺！"

那垂老的女人口角正在痙攣，登時一怔，接着便都平靜，不多時候，她冷靜地，骨立的石像似的站起來了。她開開板門，邁步在深夜中走出，遺棄了背後一切的冷罵和毒笑。

她在深夜中盡走，一直走到無邊的荒野；四面都是荒野，頭上只有高天，並無一個蟲鳥飛過。她赤身露體地，石像似的站在荒野的中央，於一刹那間照見過往的一切：飢餓，苦痛，驚異，羞辱，歡欣，於是發抖；害苦，委屈，帶累，於是痙攣；殺，於是平靜。……又於一刹那間將一切併合：眷念與決絕，愛撫與復仇，養育與殲除，祝福與咒詛……。她於是舉兩手盡量向天，口唇間漏出人與獸的，非人間所有，所以無詞的言語。

當她説出無詞的言語時，她那偉大如石像，然而已經荒廢的，頹敗的身軀的全面都顫動了。這顫動點點如魚鱗，每一鱗都起伏如沸水在烈火上；空中也即刻一同振顫，彷彿暴風雨中的荒海的波濤。

她於是抬起眼睛向着天空，並無詞的言語也沉默盡絕，惟有顫動，輻射若太陽光，使空中的波濤立刻迴旋，如遭颶風，洶湧奔騰於無邊的荒野。

我夢魘了，自己卻知道是因為將手擱在胸脯上了的緣故；我夢中還用盡平生之力，要將這十分沉重的手移開。

一九二五年六月二十九日。

點評

《野草》雖然多夢魘，但由於雜取西方文學、弗洛伊德學說、中國古代誌怪雜俎之養分，因而往往能在怪誕之處翻出新花樣。《頹敗線的顫動》寫了夢中夢的連環套，又寫了夢後再夢的接續鏈，而且做夢者還可以"選夢"。這就使得"年代隔了許多年"的夢的對照接續中，深刻反省了人倫背叛和世態炎涼，以夢中夢的形式寫成的一個令人精神震撼的人間寓言。一九二一年魯迅翻譯《工人綏惠略夫》，從中感受到一種充滿悖謬性的人倫哲學："要救群眾，而反被群眾所迫害……轉而仇視一切，……歸於毀滅。"誰想到三四年後，自己也飽嘗了受自己培植者倒戈攻擊的苦澀和失望，人世間做人的道德底線崩塌，即古人所謂"百世踵謬訛，彝倫日頹圮"，這才寫下這個只能"舉兩手盡量向天，口唇間漏出人與獸的，非人間所有，所以無詞的言語"的呼訴無門的夢魘。

夢中夢的開頭以朦朧筆墨渲染着寡居少婦靠出賣肉體撫育幼孤的場面："板桌上的燈罩是新拭的，照得屋子裡分外明亮"，儘管貧困，還要在“分外明亮”中出賣肉體，作賤人的尊嚴。赤裸“在光明中，在破榻上，在初不相識的披毛的強悍的肉塊底下”，接受一個陌生嫖客的糟蹋。那“瘦弱渺小的身軀”全然是“為飢餓”所迫，經歷着“苦痛，驚異，羞辱，歡欣而顫動”，感受是非常複雜的，百味兼陳，然後是“弛緩，然而尚且豐腴的皮膚光潤了；青白的兩頰泛出輕紅，如鉛上塗了胭脂水”。不要認為受飢餓驅迫者就沒有人性，在陌生者闖入時，她有驚異，在身體受到橫暴時，她產生羞辱感，甚至寡居後接觸性的釋放，感到歡欣而顫動，弛緩之後皮膚光潤、兩頰泛紅，她完全作為一個平常人、而非蕩婦尤物來展示的。但她對如此遭遇不能淡然，驚懼之餘，“空中還瀰漫地搖動着飢餓，苦痛，驚異，羞辱，歡欣的波濤……”

如此描寫在魯迅作品中是大膽的，唯一的。它不僅是對性描寫的突破，而且是對程朱理學所謂“餓死事小，失節事大”的公然顛覆，對於弗洛伊德性心理學也有所質疑。八年後魯迅寫的《聽説夢》一文説：“不過，佛洛伊特恐怕是有幾文錢，吃得飽飽的罷，所以沒有感到吃飯之難，只注意於性慾。有許多人正和他在同一境遇上，就也轟然的拍起手來。誠然，他也告訴過我們，女兒多愛父親，兒子多愛母親，即因為異性的緣故。然而嬰孩出生不多久，無論男女，就尖起嘴唇，將頭轉來轉去。莫非它想和異性接吻麼？不，誰都知道：是要吃東西！食慾的根柢，實在比性慾還要深，在目下開口愛人，閉口情書，並不以為肉麻的時候，我們也大可以不必諱言要吃飯。”從兩歲的女孩驚醒後，在草席圍着的屋角的地上叫嚷“媽！我餓，肚子痛。我們今天能有甚麼吃的？”就證明了少婦被迫賣淫的生存合理性。她由於獲得掌中的小銀片而“欣慰”，因為她可以説“我們今天有吃的了。等一會有賣燒餅的來，媽就買給你。”“今天有吃”隱含着許多“昨天”沒有吃，而更多的“明天”

吃在何方，還沒有着落。

魯迅寫散文詩，曾經受過法國十九世紀末詩人波特萊爾的影響。一九二四年從日文翻譯波特萊爾的散文詩，並以德文譯本加以參照。並指出："那時覺醒起來的智識青年的心情，是大抵熱烈，然而悲涼的。即使尋到一點光明，'徑一周三'，卻更分明的看見了周圍的無涯際的黑暗。攝取來的異域的營養又是'世紀末'的果汁：王爾德，尼采，波特萊爾，安特萊夫們所安排的。'沉自己的船'還要在絕處求生，此外的許多作品，就往往'春非我春，秋非我秋'，玄髮朱顏，卻唱着飽經憂患的不欲明言的斷腸之曲。"(《且介亭雜文二集·〈中國新文學大系〉小説二集序》) 波特萊爾曾經這樣談他的散文詩："我們當中誰不曾在心懷野心的光陰裡夢想過創造奇跡，寫出散文，沒有節律、沒有韻腳、但富於音樂性，而且亦剛亦柔，足以適應靈魂的抒情脈搏、幻想的波濤和意識的跳躍？"幻想的波濤在《頹敗線的顫動》終於湧起，"空中突然另起了一個很大的波濤，和先前的相撞擊，迴旋而成旋渦，將一切並我盡行淹沒，口鼻都不能呼吸"。再度出現的景象，已經發生了波特萊爾所説的"意識的跳躍"，夢的年代隔了許多年，續着殘夢展示了深夜中禁閉的小屋內，"青年的夫妻，一群小孩子，都怨恨鄙夷地對着一個垂老的女人"，垂老女人就是當年以肉體換取微末的小銀元撫養小女孩的少婦。入贅的女婿氣憤地斥責："我們沒有臉見人，就只因為你，你還以為養大了她，其實正是害苦了她，倒不如小時候餓死的好！"長大了的小女孩説："使我委屈一世的就是你！"並指着孩子們説："還要帶累他們哩！""最小的一個正玩着一片乾蘆葉，這時便向空中一揮，仿佛一柄鋼刀，大聲説道：'殺！'這裡上演了一場兒孫對祖母的不義反叛。人倫撕裂，道德崩毀，情何以堪？到底是誰之罪？這對於老婦人而言，是天塌地陷。

於是散文詩給人間提供了一座荒野石雕像：口角痙攣，登時一怔，骨立的石像似的站起，開開板門，邁步在深夜中走出，遺棄了背後一切的冷罵和毒笑，“她在深夜中盡走，一直走到無邊的荒野；四面都是荒野，頭上只有高天，並無一個蟲鳥飛過。她赤身露體地，石像似的站在荒野的中央，於一剎那間照見過往的一切：飢餓，苦痛，驚異，羞辱，歡欣，於是發抖；害苦，委屈，帶累，於是痙攣；殺，於是平靜。……又於一剎那間將一切併合：眷念與決絕，愛撫與復仇，養育與殲除，祝福與咒詛……。她於是舉兩手盡量向天，口唇間漏出人與獸的，非人間所有，所以無詞的言語。”她頹敗的身軀的全面都顫動了。這顫動是驚天動地的，“點點如魚鱗，每一鱗都起伏如沸水在烈火上；空中也即刻一同振顫，仿佛暴風雨中的荒海的波濤”；她眼望蒼天，“惟有顫動，輻射若太陽光，使空中的波濤立刻迴旋，如遭颶風，洶湧奔騰於無邊的荒野”。這是荒誕中的偉大，就像“補天”中女媧造了人類，而人類的小丈夫卻指斥她傷風敗俗。而女媧全身的曲線都消融在淡玫瑰似的光海裡，波濤為之驚異，純白的影子在海水裡動搖，仿佛全體都正在四面八方的迸散。雖然有明麗和慘淡之別，但都蘊含着偉大。

至於魯迅作此篇的緣由和心境，可以聯想一年後魯迅致函許廣平，吐露了對一些背師之徒的悲憤：“我先前何嘗不出於自願，在生活的路上，將血一滴一滴地滴過去，以飼別人，雖自覺漸漸瘦弱，也以為快活。而現在呢，人們笑我瘦弱了，連飲過我的血的人，也來嘲笑我的瘦弱了。我聽得甚至有人說：‘他一世過着這樣無聊的生活，本早可以死了的，但還要活着，可見他沒出息’。於是也乘我困苦的時候，竭力給我一下悶棍，然而，這是他們在替社會除去無用的廢物呵！這實在使我憤怒，怨恨了，有時簡直想報復。我並沒有略存求得稱譽，報答之心，不過以為喝過血的人們，看見沒有血喝了就該走散，不要記着我是血的債主，臨走時還要打殺我，並且為消滅債券計，放火燒掉我的一間可憐的灰棚。我其實並不以債主自居，也沒有債券。他們的這種辦法，是太過的。”（《兩地書·九五》）

立論

我夢見自己正在小學校的講堂上預備作文，向老師請教立論的方法。

“難！”老師從眼鏡圈外斜射出眼光來，看着我，說。“我告訴你一件事——

“一家人家生了一個男孩，合家高興透頂了。滿月的時候，抱出來給客人看，——大概自然是想得一點好兆頭。

“一個說：‘這孩子將來要發財的。’他於是得到一番感謝。

“一個說：‘這孩子將來要做官的。’他於是收回幾句恭維。

“一個說：‘這孩子將來是要死的。’他於是得到一頓大家合力的痛打。

“說要死的必然，說富貴的許謊。但說謊的得好報，說必然的遭打。你……”

“我願意既不謊人，也不遭打。那麼，老師，我得怎麼說呢？”

“那麼，你得說：‘啊呀！這孩子呵！您瞧！那麼……。阿唷！哈哈！Hehe！he，hehehehe！’”

一九二五年七月八日。

點評

《立論》也是一個夢，一篇明白曉暢的寓言，全然以白描手法出之，不似以前所見的夢之沉鬱，在《野草》中算是獨具一格。但是，正是這種獨具一格的明白曉暢，導致不少不經意的誤讀。事情發生在一家生男孩滿月的時候，俗例小孩子彌月之喜要請客，叫作彌月湯餅宴。這是魯迅熟知的，他曾送禮物或湊份子，慶賀郁達夫、王映霞，或其他朋友生子的彌月之喜。

關於生子彌月，舉辦湯餅宴待客，唐宋以後多有記載。如宋人孫奕《示兒編》卷十三說："觀劉禹錫《贈進士張盥》詩云：'憶爾懸弧日，余為坐上賓。舉箸食湯餅，祝辭天麒麟'，不可專以湯餅為明皇王后事。"宋人陳著《本堂集》卷七十記述三司馬光"溫公家法：有客則酒三行或五行，侑以果菜，曰：'會數而禮勤，物薄而意厚。'懿哉！此風久不見矣。某今日為新生小兒彌月，徇俗具湯餅，因敢會宗族姻鄰及客而吾里相知者，並取生梅青菜，酌酒三杯，早賜訪。不再速，不見燭，惟從簡便，庶幾共味溫公之語，非敢曰真率會自某始。"蘇軾《賀陳述古弟章生子》詩云："鬱蔥佳氣夜充閭，始見徐卿第二雛。甚欲去為湯餅客，惟愁錯寫弄獐書。參軍新婦賢相敵，阿大中郎喜有餘。我亦從來識英物，試教啼看定何如。"這裡故意把弄璋錯寫為"弄獐"，是以唐玄宗時宰相李林甫不學無術的故實而涉筆成趣的，李林甫祝賀太常少卿姜度妻誕子，寫賀帖曰："聞有弄獐之慶"。

當然也有以生子三朝辦湯餅宴的。如《幼學瓊林》卷二云："三朝洗兒，曰湯餅之會。"但明清雜集所載，多是在生子滿月。湯餅是甚麼？就是"長壽麵"。清俞正燮《癸巳存稿》卷十考證："麵條子，曰切麵、曰拉麵、曰索麵、曰掛麵，亦曰麵湯、亦曰湯餅、亦曰索餅、亦曰水引麵。……《嬾真子》云：‘湯餅即世之長壽麵。’…… 元張翥《最高樓》詞‘壽仇先生’云：‘願年年湯餅會，樂情親。’《水調歌頭》詞‘自壽’云：‘臘甆開紅玉，湯餅煮銀絲’，真水引麵矣。生日湯餅，古人生子亦設湯餅。唐劉禹錫《贈進士張盥》詩云：‘憶爾懸弧日，余為坐上賓。舉箸食湯餅，祝辭天麒麟。’《大明會典》百三‘皇太后壽旦，正統間有壽麵；東宮千秋節，宣德間有壽麵’乃取湯餅麵條長壽之意。宋馬永卿《嬾真子》謂之‘長命麵’，其為長條可知。”對於彌月湯餅宴的沿革，以及清人文集的記載，博覽雜學的魯迅應是不會陌生的。比如《清稗類鈔》卷三五的這則記載就頗幽默，而且發生在魯迅故鄉不遠：“餘姚高雲鄉，名民，少業賈，旋為童子師以自給。生平嗜學，頗讀譯本書，且能為詩古文詞。而口吃，好詼諧。某年，失館家居，適生子，彌月，設湯餅筵。一賀客詢以‘今歲何所事事？’則曰：‘為國家製造人民，為祖宗製造子孫，非莫大之事業乎！’”

這就回到《立論》：“我夢見自己正在小學校的講堂上預備作文，向老師請教立論的方法。‘難！’老師從眼鏡圈外斜射出眼光來，看着我，說。”這裡給老師畫了這樣的“眼睛”，“從眼鏡圈外斜射出眼光來”，活靈活現地勾描出一位圓滑世故的老夫子神態。不應疏忽這一點，以下的故事的敘述者是他，而非魯迅。是這位老夫子在說：一家生了男孩，滿月的時候，抱出來向客人討個“好兆頭”。因而說孩子將來“發財”的，得到感謝；說孩子將來“做官”的，受到“恭維”。而說孩子將來“要死”的，落得一頓大家合力的痛打。這似乎就像老夫子判斷的“說要死的必然，說富貴的許謊。但說謊的得好報，說必然的遭打”，令人感到謊話討好，真話招災，真話、謊話遭遇不同的命運。

然而不要忘記敘述者是圓滑世故的老夫子。以上所說只是一個鋪墊，最要害的地方是結尾。“我願意既不謊人，也不遭打。那麼，老師，我得怎麼説呢？”老師回答：“那麼，你得説：‘啊呀！這孩子呵！您瞧！那麼……。阿唷！哈哈！Hehe！he，hehehehe！’”這真是一個老滑頭的處世術。這種懦夫哲學和“鄉愿”態度不敢直面現實，處於既是“瞞和騙”又非“瞞和騙”的灰色地帶，灰色地帶可以遁世自保，也足以藏污納垢，實際上體現着獨立人格的萎縮，是魯迅所鄙視的。

如果要為這種人格找注解，那麼魯迅《南腔北調集·作文秘訣》可以看作《立論》揭露的懦夫哲學、鄉愿態度的注解：“作文真就毫無秘訣麼？卻也並不。我曾經講過幾句做古文的秘訣，是要通篇都有來歷，而非古人的成文；也就是通篇是自己做的，而又全非自己所做，個人其實並沒有説甚麼；也就是‘事出有因’，而又‘查無實據’。到這樣，便‘庶幾乎免於大過也矣’了。簡而言之，實不過要做得‘今天天氣，哈哈哈……’而已。”既然把“今天天氣，哈哈哈……”説成是“做古文的秘訣”，也就將之視為傳統知識者的思維習慣，是處在某個文化層面的國民性。這也可以稱為“哈哈哈”陷阱。《花邊文學·看書瑣記（二）》又説：“就是我們……和幾乎同類的人，只要甚麼地方有些不同，又得心口如一，就往往免不了彼此無話可説。不過我們中國人是聰明的，有些人早已發明了一種萬應靈藥，就是‘今天天氣……哈哈哈！’倘是宴會，就只猜拳，不發議論。這樣看來，文學要普遍而且永久，恐怕實在有些艱難。‘今天天氣……哈哈哈！’雖然有些普遍，但能否永久，卻很可疑，而且也不大像文學。”既然將“今天天氣……哈哈哈！”，説成是中國聰明人“早已發明了一種萬應靈藥”，那麼它已經侵染了國民性無疑。魯迅的解剖，及於五四後的文學思潮，及於“我們和幾乎同類的人”，帶有“抉心自食”的反噬性；他進而認為片面強調文學普遍性和永恆主題，也是容易掉進聰明人早已設置的“哈哈哈”陷阱的。

至於這種思想的源頭，魯迅追溯到他所認知的莊子。《且介亭雜文二集·“文人相輕”》發掘“哈哈哈”陷阱的根源：“我們如果到《莊子》裡去找詞彙，大概又可以遇着兩句寶貝的教訓：‘彼亦一是非，此亦一是非’，記住了來作危急之際的護身符，似乎也不失為漂亮。然而這是只可暫時口説，難以永遠實行的。喜歡引用這種格言的人，那精神的相距之遠，更甚於叭兒之與老聃，這裡不必説它了。就是莊生自己，不也在《天下篇》裡，歷舉了別人的缺失，以他的‘無是非’輕了一切‘有所是非’的言行嗎？要不然，一部《莊子》，只要‘今天天氣哈哈哈……’七個字就寫完了。”他並不全盤否定莊子，更重要的是針對當時提倡讀《莊子》的一群，覺得他們雖然引用“彼亦一是非，此亦一是非”的格言，但與莊子之間的“精神的相距之遠，更甚於叭兒之與老聃”。

《立論》既然寫祝賀生子滿月，湯餅宴吃長壽麵的意思就是希望孩子長命百歲。因而在這種場合説“這孩子將來是要死的”，是一種莫大的冒犯，不能簡單地認為就是滑頭的老夫子所説的“説必然”，或“説真話”。人有生必有死，這是常識中的常識，不計場合地叨唸這種套話，除了證明他“敢掄”之外，還有甚麼深意可以發人深省？切不可把“説真話”膚淺化、便宜化了。《立論》倒是隱含着一個深層的問題：真話該怎麼説？隨之就產生了一系列問題：如何形成真話，而不拘執自以為是的一孔之見為真話？在各種場合採取何種方式才能使真話打動聽者的良知，甚至心悦誠服？遇到專制體制或愚蠢的長官權威時，如何理直氣壯甚至大義凜然地堅持説真話，卻又在可能的條件下化解蠻橫的壓力造成的負面影響？對一個人而言，説真話是人格的體現；對於國家而言，鼓勵説真話，善於接納真話，是開明之舉，前途所繫。防人之口，甚於防川。寫《立論》半個月後，魯迅對説真話恐懼症進行針砭，作《論睜了眼看》説："中國人的不敢正視各方面，用瞞和騙，造出奇妙的逃路來，而自以為正路。在這路上，就證明着國民性的怯弱，懶惰，而又巧滑。一天一天的滿足着，即一天一天的墮落着，但卻又覺得日見其光榮。"由於真理的嚴峻品格和謊言的投合功能，使得不願違心説謊者只好以沉默來應對，或借空言以備敷衍，這是令人感慨不已、憂患難釋的局面了。

死　後

我夢見自己死在道路上。

這是那裡，我怎麼到這裡來，怎麼死的，這些事我全不明白。總之，待到我自己知道已經死掉的時候，就已經死在那裡了。

聽到幾聲喜鵲叫，接着是一陣烏老鴉。空氣很清爽，——雖然也帶些土氣息，——大約正當黎明時候罷。我想睜開眼睛來，他卻絲毫也不動，簡直不像是我的眼睛；於是想抬手，也一樣。

恐怖的利鏃忽然穿透我的心了。在我生存時，曾經玩笑地設想：假使一個人的死亡，只是運動神經的廢滅，而知覺還在，那就比全死了更可怕。誰知道我的預想竟的中了，我自己就在證實這預想。

聽到腳步聲，走路的罷。一輛獨輪車從我的頭邊推過，大約是重載的，軋軋地叫得人心煩，還有些牙齒齼。很覺得滿眼緋紅，一定是太陽上來了。那麼，我的臉是朝東的。但那都沒有甚麼關係。切切嚓嚓的人聲，看熱鬧的。他們踹起黃土來，飛進我的鼻孔，使我想打噴嚏了，但終於沒有打，僅有想打的心。

陸陸續續地又是腳步聲，都到近旁就停下，還有更多的低語聲：看的人多起來了。我忽然很想聽聽他們的議論。但同時想，我生存時說的甚麼批評不值一笑的話，大概是違心之論罷：才死，就露了破綻了。然而還是聽；然而畢竟得不到結論，歸納起來不過是這樣——

“死了？……”

“嗡。——這……”

"哼！……"

"嘖。……唉！……"

我十分高興，因為始終沒有聽到一個熟識的聲音。否則，或者害得他們傷心；或則要使他們快意；或則要使他們加添些飯後閒談的材料，多破費寶貴的工夫；這都會使我很抱歉。現在誰也看不見，就是誰也不受影響。好了，總算對得起人了！

但是，大約是一個馬蟻，在我的脊樑上爬着，癢癢的。我一點也不能動，已經沒有除去他的能力了；倘在平時，只將身子一扭，就能使他退避。而且，大腿上又爬着一個哩！你們是做甚麼的？蟲豸!?

事情可更壞了：嗡的一聲，就有一個青蠅停在我的顴骨上，走了幾步，又一飛，開口便舐我的鼻尖。我懊惱地想：足下，我不是甚麼偉人，你無須到我身上來尋做論的材料……。但是不能說出來。他卻從鼻尖跑下，又用冷舌頭來舐我的嘴唇了，不知道可是表示親愛。還有幾個則聚在眉毛上，跨一步，我的毛根就一搖。實在使我煩厭得不堪，——不堪之至。

忽然，一陣風，一片東西從上面蓋下來，他們就一同飛開了，臨走時還說——

"惜哉！……"

我憤怒得幾乎昏厥過去。

木材摔在地上的鈍重的聲音同着地面的震動，使我忽然清醒，前額上感着蘆席的條紋。但那蘆席就被掀去了，又立刻感到了日光的灼熱。還聽得有人說——

"怎麼要死在這裡？……"

這聲音離我很近，他正彎着腰罷。但人應該死在那裡呢？我先前以為人在地上雖沒有任意生存的權利，卻總有任意死掉的權利的。現在才知道並不然，也很難適合人們的公意。可惜我久沒了紙筆；即有也不能寫，而且即使寫了也沒有地方發表了。只好就這樣地拋開。

有人來抬我，也不知道是誰。聽到刀鞘聲，還有巡警在這裡罷，在我所不應該“死在這裡”的這裡。我被翻了幾個轉身，便覺得向上一舉，又往下一沉；又聽得蓋了蓋，釘着釘。但是，奇怪，只釘了兩個。難道這裡的棺材釘，是只釘兩個的麼？

我想：這回是六面碰壁，外加釘子。真是完全失敗，嗚呼哀哉了！……

“氣悶！……”我又想。

然而我其實卻比先前已經寧靜得多，雖然知不清埋了沒有。在手背上觸到草席的條紋，覺得這屍衾倒也不惡。只不知道是誰給我化錢的，可惜！但是，可惡，收斂的小子們！我背後的小衫的一角皺起來了，他們並不給我拉平，現在抵得我很難受。你們以為死人無知，做事就這樣地草率麼？哈哈！

我的身體似乎比活的時候要重得多，所以壓着衣皺便格外的不舒服。但我想，不久就可以習慣的；或者就要腐爛，不至於再有甚麼大麻煩。此刻還不如靜靜地靜着想。

“您好？您死了麼？”

是一個頗為耳熟的聲音。睜眼看時，卻是勃古齋舊書舖的跑外的小夥計。不見約有二十多年了，倒還是那一副老樣子。我又看看六面的壁，委實太毛糙，簡直毫沒有加過一點修刮，鋸絨還是毛毿毿的。

“那不礙事，那不要緊。”他說，一面打開暗藍色布的包裹來。“這是明板《公羊傳》，嘉靖黑口本，給您送來了。您留下他罷。這是……。”

“你！”我詫異地看定他的眼睛，說，“你莫非真正胡塗了？你看我這模樣，還要看甚麼明板？……”

“那可以看，那不礙事。”

我即刻閉上眼睛，因為對他很煩厭。停了一會，沒有聲息，他大約走了。但是似乎一個馬蟻又在脖子上爬起來，終於爬到臉上，只繞着眼眶轉圈子。

萬不料人的思想，是死掉之後也還會變化的。忽而，有一種力將我的心的平安衝破；同時，許多夢也都做在眼前了。幾個朋友祝我安樂，幾個仇敵祝我滅亡。我卻總是既不安樂，也不滅亡地不上不下地生活下來，都不能副任何一面的期望。現在又影一般死掉了，連仇敵也不使知道，不肯贈給他們一點惠而不費的歡欣。……

我覺得在快意中要哭出來。這大概是我死後第一次的哭。

然而終於也沒有眼淚流下；只看見眼前仿佛有火花一閃，我於是坐了起來。

一九二五年七月十二日。

點評

魯迅寫散文詩，簡直是把它當作對思想力、想象力的試煉來對待。《死後》此篇採取了何等獨特的視角，採取了一個身死而知覺未死者感受世界的獨特方式。對死後“只是運動神經的廢滅，而知覺還在”的感覺的細緻入微的描寫，簡直令人感到，這與卡夫卡《變形記》人變甲蟲後的一類感覺描寫的異曲同工。誰說中國作家沒有超一流的原創能力？

就拿死後如何來說，陶淵明為此寫過《擬輓歌辭》：“荒草何茫茫，白楊亦蕭蕭。嚴霜九月中，送我出遠郊。四面無人居，高墳正嶕嶢。馬為仰天鳴，風為自蕭條。幽室一已閉，千年不復朝。千年不復朝，賢達無奈何。向來相送人，各自還其家。親戚或餘悲，他人亦已歌。死去何所道，託體同山阿。”陶淵明超越生命界限看自己死後情形，心境未免蒼涼，卻也淡然。魯迅一年後寫《記念劉和珍君》，就引用了陶淵明這首詩，態度卻在蒼涼中蘊含着憤激：“然而既然有了血痕了，當然不覺要擴大。至少，也當浸漬了親族；師友，愛人的心，縱使時光流駛，洗成緋紅，也會在微漠的悲哀中永存微笑的和藹的舊影。陶潛説過，‘親戚或餘悲，他人亦已歌，死去何所道，託體同山阿。’倘能如此，這也就夠了。”看到女師大風潮，看到北洋教育總長和“正人君子”的學者文人的論調，看到青年的血，看到默無聲息的衰亡民族，魯迅就是在這種環境中寫自己的“死後”的。

“我夢見自己死在道路上。…… 聽到幾聲喜鵲叫，接着是一陣烏老鴉。空氣很清爽，——雖然也帶些土氣息，…… 恐怖的利鏃忽然穿透我的心了。在我生存時，曾經玩笑地設想：假使一個人的死亡，只是運動神經的廢滅，而知覺還在，那就比全死了更可怕。誰知道我的預想竟的中了，我自己就在證實這預想。”死後如何，竟然是可以“預想”的，而且可以自我證明這“預想”。喜鵲報喜，烏鴉報喪，是哀是樂，卻無法取證。如此開頭，就令人墜入治絲益棼的怪異之中。

以死屍來感覺生人，反襯得生人不及死屍，是死者最後一瞥人世的醜陋、無聊和無恥，這種奇特的社會批判方式，簡直是“遊魂化為長蛇，口有毒牙”一般，是相當“毒”的。第一輪，是“陸陸續續地又是腳步聲，都到近旁就停下，還有更多的低語聲：看的人多起來了”。這是看客，他們嘁嘁喳喳，或咋舌，或輕蔑，或打探，多是湊個熱鬧而已，“我十分高興，因為始終沒有聽到一個熟識的聲音。否則，或者害得他們傷心；或則要使他們快意；或則要使他們加添些飯後閒談的材料，多破費寶貴的工夫；這都會使我很抱歉。現在誰也看不見，就是誰也不受影響。好了，總算對得起人了！”如此描寫，反顯得死屍有點公民性，知道體貼別人，不像那些看客。

第二輪來的是蟲豸，螞蟻雖微，但“我”不能動彈，對它無可奈何；“事情可更壞了：嗡的一聲，就有一個青蠅停在我的顴骨上，走了幾步，又一飛，開口便舐我的鼻尖。我懊惱地想：足下，我不是甚麼偉人，你無須到我身上來尋做論的材料……。但是不能說出來。他卻從鼻尖跑下，又用冷舌頭來舐我的嘴唇了，不知道可是表示親愛。還有幾個則聚在眉毛上，跨一步，我的毛根就一搖。實在使我煩厭得不堪，——不堪之至。”螞蟻、青蠅隱喻當時的無行文人，所謂“我不是甚麼偉人，你無須到我身上來尋做論的材料”，令人聯想到魯迅在四個月前寫的《戰士和蒼蠅》中所說：“戰士戰死了的時候，蒼蠅們所首先發見的是他的缺點和傷痕，嘬着，營營地叫着，以為得意，以為比死了的戰士更英雄。但是戰士已經戰死了，不再來揮去他們。於是乎蒼蠅們即更其營營地叫，自以為倒是不朽的聲音，因為它們的完全，遠在戰士之上。”又可聯想到魯迅在晚年寫的《憶韋素園君》中所說：“文人的遭殃，不在生前的被攻擊和被冷落，一瞑之後，言行兩亡，於是無聊之徒，謬託知己，是非蜂起，既以自衒，又以賣錢，連死屍也成了他們的沽名獲利之具，這倒是值得悲哀的。”陸游《小舟游近村捨舟步歸》詩云“斜陽古柳趙家莊，負鼓盲翁正作場。死後是非誰管得，滿村聽說蔡中郎”，也可參照。雖然無力驅逐蒼蠅，忽然蓋屍的蘆席，將它們嚇走，但飛開時還說了一句酸溜溜的話“惜哉！……”竟然蒼蠅也會使用文言。

第三輪就是收屍了。有人掀開蘆席，說“怎麼要死在這裡？”這使“我”反感：“但人應該死在那裡呢？我先前以為人在地上雖沒有任意生存的權利，卻總有任意死掉的權利的。現在才知道並不然，也很難適合人們的公意。可惜我久沒了紙筆；即有也不能寫，而且即使寫了也沒有地方發表了。”藉夢講生之時無生存權，死之後無停屍地的生死兩難處境，以荒誕寫真實，卻揭示了深藏不露的真實，一種超現實、卻比現實更深刻的真實。於是有巡警在場，不知是誰將“我”抬進棺材，加蓋釘釘，“我想：這回是六面碰壁，外加釘子。真是完全失敗，嗚呼哀哉了！”“碰壁”是魯迅常用的詞語，他曾用“‘碰壁’之後”，“‘碰壁’之餘”為文章題目，並且說過：“我的對於女師大風潮說話，這是第一回，過了十天，就‘碰壁’”；“得罪了正人君子們，弄得六面碰壁”；“《語絲》是又有愛登碰壁人物的牢騷的習氣的”；“我時時說些自己的事情，怎樣地在‘碰壁’，怎樣地在做蝸牛，好像全世界的苦惱，萃於一身，在替大眾受罪似的”；“現代的思想界是碰壁了”。將棺材斂屍與人生碰壁相比擬，也是相當毒辣的批判眼光。但屍體感覺之細微，又露出黑色的幽默：“可惡，收斂的小子們！我背後的小衫的一角皺起來了，他們並不給我拉平，現在抵得我很難受。你們以為死人無知，做事就這樣地草率麼？”大概是“我的身體似乎比活的時候要重得多，所以壓着衣皺便格外的不舒服。但我想，不久就可以習慣的”。

入殮並沒有帶來平靜，於是又來了第四輪，棺材裡的兜售古書。躺在六壁毛毿毿的棺材中，卻有勃古齋舊書舖的小夥計來作不速之客：“您好？您死了麼？”問好變成問死，是很滑稽的。他打開暗藍色布的包裹，推銷明版《公羊傳》，強賣明版書給死人看。

這是在諷刺商人的生意經做到死人身上，還是諷刺死人冒充文雅，死後還要帶走明版經書，以表示他是清末以《公羊傳》推行變法的維新黨？死者無言，只覺得那是如同螞蟻從脖子爬上臉，繞着眼眶轉圈子，令人討厭。

人死後思想還會變化嗎？這一層的怪誕也發生了。“忽而，有一種力將我的心的平安衝破；同時，許多夢也都做在眼前了。”死屍也會做夢，夢見“幾個朋友祝我安樂，幾個仇敵祝我滅亡。我卻總是既不安樂，也不滅亡地不上不下地生活下來，都不能副任何一面的期望。現在又影一般死掉了，連仇敵也不使知道，不肯贈給他們一點惠而不費的歡欣”。死屍為此快意得要哭出來，“這大概是我死後第一次的哭”。由於有此快意，死屍再也不願如“影一般死掉”，於是“只看見眼前彷彿有火花一閃，我於是坐了起來”。以下就不能再寫了，再寫就是古小說戲曲中的《還魂記》了。

《死後》寫了一種對人間百態不能超然撒手的“死後不死”，以匪夷所思的怪誕強化了其辛辣的“燭幽索隱，物無遁形”的諷刺力度。十一年後，魯迅寫了《死》一文：“回憶十餘年前，對於死卻還沒有感到這麼深切。大約我們的生死久已被人們隨意處置，認為無足重輕，所以自己也看得隨隨便便，不像歐洲人那樣的認真了。……大家所相信的死後的狀態，更助成了對於死的隨便。誰都知道，我們中國人是相信有鬼（近時或謂之‘靈魂’）的，既有鬼，則死掉之後，雖然已不是人，卻還不失為鬼，總還不算是一無所有。……有一批人是隨隨便便，就是臨終也恐怕不大想到的，我向來正是這隨便黨裡的一個。三十年前學醫的時候，曾經研究過靈魂的有無，結果是不知道；又研究過死亡是否苦痛，結果是不一律，後來也不再深究，忘記了。”隨之魯迅對死後安排，對於自己，“趕快收斂，埋掉，拉倒”；對於“損着別人的牙眼，卻反對報復，主張寬容的人”，則說：“只還記得在發熱時，又曾想到歐洲人臨死時，往往有一種儀式，是請別人寬恕，自己也寬恕了別人。我的怨敵可謂多矣，倘有新式的人問起我來，怎麼回答呢？我想了一想，決定的是：讓他們怨恨去，我也一個都不寬恕。”

正是在“十餘年前，對於死卻還沒有感到這麼深切”，他寫了《死後》，既然學過醫，不信人死變鬼，那麼這裡想象方式就是“非入冥記的入冥記”，“非還魂記的還魂記”，處在古小說戲曲的入冥、還魂的想象方式之間，死後並沒有使靈魂遊走入冥，而是以屍體面對人間。這屍體“總是既不安樂，也不滅亡地不上不下地生活下來”，屍體竟然還能“生活”，生活着以死觀生，換一個角度看人世，“使彼世相，如在目前”，窮形極相，物無遁形，揭穿了一個“生也無地可容，死也無地可安”的人間世界。

這樣的戰士

要有這樣的一種戰士——

已不是蒙昧如非洲土人而背着雪亮的毛瑟槍的；也並不疲憊如中國綠營兵而卻佩着盒子炮。他毫無乞靈於牛皮和廢鐵的甲冑；他只有自己，但拿着蠻人所用的，脫手一擲的投槍。

他走進無物之陣，所遇見的都對他一式點頭。他知道這點頭就是敵人的武器，是殺人不見血的武器，許多戰士都在此滅亡，正如炮彈一般，使猛士無所用其力。

那些頭上有各種旗幟，繡出各樣好名稱：慈善家，學者，文士，長者，青年，雅人，君子……。頭下有各樣外套，繡出各式好花樣：學問，道德，國粹，民意，邏輯，公義，東方文明……。

但他舉起了投槍。

他們都同聲立了誓來講說，他們的心都在胸膛的中央，和別的偏心的人類兩樣。他們都在胸前放着護心鏡，就為自己也深信心在胸膛中央的事作證。

但他舉起了投槍。

他微笑，偏側一擲，卻正中了他們的心窩。

一切都頹然倒地；——然而只有一件外套，其中無物。無物之物已經脫走，得了勝利，因為他這時成了戕害慈善家等類的罪人。

但他舉起了投槍。

他在無物之陣中大踏步走，再見一式的點頭，各種的旗幟，各樣的外套⋯⋯。

但他舉起了投槍。

他終於在無物之陣中老衰，壽終。他終於不是戰士，但無物之物則是勝者。

在這樣的境地裡，誰也不聞戰叫：太平。

太平⋯⋯。

但他舉起了投槍！

一九二五年十二月十四日。

點評

《這樣的戰士》是魯迅提供的他心目中的"戰士"畫像，有人說這是魯迅自畫像。這似乎是頌歌式寫法，讚頌的是文明批評和社會批評的戰士；但絕不能與"頌者，美盛德之形容"同日而語，它蘊含着許多反抗絕望、揭破荒唐的因素。

早在一九〇七年魯迅作《摩羅詩力說》，就大聲疾呼精神界戰士的出現："今索諸中國，為精神界之戰士者安在？"在這裡他推出了"這樣的一種戰士"的樣式："已不是蒙昧如非洲土人而背着雪亮的毛瑟槍的；也並不疲憊如中國綠營兵而卻佩着盒子炮。他毫無乞靈於牛皮和廢鐵的甲冑；他只有自己，但拿着蠻人所用的，脫手一擲的投槍。"這樣的戰士的特徵，不是武器的現代化，而是主體精神的現代性，他也不乞靈於傳統武庫的甲冑，而是只有"自己"和"投槍"。如他在《小品文的危機》中所說："所要的也是匕首和投槍，要鋒利而切實，用不着甚麼雅。"或在《三月的租界》中所說："我們有投槍就用投槍，正不必等候剛在製造或將要製造的坦克車和燒夷彈。"他講究的是及時、切實、鋒利，一擊中敵之要害。他認為變革應從主體變革開始，最無可救藥的是新包裝之下的舊內容。這種變革觀，具有本源性。

以下就是戰士的投槍指向的對象了。《〈野草〉英文譯本序》說："《這樣的戰士》，是有感於文人學士們幫助軍閥而作。"精神界戰士的戰鬥對象，是充當軍閥幫兇或幫閒的文人學士們的思想和伎倆。"他走進無物之陣，所遇見的都對他一式點頭。他知道這點頭就是敵人的武器，是殺人不見血的武器，許多戰士都在此滅亡，正如炮彈一般，使猛士無所用其力。"魯迅把這種"猛士無所用其力"的"殺人不見血的武器"，概括為"軟刀子"，如《華蓋集續編·後記》說："這半年我又看見了許多血和許多淚，然而我只有雜感而已。淚揩了，血消了；屠伯們逍遙復逍遙，用鋼刀的，用軟刀的。然而我只有'雜感'而已。連'雜感'也被'放進了應該去的地方'時，我於是只有'而已'而已！"在《老調子已經唱完》的講演中又交代："這'軟刀子'的名目，也不是我發明的，明朝有一個讀書人，叫做賈鳧西的，鼓詞裡曾經說起紂王，道：'幾年家軟刀子割頭不覺死，只等得太白旗懸才知道命有差。'"這是魯迅對對手的伎倆和居心的辨析，他還辨析了對手的假裝和實質："那些頭上有各種旗幟，繡出各樣好名稱：慈善家，學者，文士，長者，青年，雅人，君子……。頭下有各樣外套，繡出各式好花樣：學問，道德，國粹，民意，邏輯，公義，東方文明……。"這就是敵人擺下的似乎帶點紳士風度的"點頭"的"無物之陣"。魯迅對於同時代的精神生產方式和文化表現形態本身，具有痛心疾首的懷疑。擴而言之，他認為，骨子裡陳舊腐朽的文化"繡出"各種好聽的名目，已經化作社會習俗和信仰，眾所習而不察，卻束縛得人們難以動彈，成為從眾心理的依附物。也就是說，所謂“無物之陣”，乃是舊文化、或似新猶舊的文化之陣，以信仰、習俗、價值觀和行為方式構成的文化，看似“無物”，卻處處成陣；看似“成陣”，卻又處處無物。

這樣的戰士既已看破無物之陣“殺人不見血的”的軟刀子，能夠識別各種旗幟、外套的假象和本質，不為“點頭”一類偽善的武器所惑，於是“他舉起了投槍”。如魯迅在《我還不能“帶住”》中說：“但我又知道人們怎樣地用了公理正義的美名，正人君子的徽號，溫良敦厚的假臉，流言公論的武器，吞吐曲折的文字，行私利己，使無刀無筆的弱者不得喘息。倘使我沒有這筆，也就是被欺侮到赴訴無門的一個；我覺悟了，所以要常用，尤其是用於使麒麟皮下露出馬腳。”而且戰士不上對手宣稱“心都在胸膛的中央，和別的偏心的人類兩樣”的當，偏側一擲，卻正中了他們的心窩。但結果大出意外：“一切都頹然倒地；——然而只有一件外套，其中無物。無物之物已經脫走，得了勝利，因為他這時成了戕害慈善家等類的罪人。”這種悖謬的結果，說明黑暗與虛無無處不在，因從眾者被那些“假借大義，竊取美名”的旗號所迷惑，舉起投槍的戰士反而被當成罪人，為千夫所指。

魯迅為如此是非顛倒，功過悖謬，感到悲涼。《馬上支日記》說：“向來，我總不相信國粹家道德家之類的痛哭流涕是真心，即使眼角上確有珠淚橫流，也須檢查他手巾上可浸着辣椒水或生薑汁。甚麼保存國故，甚麼振興道德，甚麼維持公理，甚麼整頓學風……心裡可真是這樣想？一做戲，則前台的架子，總與在後台的面目不相同。但看客雖然明知是戲，只要做得像，也仍然能夠為它悲喜，於是這齣戲就做下去了；有誰來揭穿的，他們反以為掃興。”

行文的後半，連續五次用了“但他舉起了投槍”，顯示這樣的戰士不為偽飾的盾牌消磨意氣，不為看客的掃興和顛倒是非的判斷而放棄立場，而是執着地百折不撓地舉起投槍。值得注意的是，這樣的戰士精神不滅，即便老衰壽終，在“無物之物”的太平世界中，也沒有放棄那脱手一擲的投槍。由此可知，本文讚頌的重點，與其説是這樣的戰士的業績，不如説是他的“投槍精神”。功業未遂而精神不滅，過程比結果更能作為戰士人生價值的證明。這種證明豈能簡單歸類，這樣的戰士，是孤獨唯一的“這樣”，他似乎是那種獨立不羈、不可重複，卻又無法繞開的戰士精神的象徵。

聰明人和傻子和奴才

奴才總不過是尋人訴苦。只要這樣，也只能這樣。有一日，他遇到一個聰明人。

“先生！”他悲哀地說，眼淚聯成一線，就從眼角上直流下來。“你知道的。我所過的簡直不是人的生活。吃的是一天未必有一餐，這一餐又不過是高粱皮，連豬狗都不要吃的，尚且只有一小碗……。”

“這實在令人同情。”聰明人也慘然說。

“可不是麼！”他高興了。“可是做工是晝夜無休息的：清早擔水晚燒飯，上午跑街夜磨麵，晴洗衣裳雨張傘，冬燒汽爐夏打扇。半夜要煨銀耳，侍候主人耍錢；頭錢從來沒分，有時還捱皮鞭……。”

“唉唉……。”聰明人嘆息着，眼圈有些發紅，似乎要下淚。

“先生！我這樣是敷衍不下去的。我總得另外想法子。可是甚麼法子呢？……”

“我想，你總會好起來……。”

“是麼？但願如此。可是我對先生訴了冤苦，又得你的同情和慰安，已經舒坦得不少了。可見天理沒有滅絕……。”

但是，不幾日，他又不平起來了，仍然尋人去訴苦。

“先生！”他流着眼淚說，“你知道的。我住的簡直比豬窠還不如。主人並不將我當人；他對他的叭兒狗還要好到幾萬倍……。”

“混帳！”那人大叫起來，使他吃驚了。那人是一個傻子。

“先生，我住的只是一間破小屋，又濕，又陰，滿是臭蟲，睡下去就咬得真可以。穢氣衝着鼻子，四面又沒有一個窗……。”

“你不會要你的主人開一個窗的麼？”

“這怎麼行？……”

“那麼，你帶我去看去！”

傻子跟奴才到他屋外，動手就砸那泥牆。

“先生！你幹甚麼？”他大驚地說。

“我給你打開一個窗洞來。”

“這不行！主人要罵的！”

“管他呢！”他仍然砸。

“人來呀！強盜在毀咱們的屋子了！快來呀！遲一點可要打出窟窿來了！……”他哭嚷着，在地上團團地打滾。

一群奴才都出來了，將傻子趕走。

聽到了喊聲，慢慢地最後出來的是主人。

“有強盜要來毀咱們的屋子，我首先叫喊起來，大家一同把他趕走了。”他恭敬而得勝地說。

“你不錯。”主人這樣誇獎他。

這一天就來了許多慰問的人，聰明人也在內。

“先生。這回因為我有功，主人誇獎了我了。你先前說我總會好起來，實在是有先見之明……。”他大有希望似的高興地說。

“可不是麼……。”聰明人也代為高興似的回答他。

一九二五年十二月二十六日。

點評

《聰明人和傻子和奴才》是一篇關於社會人格類型的寓言，魯迅說："我的壞處，是在論時事不留面子，砭錮弊常取類型。"所謂"壞"，就是一經描繪，錮弊類型就成了文藝社會學上的標本，如明鏡高懸，令人疑神疑鬼，難以逃遁。本篇充滿戲劇性地展示三種人格類型和標本：奴才，聰明人，傻子，寥寥數筆，都是見心見肺的。

奴才的生活很悲慘，魯迅向來的態度是"哀其不幸，怒其不爭"。奴才逢人訴苦："我所過的簡直不是人的生活。吃的是一天未必有一餐，這一餐又不過是高粱皮，連豬狗都不要吃的，尚且只有一小碗……可是做工是晝夜無休息的：清早擔水晚燒飯，上午跑街夜磨麵，晴洗衣裳雨張傘，冬燒汽爐夏打扇。半夜要煨銀耳，侍候主人耍錢；頭錢從來沒分，有時還捱皮鞭……。"一些訴苦言辭已經成了順口溜，可見訴苦已是他的家常便飯，"熟能生巧"。但只要聽到"這實在令人同情"的安慰，他就高興了。

魯迅文章論及奴才者不少，如《且介亭雜文·隔膜》說："滿洲人自己，就嚴分着主奴，大臣奏事，必稱'奴才'，而漢人卻稱'臣'就好。這並非因為是'炎黃之冑'，特地優待，錫以嘉名的，其實是所以別於滿人的'奴才'，其地位還下於'奴才'數等。奴隸只能奉行，不許言議；評論固然不可，妄自頌揚也不可，這就是'思不出其位'。譬如說：主子，您這袍角有些兒破了，拖下去怕更要破爛，還是補一補好。進言者方自以為在盡忠，而其實卻犯了罪，因為另有准其講這樣的話的人在，不是誰都可說的。一亂說，便是'越俎代謀'，當然'罪有應得'。倘自以為是'忠而獲咎'，那不過是自己的胡塗。"專制體制，易出奴才。比如清朝末年，法國使臣羅傑斯對中國皇帝説："你們太監制將健康人變成殘疾，很不人道。"貼身太監姚勳沒等皇帝回答，就搶嘴説："這是陛下恩賜，奴才心甘情願，怎可詆毀我大清國律，干涉我大清內政？"因而《南腔北調集·漫與》説："自己明知道是奴隸，打熬着，並且不平着，掙扎着，一面'意圖'掙脱以至實行掙脱的，即使暫時失敗，還是套上了鐐銬罷，他卻不過是單單的奴隸。如果從奴隸生活中尋出'美'來，讚嘆，撫摩，陶醉，那可簡直是萬劫不復的奴才了，他使自己和別人永遠安住於這生活。"也就是説，本篇中那奴才尋人訴苦還算不得奴才，受撫慰而安於非人生活就有奴才味了；一旦把那些要改革其現狀者視為"強盜"，並以驅逐"強盜"受到誇獎為榮，便是萬劫不復的奴才了。

"聰明人"是認同和維持現存秩序的，即便聽人訴述豬狗不如的生活，也只是表示同情而撫慰之，勸他相信將來"總會好起來"的命運。他不想反抗將人變成奴隸的社會制度，只是設計了一個未來的"黃金時代"，要人永遠甘當"服役的機器"。魯迅《墳·春末閒談》就揭露了這種空頭支票式的許諾："三年前，我遇見神經過敏的俄國的E君，有一天他忽然發愁道，不知道將來的科學家，是否不至於發明一種奇妙的藥品，將這注射在誰的身上，則這人即甘心永遠去做服役和戰爭的機器了？那時我也就皺眉嘆息，裝作一齊發愁的模樣，以示'所見略同'之至意，殊不知我國的聖君，賢臣，聖賢，聖賢之徒，卻早已有過這一種黃金世界的理想了。"

至於"傻子"，他是現實的激進的改革者，當他聽到奴才流淚訴苦説："我住的簡直比豬窠還不如。主人並不將我當人；他對他的叭兒狗還要好到幾萬倍……我住的只是一間破小屋，又濕，又陰，滿是臭蟲，睡下去就咬得真可以。穢氣衝着鼻子，四面又沒有一個窗……"傻子為此就對人世不平義形於色，並且動手實行，給那間象徵現存社會秩序的又陰又濕的豬窠不如的“破小屋”打開一個窗洞。奴才對聰明人和傻子訴苦的內容存在着差異，向聰明人訴說的是吃的豬狗食、幹的牛馬活，向傻子傾訴的卻是住的陰濕污穢又沒有窗子的破屋。這就為魯迅發揮其改革思想提供由頭，在《吶喊·自序》中，他將改革隱喻為要毀壞那間“絕無窗户而萬難破毀”的“鐵屋子”。《三閒集·無聲的中國》又說：“中國人的性情是總喜歡調和，折中的。譬如你說，這屋子太暗，須在這裡開一個窗，大家一定不允許的。但如果你主張拆掉屋頂，他們就會來調和，願意開窗了。沒有更激烈的主張，他們總連平和的改革也不肯行。”傻子立即要給奴才住的破屋砸出一個窗洞，奴才先是恐懼“這不行！主人要罵的！”見他不管不顧地大砸出手，就哭嚷着，在地上團團地打滾：“人來呀！強盜在毀咱們的屋子了！快來呀！遲一點可要打出窟窿來了！……”於是一群奴才都出來，將傻子趕走。最後出來的是主人，慰問的人群中有聰明人。傻子砸屋的最終結果是：傻子破壞現存秩序的行為，留下了“強盜”的惡名；奴才向主子邀功，得到誇獎，覺得前程似乎大有希望；聰明人代為高興似地說“可不是麼”，看到他的“黃金世界”許諾獲得奴才們的信從。這個結果當然不是一個畫圓圈的結果，而是一個存在着絕望，呼喚着反抗的結果。

讀寓言，應該有一種讀寓言法。本篇短小精悍，明白曉暢，意味雋永，不可能把所有的思想囊括無遺。比如這位傻子是否就算理想的戰士？中國知識者自來有社會拯救意識，匹夫有責，捨我其誰，連衰弱的杜工部客居他鄉，屋頂的茅草被秋風颳跑了，還在吟唱着“安得廣廈千萬間，大庇天下寒士俱歡顏”；白居易製了一件暖和的好衣服，也忘不了“安得萬里裘，蓋裹周四垠”。但是如何拯救，卻不是傻子拿起石頭砸泥牆那麼簡單，他為何不去考察一下奴才們的主人的勢力，不去考察一下聰明人論調的影響，更其甚者，他為何不對訴苦的奴才及其同類的精神狀態，及動員組織起來的可能進行瞭解，並採取啓蒙救濟的辦法，而是不顧條件和時機地蠻幹呢？因此《聰明人和傻子和奴才》為我們作出了出色的社會人物類型的解剖，同時也提供了改造國民心理，有效地反抗絕望、超越絕望的命題。

臘　葉

燈下看《雁門集》，忽然翻出一片壓乾的楓葉來。

這使我記起去年的深秋。繁霜夜降，木葉多半凋零，庭前的一株小小的楓樹也變成紅色了。我曾繞樹徘徊，細看葉片的顏色，當他青蔥的時候是從沒有這麼注意的。他也並非全樹通紅，最多的是淺絳，有幾片則在緋紅地上，還帶着幾團濃綠。一片獨有一點蛀孔，鑲着烏黑的花邊，在紅，黃和綠的斑駁中，明眸似的向人凝視。我自念：這是病葉呵！便將他摘了下來，夾在剛才買到的《雁門集》裡。大概是願使這將墜的被蝕而斑斕的顏色，暫得保存，不即與群葉一同飄散罷。

但今夜他卻黃蠟似的躺在我的眼前，那眸子也不復似去年一般灼灼。假使再過幾年，舊時的顏色在我記憶中消去，怕連我也不知道他何以夾在書裡面的原因了。將墜的病葉的斑斕，似乎也只能在極短時中相對，更何況是蔥鬱的呢。看看窗外，很能耐寒的樹木也早經禿盡了；楓樹更何消説得。當深秋時，想來也許有和這去年的模樣相似的病葉的罷，但可惜我今年竟沒有賞玩秋樹的餘閒。

一九二五年十二月二十六日。

點評

《臘葉》四百字，堪稱魯迅散文詩中精妙的“絕句”。它創造了一種新的形式與美。《二心集·〈野草〉英文譯本序》説：“《臘葉》，是為愛我者的想要保存我而作的。”這主要指許廣平（景宋）。一九二五年魯迅支持北京女子師範大學風潮中被當局開除的學生代表，受到教育當局和所謂“正人君子”的教授的壓迫和排擠，不眠不食，而且縱酒，王士菁《魯迅傳》寫道：“許多愛護魯迅先生的青年們，時常到魯迅家裡來的學生們，就鬧着不許他喝酒，要求他戒煙，景宋女士是其中最關心的一個。”自一九二三年魯迅開始為北京女高師講授《中國小説史》，許廣平每逢魯迅來上課，總是擠到第一排中間的座位，成為他的“粉絲”。其後，如魯迅回憶：“景宋在京時，確是常來我寓，並替我校對，抄寫過不少稿子（《墳》的一部分，即她抄的）。”（一九二六年十二月二十九日《致韋素園》）當時情形，據許廣平回憶：“不過事實的壓迫……真使先生痛憤成疾了。不眠不食之外，長時期縱酒。經醫生診看之後，也開不出好藥方，要他先禁煙、禁酒。……那時有一位住在他家裡的同鄉，和我商量一同去勸他，用了整一夜反覆申辯的功夫，總算意思轉過來了，答應照醫生的話，好好地把病醫好。”心境的轉換，形諸文字，成了“在《野草》中的那篇《臘葉》，那假設被摘下來夾在《雁門集》裡斑駁的楓葉，就是自況的。”（見許廣平《關於魯迅的生活》）魯迅事後也私下告訴孫伏園：“許公很鼓勵我，希望我努力工作，不要鬆懈，不要怠忽；但又很愛護我，希望我多加保養，不要過勞，不要發狠。這是不能兩全的。這裡面有着矛盾。《臘葉》的感興就從這兒得來。《雁門集》等等都是無關宏旨的。”（《魯迅先生二三事》）以上所述，就是《臘葉》寫作的直接動因。

以一片楓葉寫初萌的戀情，採取的是“小意象”描寫，沒有繁花，沒有風濤，發生在燈下，發生在庭前，低回賞鑑，可見魯迅心緒之細微：“燈下看《雁門集》，忽然翻出一片壓乾的楓葉來。這使我記起去年的深秋。繁霜夜降，木葉多半凋零，庭前的一株小小的楓樹也變成紅色了。我曾繞樹徘徊，細看葉片的顏色，當他青蔥的時候是從沒有這麼注意的。他也並非全樹通紅，最多的是淺絳，有幾片則在緋紅地上，還帶着幾團濃綠。一片獨有一點蛀孔，鑲着烏黑的花邊，在紅，黃和綠的斑駁中，明眸似的向人凝視。”小小的楓樹以“變成紅色”，來抗衡“繁霜夜降”，但抗衡也不是鋪天蓋地，淺絳中間有濃綠。最能觸動心尖的是“一片獨有一點蛀孔，鑲着烏黑的花邊，在紅，黃和綠的斑駁中，明眸似的向人凝視”。這就是“文眼”，若稱《臘葉》為絕句，這就是“詩眼”。病葉自況，有蛀孔而非完美，但蛀孔“鑲着烏黑的花邊”，裝飾感中透露了自然和深切。襯以紅、黃、綠的斑駁，精神頓生，“明眸似的向人凝視”。一片楓葉由此有了生命，“盈盈不語，粲明眸兮若神”，或如《詩經．衛風．碩人》所云“巧笑倩兮，美目盼兮”，有了一種奇異的穿透人心的美。愛這種有缺陷之美，既折射着魯迅對不期而遇的愛的莫可把握的憂慮，又折射了他將生命投入愛的深切。

魯迅這唯美的瞬間，是在經歷與原配朱安二十年徒有其名的婚姻生活的被壓抑的心靈隱秘處，由於“小鬼”許廣平以心相許的朦朧的愛所催生。魯迅本有強烈的自我懷疑精神，他日後自省：“異性，我是愛的，但我一向不敢，因為我自己明白各種缺點，深恐辱沒了對手。然而一到愛起來，氣起來，是甚麼都不管的。”（一九二九年三月二十二日《致韋素園》）這種愛之前的疑惑，魯迅在一九二七年初春在愛已經塵埃始落時，曾向許廣平表白：“我先前偶一想到愛，總立刻自己慚愧，怕不配，因而也不敢愛某一個人，但看清了他們的言行思想的內幕，便使我自信我決不是必須自己貶抑到那麼樣的人了，我可以愛！”（《兩地書》一一二）由此可知，這番愛情經過了不配、不敢的內心掙扎，而轉為可以愛、甚麼都不管的愛。在內心掙扎時，愛情帶給他的疑慮應是超過愉悦，面對兩個女人不知如何走下一步，內心的矛盾、迷茫與痛苦所泛起的虛妄，難以拂去。這種的疑惑在《臘葉》得到迷離彷彿的表達：“但今夜他卻黃蠟似的躺在我的眼前，那眸子也不復似去年一般灼灼。假使再過幾年，舊時的顏色在我記憶中消去，怕連我也不知道他何以夾在書裡面的原因了。將墜的病葉的斑斕，似乎也只能在極短時中相對，更何況是蔥鬱的呢。看看窗外，很能耐寒的樹木也早經禿盡了；楓樹更何消説得。當深秋時，想來也許有和這去年的模樣相似的病葉罷，但可惜我今年竟沒有賞玩秋樹的餘閒。”病葉斑斕短暫，明眸不復灼灼，寒樹禿盡，無暇賞玩其他病葉，透露出來的是一種無可把握的蒼涼心境。

一九二六年初冬，魯迅作《墳．題記》説：“我的可惡有時自己也覺得，即如我的戒酒，吃魚肝油，以望延長我的生命，倒不盡是為了我的愛人，大大半乃是為了我的敵人，——給他們説得體面一點，就是敵人罷——要在他的好世界上多留一些缺陷。”這種生命意識，與寫作《臘葉》有關聯，同時又通過楓葉上的蟲眼，諦視黯淡寒冽的世界，給“天下太平”的“好世界”上多留一些缺陷。透入本質看問題，把玩一片壓乾的楓葉，追思它上面的蛀孔，曾經如“明眸似的向人凝視”，所發現的是它曾經存在過真實的生命原本。這種美與愛的哲理隱喻，意味着美在病葉，是有缺陷的美，而且灼灼之色也屬暫時。人間的美何嘗不帶多少缺陷，若求十全十足的美，大概只能從超人間的夢境求之，所求也難以逃避虛妄。但抗拒虛妄而求生命本體，由於生命曾經存活，又何嘗不可以説：“我對於這死亡有大歡喜，因為我藉此知道它曾經存活。死亡的生命已經腐朽。我對於這腐朽有大歡喜，因為我藉此知道它還非空虛。”為此，《臘葉》寫道：“我自念：這是病葉呵！便將他摘了下來，夾在剛才買到的《雁門集》裡。大概是願使這將墜的被蝕而斑斕的顏色，暫得保存，不即與群葉一同飄散罷。”這就是魯迅在生命曾經存活中，拾得大喜歡，而不願它飄散了。其中趣味，“如魚飲水，冷暖自知”。

淡淡的血痕中

——記念幾個死者和生者和未生者

目前的造物主，還是一個怯弱者。

他暗暗地使天變地異，卻不敢毀滅一個這地球；暗暗地使生物衰亡，卻不敢長存一切屍體；暗暗地使人類流血，卻不敢使血色永遠鮮；暗暗地使人類受苦，卻不敢使人類永遠記得。

他專為他的同類——人類中的怯弱者——設想，用廢墟荒墳來襯托華屋，用時光來沖淡苦痛和血痕；日日斟出一杯微甘的苦酒，不太少，不太多，以能微醉為度，遞給人間，使飲者可以哭，可以歌，也如醒，也如醉，若有知，若無知，也欲死，也欲生。他必須使一切也欲生；他還沒有滅盡人類的勇氣。

幾片廢墟和幾個荒墳散在地上，映以淡淡的血痕，人們都在其間咀嚼着人我的渺茫的悲苦。但是不肯吐棄，以為究竟勝於空虛，各各自稱為“天之僇民”，以作咀嚼着人我的渺茫的悲苦的辯解，而且悚息着靜待新的悲苦的到來。新的，這就使他們恐懼，而又渴欲相遇。

這都是造物主的良民。他就需要這樣。

叛逆的猛士出於人間；他屹立着，洞見一切已改和現有的廢墟和荒墳，記得一切深廣和久遠的苦痛，正視一切重疊淤積的凝血，深知一切已死，方生，將生和未生。他看透了造化的把戲；他將要起來使人類蘇生，或者使人類滅盡，這些造物主的良民們。

造物主，怯弱者，羞慚了，於是伏藏。天地在猛士的眼中於是變色。

一九二六年四月八日。

點評

《淡淡的血痕中》由生命的帶血的痕跡，昇華出人間至哀至痛的生命哲學，落筆極為沉痛。《〈野草〉英文譯本序》説："段祺瑞政府槍擊徒手民眾後，作《淡淡的血痕中》，其時我已避居別處。"段祺瑞政府於一九二六年"三·一八"事件中槍擊徒手請願的民眾四十七人，被魯迅稱為"民國以來最黑暗的一天"。魯迅當天就寫了《無花的薔薇》，三月二十五日寫《"死地"》，三月二十六日寫《可慘和可笑》，四月一日寫《記念劉和珍君》，四月二日寫《空談》，四月六日寫《如此"討赤"》，直至四月八日寫《淡淡的血痕中》。二十一天著文七篇，可見魯迅對這場黑暗吞噬生命，自己避居逃難的慘案，懷着何等悲憤不已之情。

作此篇前一週，魯迅寫成《記念劉和珍君》，哀悼"三·一八"慘案的殉難者，稱説"真的猛士，敢於直面慘淡的人生，敢於正視淋灕的鮮血。……然而造化又常為庸人設計，以時間的流駛，來洗滌舊跡，僅使留下淡紅的血色和微漠的悲哀。……苟活者在淡紅的血色中，會依稀看微茫的希望；真的猛士，將更奮然而前行。"這種哀悼烈士的動機，也使本篇的筆致沉痛，他就那"為庸人設計"的"造化"，悲憤地痛陳"目前的造物主，還是一個怯弱者"，帶有質問蒼天的反抗者格調。"造物者"一詞，始見於《莊子》，所謂“與造物者為人，而遊乎天地之一氣”；又所謂“上與造物者遊，而下與外死生、無終始者為友”，都是將人與造物者相融通而談論生死之逍遙的。而魯迅卻反其意用之，質疑造物者不能“為怯弱眾生生勇猛心”，反而沾染了國民性的卑怯懦弱。行文如此指責造物主：“他專為他的同類——人類中的怯弱者——設想，用廢墟荒墳來襯托華屋，用時光來沖淡苦痛和血痕；日日斟出一杯微甘的苦酒，不太少，不太多，以能微醉為度，遞給人間，使飲者可以哭，可以歌，也如醒，也如醉，若有知，若無知，也欲死，也欲生。他必須使一切也欲生；他還沒有滅盡人類的勇氣。”造物主以“微甘的苦酒”來麻醉世人的神經，麻醉得他們頹唐放縱而不至於死，其結果就是容忍“用廢墟荒墳來襯托華屋，用時光來沖淡苦痛和血痕”的社會秩序，這就是本文以“淡淡的血痕中”所寄寓的憤慨和冷嘲。

這就造成一種扭曲的生命形式，因此“幾片廢墟和幾個荒墳散在地上，映以淡淡的血痕，人們都在其間咀嚼着人我的渺茫的悲苦。但是不肯吐棄，以為究竟勝於空虛，各各自稱為‘天之僇民’，以作咀嚼着人我的渺茫的悲苦的辯解，而且悚息着靜待新的悲苦的到來。新的，這就使他們恐懼，而又渴欲相遇。”所謂“天之僇民”（亦作“天之戮民”）乃是天施予刑辱的罪人，這個詞語也來自《莊子》，比如《大宗師》篇記述：“子貢曰：‘然則夫子何方之依？’孔子曰：‘丘，天之戮民也。雖然，吾與汝共之。’子貢曰：‘敢問其方？’孔子曰：‘魚相造乎水，人相造乎道。相造乎水者，穿池而養給；相造乎道者，無事而生定。故曰，魚相忘乎江湖，人相忘乎道術。’”莊子藉孔子的口說出的“無事而生定”的“天之戮民”所依之道，竟然是老子教的，《莊子・天運篇》中，老子對孔子說：“以富為是者，不能讓祿；以顯為是者，不能讓名；親權者，不能與人柄。操之則慄，捨之則悲，而一無所鑑，以窺其所不休者，是天之戮民也。”天之戮民，隱忍為生，這是會蹉跎或挫傷民族發展的正氣和元氣的。魯迅取用《莊子》的詞語甚多，但這種取用往往得其語言外殼，變其精神指向，屬於“反彈式影響”。

問題在於要反彈出新時代的現代性的高度。不應認為，《淡淡的血痕中》與其他幾篇寫“三·一八”慘案的作品處在同一文體層面，只不過是雜文式的時事、社會批評。既然寫成散文詩，既然在散文詩的副題上除了“記念幾個死者”之外，又加上“生者和未生者”，那麼它就必然追求社會哲學和生命哲學的高度，使散文詩和紀念散文具有不同的審美品格。這裡展示了兩種對立的社會哲學和生命哲學，提供了兩種生命與社會碰撞的人生哲學：怯弱者人生哲學，以及猛士人生哲學。怯弱者是“造物主”按照自己的怯弱性格設計，而又為“造物主”的世界秩序服務的“良民”。他“用廢墟荒墳來襯托華屋”，製造容忍貧富對立、生死暴戾的社會秩序；又“用時光來沖淡苦痛和血痕”，消磨廢墟荒墳和華屋之間的衝突和抗爭。他把人生鄉愿化，趨於調和折中，“日日斟出一杯微甘的苦酒”，徘徊於哭與歌、醒與醉、知與愚、欲死與欲生的灰色地帶。與之對立的猛士哲學，則作為一個人“屹立”於人間，“洞見一切已改和現有的廢墟和荒墳，記得一切深廣和久遠的苦痛，正視一切重疊淤積的凝血，深知一切已死，方生，將生和未生。他看透了造化的把戲；他將要起來使人類蘇生，或者使人類滅盡，這些造物主的良民們”。他的主體性具有悲劇的崇高感，頂天立地，使得“造物主，怯弱者，羞慚了，於是伏藏。天地在猛士的眼中於是變色”。這是魯迅對幾個喋血死者的讚頌，也是為“生者和未生者”提供的應該如此的生命哲學。

關於魯迅書寫抗議“三·一八”慘案的系列文章與許廣平愛情的關係，只能尋找當事人回憶中的蛛絲馬跡，不應過度賣弄弗洛伊德學說而信口雌黃。據許廣平回憶說："我記得三·一八那天清早，我把手頭抄完的《小說舊聞鈔》送到魯迅先生處去。我知道魯迅的脾氣，是要用最短的時間做好預定的工作的，在大隊集合前還有些許時間，所以就趕着給他送去。放下抄稿，連忙轉身要走。魯迅問我'為甚麼這麼匆促？'我說：'要去請願！'魯迅聽了以後就說：'請願請願，天天請願，我還有些東西等着要抄呢。'那明明是先生挽留的話，學生不好執拗。於是我只得在故居的南屋裡抄起來。寫着寫着，到十點多鐘，就有人來報訊，說鐵獅子胡同段執政府命令軍警關起兩扇門拿機關槍向群眾掃射……"（《許廣平文集（二）》，江蘇文藝出版社一九九八年版，第二一八至二一九頁）對於請願的態度，魯迅《空談》一文說："請願的事，我一向就不以為然的，但並非因為怕有三月十八日那樣的慘殺。那樣的慘殺，我實在沒有夢想到，雖然我向來常以'刀筆吏'的意思來窺測我們中國人。我只知道他們麻木，沒有良心，不足與言，而況是請願，而況又是徒手，卻沒有料到有這麼陰毒與兇殘。能逆料的，大概只有段祺瑞，賈德耀，章士釗和他們的同類罷。四十七個男女青年的生命，完全是被騙去的，簡直是誘殺。"由於魯迅對請願不以為然，要許廣平留下，許廣平不好違拗，只得鑽進南屋抄起稿來。想不到，魯迅的一句話很可能救了她一命。但是劉和珍等人畢竟是魯迅的學生，許廣平的戰友，自己的倖存必須對學生戰友的慘死，作見證，作宣張，為之作質疑造物主的招魂，這應是魯迅二十一日著文七篇的心理動因。

一覺

飛機負了擲下炸彈的使命，像學校的上課似的，每日上午在北京城上飛行。每聽得機件搏擊空氣的聲音，我常覺到一種輕微的緊張，宛然目睹了“死”的襲來，但同時也深切地感着“生”的存在。

隱約聽到一二爆發聲以後，飛機嗡嗡地叫着，冉冉地飛去了。也許有人死傷了罷，然而天下卻似乎更顯得太平。窗外的白楊的嫩葉，在日光下發烏金光；榆葉梅也比昨日開得更爛漫。收拾了散亂滿床的日報，拂去昨夜聚在書桌上的蒼白的微塵，我的四方的小書齋，今日也依然是所謂“窗明几淨”。

因為或一種原因，我開手編校那歷來積壓在我這裡的青年作者的文稿了；我要全都給一個清理。我照作品的年月看下去，這些不肯塗脂抹粉的青年們的魂靈便依次屹立在我眼前。他們是綽約的，是純真的，——阿，然而他們苦惱了，呻吟了，憤怒，而且終於粗暴了，我的可愛的青年們！

魂靈被風沙打擊得粗暴，因為這是人的魂靈，我愛這樣的魂靈；我願意在無形無色的鮮血淋漓的粗暴上接吻。漂渺的名園中，奇花盛開着，紅顏的靜女正在超然無事地逍遙，鶴唳一聲，白雲鬱然而起……。這自然使人神往的罷，然而我總記得我活在人間。

我忽然記起一件事：兩三年前，我在北京大學的教員預備室裡，看見進來了一個並不熟識的青年，默默地給我一包書，便出去了，打開看時，是一本《淺草》。就在這默默中，使我懂得了許多話。阿，這贈品是多麼豐饒呵！可惜那《淺草》不再出版了，似乎只成了《沉鐘》的前身。那《沉鐘》就在這風沙澒洞中，深深地在人海的底裡寂寞地鳴動。

野薊經了幾乎致命的摧折，還要開一朵小花，我記得托爾斯泰曾受了很大的感動，因此寫出一篇小說來。但是，草木在旱乾的沙漠中間，拚命伸長他的根，吸取深地中的水泉，來造成碧綠的林莽，自然是為了自己的"生"的，然而使疲勞枯渴的旅人，一見就怡然覺得遇到了暫時息肩之所，這是如何的可以感激，而且可以悲哀的事！？

《沉鐘》的《無題》——代啓事——說："有人說：我們的社會是一片沙漠。——如果當真是一片沙漠，這雖然荒漠一點也還靜肅；雖然寂寞一點也還會使你感覺蒼茫。何至於像這樣的混沌，這樣的陰沉，而且這樣的離奇變幻！"

是的，青年的魂靈屹立在我眼前，他們已經粗暴了，或者將要粗暴了，然而我愛這些流血和隱痛的魂靈，因為他使我覺得是在人間，是在人間活着。

在編校中夕陽居然西下，燈火給我接續的光。各樣的青春在眼前一一馳去了，身外但有昏黃環繞。我疲勞着，捏着紙煙，在無名的思想中靜靜地合了眼睛，看見很長的夢。忽而驚覺，身外也還是環繞着昏黃；煙篆在不動的空氣中上升，如幾片小小夏雲，徐徐幻出難以指名的形象。

一九二六年四月十日。

點評

《一覺》寫一種生命體驗，包含着作者的生命哲學。體驗當然有其背景，一是一九二六年直奉戰爭期間，奉軍飛機多次飛臨北京投彈；二是一班大學青年在沙漠似的社會中創辦《淺草》、《沉鐘》雜誌。但散文詩不是記敘散文，它把這些背景淡化了，未講飛機投彈的因由，未交代送雜誌的青年的姓名，而把思路凝聚在生命的處境和生命的意義的體察上。因飛機的擲彈，"我常覺到一種輕微的緊張，宛然目睹了'死'的襲來，但同時也深切地感着'生'的存在"。這種生死意識在災難的偶然性中備受折磨，而社會卻以淡漠的態度，視若太平無事。如果說，這種生命感覺帶點外在的強制性，那麼從讀青年文稿和雜誌中所得到的生命體驗，就具有內在的親和力了。從這些青年人的作品，始而感受到一種正在萌生的生命形式的存在，發現"這些不肯塗脂抹粉的青年們的魂靈便依次屹立在我眼前。他們是綽約的，是純真的，——阿，然而他們苦惱了，呻吟了，憤怒，而且終於粗暴了，我的可愛的青年們"；"魂靈被風沙打擊得粗暴，因為這是人的魂靈，我愛這樣的魂靈；我願意在無形無色的鮮血淋漓的粗暴上接吻"。

行文將這些被風沙打擊而變得粗糙的靈魂，轉喻為托爾斯泰小說中備受摧折而開出小花的野薊，較之那些"漂渺的名園中，奇花盛開着，紅顏的靜女正在超然無事地逍遙，鶴唳一聲，白雲鬱然而起"一類的浪漫筆墨，使人更感覺得生命的存在，感覺到"我活在人間"。這自然包含着魯迅"為人生"的文學觀念，從他以野薊或沙漠中的草木喻青年文學來看，這與《野草》世界是靈犀相通的。"是的，青年的魂靈屹立在我眼前，他們已經粗暴了，或者將要粗暴了，然而我愛這些流血和隱痛的魂靈，因為他使我覺得是在人間，是在人間活着。”這種生命哲學是以被風沙打擊得粗暴的靈魂為核心的，它以抵禦風沙、反抗黑暗來證明生命的存在，來昇華生命的價值。一部《野草》以自然哲學始，以複雜多端的社會歷史哲學為中軸，而以生命哲學終，並以之潛在地貫徹二十餘篇的始終。

最後需要解讀的，是本來在開頭就應該解讀的問題：本篇為何取題“一覺”？一覺原是佛家語，為魯迅在民國初年讀佛經所熟知。可見魯迅寫散文詩，不僅汲取尼采、波特萊爾、屠格涅夫的液汁，而且也摻入了諸子、佛學的運思。《長阿含經》卷九説：“世尊在露地坐，大眾圍繞，竟夜説法。……舍利弗告諸比丘，有十上法，除眾結縛，得至泥洹，盡於苦際。又能具足五百五十法，今當分別，汝等善聽。諸比丘，有一成法、一修法、一覺法、一滅法、一退法、一增法、一難解法、一生法、一知法、一證法。”也就是説，“一覺”是佛教修煉涅槃（泥洹）境界的十大法之一，如《正法華經》卷一所云：“欲知其限，莫能逮者，諸緣一覺。無有眾漏，諸根通達，總攝其心。”一覺之思，在歷代文人間滲透甚廣，韓愈雖然辟佛，但他作《祭柳子厚文》，還是擺不脱佛家思想：“人之生世，如夢一覺。其間利害，竟亦何校？當其夢時，有樂有悲；及其既覺，豈足追惟？”面對故人凋逝，感慨生命無常。杜牧懷才落拓，作詩《遣懷》曰：“落魄江湖載酒行，楚腰纖細掌中輕。十年一覺揚州夢，贏得青樓薄倖名。”長夢一覺，流於頹廢。歐陽修《蝶戀花》詞曰：“一覺年華春夢促。往事悠悠，百種尋思足。煙雨滿樓山斷續，人閒倚遍闌干曲。”留戀翠樓綺席，於政事勞碌之餘，為寂寞的精神另尋溫柔的寄託。

魯迅的一覺，則是對佛教和傳統士大夫的“一覺”情懷的反彈和反撥。他在飛機投彈毀滅生命之餘，看到了生命的平靜：“窗外的白楊的嫩葉，在日光下發烏金光；榆葉梅也比昨日開得更爛漫。”

又從青年刊物的稿件中，聯想到托爾斯泰小説中“野薊經了幾乎致命的摧折，還要開一朵小花”，思考着生命的頑強。被魯迅稱為“中國最為傑出的抒情詩人”的馮至，在《魯迅與沉鐘社》中回憶：“那天下午，魯迅講完課後，我跟隨他走進教員休息室，把一本用報紙包好的《淺草》交給他。他問我是甚麼書，我簡短地回答兩個字‘淺草’。他沒有問我的名姓，我便走出去了。”這可以作為本篇中“看見進來一個並不熟悉的青年，默默地給我一包書”的本事來讀。馮至為此寫下詩篇《魯迅》：“在許多年前的一個黃昏，你為幾個青年感到一覺；你不知經驗多少幻滅……”自注：“一覺”指魯迅《一覺》。《野草》多數篇章中的絕望、虛妄，地獄邊緣慘白色的曼陀羅花，過客長途上的荒涼破敗的叢葬，在有了這一覺之後，似乎在地火奔突噴發中如野薊綻放着小花，如楓葉經蟲蛀卻閃爍着灼灼明眸。一覺夢醒，依然有探路的人在，這是略可欣慰的，因而魯迅給《野草》的結尾，增添了一點亮色。這可以看作《吶喊》時期“刪削些黑暗，裝點些歡容，使作品比較的顯出若干亮色”的返光。

《野草》英文譯本序

馮 Y. S. 先生由他的友人給我看《野草》的英文譯本，並且要我說幾句話。可惜我不懂英文，只能自己說幾句。但我希望，譯者將不嫌我只做了他所希望的一半的。

這二十多篇小品，如每篇末尾所注，是一九二四至二六年在北京所作，陸續發表於期刊《語絲》上的。大抵僅僅是隨時的小感想。因為那時難於直說，所以有時措辭就很含糊了。

現在舉幾個例罷。因為諷刺當時盛行的失戀詩，作《我的失戀》，因為憎惡社會上旁觀者之多，作《復仇》第一篇，又因為驚異於青年之消沉，作《希望》。《這樣的戰士》，是有感於文人學士們幫助軍閥而作。《臘葉》，是為愛我者的想要保存我而作的。段祺瑞政府槍擊徒手民眾後，作《淡淡的血痕中》，其時我已避居別處；奉天派和直隸派軍閥戰爭的時候，作《一覺》，此後我就不能住在北京了。

所以，這也可以說，大半是廢弛的地獄邊沿的慘白色小花，當然不會美麗。但這地獄也必須失掉。這是由幾個有雄辯和辣手，而那時還未得志的英雄們的臉色和語氣所告訴我的。我於是作《失掉的好地獄》。

後來，我不再作這樣的東西了。日在變化的時代，已不許這樣的文章，甚而至於這樣的感想存在。我想，這也許倒是好的罷。為譯本而作的序言，也應該在這裡結束了。

十一月五日。

點評

魯迅的《野草》於一九三一年由左聯成員馮餘聲譯成英文，交給上海商務印書館。這個最早的《野草》英譯本，毀於一九三二年"一·二八"戰火，最終未能出版。《野草·題辭》說："地火在地下運行，奔突；熔岩一旦噴出，將燒盡一切野草，以及喬木，於是並且無可朽腐。"這竟然成了讖語。但《題辭》又說："但我坦然，欣然。我將大笑，我將歌唱。"在新的世紀回顧歷史的蒼茫煙塵，敵寇的威焰今何在？野草依然笑東風。

魯迅在《華蓋集續編·海上通信》中說："至於《野草》，此後做不做很難說，大約是不見得再做了，省得人來謬託知己，舐皮論骨，甚麼是'入於心'的。"一九三四年十月九日《致蕭軍》又說："我的那本《野草》，技術不算壞，但心情太頹唐了，因為那是我碰了許多釘子之後寫出來的。"這些都可以作為《〈野草〉英文譯本序》的補充來讀。

野草外編

自言自語

一　序

水村的夏夜，搖着大芭蕉扇，在大樹下乘涼，是一件極舒服的事。

男女都談些閒天，說些故事。孩子是唱歌的唱歌，猜謎的猜謎。

只有陶老頭子，天天獨自坐着。因為他一世沒有進過城，見識有限，無天可談。而且眼花耳聾，問七答八，說三話四，很有點討厭，所以沒人理他。

他卻時常閉着眼，自己說些甚麼。仔細聽去，雖然昏話多，偶然之間，卻也有幾句略有意思的段落的。

夜深了，乘涼的都散了。我回家點上燈，還不想睡，便將聽得的話寫了下來，再看一回，卻又毫無意思了。

其實陶老頭子這等人，那裡真會有好話呢，不過既然寫出，姑且留下罷了。

留下又怎樣呢？這是連我也答覆不來。

中華民國八年八月八日燈下記。

二　火的冰

流動的火，是熔化的珊瑚麼？

中間有些綠白，像珊瑚的心，渾身通紅，像珊瑚的肉，外層帶些黑，是珊瑚焦了。

好是好呵，可惜拿了要燙手。

遇着說不出的冷，火便結了冰了。

中間有些綠白，像珊瑚的心，渾身通紅，像珊瑚的肉，外層帶些黑，也還是珊瑚焦了。

好是好呵，可惜拿了便要火燙一般的冰手。

火，火的冰，人們沒奈何他，他自己也苦麼？

唉，火的冰。

唉，唉，火的冰的人！

三　古城

你以為那邊是一片平地麼？不是的。其實是一座沙山，沙山裡面是一座古城。這古城裡，一直從前住着三個人。

古城不很大，卻很高。只有一個門，門是一個閘。

青鉛色的濃霧，捲着黃沙，波濤一般的走。

少年說，“沙來了。活不成了。孩子快逃罷。”

老頭子說，“胡說，沒有的事。”

這樣的過了三年和十二個月另八天。

少年說，“沙積高了，活不成了。孩子快逃罷。”

老頭子說，“胡說，沒有的事。”

少年想開閘，可是重了。因為上面積了許多沙了。

少年拚了死命，終於舉起閘，用手腳都支着，但總不到二尺高。

少年擠那孩子出去說，“快走罷！”

老頭子拖那孩子回來說，“沒有的事！”

少年說，“快走罷！這不是理論，已經是事實了！”

青鉛色的濃霧，捲着黃沙，波濤一般的走。

以後的事，我可不知道了。

你要知道，可以掘開沙山，看看古城。閘門下許有一個死屍。閘門裡是兩個還是一個？

四　螃蟹

老螃蟹覺得不安了，覺得全身太硬了。自己知道要蛻殼了。

他跑來跑去的尋。他想尋一個窟穴，躲了身子，將石子堵了穴口，隱隱的蛻殼。他知道外面蛻殼是危險的。身子還軟，要被別的螃蟹吃去的。這並非空害怕，他實在親眼見過。

他慌慌張張的走。

旁邊的螃蟹問他說，“老兄，你何以這般慌？”

他說，“我要蛻殼了。”

“就在這裡蛻不很好麼？我還要幫你呢。”“那可太怕人了。”

“你不怕窟穴裡的別的東西，卻怕我們同種麼？”

“我不是怕同種。”

“那還怕甚麼呢？”

“就怕你要吃掉我。”

五　波兒

波兒氣憤憤的跑了。

波兒這孩子，身子有矮屋一般高了，還是淘氣，不知道從那裡學了壞樣子，也想種花了。

不知道從那裡要來的薔薇子，種在乾地上，早上澆水，上午澆水，正午澆水。

正午澆水，土上面一點小綠，波兒很高興，午後澆水，小綠不見了，許是被蟲子吃了。

波兒去了噴壺，氣憤憤的跑到河邊，看見一個女孩子哭着。

波兒說，“你為甚麼在這裡哭？”

女孩子說，“你嘗河水甚麼味罷。”

波兒嘗了水，說是“淡的”。

女孩子說，“我落下了一滴淚了，還是淡的，我怎麼不哭呢。”

波兒說，“你是傻丫頭！”

波兒氣憤憤的跑到海邊，看見一個男孩子哭着。

波兒說，“你為甚麼在這裡哭？”

男孩子說，“你看海水是甚麼顏色？”

波兒看了海水，說是“綠的”。

男孩子說，“我滴下了一點血了，還是綠的，我怎麼不哭呢。”

波兒說，“你是傻小子！”

波兒才是傻小子哩。世上那有半天抽芽的薔薇花，花的種子還在土裡呢。

便是終於不出，世上也不會沒有薔薇花。

六　我的父親

我的父親躺在床上，喘着氣，臉上很瘦很黃，我有點怕敢看他了。

他眼睛慢慢閉了，氣息漸漸平了。我的老乳母對我說，“你的爹要死了，你叫他罷。”

“爹爹。”

“不行，大聲叫！”

“爹爹！”

我的父親張一張眼，口邊一動，彷彿有點傷心，——他仍然慢慢的閉了眼睛。

我的老乳母對我説，“你的爹死了。”

阿！我現在想，大安靜大沉寂的死，應該聽他慢慢到來。誰敢亂嚷，是大過失。

我何以不聽我的父親，徐徐入死，大聲叫他。

阿！我的老乳母。你並無惡意，卻教我犯了大過，擾亂我父親的死亡，使他只聽得叫“爹”，卻沒有聽到有人向荒山大叫。

那時我是孩子，不明白甚麼事理。現在，略略明白，已經遲了。我現在告知我的孩子，倘我閉了眼睛，萬不要在我的耳朵邊叫了。

七　我的兄弟

我是不喜歡放風箏的，我的一個小兄弟是喜歡放風箏的。

我的父親死去之後，家裡沒有錢了。我的兄弟無論怎麼熱心，也得不到一個風箏了。

一天午後，我走到一間從來不用的屋子裡，看見我的兄弟，正躲在裡面糊風箏，有幾支竹絲，是自己削的，幾張皮紙，是自己買的，有四個風輪，已經糊好了。

我是不喜歡放風箏的，也最討厭他放風箏，我便生氣，踏碎了風輪，拆了竹絲，將紙也撕了。

我的兄弟哭着出去了，悄然的在廊下坐着，以後怎樣，我那時沒有理會，都不知道了。

我後來悟到我的錯處。我的兄弟卻將我這錯處全忘了，他總是很要好的叫我“哥哥”。

我很抱歉，將這事說給他聽，他卻連影子都記不起了。他仍是很要好的叫我“哥哥”。

阿！我的兄弟。你沒有記得我的錯處，我能請你原諒麼？

然而還是請你原諒罷！

點評

《自言自語》乃是魯迅散文詩的嚆矢，也是現代中國散文詩這種文體的最早嘗試。這組文章原初斷斷續續地連載於一九一九年八月十九日至九月九日《國民公報·新文藝》欄，署名神飛，約稿者是孫伏園，第七節末原注“未完”。它們可以看作魯迅一九二四年以後創作《野草》散文詩的一次練習，如《火的冰》、《我的兄弟》與《野草》中的《死火》、《風箏》都存在着一脈相承之處。《我的父親》則是《朝花夕拾》中《父親的病》的片段抒寫了。據荊有麟《魯迅的生活和工作》回憶，“先生自己講：《野草》中《過客》一篇，在腦筋中醞釀了將近十年。但因為找不到合適的表現形式，所以總是遷延着。”從一九二五年三月作《過客》往前推“將近十年”，大約一九一八年魯迅投身新文學運動，就浮起寫作獨語體散文詩的念頭，構思中的《過客》沒有出現在這組《自言自語》中，意味着他有更宏偉的寫作計劃。

這些作品的文字比《野草》平易流暢，然而詩的隱喻性已初露端倪。如《古城》寫黃沙漫天，逐漸埋沒古城，少年扛起閘門放孩子出去，老人卻要拖孩子回來。“你要知道，可以掘開沙山，看看古城。閘門下許有一個死屍。閘門裡是兩個還是一個？”這隱喻歷史惰性之窒息人的生存，其旨趣在一九一九年十月《我們怎樣做父親》中，凝結成“自己背着因襲的重擔，肩住了黑暗的閘門，放他們到寬闊光明的地方去；此後幸福的度日，合理的做人”。《螃蟹》寫螃蟹換殼，要找窟穴躲起來，別的螃蟹表示可以幫忙，它卻擔心被同類吃掉，隱喻在弱肉強食環境中“幫忙”成了“吃人”的幌子。《波兒》寫波兒種下的薔薇不會半天開花，正如女孩的一滴淚，不能將河水變咸；男孩的一點血，不能將河水變紅，隱喻着女孩的淚、男孩的血、波兒種的花，都難以改變歷史長河的發展，這些均可看作魯迅藉散文詩寫自己的哲學的嘗試。

散文詩是魯迅的靈魂隧道，幽深，神秘，趨於詭異。《自言自語·序》中描述眼花耳聾的陶老頭子的自言自語，也就是閉目塞聽，只和自己的心靈對話。雖然昏話多，偶然之間，卻也有幾句略有意思的段落的。作為心靈檔案，錄以備考。自言自語是神志迷離而喃喃自語，屬於醫學上的“獨語症”。獨語，有別於樹蔭乘涼，搖着大芭蕉扇閒談，而是反窺獨語者內心，可以窺見孤執靈魂的猶豫、苦惱、彷徨、虛妄，以及真誠、掙扎和執着。創造如此美學形式，固然與魯迅知醫有關，但也不排除其中的幻化思維方式，出自民國初年魯迅潛心讀佛書的精神體驗。鳩摩羅什譯《金剛經》說：“一切有為法，如夢幻泡影，如露亦如電，應作如是觀。”玄奘譯《大般若波羅蜜多經》說：“爾時具壽善現白佛言：世尊，若一切法如夢如幻、如響如像、如光影如陽焰、如變化事如尋香城，所化有情住在何處？”這種幻化思維可以衍化出結冰的火，可以潛入換殼的蟹。魯迅說：“我的確時時解剖別人，然而更多的是更無情地解剖我自己。”他用獨語體散文詩反窺內心，實施了解剖自我，就始於《自言自語》。後來承擔黑暗的壓力，屢屢“碰壁”，磨鋭了反抗的野性，就如瞿秋白《〈魯迅雜感選集〉序言》所說：“魯迅是萊謨斯，是野獸的奶汁所餵養大的，是封建宗法社會的逆子，是紳士階級的貳臣，而同時也是一些浪漫諦克的革命家的諍友！他從他自己的道路，回到了狼的懷抱。”但魯迅更覺得“歷來所身受之事，真是一言難盡，但我總如野獸一樣，受了傷，就回頭鑽入草莽，舐掉血跡，至多也不過呻吟幾聲的。”（《一九三三年六月十八日致曹聚仁》）從《自言自語》到《野草》，潛伏着魯迅一段艱難的心路歷程。艱難憂患，玉汝於成，生命哲學的深度體驗，導致散文詩的表現能力在五六年間，獲得了舉世矚目的根本性飛躍。

生命的路

想到人類的滅亡是一件大寂寞大悲哀的事；然而若干人們的滅亡，卻並非寂寞悲哀的事。

生命的路是進步的，總是沿着無限的精神三角形的斜面向上走，甚麼都阻止他不得。

自然賦與人們的不調和還很多，人們自己萎縮墮落退步的也還很多，然而生命決不因此回頭。無論甚麼黑暗來防範思潮，甚麼悲慘來襲擊社會，甚麼罪惡來褻瀆人道，人類的渴仰完全的潛力，總是踏了這些鐵蒺藜向前進。

生命不怕死，在死的面前笑着跳着，跨過了滅亡的人們向前進。

甚麼是路？就是從沒路的地方踐踏出來的，從只有荊棘的地方開闢出來的。

以前早有路了，以後也該永遠有路。

人類總不會寂寞，因為生命是進步的，是樂天的。

昨天，我對我的朋友 L 說，"一個人死了，在死者自身和他的眷屬是悲慘的事，但在一村一鎮的人看起來不算甚麼；就是一省一國一種……"

L 很不高興，說，"這是 Natur（自然）的話，不是人們的話。你應該小心些。"

我想，他的話也不錯。

點評

本篇最初發表於一九一九年十一月《新青年》第六卷第六號"隨感錄"欄，署名唐俟，後收入《熱風》。它以"路"、以"無限的精神三角形的斜面"比喻生命過程，並且以"唐俟"筆名和"魯迅"筆名作心靈對話，加上語式多近格言，都是散發着濃鬱的散文詩的味道的。

其間以進化論闡釋生命哲學："生命的路是進步的，總是沿着無限的精神三角形的斜面向上走，甚麼都阻止他不得。"又以坦蕩的胸懷面對死而實現生命的價值："生命不怕死，在死的面前笑着跳着，跨過了滅亡的人們向前進。"笑着，跳着，死之於我竟如何？但在生命的存在與生命的實現之間，還存在着"路"，路不是現成的，而是靠開拓才有："甚麼是路？就是從沒路的地方踐踏出來的，從只有荊棘的地方開闢出來的。"路的開闢，呈現了人的主動性，彰顯了生命的尊嚴。這是魯迅小說《故鄉》談路的先聲，尤耐尋味，故以"路"為題。

無題

有一個大襟上掛一支自來水筆的記者，來約我做文章，為敷衍他起見，我於是乎要做文章了。首先想題目……

這時是夜間，因為比較的涼爽，可以捏筆而沒有汗。剛坐下，蚊子出來了，對我大發揮其他們的本能。他們的咬法和嘴的構造大約是不一的，所以我的痛法也不一。但結果則一，就是不能做文章了。並且連題目沒有想。

我熄了燈，躲進帳子裡，蚊子又在耳邊嗚嗚的叫。

他們並沒有叮，而我總是睡不着。點燈來照，躲得不見一個影，熄了燈躺下，卻又來了。

如此者三四回，我於是憤怒了；説道：叮只管叮，但請不要叫。然而蚊子仍然嗚嗚的叫。

這時倘有人提出一個問題，問我“於蚊蟲跳蚤孰愛？”我一定毫不遲疑，答曰“愛跳蚤！”這理由很簡單，就因為跳蚤是咬而不嚷的。

默默的吸血，雖然可怕，但於我卻較為不麻煩，因此毋寧愛跳蚤。在與這理由大略相同的根據上，我便也不很喜歡去“喚醒國民”，這一篇大道理，曾經在槐樹下和金心異説過，現在恕不再敍了。

我於是又起來點燈而看書，因為看書和寫字不同，可以一手拿扇趕蚊子。

不一刻，飛來了一匹青蠅，只繞着燈罩打圈子。

“嗡！嗡嗡！”

我又麻煩起來了，再不能懂書裡面怎麼説。用扇去趕，卻扇滅了燈；再點起來，他又只是繞，愈繞愈有精神。

“嘎，嘎，嘎！”

我敵不住了！我仍然躲進帳子裡。

我想：蟲的撲燈，有人説是慕光，有人説是趨炎，有人説是為性慾，都隨便，我只願他不要只是繞圈子就好了。

然而蚊子又嗚嗚的叫了起來。

然而我已經磕睡了，懶得去趕他，我朦朧的想：天造萬物都得所，天使人會磕睡，大約是專為要叫的蚊子而設的……

阿！皎潔的明月，暗綠的森林，星星閃着他們晶瑩的眼睛，夜色中顯出幾輪較白的圓紋是月見草的花朵……自然之美多少豐富呵！

然而我只聽得高雅的人們這樣説。我窗外沒有花草，星月皎潔的時候，我正在和蚊子戰鬥，後來又睡着了。

早上起來，但見三位得勝者拖着鮮紅色的肚子站在帳子上；自己身上有些癢，且搔且數，一共有五個疙瘩，是我在生物界裡戰敗的標徵。

我於是也便帶了五個疙瘩，出門混飯去了。

點評

《無題》最初發表於一九二一年七月八日《晨報》“浪漫談”欄，署名風聲，收入《集外集拾遺補編》。

文章以“無題”命名，命名的結果是“無”，這也是飽讀佛書的人的一種精神體驗，由此體驗到人的生存多有滋擾。燈下寫稿，帳裡尋睡，都不得安寧，蚊蟲揮之不去：“這時倘有人提出一個問題，問我‘於蚊蟲跳蚤孰愛？’我一定毫不遲疑，答曰‘愛跳蚤！’這理由很簡單，就因為跳蚤是咬而不嚷的。默默的吸血，雖然可怕，但於我卻較為不麻煩，因此毋寧愛跳蚤。”這是對當時文化生產制度的反諷，“吸血”還要喋喋不休地辯護。隨之“飛來了一匹青蠅，只繞着燈罩打圈子。……蟲的撲燈，有人說是慕光，有人說是趨炎，有人說是為性慾，都隨便，我只願他不要只是繞圈子就好了”，這是自作多情的騷擾。瞌睡的朦朧中出現這麼一幕：“阿！皎潔的明月，暗綠的森林，星星閃着他們晶瑩的眼睛，夜色中顯出幾輪較白的圓紋是月見草的花朵……自然之美多少豐富呵！”然而我只聽得高雅的人們這樣說，至於我，“窗外沒有花草，星月皎潔的時候，我正在和蚊子戰鬥”。花草星月，掩飾的是精神的不安，生存的殘破無着落。這是悲劇嗎？這是似乎無事卻消磨了生命的悲劇。

為“俄國歌劇團”

我不知道，——其實是可以算知道的，然而我偏要這樣説，——俄國歌劇團何以要離開他的故鄉，卻以這美妙的藝術到中國來博一點茶水喝。你們還是回去罷！

我到第一舞台看俄國的歌劇，是四日的夜間，是開演的第二日。

一入門，便使我發生異樣的心情了：中央三十多人，旁邊一大群兵，但樓上四五等中還有三百多的看客。

有人初到北京的，不久便説：我似乎住在沙漠裡了。

是的，沙漠在這裡。

沒有花，沒有詩，沒有光，沒有熱。沒有藝術，而且沒有趣味，而且至於沒有好奇心。

沉重的沙……

我是怎麼一個怯弱的人呵。這時我想：倘使我是一個歌人，我的聲音怕要銷沉了罷。

沙漠在這裡。

然而他們舞蹈了，歌唱了，美妙而且誠實的，而且勇猛的。

流動而且歌吟的雲……

兵們拍手了，在接吻的時候。兵們又拍手了，又在接吻的時候。

非兵們也有幾個拍手了，也在接吻的時候，而一個最響，超出於兵們的。

我是怎麼一個褊狹的人呵。這時我想：倘使我是一個歌人，我怕要收藏了我的竪琴，沉默了我的歌聲罷。倘不然，我就要唱我的反抗之歌。

而且真的，我唱了我的反抗之歌了！

沙漠在這裡，恐怖的……

然而他們舞蹈了，歌唱了，美妙而且誠實的，而且勇猛的。

你們漂流轉徙的藝術者，在寂寞裡歌舞，怕已經有了歸心了罷。你們大約沒有復仇的意思，然而一回去，我們也就被復仇了。

比沙漠更可怕的人世在這裡。

嗚呼！這便是我對於沙漠的反抗之歌，是對於相識以及不相識的同感的朋友的勸誘，也就是為流轉在寂寞中間的歌人們的廣告。

四月九日。

點評

《為"俄國歌劇團"》最初發表於一九二二年四月九日《晨報副刊》，收入《熱風》。"比沙漠更可怕的人世在這裡"，這是剖析人的生存狀態。觀看俄國歌劇團表演的，是中央三十多人（大概是官員之類），旁邊一大群兵，將三百多看客擠到樓上四五等座位上。人們對美妙而且誠實的舞蹈、歌唱無動於衷，卻對舞台上的接吻頻繁拍手。作者感覺到"我似乎住在沙漠裡了。是的，沙漠在這裡。沒有花，沒有詩，沒有光，沒有熱。沒有藝術，而且沒有趣味，而且至於沒有好奇心"；"倘使我是一個歌人，我怕要收藏了我的竪琴，沉默了我的歌聲罷。倘不然，我就要唱我的反抗之歌"。這裡以悲憤的抒情筆調，目擊繆斯渴死在都會的沙漠中，在燈光舞姿中留下的唯有枯槁的靈魂，這種靈魂存在於只會對接吻拍手的皮囊裡。如此人間，美已經死去。

戰士和蒼蠅

Schopenhauer 説過這樣的話：要估定人的偉大，則精神上的大和體格上的大，那法則完全相反。後者距離愈遠即愈小，前者卻見得愈大。

正因為近則愈小，而且愈看見缺點和創傷，所以他就和我們一樣，不是神道，不是妖怪，不是異獸。他仍然是人，不過如此。但也惟其如此，所以他是偉大的人。

戰士戰死了的時候，蒼蠅們所首先發見的是他的缺點和傷痕，嘬着，營營地叫着，以為得意，以為比死了的戰士更英雄。但是戰士已經戰死了，不再來揮去他們。於是乎蒼蠅們即更其營營地叫，自以為倒是不朽的聲音，因為它們的完全，遠在戰士之上。

的確的，誰也沒有發見過蒼蠅們的缺點和創傷。

然而，有缺點的戰士終竟是戰士，完美的蒼蠅也終竟不過是蒼蠅。

去罷，蒼蠅們！雖然生着翅子，還能營營，總不會超過戰士的。你們這些蟲豸們！

三月二十一日。

點評

《戰士和蒼蠅》最初發表於一九二五年三月二十四日北京《京報》附刊《民眾文藝週刊》第十四號，收入《華蓋集》。作者於同年四月三日《京報副刊》發表的《這是這麼一個意思》中，對本文曾有所説明："所謂戰士者，是指中山先生和民國元年前後殉國而反受奴才們譏笑糟蹋的先烈；蒼蠅則當然是指奴才們。"（見《集外集拾遺》）

此篇可以當作哲理小品來讀。戰士是人，當然難免有缺點和創傷。蒼蠅們首先發現戰士的缺點和傷痕，嘬着，營營地叫着，以為得意，"然而，有缺點的戰士終竟是戰士，完美的蒼蠅也終竟不過是蒼蠅"。其中的寓意類乎俄國克雷洛夫寓言《鷹與雞》所言："鷹有時飛得比雞還低，可是雞卻永遠不能飛得像鷹這樣高。"生命意義在於人格特徵，不能對其枝節過分吹毛求疵，吹毛求疵者吹的是別人的毛，露出的反而可能是自己的疵，或者竟是見不得人的惡瘡也説不定。罵名人，尤其是罵死去的大名人，使自己一夜成名；罵英傑，尤其是罵死去的大英傑，以顯得勇氣百倍，見識高明，這類做法在魯迅心目中，都屬於"蒼蠅哲学"。

夏三蟲

夏天近了，將有三蟲：蚤，蚊，蠅。

假如有誰提出一個問題，問我三者之中，最愛甚麼，而且非愛一個不可，又不准像“青年必讀書”那樣的繳白卷的。我便只得回答道：跳蚤。

跳蚤的來吮血，雖然可惡，而一聲不響地就是一口，何等直截爽快。蚊子便不然了，一針叮進皮膚，自然還可以算得有點徹底的，但當未叮之前，要哼哼地發一篇大議論，卻使人覺得討厭。如果所哼的是在說明人血應該給它充飢的理由，那可更其討厭了，幸而我不懂。

野雀野鹿，一落在人手中，總時時刻刻想要逃走。其實，在山林間，上有鷹鸇，下有虎狼，何嘗比在人手裡安全。為甚麼當初不逃到人類中來，現在卻要逃到鷹鸇虎狼間去？或者，鷹鸇虎狼之於它們，正如跳蚤之於我們罷。肚子餓了，抓着就是一口，決不談道理，弄玄虛。被吃者也無須在被吃之前，先承認自己之理應被吃，心悅誠服，誓死不二。人類，可是也頗擅長於哼哼的了，害中取小，它們的避之惟恐不速，正是絕頂聰明。

蒼蠅嗡嗡地鬧了大半天，停下來也不過舐一點油汗，倘有傷痕或瘡癤，自然更佔一些便宜；無論怎麼好的，美的，乾淨的東西，又總喜歡一律拉上一點蠅矢。但因為只舐一點油汗，只添一點腌臢，在麻木的人們還沒有切膚之痛，所以也就將它放過了。中國人還不很知道它能夠傳播病菌，捕蠅運動大概不見得興盛。它們的運命是長久的；

還要更繁殖。

但它在好的，美的，乾淨的東西上拉了蠅矢之後，似乎還不至於欣欣然反過來嘲笑這東西的不潔：總要算還有一點道德的。

古今君子，每以禽獸斥人，殊不知便是昆蟲，值得師法的地方也多着哪。

四月四日。

點評

《夏三蟲》最初發表於一九二五年四月七日《京報》附刊《民眾文藝週刊》第十六號，收入《華蓋集》。

本篇對夏三蟲：蚤，蚊，蠅，進行評議。跳蚤吮血，雖然可惡，而一聲不響，直截爽快。蚊子一針叮進皮膚，還算有點徹底，但當未叮之前，要哼哼地發一篇大議論，卻使人覺得討厭。如果所哼的是在說明人血應該給它充飢的理由，那可更其討厭了。蒼蠅嗡嗡地鬧了大半天，也不過舐一點油汗，倘有傷痕或瘡癤，自然更佔一些便宜；無論怎麼好的，美的，乾淨的東西，又總喜歡一律拉上一點蠅矢，傳播病菌。捕蠅運動不見得興盛，它們的運命是長久的，還要更繁殖。跳蚤、蚊子、蒼蠅都騷擾危害人類，但騷擾危害的方式各異，蚊子哼哼作論，辯解吸血的合理性，蒼蠅遺矢，傳播病菌，以之比喻中國社會的一些醜惡現象、醜惡勢力，聯類取譬，痛下針砭，意趣橫生。"蚊子哲學"針砭為罪惡辯解的文化行為，"蒼蠅哲學"針砭揩油下菌氾濫成為風俗，都是社會改革面臨的難題。

與此相關，還有一則逸聞趣事。一九二四年七月，西北大學及陝西省教育廳合辦暑期學校，函聘國內著名教授前去講學。東南大學陳中凡乘火車到鄭州以後，與北京南下的魯迅偕同西行。半個世紀後陳氏寫了《魯迅到西北大學的片斷》，憶及當年同行，有機會聽魯迅“小題大作”笑斥“蒼蠅之聲”。次晨蒼蠅嗡鳴，擾人清夢。魯迅說：“《毛詩·齊風》所詠：‘匪雞則鳴，蒼蠅之聲’，於今朝驗之矣。”過洛陽時，曾任北大理科學長的夏元瑮曾特地拜訪軍閥吳佩孚。吳問夏：“在北大教甚麼課？”夏答：“擔任新物理中的電子研究。”吳指其壁上所懸八卦圖問：“此中亦有陰陽變化奧妙，能為我闡述否？”夏回答：“此舊物理，與新物理非一回事。”吳佩孚強詞奪理：“舊有舊的奧妙，新有新的道理。”夏元瑮拜訪歸來，與眾教授談及此事，眾人皆笑，魯迅揶揄道：“這也是蒼蠅之聲耳。”有人問劉靜波教甚麼課，劉答：“研究國際問題，尤其是‘大國家主義’。”魯迅說：“是指帝國主義吧？其擾亂世界，比蒼蠅更甚於百倍。”有人回憶“五四”運動時，蔡元培在天安門發表演說，強調“只有洪水能消滅猛獸”。遂有人感嘆問：“這些蠅營狗苟的瑣屑，自當同時消滅否？”魯迅回答說：“這雖是小題大作，將來新中國自有新環境，當然把一切害人蟲一掃精光。”

夜頌

遊光

愛夜的人，也不但是孤獨者，有閒者，不能戰鬥者，怕光明者。

人的言行，在白天和在深夜，在日下和在燈前，常常顯得兩樣。夜是造化所織的幽玄的天衣，普覆一切人，使他們溫暖，安心，不知不覺的自己漸漸脱去人造的面具和衣裳，赤條條地裹在這無邊際的黑絮似的大塊裡。

雖然是夜，但也有明暗。有微明，有昏暗，有伸手不見掌，有漆黑一團糟。愛夜的人要有聽夜的耳朵和看夜的眼睛，自在暗中，看一切暗。君子們從電燈下走入暗室中，伸開了他的懶腰；愛侶們從月光下走進樹陰裡，突變了他的眼色。夜的降臨，抹殺了一切文人學士們當光天化日之下，寫在耀眼的白紙上的超然，混然，恍然，勃然，粲然的文章，只剩下乞憐，討好，撒謊，騙人，吹牛，搗鬼的夜氣，形成一個燦爛的金色的光圈，像見於佛畫上面似的，籠罩在學識不凡的頭腦上。

愛夜的人於是領受了夜所給與的光明。

高跟鞋的摩登女郎在馬路邊的電光燈下，閣閣的走得很起勁，但鼻尖也閃爍着一點油汗，在證明她是初學的時髦，假如長在明晃晃的照耀中，將使她碰着“沒落”的命運。一大排關着的店舖的昏暗助她一臂之力，使她放緩開足的馬力，吐一口氣，這時才覺得沁人心脾的夜裡的拂拂的涼風。

愛夜的人和摩登女郎，於是同時領受了夜所給與的恩惠。

一夜已盡，人們又小心翼翼的起來，出來了；便是夫婦們，面目和五六點鐘之前也何其兩樣。從此就是熱鬧，喧囂。而高牆後面，大廈中間，深閨裡，黑獄裡，客室裡，秘密機關裡，卻依然瀰漫着驚人的真的大黑暗。

現在的光天化日，熙來攘往，就是這黑暗的裝飾，是人肉醬缸上的金蓋，是鬼臉上的雪花膏。只有夜還算是誠實的。我愛夜，在夜間作《夜頌》。

六月八日。

點評

《夜頌》最初發表於一九三三年六月十日《申報·自由談》，與下一篇《秋夜紀遊》均收入《准風月談》。它以歌頌夜色，即“我愛夜”的曲筆，揭示人類社會的面具性，以及某種人的虛偽、陰暗的一面。西方某些文化人類學學派認為，人在社會系統中由職業身份構成的“地位”，決定他在“天地大舞台”中戴上不同的“角色”面具。《夜頌》的深刻性在於，它以獨特的詩的哲學，揭示社會身份對角色面具的決定作用並非直線性的，而是具有複雜的曲線性，具有正與邪的根源，真與偽的差異，明與暗的層面。

白天的“熱鬧，喧囂。而高牆後面，大廈中間，深閨裡，黑獄裡，客室裡，秘密機關裡，卻依然瀰漫着驚人的真的大黑暗。現在的光天化日，熙來攘往，就是這黑暗的裝飾，是人肉醬缸上的金蓋，是鬼臉上的雪花膏”。罪惡是令人痛恨的，而罪惡戴上假面，如同“人肉醬缸上”加上的金蓋，“是鬼臉上”塗抹雪花膏，就令人在痛恨之上增加厭惡，還須加以揭穿，才能去除迷惑了。因而在夜色裡摘下面具，反能多少流露誠實。文章的批判鋒芒，更集中在為醜惡“加金蓋”、“抹雪花膏”的奴化了的文化領域：“夜的降臨，抹殺了一切文人學士們當光天化日之下，寫在耀眼的白紙上的超然，混然，恍然，勃然，粲然的文章，只剩下乞憐，討好，撒謊，騙人，吹牛，搗鬼的夜氣，形成一個燦爛的金色的光圈，像見於佛畫上面似的，籠罩在學識不凡的頭腦上。”夜氣成了裝模作樣的文人學士粉飾邪惡的生存環境，因此，魯迅“愛夜”，是由於夜色中偽裝者露出真面目，但魯迅的宗旨是要掃除產生罪惡及其偽裝的“夜氣”。

秋夜紀遊

遊光

秋已經來了，炎熱也不比夏天小，當電燈替代了太陽的時候，我還是在馬路上漫遊。

危險？危險令人緊張，緊張令人覺到自己生命的力。在危險中漫遊，是很好的。

租界也還有悠閒的處所，是住宅區。但中等華人的窟穴卻是炎熱的，吃食擔，胡琴，麻將，留聲機，垃圾桶，光着的身子和腿。相宜的是高等華人或無等洋人住處的門外，寬大的馬路，碧綠的樹，淡色的窗幔，涼風，月光，然而也有狗子叫。

我生長農村中，愛聽狗子叫，深夜遠吠，聞之神怡，古人之所謂"犬聲如豹"者就是。倘或偶經生疏的村外，一聲狂嗥，巨獒躍出，也給人一種緊張，如臨戰鬥，非常有趣的。

但可惜在這裡聽到的是吧兒狗。它躲躲閃閃，叫得很脆：汪汪！

我不愛聽這一種叫。

我一面漫步，一面發出冷笑，因為我明白了使它閉口的方法，是只要去和它主子的管門人説幾句話，或者拋給它一根肉骨頭。這兩件我還能的，但是我不做。

它常常要汪汪。

我不愛聽這一種叫。

我一面漫步，一面發出惡笑了，因為我手裡拿着一粒石子，惡笑剛斂，就舉手一擲，正中了它的鼻樑。

嗚的一聲，它不見了。我漫步着，漫步着，在少有的寂寞裡。

秋已經來了，我還是漫步着。叫呢，也還是有的，然而更加躲躲閃閃了，聲音也和先前不同，距離也隔得遠了，連鼻子都看不見。

我不再冷笑，不再惡笑了，我漫步着，一面舒服的聽着它那很脆的聲音。

八月十四日。

點評

本篇《秋夜紀遊》和上篇《夜頌》，都是城市題材的散文詩，與《野草》多寫曠野、山谷、墳墓不同。寫城市多寫夜色，因為城市人白天應付職業，夜裡放鬆，反而見到真我。城市的白天和黑夜，具有不同的生命價值。

《秋夜紀遊》説："危險令人緊張，緊張令人覺到自己生命的力。"魯迅在品味着生命力對城市夜色的反應。夜色是不平等的，不同人群擁有不同夜色："租界也還有悠閒的處所，是住宅區。但中等華人的窟穴卻是炎熱的，吃食擔，胡琴，麻將，留聲機，垃圾桶，光着的身子和腿。相宜的是高等華人或無等洋人住處的門外，寬大的馬路，碧綠的樹，淡色的窗幔，涼風，月光，然而也有狗子叫。"魯迅多年的"碰壁"閱歷，使他忘不了闊人豢養的"叭兒狗"，這就出現了非常精彩的心理反射，首先是聞狗叫，想起遙遠的童年鄉村："我生長農村中，愛聽狗子叫，深夜遠吠，聞之神怡，古人之所謂'犬聲如豹'者就是。倘或偶經生疏的村外，一聲狂嗥，巨獒躍出，也給人一種緊張，如臨戰鬥，非常有趣的。"由此而產生對城市叭兒狗叫聲的蔑視：“但可惜在這裡聽到的是吧兒狗。它躲躲閃閃，叫得很脆：汪汪！我不愛聽這一種叫。”何以蔑視？是蔑視它看人眼色、待人豢養：“我一面漫步，一面發出冷笑，因為我明白了使它閉口的方法，是只要去和它主子的管門人説幾句話，或者拋給它一根肉骨頭。這兩件我還能的，但是我不做。”但是叭兒狗畢竟有其狗性，“爾如狗耳，為人所嗾”，因而“它常常要汪汪”，儘管“我不愛聽這一種叫”。對付叭兒狗也有法：“我一面漫步，一面發出惡笑了，因為我手裡拿着一粒石子，惡笑剛斂，就舉手一擲，正中了它的鼻樑。”甚麼是魯迅所説的“緊張激發生命力”呢？這就是在緊張中保持清醒，看清“常要汪汪”者的心性、脾氣、伎倆，然後瞄準它的鼻樑，給予致命的一擊。由於對叭兒狗的蔑視，秋夜漫遊的緊張，化為賞心悦目的幽默了。

半夏小集

一

A：你們大家來品評一下罷，B竟蠻不講理的把我的大衫剝去了！

B：因為A還是不穿大衫好看。我剝它掉，是提拔他；要不然，我還不屑剝呢。

A：不過我自己卻以為還是穿着好……

C：現在東北四省失掉了，你漫不管，只嚷你自己的大衫，你這利己主義者，你這豬玀！

C太太：他竟毫不知道B先生是合作的好伴侶，這昏蛋！

二

用筆和舌，將淪為異族的奴隸之苦告訴大家，自然是不錯的，但要十分小心，不可使大家得着這樣的結論："那麼，到底還不如我們似的做自己人的奴隸好。"

三

"聯合戰線"之說一出，先前投敵的一批"革命作家"，就以"聯合"的先覺者自居，漸漸出現了。納款，通敵的鬼蜮行為，一到現在，就好像都是“前進”的光明事業。

四

這是明亡後的事情。

凡活着的，有些出於心服，多數是被壓服的。但活得最舒服橫恣的是漢奸；而活得最清高，被人尊敬的，是痛罵漢奸的逸民。後來自己壽終林下，兒子已不妨應試去了，而且各有一個好父親。至於默默抗戰的烈士，卻很少能有一個遺孤。

我希望目前的文藝家，並沒有古之逸民氣。

五

A：B，我們當你是一個可靠的好人，所以幾種關於革命的事情，都沒有瞞了你。你怎麼竟向敵人告密去了？

B：豈有此理！怎麼是告密！我說出來，是因為他們問了我呀。

A：你不能推說不知道嗎？

B：甚麼話！我一生沒有說過謊，我不是這種靠不住的人！

六

A：阿呀，B先生，三年不見了！你對我一定失望了罷？……

B：沒有的事……為甚麼？

A：我那時對你說過，要到西湖上去做二萬行的長詩，直到現在，一個字也沒有，哈哈哈！

B：哦，……我可並沒有失望。

A：您的"世故"可是進步了，誰都知道您記性好，"責人嚴"，不會這麼隨隨便便的，您現在也學會了説謊。

B：我可並沒有説謊。

A：那麼，您真的對我沒有失望嗎？

B：唔，無所謂失不失望，因為我根本沒有相信過你。

七

莊生以為"在上為烏鳶食，在下為螘食"，死後的身體，大可隨便處置，因為橫豎結果都一樣。

我卻沒有這麼曠達。假使我的血肉該餵動物，我情願餵獅虎鷹隼，卻一點也不給癩皮狗們吃。

養肥了獅虎鷹隼，它們在天空，岩角，大漠，叢莽裡是偉美的壯觀，捕來放在動物園裡，打死製成標本，也令人看了神旺，消去鄙吝的心。

但養胖一群癩皮狗，只會亂鑽，亂叫，可多麼討厭！

八

琪羅編輯聖．蒲孚的遺稿，名其一部為《我的毒》(Mes Poisons)；我從日譯本上，看見了這樣的一條：

"明言着輕蔑甚麼人，並不是十足的輕蔑。惟沉默是最高的輕蔑。——我在這裡説，也是多餘的。"

誠然，"無毒不丈夫"，形諸筆墨，卻還不過是小毒。最高的輕蔑是無言，而且連眼珠也不轉過去。

九

作為缺點較多的人物的模特兒，被寫入一部小説裡，這人總以為是晦氣的。

殊不知這並非大晦氣，因為世間實在還有寫不進小説裡去的人。倘寫進去，而又逼真，這小説便被毀壞。

譬如畫家，他畫蛇，畫鱷魚，畫龜，畫果子殼，畫字紙簍，畫垃圾堆，但沒有誰畫毛毛蟲，畫癩頭瘡，畫鼻涕，畫大便，就是一樣的道理。

有人一知道我是寫小説的，便迴避我，我常想這樣的勸止他，但可惜我的毒還不到這程度。

點評

《半夏小集》最初發表於一九三六年十月《作家》月刊第二卷第一期，收入《且介亭雜文末編》。本篇文字精粹，感覺深切，依然保存了《野草》時期文化批評的鋒芒，而帶有更多的歷史轉折期社會批評的色彩。

短短的九則，交替使用了四種抒寫方式：對話體，札記體，獨語體，閒談體。第一則採用對話體，有A、B、C、C太太四個角色，代表着被劫者、搶劫者、辯解者、辯解的扈從者，表演了趁着東北四省淪陷的民族危機之時，強暴之徒剝奪人們穿衣的權利，這種趁火打劫的行為，竟然還有人為之辯解，指斥抗爭者為“利己主義”。隨之第二則，是獨語體，魯迅警告説：“用筆和舌，將淪為異族的奴隸之苦告訴大家，自然是不錯的，但要十分小心，不可使大家得着這樣的結論：‘那麼，到底還不如我們似的做自己人的奴隸好。’”這彷彿是第一則的畫外音。

札記體取用歷史記載，或外國作家的言論，潛在地比照着中國現實，揭示深刻的歷史教訓。比如第四則：“這是明亡後的事情。凡活着的，有些出於心服，多數是被壓服的。但活得最舒服橫恣的是漢奸；而活得最清高，被人尊敬的，是痛罵漢奸的逸民。後來自己壽終林下，兒子已不妨應試去了，而且各有一個好父親。至於默默抗戰的烈士，卻很少能有一個遺孤。我希望目前的文藝家，並沒有古之逸民氣。”這是抗戰起來後學者作家多採南明史料的先聲。

獨語體往往為外在的事物、言論觸發，立即返回自己的內心。比如第七則，由莊生以為“在上為烏鳶食，在下為螻蟻食”，死後的身體，大可隨便處置而引發感觸，自陳“我卻沒有這麼曠達。假使我的血肉該餵動物，我情願餵獅虎鷹隼，卻一點也不給癩皮狗們吃。養肥了獅虎鷹隼，它們在天空，岩角，大漠，叢莽裡是偉美的壯觀，捕來放在動物園裡，打死製成標本，也令人看了神旺，消去鄙吝的心。但養胖一群癩皮狗，只會亂鑽，亂叫，可多麼討厭！”

閒談體，往往由某種社會的或文化的現象出發，隨意而談，亦莊亦諧，在舒捲自如處談言微中。比如第九則，談論現實人物被小說創作用為模特兒的幸也不幸，隨之作進一步的發揮：“譬如畫家，他畫蛇，畫鰐魚，畫龜，畫果子殼，畫字紙簍，畫垃圾堆，但沒有誰畫毛毛蟲，畫癩頭瘡，畫鼻涕，畫大便，就是一樣的道理。”

其餘諸則，還有以對話體寫告密者的詭辯哲學，以札記體討論“最高的輕蔑是無言”等，都在上述四體之中。九則短文使用了四種表現方式而不重複，可見魯迅到了晚年，依然是創造力旺盛的文體家。

朝花夕拾

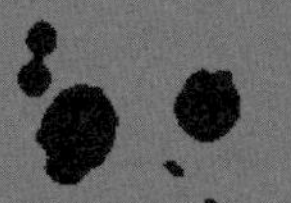

小　引

我常想在紛擾中尋出一點閒靜來，然而委實不容易。目前是這麼離奇，心裡是這麼蕪雜。一個人做到只剩了回憶的時候，生涯大概總要算是無聊了罷，但有時竟會連回憶也沒有。中國的做文章有軌範，世事也仍然是螺旋。前幾天我離開中山大學的時候，便想起四個月以前的離開廈門大學；聽到飛機在頭上鳴叫，竟記得了一年前在北京城上日日旋繞的飛機。我那時還做了一篇短文，叫做《一覺》。現在是，連這"一覺"也沒有了。

廣州的天氣熱得真早，夕陽從西窗射入，逼得人只能勉強穿一件單衣。書桌上的一盆"水橫枝"，是我先前沒有見過的：就是一段樹，只要浸在水中，枝葉便青蔥得可愛。看看綠葉，編編舊稿，總算也在做一點事。做着這等事，真是雖生之日，猶死之年，很可以驅除炎熱的。

前天，已將《野草》編定了；這回便輪到陸續載在《莽原》上的《舊事重提》，我還替他改了一個名稱：《朝花夕拾》。帶露折花，色香自然要好得多，但是我不能夠。便是現在心目中的離奇和蕪雜，我也還不能使他即刻幻化，轉成離奇和蕪雜的文章。或者，他日仰看流雲時，會在我的眼前一閃爍罷。

我有一時，曾經屢次憶起兒時在故鄉所吃的蔬果：菱角，羅漢豆，茭白，香瓜。凡這些，都是極其鮮美可口的；都曾是使我思鄉的蠱惑。後來，我在久別之後嘗到了，也不過如此；惟獨在記憶上，還有舊來的意味留存。他們也許要哄騙我一生，使我時時反顧。

這十篇就是從記憶中抄出來的，與實際容或有些不同，然而我現在只記得是這樣。文體大概很雜亂，因為是或作或輟，經了九個月之多。環境也不一：前兩篇寫於北京寓所的東壁下；中三篇是流離中所作，地方是醫院和木匠房；後五篇卻在廈門大學的圖書館的樓上，已經是被學者們擠出集團之後了。

一九二七年五月一日，魯迅於廣州白雲樓記。

點評

這篇《小引》最初發表於一九二七年五月二十五日北京《莽原》半月刊第二卷第十期。置於卷首，與作者在《莽原》上刊載的回憶散文《舊事重提》結集，改題《朝花夕拾》，作為“未名新集”之一種，由北京未名社一九二八年九月初版。一九三二年九月改由上海北新書局出版。書題之“朝花”是指這些散文回憶童年、青年的往事，“夕拾”是指記述者主體的寫作時間與情感方式。人不能兩次走過同一條河，誰能確定傍晚撿起來的花，與早上綻開的花，會是同一朵？既然經歷朝夕，需要拾起，不用說已是落花。龔自珍《己亥雜詩》說：“落紅不是無情物，化作春泥更護花。”此中的無情、有情，牽繫着五四高潮過去後，文學革命營壘的分道揚鑣，魯迅的“吶喊”已換作“彷徨”；與二弟周作人的關係破裂，更使他有“兩間餘一卒”的蒼茫感。因而回首來路，拾掇腳印，將父子、師生、朋友等倫常哀樂，形諸筆墨，也算對過客生命的一份交代。

如此留下生命痕跡的淒美而沉潛的書名，意味着在這一“朝”

一“夕”之間，已經相隔二三十年，甚至更長一點時間。即所謂“帶露折花，色香自然要好得多，但是我不能夠。便是現在心目中的離奇和蕪雜，我也還不能使他即刻幻化，轉成離奇和蕪雜的文章”。在少年的純真與中年的蕪雜的交織，使得這些散文出入於前塵與今事之間，表現了與“帶露折花”不同的藝術格調，其間有對故土因緣和精神家園的反思，包括民間傳説、民俗表演、自然情趣和人間親情；又有對自己早年人生道路的重審，包括家庭破落，以及在異鄉異邦求學交友。中年意識與童年體驗碰撞，撞出了美好的、淡淡的憂愁，也撞出了犀利的、深深的反思。《小引》説：“我有一時，曾經屢次憶起兒時在故鄉所吃的蔬果：菱角，羅漢豆，茭白，香瓜。凡這些，都是極其鮮美可口的；都曾是使我思鄉的蠱惑。後來，我在久別之後嘗到了，也不過如此；惟獨在記憶上，還有舊來的意味存留。他們也許要哄騙我一生，使我時時反顧。”這些植根於人性的帶原型性的感覺，是作品魅力所在。既然是“從記憶中抄出來”的“回憶文”，除了《小引》、《後記》之外，主體部分應該稱作“魯迅十憶”。魯迅在尋找着逐漸遠去的生命痕跡，時間的距離使作者談論着另一個“我”，閱歷昇華着感受，理性浸淫於感情，使文風顯得歷練、深邃，往事今感交織，於揮灑從容處顯得感慨多端。

陸機《文賦》説：“謝朝華於已披，啓夕秀於未振。”陸雲《寒蟬賦》説：“挹朝華之墜露，含烟熅以夕飧。”這種“朝……夕……”思維與屈原《離騷》中“老冉冉其將至兮，恐修名之不立。朝飲木蘭之墜露兮，夕餐秋菊之落英”，是一脈相承的。魯迅這種“謝朝華以啓夕秀”的回憶，浸染了魏晉文章的清峻、通脱、悲涼、慷慨的意氣。這些回憶散文將回憶與感懷、敘述與議論、抒情與反諷融為一體，往往在描繪活潑的青少年真誠而未脱稚嫩的言行時，夾雜着成年人老到的評點、旁白和嘲諷，於百味兼陳中蕩漾着耐人尋味的溫馨；而要言不煩的冷冷聲音，卻起到畫龍點睛的作用，發人深思。少年事、中年語，愛憎從容，親切平易，令人感到“有真意，去粉飾，少做作，勿賣弄”，成功了一部堪稱現代文學史上至性至情的回憶散文。

狗·貓·鼠

從去年起，彷彿聽得有人說我是仇貓的。那根據自然是在我的那一篇《兔和貓》；這是自畫招供，當然無話可說，——但倒也毫不介意。一到今年，我可很有點擔心了。我是常不免於弄弄筆墨的，寫了下來，印了出去，對於有些人似乎總是搔着癢處的時候少，碰着痛處的時候多。萬一不謹，甚而至於得罪了名人或名教授，或者更甚而至於得罪了“負有指導青年責任的前輩”之流，可就危險已極。為甚麼呢？因為這些大腳色是“不好惹”的。怎地“不好惹”呢？就是怕要渾身發熱之後，做一封信登在報紙上，廣告道：“看哪！狗不是仇貓的麼？魯迅先生卻自己承認是仇貓的，而他還說要打‘落水狗’！”這“邏輯”的奧義，即在用我的話，來證明我倒是狗，於是而凡有言說，全都根本推翻，即使我說二二得四，三三見九，也沒有一字不錯。這些既然都錯，則紳士口頭的二二得七，三三見千等等，自然就不錯了。

我於是就間或留心着查考它們成仇的“動機”。這也並非敢妄學現下的學者以動機來褒貶作品的那些時髦，不過想給自己預先洗刷洗刷。據我想，這在動物心理學家，是用不着費甚麼力氣的，可惜我沒有這學問。後來，在覃哈特博士（Dr. O. Dähnhardt）的《自然史底國民童話》裡，總算發見了那原因了。據說，是這麼一回事：動物們因為要商議要事，開了一個會議，鳥，魚，獸都齊集了，單是缺了象。大會議定，派夥計去迎接它，拈到了當這差使的鬮的就是狗。“我怎麼找到那象呢？我沒有見過它，也和它不認識。”它問。“那容易，”大眾說，“它是駝背的。”狗去了，遇見一匹貓，立刻弓起脊樑來，它便招待，同行，將弓着脊樑的貓介紹給大家道：“象在這裡！”但是大家都嗤笑它了。從此以後，狗和貓便成了仇家。

日耳曼人走出森林雖然還不很久，學術文藝卻已經很可觀，便是書籍的裝潢，玩具的工致，也無不令人心愛。獨有這一篇童話卻實在不漂亮；結怨也結得沒有意思。貓的弓起脊樑，並不是希圖冒充，故意擺架子的，其咎卻在狗的自己沒眼力。然而原因也總可以算作一個原因。我的仇貓，是和這大大兩樣的。

其實人禽之辨，本不必這樣嚴。在動物界，雖然並不如古人所幻想的那樣舒適自由，可是嚕蘇做作的事總比人間少。它們適性任情，對就對，錯就錯，不說一句分辯話。蟲蛆也許是不乾淨的，但它們並沒有自鳴清高；鷙禽猛獸以較弱的動物為餌，不妨說是兇殘的罷，但它們從來就沒有竪過“公理”“正義”的旗子，使犧牲者直到被吃的時候為止，還是一味佩服讚嘆它們。人呢，能直立了，自然是一大進步；能說話了，自然又是一大進步；能寫字作文了，自然又是一大進步。然而也就墮落，因為那時也開始了說空話。說空話尚無不可，甚至於連自己也不知道說着違心之論，則對於只能嗥叫的動物，實在免不得“顏厚有忸怩”。假使真有一位一視同仁的造物主，高高在上，那麼，對於人類的這些小聰明，也許倒以為多事，正如我們在萬生園裡，看見猴子翻筋斗，母象請安，雖然往往破顏一笑，但同時也覺得不舒服，甚至於感到悲哀，以為這些多餘的聰明，倒不如沒有的好罷。然而，既經為人，便也只好“黨同伐異”，學着人們的說話，隨俗來談一談，——辯一辯了。

現在說起我仇貓的原因來，自己覺得是理由充足，而且光明正大的。一，它的性情就和別的猛獸不同，凡捕食雀鼠，總不肯一口咬死，定要盡情玩弄，放走，又捉住，捉住，又放走，直待自己玩厭了，這才吃下去，頗與人們的幸災樂禍，慢慢地折磨弱者的壞脾氣相同。二，它不是和獅虎同族的麼？可是有這麼一副媚態！但這也許是限於天分之故罷，假使它的身材比現在大十倍，那就真不知道它所取的是怎麼一種態度。然而，這些口實，仿佛又是現在提起筆來的時候添出來的，雖然也像是當時湧上心來的理由。要說得可靠一點，或者倒不如說不過因為它們配合時候的嗥叫，手續竟有這麼繁重，鬧得別人心煩，尤其是夜間要看書，睡覺的時候。當這些時候，我便要用長竹竿去攻擊它們。狗們在大道上配合時，常有閒漢拿了木棍痛打；我曾見大勃呂該爾（P. Bruegeld. Ä）的一張銅版畫 Allegorie der Wollust 上，也畫着這回事，可見這樣的舉動，是中外古今一致的。自從那執拗的奧國學者弗羅特（S. Freud）提倡了精神分析說——Psychoanalysis，聽說章士釗先生是譯作“心解”的，雖然簡古，可是實在難解得很——以來，我們的名人名教授也頗有隱隱約約，檢來應用的了，這些事便不免又要歸宿到性慾上去。打狗的事我不管，至於我的打貓，卻只因為它們嚷嚷，此外並無惡意，我自信我的嫉妒心還沒有這麼博大，當現下“動輒獲咎”之秋，這是不可不預先聲明的。例如人們當配合之前，也很有些手續，新的是寫情書，少則一束，多則一捆；舊的是甚麼“問名”“納採”，磕頭作揖，去年海昌蔣氏在北京舉行婚禮，拜來拜去，就十足拜了三天，還印有一本紅面子的《婚禮節文》，《序論》裡大發議論道：“平心論之，既名為禮，當必繁重。專圖簡易，何用禮為？……然則世之有志於禮者，可以興矣！不可退居於禮所不下之庶人矣！”然而我毫不生氣，這是因為無須我到場；因此也可見我的仇貓，理由實在簡簡單單，只為了它們在我的耳朵邊盡嚷的緣故。人們的各種禮式，局外人可以不見不聞，我就滿不管，但如果當我正要看書或睡覺的時候，有人來勒令朗誦情書，奉陪作揖，那是為自衛起見，還要用長竹竿來抵禦的。還有，平素不大交往的人，忽而寄給我一個紅帖子，上面印着“為舍妹出閣”，“小兒完姻”，“敬請觀禮”或“闔第光臨”這些含有“陰險的暗示”的句子，使我不化錢便總覺得有些過意不去的，我也不十分高興。

但是，這都是近時的話。再一回憶，我的仇貓卻遠在能夠說出這些理由之前，也許是還在十歲上下的時候了。至今還分明記得，那原因是極其簡單的：只因為它吃老鼠，——吃了我飼養着的可愛的小小的隱鼠。

聽說西洋是不很喜歡黑貓的，不知道可確；但 Edgar Allan Poe 的小說裡的黑貓，卻實在有點駭人。日本的貓善於成精，傳說中的“貓婆”，那食人的慘酷確是更可怕。中國古時候雖然曾有“貓鬼”，近來卻很少聽到貓的興妖作怪，似乎古法已經失傳，老實起來了。只是我在童年，總覺得它有點妖氣，沒有甚麼好感。那是一個我的幼時的夏夜，我躺在一株大桂樹下的小板桌上乘涼，祖母搖着芭蕉扇坐在桌旁，給我猜謎，講故事。忽然，桂樹上沙沙地有趾爪的爬搔聲，一對閃閃的眼睛在暗中隨聲而下，使我吃驚，也將祖母講着的話打斷，另講貓的故事了——

“你知道麼？貓是老虎的先生。”她說。“小孩子怎麼會知道呢，貓是老虎的師父。老虎本來是甚麼也不會的，就投到貓的門下來。貓就教給它撲的方法，捉的方法，吃的方法，像自己的捉老鼠一樣。這些教完了；老虎想，本領都學到了，誰也比不過它了，只有老師的貓還比自己強，要是殺掉貓，自己便是最強的腳色了。它打定主意，就上前去撲貓。貓是早知道它的來意的，一跳，便上了樹，老虎卻只能眼睜睜地在樹下蹲着。它還沒有將一切本領傳授完，還沒有教給它上樹。”

這是僥倖的，我想，幸而老虎很性急，否則從桂樹上就會爬下一匹老虎來。然而究竟很怕人，我要進屋子裡睡覺去了。夜色更加黯然；桂葉瑟瑟地作響，微風也吹動了，想來草席定已微涼，躺着也不至於煩得翻來覆去了。

幾百年的老屋中的豆油燈的微光下，是老鼠跳樑的世界，飄忽地走着，吱吱地叫着，那態度往往比“名人名教授”還軒昂。貓是飼養着的，然而吃飯不管事。祖母她們雖然常恨鼠子們嚙破了箱櫃，偷吃了東西，我卻以為這也算不得甚麼大罪，也和我不相干，況且這類壞事大概是大個子的老鼠做的，決不能誣陷到我所愛的小鼠身上去。這類小鼠大抵在地上走動，只有拇指那麼大，也不很畏懼人，我們那裡叫它“隱鼠”，與專住在屋上的偉大者是兩種。我的床前就帖着兩張花紙，一是“八戒招贅”，滿紙長嘴大耳，我以為不甚雅觀；別的一張“老鼠成親”卻可愛，自新郎新婦以至儐相，賓客，執事，沒有一個不是尖腮細腿，像煞讀書人的，但穿的都是紅衫綠褲。我想，能舉辦這樣大儀式的，一定只有我所喜歡的那些隱鼠。現在是粗俗了，在路上遇見人類的迎娶儀仗，也不過當作性交的廣告看，不甚留心；但那時的想看“老鼠成親”的儀式，卻極其神往，即使像海昌蔣氏似的連拜三夜，怕也未必會看得心煩。正月十四的夜，是我不肯輕易便睡，等候它們的儀仗從床下出來的夜。然而仍然只看見幾個光着身子的隱鼠在地面遊行，不像正在辦着喜事。直到我熬不住了，怏怏睡去，一睜眼卻已經天明，到了燈節了。也許鼠族的婚儀，不但不分請帖，來收羅賀禮，雖是真的“觀禮”，也絕對不歡迎的罷，我想，這是它們向來的習慣，無法抗議的。

老鼠的大敵其實並不是貓。春後，你聽到它“咋！咋咋咋咋！”地叫着，大家稱為“老鼠數銅錢”的，便知道它的可怕的屠伯已經光降了。這聲音是表現絕望的驚恐的，雖然遇見貓，還不至於這樣叫。貓自然也可怕，但老鼠只要竄進一個小洞去，它也就奈何不得，逃命的機會還很多。獨有那可怕的屠伯——蛇，身體是細長的，圓徑和鼠子差不多，凡鼠子能到的地方，它也能到，追逐的時間也格外長，而且萬難倖免，當“數錢”的時候，大概是已經沒有第二步辦法的了。

有一回，我就聽得一間空屋裡有着這種“數錢”的聲音，推門進去，一條蛇伏在橫樑上，看地上，躺着一匹隱鼠，口角流血，但兩脅還是一起一落的。取來給躺在一個紙盒子裡，大半天，竟醒過來了，漸漸地能夠飲食，行走，到第二日，似乎就復了原，但是不逃走。放在地上，也時時跑到人面前來，而且緣腿而上，一直爬到膝髁。給放在飯桌上，便檢吃些菜渣，舐舐碗沿；放在我的書桌上，則從容地遊行，看見硯台便舐吃了研着的墨汁。這使我非常驚喜了。我聽父親説過的，中國有一種墨猴，只有拇指一般大，全身的毛是漆黑而且發亮的。它睡在筆筒裡，一聽到磨墨，便跳出來，等着，等到人寫完字，套上筆，就舐盡了硯上的餘墨，仍舊跳進筆筒裡去了。我就極願意有這樣的一個墨猴，可是得不到；問那裡有，那裡買的呢，誰也不知道。“慰情聊勝無”，這隱鼠總可以算是我的墨猴了罷，雖然它舐吃墨汁，並不一定肯等到我寫完字。

現在已經記不分明，這樣地大約有一兩月；有一天，我忽然感到寂寞了，真所謂“若有所失”。我的隱鼠，是常在眼前遊行的，或桌上，或地上。而這一日卻大半天沒有見，大家吃午飯了，也不見它走出來，平時，是一定出現的。我再等着，再等它一半天，然而仍然沒有見。

長媽媽，一個一向帶領着我的女工，也許是以為我等得太苦了罷，輕輕地來告訴我一句話。這即刻使我憤怒而且悲哀，決心和貓們為敵。她說：隱鼠是昨天晚上被貓吃去了！

當我失掉了所愛的，心中有着空虛時，我要充填以報仇的惡念！

我的報仇，就從家裡飼養着的一匹花貓起手，逐漸推廣，至於凡所遇見的諸貓。最先不過是追趕，襲擊；後來卻愈加巧妙了，能飛石擊中它們的頭，或誘入空屋裡面，打得它垂頭喪氣。這作戰繼續得頗長久，此後似乎貓都不來近我了。但對於它們縱使怎樣戰勝，大約也算不得一個英雄；況且中國畢生和貓打仗的人也未必多，所以一切韜略，戰績，還是全部省略了罷。

但許多天之後，也許是已經經過了大半年，我竟偶然得到一個意外的消息：那隱鼠其實並非被貓所害，倒是它緣着長媽媽的腿要爬上去，被她一腳踏死了。

這確是先前所沒有料想到的。現在我已經記不清當時是怎樣一個感想，但和貓的感情卻終於沒有融和；到了北京，還因為它傷害了兔的兒女們，便舊隙夾新嫌，使出更辣的辣手。“仇貓”的話柄，也從此傳揚開來。然而在現在，這些早已是過去的事了，我已經改變態度，對貓頗為客氣，倘其萬不得已，則趕走而已，決不打傷它們，更何況殺害。這是我近幾年的進步。經驗既多，一旦大悟，知道貓的偷魚肉，拖小雞，深夜大叫，人們自然十之九是憎惡的，而這憎惡是在貓身上。假如我出而為人們驅除這憎惡，打傷或殺害了它，它便立刻變為可憐，那憎惡倒移在我身上了。所以，目下的辦法，是凡遇貓們搗亂，至於有人討厭時，我便站出去，在門口大聲叱曰：“噓！滾！”小小平靜，即回書房，這樣，就長保着禦侮保家的資格。其實這方法，中國的官兵就常在實做的，他們總不肯掃清土匪或撲滅敵人，因為這麼一來，就要不被重視，甚至於因失其用處而被裁汰。我想，如果能將這方法推廣應用，我大概也總可望成為所謂“指導青年”的“前輩”的罷，但現下也還未決心實踐，正在研究而且推敲。

一九二六年二月二十一日。

點評

《狗・貓・鼠》文筆縱橫，老辣深刻，洋溢着以雜文筆法融入回憶散文的濃鬱趣味。其中心意象為貓。貓在中國古代似乎不甚得寵，十二生肖有狗、鼠，無貓。《莊子・秋水》説："騏驥驊騮，一日而馳千里，捕鼠不如狸狌。"《禮記・郊特牲》又説："古之君子，使之必報之，迎貓，為其食田鼠也。"以貓捕鼠、食鼠，可知貓已馴化為家貓，但貓進入十二生肖行列的運氣，還不如被它捕捉吃掉的老鼠。至於本篇提到的"貓鬼"見《北史・獨孤信傳》，説一老婦於夜間祀貓鬼，殺其人而奪其財，已散發着巫婆氣息。《新唐書・李義府傳》説，"時號義府'笑中刀'，又以柔而害物，號曰'人貓'"，已成陰險的兩面派了。

貓與虎的關係可參看宋代陸游的《劍南詩稿》，卷十五有《贈貓》絕句："裹鹽迎得小狸奴，盡護山房萬卷書。慚愧家貧策勳薄，寒無氈坐食無魚。"這對貓的捕鼠功勞還是相當感激的。但到了卷三十八，又有《嘲畜貓》詩："甚矣翻盆暴，嗟君睡得成。但思魚饜足，不顧鼠縱橫。欲騁銜蟬快，先憐上樹輕。朐山在何許，此族最知名。"注云："俗言貓為虎舅，教虎百為，惟不教上樹。又謂海師貓為天下第一。"陸游為山陰（今紹興）人，與魯迅有同鄉之儀。魯迅幼年聽到的故事與這裡的"俗言"相關，但魯迅聽到的貓是虎師傅，陸游卻説是"虎舅"。老祖母搖着芭蕉扇講故事："貓是老虎的師父。老虎本來是甚麼也不會的，就投到貓的門下來。貓就教給它撲的方法，捉的方法，吃的方法，像自己的捉老鼠一樣。這些教完了；老虎想，本領都學到了，誰也比不過它了，只有老師的貓還比自己強，要是殺掉貓，自己便是最強的腳色了。它打定主意，就上前去撲貓。貓是早知道它的來意的，一跳，便上了樹，老虎卻只能眼睜睜地在樹下蹲着。它還沒有將一切本領傳授完，還沒有教給它上樹。”童年獲得的知識，是深刻地烙印在記憶細胞的深處的，可能凝聚成影響一個人終生的精神原型。

魯迅式的老辣，不是以平面鏡直照童年回憶，卻從當下文化界的烏煙瘴氣，從自己的文章“對於有些人似乎總是搔着癢處的時候少，碰着痛處的時候多”，惹得“正人君子”挑剔“仇貓便是狗”，卻又提倡“打落水狗”等非議中入手，也就是説穿透了當下文網的哈哈鏡，才回到純真的童年。並且拿出動物道德，“在動物界，雖然並不如古人所幻想的那樣舒適自由，可是嚕蘇做作的事總比人間少。它們適性任情，對就對，錯就錯，不説一句分辯話”，反諷人類文化在技術上的進步，卻挽回不了道德上的墮落。魯迅交代了仇貓的原因，是貓捕食雀、鼠，總不肯一口咬死，定要盡情玩弄，放走，又捉住，捉住，又放走，直待自己玩厭了，這才吃下去，頗與人們的幸災樂禍，慢慢地折磨弱者的壞脾氣相同；貓似乎和獅虎同族，卻有一副“媚態”；至於打貓，卻只因為它們配合時嚷嚷，招人心煩；“再一回憶，我的仇貓卻遠在能夠説出這些理由之前，也許是還在十歲上下的時候了。至今還分明記得，那原因是極其簡單的：只因為它吃老鼠，——吃了我飼養着的可愛的小小的隱鼠”。

如此曲曲折折，才進入童年夢魂縈繞的民俗：“我的床前就帖着兩張花紙，一是‘八戒招贅’，滿紙長嘴大耳，我以為不甚雅觀；別的一張‘老鼠成親’卻可愛，自新郎新婦以至儐相，賓客，執事，沒有一個不是尖腮細腿，像煞讀書人的，但穿的都是紅衫綠褲。我想，能舉辦這樣大儀式的，一定只有我所喜歡的那些隱鼠。”這就引發童真的好奇心了：“正月十四的夜，是我不肯輕易便睡，等候它們的儀仗從床下出來的夜。”卻因收養一隻被蛇傷害的拇指那麼大的“隱鼠”，“放在我的書桌上，則從容地遊行，看見硯台便舐吃了研着的墨汁。這使我非常驚喜了”。由於這番感情，一聽女工長媽媽説隱鼠被貓吃掉，出於對弱小者的同情和對暴虐者的憎恨，滿腔怒火就發泄在“一副媚態”，卻“盡情折磨”弱者的貓的身上了。這種童年經驗，給魯迅植入了何等豐富的文化基因，故撿拾朝花，從《狗·貓·鼠》始。

阿長與《山海經》

長媽媽，已經説過，是一個一向帶領着我的女工，説得闊氣一點，就是我的保姆。我的母親和許多別的人都這樣稱呼她，似乎略帶些客氣的意思。只有祖母叫她阿長。我平時叫她“阿媽”，連“長”字也不帶；但到憎惡她的時候，——例如知道了謀死我那隱鼠的卻是她的時候，就叫她阿長。

我們那裡沒有姓長的；她生得黃胖而矮，“長”也不是形容詞。又不是她的名字，記得她自己説過，她的名字是叫作甚麼姑娘的。甚麼姑娘，我現在已經忘卻了，總之不是長姑娘；也終於不知道她姓甚麼。記得她也曾告訴過我這個名稱的來歷：先前的先前，我家有一個女工，身材生得很高大，這就是真阿長。後來她回去了，我那甚麼姑娘才來補她的缺，然而大家因為叫慣了，沒有再改口，於是她從此也就成為長媽媽了。

雖然背地裡説人長短不是好事情，但倘使要我説句真心話，我可只得説：我實在不大佩服她。最討厭的是常喜歡切切察察，向人們低聲絮説些甚麼事，還豎起第二個手指，在空中上下搖動，或者點着對手或自己的鼻尖。我的家裡一有些小風波，不知怎的我總疑心和這“切切察察”有些關係。又不許我走動，拔一株草，翻一塊石頭，就説我頑皮，要告訴我的母親去了。一到夏天，睡覺時她又伸開兩腳兩手，在床中間擺成一個“大”字，擠得我沒有餘地翻身，久睡在一角的席子上，又已經烤得那麼熱。推她呢，不動；叫她呢，也不聞。

“長媽媽生得那麼胖，一定很怕熱罷？晚上的睡相，怕不見得很好罷？……”

母親聽到我多回訴苦之後，曾經這樣地問過她。我也知道這意思是要她多給我一些空席。她不開口。但到夜裏，我熱得醒來的時候，卻仍然看見滿床擺着一個“大”字，一條臂膊還擱在我的頸子上。我想，這實在是無法可想了。

但是她懂得許多規矩；這些規矩，也大概是我所不耐煩的。一年中最高興的時節，自然要數除夕了。辭歲之後，從長輩得到壓歲錢，紅紙包着，放在枕邊，只要過一宵，便可以隨意使用。睡在枕上，看着紅包，想到明天買來的小鼓，刀槍，泥人，糖菩薩……。然而她進來，又將一個福橘放在床頭了。

“哥兒，你牢牢記住！”她極其鄭重地說。“明天是正月初一，清早一睜開眼睛，第一句話就得對我說：‘阿媽，恭喜恭喜！’記得麼？你要記着，這是一年的運氣的事情。不許說別的話！說過之後，還得吃一點福橘。”她又拿起那橘子來在我的眼前搖了兩搖，“那麼，一年到頭，順順流流……。”

夢裏也記得元旦的，第二天醒得特別早，一醒，就要坐起來。她卻立刻伸出臂膊，一把將我按住。我驚異地看她時，只見她惶急地看着我。

她又有所要求似的，搖着我的肩。我忽而記得了——

“阿媽，恭喜……。”

“恭喜恭喜！大家恭喜！真聰明！恭喜恭喜！”她於是十分喜歡似的，笑將起來，同時將一點冰冷的東西，塞在我的嘴裏。我大吃一驚之後，也就忽而記得，這就是所謂福橘，元旦闢頭的磨難，總算已經受完，可以下床玩耍去了。

她教給我的道理還很多，例如說人死了，不該說死掉，必須說“老掉了”；死了人，生了孩子的屋子裡，不應該走進去；飯粒落在地上，必須揀起來，最好是吃下去；曬褲子用的竹竿底下，是萬不可鑽過去的……。此外，現在大抵忘卻了，只有元旦的古怪儀式記得最清楚。總之：都是些煩瑣之至，至今想起來還覺得非常麻煩的事情。

然而我有一時也對她發生過空前的敬意。她常常對我講“長毛”。她之所謂“長毛”者，不但洪秀全軍，似乎連後來一切土匪強盜都在內，但除卻革命黨，因為那時還沒有。她說得長毛非常可怕，他們的話就聽不懂。她說先前長毛進城的時候，我家全都逃到海邊去了，只留一個門房和年老的煮飯老媽子看家。後來長毛果然進門來了，那老媽子便叫他們“大王”，——據說對長毛就應該這樣叫，——訴說自己的飢餓。長毛笑道：“那麼，這東西就給你吃了罷！”將一個圓圓的東西擲了過來，還帶着一條小辮子，正是那門房的頭。煮飯老媽子從此就駭破了膽，後來一提起，還是立刻面如土色，自己輕輕地拍着胸脯道：“阿呀，駭死我了，駭死我了……。”

我那時似乎倒並不怕，因為我覺得這些事和我毫不相干的，我不是一個門房。但她大概也即覺到了，說道：“像你似的小孩子，長毛也要擄的，擄去做小長毛。還有好看的姑娘，也要擄。”

“那麼，你是不要緊的。”我以為她一定最安全了，既不做門房，又不是小孩子，也生得不好看，況且頸子上還有許多灸瘡疤。

“那裡的話？!”她嚴肅地說。“我們就沒有用麼？我們也要被擄去。城外有兵來攻的時候，長毛就叫我們脱下褲子，一排一排地站在城牆上，外面的大炮就放不出來；再要放，就炸了！”

這實在是出於我意想之外的，不能不驚異。我一向只以為她滿肚子是麻煩的禮節罷了，卻不料她還有這樣偉大的神力。從此對於她就有了特別的敬意，似乎實在深不可測；夜間的伸開手腳，佔領全床，那當然是情有可原的了，倒應該我退讓。

這種敬意，雖然也逐漸淡薄起來，但完全消失，大概是在知道她謀害了我的隱鼠之後。那時就極嚴重地詰問，而且當面叫她阿長。我想我又不真做小長毛，不去攻城，也不放炮，更不怕炮炸，我懼憚她甚麼呢！

但當我哀悼隱鼠，給它復仇的時候，一面又在渴慕着繪圖的《山海經》了。這渴慕是從一個遠房的叔祖惹起來的。他是一個胖胖的，和藹的老人，愛種一點花木，如珠蘭，茉莉之類，還有極其少見的，據說從北邊帶回去的馬纓花。他的太太卻正相反，甚麼也莫名其妙，曾將曬衣服的竹竿擱在珠蘭的枝條上，枝折了，還要憤憤地咒罵道："死屍！"這老人是個寂寞者，因為無人可談，就很愛和孩子們往來，有時簡直稱我們為"小友"。在我們聚族而居的宅子裡，只有他書多，而且特別。制藝和試帖詩，自然也是有的；但我卻只在他的書齋裡，看見過陸璣的《毛詩草木鳥獸蟲魚疏》，還有許多名目很生的書籍。我那時最愛看的是《花鏡》，上面有許多圖。他說給我聽，曾經有過一部繪圖的《山海經》，畫着人面的獸，九頭的蛇，三腳的鳥，生着翅膀的人，沒有頭而以兩乳當作眼睛的怪物，……可惜現在不知道放在那裡了。

我很願意看看這樣的圖畫，但不好意思力逼他去尋找，他是很疏懶的。問別人呢，誰也不肯真實地回答我。壓歲錢還有幾百文，買罷，又沒有好機會。有書買的大街離我家遠得很，我一年中只能在正月間去玩一趟，那時候，兩家書店都緊緊地關着門。

玩的時候倒是沒有甚麼的，但一坐下，我就記得繪圖的《山海經》。

大概是太過於念念不忘了，連阿長也來問《山海經》是怎麼一回事。這是我向來沒有和她說過的，我知道她並非學者，說了也無益；但既然來問，也就都對她說了。

過了十多天，或者一個月罷，我還很記得，是她告假回家以後的四五天，她穿着新的藍布衫回來了，一見面，就將一包書遞給我，高興地說道：

“哥兒，有畫兒的‘三哼經’，我給你買來了！”

我似乎遇着了一個霹靂，全體都震悚起來；趕緊去接過來，打開紙包，是四本小小的書，略略一翻，人面的獸，九頭的蛇，……果然都在內。

這又使我發生新的敬意了，別人不肯做，或不能做的事，她卻能夠做成功。她確有偉大的神力。謀害隱鼠的怨恨，從此完全消滅了。

這四本書，乃是我最初得到，最為心愛的寶書。

書的模樣，到現在還在眼前。可是從還在眼前的模樣來說，卻是一部刻印都十分粗拙的本子。紙張很黃；圖像也很壞，甚至於幾乎全用直線湊合，連動物的眼睛也都是長方形的。但那是我最為心愛的寶書，看起來，確是人面的獸；九頭的蛇；一腳的牛；袋子似的帝江；沒有頭而“以乳為目，以臍為口”，還要“執干戚而舞”的刑天。

此後我就更其搜集繪圖的書，於是有了石印的《爾雅音圖》和《毛詩品物圖考》，又有了《點石齋叢畫》和《詩畫舫》。《山海經》也另買了一部石印的，每卷都有圖讚，綠色的畫，字是紅的，比那木刻的精緻得多了。這一部直到前年還在，是縮印的郝懿行疏。木刻的卻已經記不清是甚麼時候失掉了。

我的保姆，長媽媽即阿長，辭了這人世，大概也有了三十年了罷。我終於不知道她的姓名，她的經歷；僅知道有一個過繼的兒子，她大約是青年守寡的孤孀。

仁厚黑暗的地母呵，願在你懷裡永安她的魂靈！

三月十日。

點評

《阿長與〈山海經〉》寫的“長媽媽”，夫家姓余，浙江紹興東浦大門漊人。她是魯迅兒時的保姆。過繼的兒子名五九，當過裁縫。長媽媽患有羊癲病，一八九九年四月“初六日雨中放舟至大樹港看戲，鴻壽堂徽班，長媽媽發病，辰刻身故”。告訴魯迅有一部“繪圖的《山海經》”的遠房叔祖為周兆蘭（字玉田，一八四四至一八九九），是一個秀才，家中藏書甚多，終身坐館授徒。他是魯迅一八八七年就學時的啓蒙塾師。

魯迅的母親魯瑞（一八五八至一九四三）長壽，因而魯迅沒有來得及給母親寫專門的回憶文章，卻以一腔深情，為童年時期的保姆寫了回憶專文。而且在《狗・貓・鼠》、《二十四孝圖》、《五猖會》、《從百草園到三味書屋》中都有這位保姆的身影，甚至她講了足以震撼小孩的心靈的“美女蛇”怪異故事。可見他與這位老中國的下層婦女感情緣分之深。這就使得長媽媽可以同《故鄉》中的閏土、《祝福》中的祥林嫂，並列為老中國農村的平常而厚重的三個人物典型而不朽。長媽媽黃胖而矮，並不“長”，連個姓都沒有留下。文章一開頭就像考索阿Q姓名失傳一樣，考索長媽媽的無從考索的姓名，以展示她的身份卑微。為卑微到姓名失考的人作傳，這裡蘊含着魯迅對人的價值的平民性認知。

這種人生價值的認知，是從天真無邪的兒童的第一感覺和心理反應開始的。“我實在不大佩服她。最討厭的是常喜歡切切察察，向人們低聲絮説些甚麼事，還豎起第二個手指，在空中上下搖動，或者點着對手或自己的鼻尖。我的家裡一有些小風波，不知怎的我總疑心和這‘切切察察’有些關係。又不許我走動，拔一株草，翻一塊石頭，就説我頑皮，要告訴我的母親去了。”其中說“切切察察”引起家庭風波，或是中年後的省思。“一到夏天，睡覺時她又伸開兩腳兩手，在床中間擺成一個‘大’字，擠得我沒有餘地翻身，久睡在一角的席子上。”甚至母親提醒她，也不管事，仍然“滿床擺着一個‘大’字，一條臂膊還擱在我的頸子上”。這個“大”字，經魯迅進一步描寫，竟成了長媽媽的象徵，她實在是老中國值得“大寫的人”。原因在於她懂得許多規矩：説人死了，必須説“老掉了”；死了人，生了孩子的屋子裡，不應該走進去；飯粒落在地上，必須揀起來，最好是吃下去；曬褲子用的竹竿底下，是萬不可鑽過去的，後面還有一個“……”（省略號）。過年是小孩最高興的時節，她卻有一些古怪儀式，將一個福橘放在小孩床頭，叮囑他牢牢記住，大年初一清早一睜開眼睛，第一句話就説：“阿媽，恭喜恭喜！”以獲得一年的運氣。第二天一醒，她就來討這句“恭喜恭喜！”同時將一點冰冷的福橘，塞在小孩的嘴裡。“總之：都是些煩瑣之至，至今想起來還覺得非常麻煩的事情。”這是忠厚老實，熟知世俗禮數，想討個好兆頭，使大家都一年過得順順溜溜的中國老婦典型。她的心地並不壞，甚至是好得邪門，是民間習俗文化的載體。正是這種童年記憶，使魯迅後來對解剖和改造國民性的命題，感到連着自己的筋脈，刻骨銘心之至。

長媽媽常講“長毛”，不但洪秀全軍，似乎連後來一切土匪強盜都在內，渲染他們入户搶劫殺掠的殘暴。這除了她的見聞和經歷之外，也是受掌握意識形態的官紳的影響，因為沒有文化的粗人，不能創造自己獨立的意識形態。長媽媽還誇口自己威力：“我們就沒有用麼？我們也要被擄去。城外有兵來攻的時候，長毛就叫我們脱下褲子，一排一排地站在城牆上，外面的大炮就放不出來；再要放，就炸了！”這是足以震撼小孩的心靈的：“我一向只以為她滿肚子是麻煩的禮節罷了，卻不料她還有這樣偉大的神力。”如此寫長媽媽"偉大的神力"，隱含着作者對民間"女陰禦敵"之類的走火入魔的禁忌心理，不惜以出格之筆，來表達其痛心疾首。

對於這種"厭鎮法"，古書不乏記載。《明史．李錫傳》寫征蠻將軍李錫征討西南少數民族叛亂，"賊奔大巢，亙數里，崖壁峭絕，為重柵拒官軍，鏢弩矢石雨下。婦人裸體揚箕，擲牛羊犬首為厭勝。諸軍大呼直上，四面舉火，賊盡殲"。這是冠冕堂皇的正史記載。晚清珠岩山人高樹的《金鑾瑣記》，記述義和團時期的掌故說："瞎叟豫師言，樊教主以婦女猩紅染額，炮不能中，徐相（體仁閣大學士徐桐，字豫如，號蔭軒）信之。……徐相素講程朱理學，在經筵教大阿哥，退朝招各翰林演說'陰門陣'，蓋聞豫瞎之言，樊教主割教民婦陰，列陰門陣以禦槍炮云。……徐蔭軒相國傳見翰林，黃石蓀往，遇山東張翰林，曰'東交民巷及西什庫洋人，使婦女赤體圍繞，以禦槍炮'。聞者皆匿笑，蔭老信之。"這是記載清末恪信理學的頑固大臣的精神世界，徐桐主張借助義和團排外，支持慈禧太后對外宣戰，八國聯軍攻入北京後，自縊身亡。至於姚雪垠《李自成》以正史、野史並用見長，其第一卷第二十三章也描寫：宋獻策起義軍攻城，押來十幾個婦女，在城壕外脫光褲子，對城叫罵，"犯"得明朝守軍的大炮打不響。明軍連忙找來十幾個和尚到城頭脫光褲子，對城外破口大罵一頓，以陽克陰，大炮才重新發威。姚雪垠的描寫，當據野史雜書。好讀野史雜書，以窺歷史秘密，兼及世俗心理的魯迅，對此不可能沒有涉獵。他感慨的是這種禁忌迷信，竟然浸染了目不識丁的長媽媽，可見其解剖國民性的憂患情結之深。

本文的題目是《阿長與〈山海經〉》，阿長在一頭，《山海經》在另一頭，阿長給"我"買回《山海經》，開啓了"我"的好奇心和智慧的一扇窗户。從遠房叔祖口中知道，有一部繪圖的《山海經》，獸、蛇、鳥、人都畫成怪異而有趣的模樣。由於渴慕而念念不忘，連阿長也來問《山海經》是怎麼一回事。誰料“過了十多天，或者一個月罷，我還很記得，是她告假回家以後的四五天，她穿着新的藍布衫回來了，一見面，就將一包書遞給我，高興地說道：‘哥兒，有畫兒的“三哼經”，我給你買來了！’我似乎遇着了一個霹靂，全體都震悚起來；趕緊去接過來，打開紙包，是四本小小的書，略略一翻，人面的獸，九頭的蛇，……果然都在內”。作為一個目不識丁的粗人，長媽媽可能走遍城鄉書鋪，逢人就問，經過曲折的“淘寶”過程，才把“有畫兒的‘三哼經’”這份寶貝送到“哥兒”手中。可知她除了質樸咋呼，熟知世俗規矩之外，還是盡職盡責，對孩子傾注一片心血，閃爍着人性光輝的人，這是令人肅然起敬的。

行文按捺不住內心的興奮和感激：“這四本書，乃是我最初得到，最為心愛的寶書”；儘管“是一部刻印都十分粗拙的本子。紙張很黃；圖像也很壞，甚至於幾乎全用直線湊合，連動物的眼睛也都是長方形的。但那是我最為心愛的寶書，看起來，確是人面的獸；九頭的蛇；一腳的牛；袋子似的帝江；沒有頭而‘以乳為目，以臍為口’，還要‘執干戚而舞’的刑天”。這刺激了少年魯迅搜集繪圖的書的興趣，於是陸續搜集了石印的《爾雅音圖》、《毛詩品物圖考》、《點石齋叢畫》和《詩畫舫》之類。從而將他的好奇心和想象力放飛到一個海闊天空的圖文互動的世界，成就了魯迅之為魯迅，一個既寫小說、雜文，又喜歡文物、木刻、畫譜的具有豐富的人文情懷的魯迅。

全文將世俗禮數為中心的壓抑和蒙蔽人性的世界，及“有畫兒的‘三哼經’”為中心的可以開發精神自由的世界，進行對比性的對接和並置。沒有文化的粗人具有二重性，既是民間文化的載體，又是人性不泯的見證。她以喜歡“切切察察”和夜間睡成“大”字的粗俗之軀，承載着禮節多、規矩多、世俗道理多的精神拖累，稀奇古怪，神秘兮兮，令人感到不勝“煩瑣之至”。但她心地厚道善良，體貼孩子哀樂，能夠超越自己的常識，出人意外地買回“有畫兒的‘三哼經’”，就使得她夜間睡成“大”字及脱褲子使得敵人大炮不響“偉大的神力”褪色，而趨向真正意義上的偉大。“仁厚黑暗的地母呵，願在你懷裡永安她的魂靈！”這種祈禱之音何等深沉，在魯迅作品中實屬僅見。地母又稱“后土娘娘”，玉皇管天，地母管地，主宰土地山川、萬物繁殖、五穀豐登，也是墓穴守護神，是象徵着大地肥沃、恩惠、賜予的女神。魯迅是以長媽媽可以接受的、屬於她所在的精神譜系的大地母親神，為這位老中國的典型婦人安魂的。

《二十四孝圖》

我總要上下四方尋求，得到一種最黑，最黑，最黑的咒文，先來詛咒一切反對白話，妨害白話者。即使人死了真有靈魂，因這最惡的心，應該墮入地獄，也將決不改悔，總要先來詛咒一切反對白話，妨害白話者。

自從所謂“文學革命”以來，供給孩子的書籍，和歐，美，日本的一比較，雖然很可憐，但總算有圖有說，只要能讀下去，就可以懂得的了。可是一班別有心腸的人們，便竭力來阻遏它，要使孩子的世界中，沒有一絲樂趣。北京現在常用“馬虎子”這一句話來恐嚇孩子們。或者說，那就是《開河記》上所載的，給隋煬帝開河，蒸死小兒的麻叔謀；正確地寫起來，須是“麻胡子”。那麼，這麻叔謀乃是胡人了。但無論他是甚麼人，他的吃小孩究竟也還有限，不過盡他的一生。妨害白話者的流毒卻甚於洪水猛獸，非常廣大，也非常長久，能使全中國化成一個麻胡，凡有孩子都死在他肚子裡。

只要對於白話來加以謀害者，都應該滅亡！

這些話，紳士們自然難免要掩住耳朵的，因為就是所謂“跳到半天空，罵得體無完膚，——還不肯罷休。”而且文士們一定也要罵，以為大悖於“文格”，亦即大損於“人格”。豈不是“言者心聲也”麼？“文”和“人”當然是相關的，雖然人間世本來千奇百怪，教授們中也有“不尊敬”作者的人格而不能“不說他的小說好”的特別種族。但這些我都不管，因為我幸而還沒有爬上“象牙之塔”去，正無須怎樣小心。倘若無意中竟已撞上了，那就即刻跌下來罷。然而在跌下來的中途，當還未到地之前，還要說一遍：

只要對於白話來加以謀害者，都應該滅亡！

每看見小學生歡天喜地地看着一本粗拙的《兒童世界》之類，另想到別國的兒童用書的精美，自然要覺得中國兒童的可憐。但回憶起我和我的同窗小友的童年，卻不能不以為他幸福，給我們的永逝的韶光一個悲哀的弔唁。我們那時有甚麼可看呢，只要略有圖畫的本子，就要被塾師，就是當時的"引導青年的前輩"禁止，呵斥，甚而至於打手心。我的小同學因為專讀"人之初性本善"讀得要枯燥而死了，只好偷偷地翻開第一葉，看那題着"文星高照"四個字的惡鬼一般的魁星像，來滿足他幼稚的愛美的天性。昨天看這個，今天也看這個，然而他們的眼睛裡還閃出蘇醒和歡喜的光輝來。

在書塾以外，禁令可比較的寬了，但這是說自己的事，各人大概不一樣。我能在大眾面前，冠冕堂皇地閱看的，是《文昌帝君陰騭文圖說》和《玉曆鈔傳》，都畫着冥冥之中賞善罰惡的故事，雷公電母站在雲中，牛頭馬面佈滿地下，不但"跳到半天空"是觸犯天條的，即使半語不合，一念偶差，也都得受相當的報應。這所報的也並非"睚眥之怨"，因為那地方是鬼神為君，"公理"作宰，請酒下跪，全都無功，簡直是無法可想。在中國的天地間，不但做人，便是做鬼，也艱難極了。然而究竟很有比陽間更好的處所：無所謂"紳士"，也沒有"流言"。

陰間，倘要穩妥，是頌揚不得的。尤其是常常好弄筆墨的人，在現在的中國，流言的治下，而又大談"言行一致"的時候。前車可鑑，聽說阿爾志跋綏夫曾答一個少女的質問說，"惟有在人生的事實這本身中尋出歡喜者，可以活下去。倘若在那裡甚麼也不見，他們其實倒不如死。"於是乎有一個叫作密哈羅夫的，寄信嘲罵他道，"……所以我完全誠實地勸你自殺來禍福你自己的生命，因為這第一是合於邏輯，第二是你的言語和行為不至於背馳。”

其實這論法就是謀殺，他就這樣地在他的人生中尋出歡喜來。阿爾志跋綏夫只發了一大通牢騷，沒有自殺。密哈羅夫先生後來不知道怎樣，這一個歡喜失掉了，或者另外又尋到了“甚麼”了罷。誠然，“這些時候，勇敢，是安穩的；情熱，是毫無危險的。”

然而，對於陰間，我終於已經頌揚過了，無法追改；雖有“言行不符”之嫌，但確沒有受過閻王或小鬼的半文津貼，則差可以自解。總而言之，還是仍然寫下去罷：

我所看的那些陰間的圖畫，都是家藏的老書，並非我所專有。我所收得的最先的畫圖本子，是一位長輩的贈品：《二十四孝圖》。這雖然不過薄薄的一本書，但是下圖上說，鬼少人多，又為我一人所獨有，使我高興極了。那裡面的故事，似乎是誰都知道的；便是不識字的人，例如阿長，也只要一看圖畫便能夠滔滔地講出這一段的事跡。但是，我於高興之餘，接着就是掃興，因為我請人講完了二十四個故事之後，才知道“孝”有如此之難，對於先前痴心妄想，想做孝子的計劃，完全絕望了。

“人之初，性本善”麼？這並非現在要加研究的問題。但我還依稀記得，我幼小時候實未嘗蓄意忤逆，對於父母，倒是極願意孝順的。不過年幼無知，只用了私見來解釋“孝順”的做法，以為無非是“聽話”，“從命”，以及長大之後，給年老的父母好好地吃飯罷了。自從得了這一本孝子的教科書以後，才知道並不然，而且還要難到幾十幾百倍。其中自然也有可以勉力仿效的，如“子路負米”，“黃香扇枕”之類。“陸績懷橘”也並不難，只要有闊人請我吃飯。“魯迅先生作賓客而懷橘乎？”我便跪答云，“吾母性之所愛，欲歸以遺母。”闊人大佩服，於是孝子就做穩了，也非常省事。“哭竹生筍”就可疑，怕我的精誠未必會這樣感動天地。但是哭不出筍來，還不過拋臉而已，一到“臥冰求鯉”，可就有性命之虞了。我鄉的天氣是溫和的，嚴冬中，水面也只結一層薄冰，即使孩子的重量怎樣小，躺上去，也一定嘩喇聲，冰破落水，鯉魚還不及游過來。自然，必須不顧性命，這才孝感神明，會有出乎意料之外的奇跡，但那時我還小，實在不明白這些。

其中最使我不解，甚至於發生反感的，是“老萊娛親”和“郭巨埋兒”兩件事。

我至今還記得，一個躺在父母跟前的老頭子，一個抱在母親手上的小孩子，是怎樣地使我發生不同的感想呵。他們一手都拿着“搖咕咚”。這玩意兒確是可愛的，北京稱為小鼓，蓋即鼗也，朱熹曰，“鼗，小鼓，兩旁有耳；持其柄而搖之，則旁耳還自擊，”咕咚咕咚地響起來。然而這東西是不該拿在老萊子手裡的，他應該扶一枝拐杖。現在這模樣，簡直是裝佯，侮辱了孩子。我沒有再看第二回，一到這一葉，便急速地翻過去了。

那時的《二十四孝圖》，早已不知去向了，目下所有的只是一本日本小田海僊所畫的本子，敍老萊子事云，“行年七十，言不稱老，常著五色斑斕之衣，為嬰兒戲於親側。又常取水上堂，詐跌仆地，作嬰兒啼，以娛親意。”大約舊本也差不多，而招我反感的便是“詐跌”。無論忤逆，無論孝順，小孩子多不願意“詐”作，聽故事也不喜歡是謠言，這是凡有稍稍留心兒童心理的都知道的。

然而在較古的書上一查，卻還不至於如此虛偽。師覺授《孝子傳》云，“老萊子……常著斑斕之衣，為親取飲，上堂腳跌，恐傷父母之心，僵仆為嬰兒啼。”（《太平御覽》四百十三引）較之今說，似稍近於人情。不知怎地，後之君子卻一定要改得他“詐”起來，心裡才能舒服。鄧伯道棄子救姪，想來也不過“棄”而已矣，昏妄人也必須說他將兒子捆在樹上，使他追不上來才肯歇手。正如將“肉麻當作有趣”一般，以不情為倫紀，誣蔑了古人，教壞了後人。老萊子即是一例，道學先生以為他白璧無瑕時，他卻已在孩子的心中死掉了。

至於玩着“搖咕咚”的郭巨的兒子，卻實在值得同情。他被抱在他母親的臂膊上，高高興興地笑着；他的父親卻正在掘窟窿，要將他埋掉了。說明云，“漢郭巨家貧，有子三歲，母嘗減食與之。巨謂妻曰，貧乏不能供母，子又分母之食。盍埋此子？”但是劉向《孝子傳》所說，卻又有些不同：巨家是富的，他都給了兩弟；孩子是才生的，並沒有到三歲。結末又大略相像了，“及掘坑二尺，得黃金一釜，上云：天賜郭巨，官不得取，民不得奪！”

我最初實在替這孩子捏一把汗，待到掘出黃金一釜，這才覺得輕鬆。然而我已經不但自己不敢再想做孝子，並且怕我父親去做孝子了。家景正在壞下去，常聽到父母愁柴米；祖母又老了，倘使我的父親竟學了郭巨，那麼，該埋的不正是我麼？如果一絲不走樣，也掘出一釜黃金來，那自然是如天之福，但是，那時我雖然年紀小，似乎也明白天下未必有這樣的巧事。

現在想起來，實在很覺得傻氣。這是因為現在已經知道了這些老玩意，本來誰也不實行。整飭倫紀的文電是常有的，卻很少見紳士赤條條地躺在冰上面，將軍跳下汽車去負米。何況現在早長大了，看過幾部古書，買過幾本新書，甚麼《太平御覽》咧，《古孝子傳》咧，《人口問題》咧，《節制生育》咧，《二十世紀是兒童的世界》咧，可以抵抗被埋的理由多得很。不過彼一時，此一時，彼時我委實有點害怕：掘好深坑，不見黃金，連“搖咕咚”一同埋下去，蓋上土，踏得實實的，又有甚麼法子可想呢。我想，事情雖然未必實現，但我從此總怕聽到我的父母愁窮，怕看見我的白髮的祖母，總覺得她是和我不兩立，至少，也是一個和我的生命有些妨礙的人。後來這印象日見其淡了，但總有一些留遺，一直到她去世——這大概是送給《二十四孝圖》的儒者所萬料不到的罷。

五月十日。

點評

《二十四孝圖》一文，是反思中國家族文化中佔有先機的道德教育的。魯迅如此交代："我所收得的最先的畫圖本子，是一位長輩的贈品：《二十四孝圖》。這雖然不過薄薄的一本書，但是下圖上説，鬼少人多，又為我一人所獨有，使我高興極了。那裡面的故事，似乎是誰都知道的；便是不識字的人，例如阿長，也只要一看圖畫便能夠滔滔地講出這一段的事跡。"緊接着上一篇《阿長與〈山海經〉》中長媽媽買來"有畫兒的'三哼經'"，刺激了少年魯迅搜集繪圖的書的興趣，從而將他的好奇心和想象力放飛到一個海闊天空的圖文互動的世界之後，這裡也是從未失赤子之心的兒童的心理反應，寫一部圖文並茂的"正經書"。這個切入點使之着重以"自然人性"的角度和價值標準，"給我們的永逝的韶光一個悲哀的弔唁"。魯迅還是抱着"救救孩子"的啓蒙胸懷，追問應該以甚麼作為"供給孩子的書籍"？

在談論這個關係孩子終生的文化基因培植問題之前，文章開頭處表述了一種決絕的態度："我總要上下四方尋求，得到一種最黑，最黑，最黑的咒文，先來詛咒一切反對白話，妨害白話者。即使人死了真有靈魂，因這最惡的心，應該墮入地獄，也將決不改悔，總要先來詛咒一切反對白話，妨害白話者。"這體現了肩起"黑暗的閘門”，解放新一代到寬闊光明的地方去，幸福地度日、合理地做人的意志。

孝關聯着人類血緣倫理情感，是人類降生後接觸到的第一情感，對於維護家庭溫情、社會和諧，具有原本性的合理價值。因而《論語》中孔子多言孝，《孝經》稱孝為“德之本”，在進一步泛化中，歷代統治者提倡“以孝治天下”，這就使得倫理情感初始處生長出來的道德，成為中國文化粗壯的根。但是孝的絕對化和政治化，也使源自人的天性的這條嫩根，沾上許多背離人性的污泥。童年魯迅讀《二十四孝圖》的第一感覺是做孝子難的精神壓力。他感到二十四孝可以分成幾類：一類自然也有可以勉力仿效，如“子路負米”，“黃香扇枕”之類，“‘陸績懷橘’也並不難，只要有闊人請我吃飯。‘魯迅先生作賓客而懷橘乎？’我便跪答云，‘吾母性之所愛，欲歸以遺母。’闊人大佩服，於是孝子就做穩了，也非常省事。”如此敘述，已帶有調侃的意味。

另一類是可疑的：“‘哭竹生筍’就可疑，怕我的精誠未必會這樣感動天地。但是哭不出筍來，還不過拋臉而已，一到‘臥冰求鯉’，可就有性命之虞了。我鄉的天氣是溫和的，嚴冬中，水面也只結一層薄冰，即使孩子的重量怎樣小，躺上去，也一定嘩喇一聲，冰破落水，鯉魚還不及游過來。自然，必須不顧性命，這才孝感神明，會有出乎意料之外的奇跡，但那時我還小，實在不明白這些。”

第三類是“最使我不解，甚至於發生反感的，是‘老萊娛親’和‘郭巨埋兒’兩件事”。他從前者感覺到詐偽和滑稽。一個七十老翁躺倒在老父母面前，搖着撥浪鼓逗父母開心。説明文字是老萊子“行年七十，言不稱老，常著五色斑斕之衣，為嬰兒戲於親側。又常取水上堂，詐跌仆地，作嬰兒啼，以娛親意”。對比《太平御覽》所錄，是老萊子"為親取飲，上堂腳跌，恐傷父母之心，僵仆為嬰兒啼"，沒有"詐"字，似乎稍近於人情。魯迅批評"詐跌"說，"正如將'肉麻當作有趣'一般，以不情為倫紀，誣蔑了古人，教壞了後人"。

最反感的"郭巨埋兒"，就有出人命的危險了。"至於玩着'搖咕咚'的郭巨的兒子，卻實在值得同情。他被抱在他母親的臂膊上，高高興興地笑着；他的父親卻正在掘窟窿，要將他埋掉了。……我最初實在替這孩子捏一把汗，待到掘出黃金一釜，這才覺得輕鬆。然而我已經不但自己不敢再想做孝子，並且怕我父親去做孝子了。家景正在壞下去，常聽到父母愁柴米；祖母又老了，倘使我的父親竟學了郭巨，那麼，該埋的不正是我麼？如果一絲不走樣，也掘出一釜黃金來，那自然是如天之福，但是，那時我雖然年紀小，似乎也明白天下未必有這樣的巧事。"

從以上分析中可知，魯迅雖然置身五四反傳統思潮，沒有從正面討論孝，更多關注"兒童本位"的人性培植和提升；但他並不一般地排斥孝，而是對之注入歷史理性的分析，反對孝的極端化而趨於"愚蠢"和"殘忍"，以致斫傷人性。而且二十四孝中他只舉出七例，包括儒學推崇的舜帝"孝感動天"、閔子騫"蘆衣順母"，他都沒有持異議。他並不是如黑旋風般手持板斧排頭砍殺文化血脈的江湖好漢，而是反對以所謂"天理"滅絕"人慾"，主張"拿來"老宅子的存貨時，需要"沉着，勇猛，有辨別，不自私"。

五猖會

孩子們所盼望的，過年過節之外，大概要數迎神賽會的時候了。但我家的所在很偏僻，待到賽會的行列經過時，一定已在下午，儀仗之類，也減而又減，所剩的極其寥寥。往往伸着頸子等候多時，卻只見十幾個人抬着一個金臉或藍臉紅臉的神像匆匆地跑過去。於是，完了。

我常存着這樣的一個希望：這一次所見的賽會，比前一次繁盛些。可是結果總是一個"差不多"；也總是只留下一個紀念品，就是當神像還未抬過之前，化一文錢買下的，用一點爛泥，一點顏色紙，一枝竹籤和兩三枝雞毛所做的，吹起來會發出一種刺耳的聲音的哨子，叫作"吹都都"的，吡吡地吹它兩三天。

現在看看《陶庵夢憶》，覺得那時的賽會，真是豪奢極了，雖然明人的文章，怕難免有些誇大。因為禱雨而迎龍王，現在也還有的，但辦法卻已經很簡單，不過是十多人盤旋着一條龍，以及村童們扮些海鬼。那時卻還要扮故事，而且實在奇拔得可觀。他記扮《水滸傳》中人物云："……於是分頭四出，尋黑矮漢，尋梢長大漢，尋頭陀，尋胖大和尚，尋茁壯婦人，尋姣長婦人，尋青面，尋歪頭，尋赤鬚，尋美髯，尋黑大漢，尋赤臉長鬚。大索城中；無，則之郭，之村，之山僻，之鄰府州縣。用重價聘之，得三十六人，梁山泊好漢，個個呵活，臻臻至至，人馬稱娖而行。……"這樣的白描的活古人，誰能不動一看的雅興呢？可惜這種盛舉，早已和明社一同消滅了。

賽會雖然不像現在上海的旗袍，北京的談國事，為當局所禁止，然而婦孺們是不許看的，讀書人即所謂士子，也大抵不肯趕去看。只有遊手好閒的閒人，這才跑到廟前或衙門前去看熱鬧；我關於賽會的知識，多半是從他們的敍述上得來的，並非考據家所貴重的“眼學”。然而記得有一回，也親見過較盛的賽會。開首是一個孩子騎馬先來，稱為“塘報”；過了許久，“高照”到了，長竹竿揭起一條很長的旗，一個汗流浹背的胖大漢用兩手托着；他高興的時候，就肯將竿頭放在頭頂或牙齒上，甚而至於鼻尖。其次是所謂“高蹺”，“抬閣”，“馬頭”了；還有扮犯人的，紅衣枷鎖，內中也有孩子。我那時覺得這些都是有光榮的事業，與聞其事的即全是大有運氣的人，——大概羨慕他們的出風頭罷。我想，我為甚麼不生一場重病，使我的母親也好到廟裡去許下一個“扮犯人”的心願的呢？……然而我到現在終於沒有和賽會發生關係過。

要到東關看五猖會去了。這是我兒時所罕逢的一件盛事。因為那會是全縣中最盛的會，東關又是離我家很遠的地方，出城還有六十多里水路，在那裡有兩座特別的廟。一是梅姑廟，就是《聊齋誌異》所記，室女守節，死後成神，卻篡取別人的丈夫的；現在神座上確塑着一對少年男女，眉開眼笑，殊與“禮教”有妨。其一便是五猖廟了，名目就奇特。據有考據癖的人說：這就是五通神。然而也並無確據。神像是五個男人，也不見有甚麼猖獗之狀；後面列坐着五位太太，卻並不“分坐”，遠不及北京戲園裡界限之謹嚴。其實呢，這也是殊與“禮教”有妨的，——但他們既然是五猖，便也無法可想，而且自然也就“又作別論”了。

因為東關離城遠，大清早大家就起來。昨夜預定好的三道明瓦窗的大船，已經泊在河埠頭，船椅，飯菜，茶炊，點心盒子，都在陸續搬下去了。我笑着跳着，催他們要搬得快。忽然，工人的臉色很謹肅了，我知道有些蹊蹺，四面一看，父親就站在我背後。

“去拿你的書來。”他慢慢地說。

這所謂“書”，是指我開蒙時候所讀的《鑑略》，因為我再沒有第二本了。我們那裡上學的歲數是多揀單數的，所以這使我記住我其時是七歲。

我忐忑着，拿了書來了。他使我同坐在堂中央的桌子前，教我一句一句地讀下去。我擔着心，一句一句地讀下去。

兩句一行，大約讀了二三十行罷，他說：

“給我讀熟。背不出，就不准去看會。”

他說完，便站起來，走進房裡去了。

我似乎從頭上澆了一盆冷水。但是，有甚麼法子呢？自然是讀着，讀着，強記着，——而且要背出來。

粵自盤古，生於太荒，

首出御世，肇開混茫。

就是這樣的書，我現在只記得前四句，別的都忘卻了；那時所強記的二三十行，自然也一齊忘卻在裡面了。記得那時聽人說，讀《鑑略》比讀《千字文》，《百家姓》有用得多，因為可以知道從古到今的大概。知道從古到今的大概，那當然是很好的，然而我一字也不懂。“粵自盤古”就是“粵自盤古”，讀下去，記住它，“粵自盤古”呵！“生於太荒”呵！……

應用的物件已經搬完，家中由忙亂轉成靜肅了。朝陽照着西牆，天氣很清朗。母親，工人，長媽媽即阿長，都無法營救，只默默地靜候着我讀熟，而且背出來。在百靜中，我似乎頭裡要伸出許多鐵鉗，將甚麼“生於太荒”之流夾住；也聽到自己急急誦讀的聲音發着抖，仿佛深秋的蟋蟀，在夜中鳴叫似的。

他們都等候着；太陽也升得更高了。

我忽然似乎已經很有把握，便即站了起來，拿書走進父親的書房，一氣背將下去，夢似的就背完了。

“不錯。去罷。”父親點着頭，說。

大家同時活動起來，臉上都露出笑容，向河埠走去。工人將我高高地抱起，仿佛在祝賀我的成功一般，快步走在最前頭。

我卻並沒有他們那麼高興。開船以後，水路中的風景，盒子裡的點心，以及到了東關的五猖會的熱鬧，對於我似乎都沒有甚麼大意思。

直到現在，別的完全忘卻，不留一點痕跡了，只有背誦《鑑略》這一段，卻還分明如昨日事。

我至今一想起，還詫異我的父親何以要在那時候叫我來背書。

五月二十五日。

點評

迎神賽會，為紹興民俗的盛事，《五猖會》本篇已引晚明張岱（號陶庵）的小品集《陶庵夢憶》中的記載，以述江浙一帶風俗矣。其俗起源甚早，宋代已很盛，如陸游《劍南詩稿》卷四十五《春盡記可喜數事》：“鄰家賽會神，自喜亦能來。”卷四十七《秋社》：“雨餘殘日照庭槐，社鼓鼕鼕賽廟回。”卷四十八《賽神》：“歲熟鄉鄰樂，辰良祭賽多。”陸游是魯迅的同鄉先賢，可見本文所說“孩子們所盼望的，過年過節之外，大概要數迎神賽會的時候了”，是淵源有自。所賽之神種類繁多，除關帝、包拯、龍王外，如木匠祖師神“魯班先師菩薩”，藥業奉李時珍（或孫思邈）為“藥王菩薩”，戲業尊唐明皇為“唐皇菩薩”等。最盛的賽事，當推本篇提到的紹興城東六十里的東關鎮（今屬上虞縣）的五猖會。清宣統元年七月十日《紹興公報》第二五六號載：“會稽東關五猖會，為八縣之冠，極盡奢華，異常熱鬧。”可知紹興東關五猖會在每年農曆七月中舉行。對五猖神説法不一，民間有認為是陰司兇神惡煞，又稱“五通”，即馬、猴、狗、雞、蛇五種動物之精；也有認為是死於弔死、溺死、跌死、火傷、產傷等“五傷”的橫死者。可見這種源於原始宗教的多神觀念的民俗事象，具有驅除邪鬼、疾病，祈求闔境平安的功能。

魯迅的小姑母嫁在東關，準備接他們去看賽會。“要到東關看五猖會去了。這是我兒時所罕逢的一件盛事。因為那會是全縣中最盛的會，東關又是離我家很遠的地方，出城還有六十多里水路，在那裡有兩座特別的廟。……其一便是五猖廟了，名目就奇特。據有考據癖的人説：這就是五通神。然而也並無確據。神像是五個男人，也不見有甚麼猖獗之狀；後面列坐着五位太太，卻並不‘分坐’，遠不及北京戲園裡界限之謹嚴。其實呢，這也是殊與‘禮教’有妨的，——但他們既然是五猖，便也無法可想，而且自然也就‘又作別論’了。”停泊在河埠頭的大船已經備好，“我笑着跳着”，等待出發。渴望走出書房，擺脱死背着半懂不懂的古書的令兒童窒息的空氣，七歲學童期望釋放自由天性的樂趣，盡在這些描寫之中了。

然而父子間的“代際隔膜”，這種自由天性受到不容置辯的壓抑：“忽然，（搬運）工人的臉色很謹肅了，我知道有些蹊蹺，四面一看，父親就站在我背後。‘去拿你的書來。’他慢慢地説。這所謂‘書’，是指我開蒙時候所讀的《鑑略》。……‘給我讀熟。背不出，就不准去看會。'…… 記得那時聽人說，讀《鑑略》比讀《千字文》，《百家姓》有用得多，因為可以知道從古到今的大概。知道從古到今的大概，那當然是很好的，然而我一字也不懂。'粵自盤古'就是'粵自盤古'，讀下去，記住它，'粵自盤古'呵！'生於太荒'呵！…… 我似乎頭裡要伸出許多鐵鉗，將甚麼'生於太荒'之流夾住；也聽到自己急急誦讀的聲音發着抖，彷彿深秋的蟋蟀，在夜中鳴叫似的。"

文題是《五猖會》，但五猖會的現場屬於虛寫；真正實寫的是嚴父訓子的這一幕。它揭示了傳統嚴父文化，對兒童天性、心理、樂趣和權利的淡漠和隔膜，這是關係到人類進化的重大命題。《孝經·聖治章》說："天地之性人為貴，人之行莫大於孝，孝莫大於嚴父，嚴父莫大於配天。"《禮記·表記》又說："母，親而不尊；父，尊而不親。"《漢書·韋賢傳》也說："孝莫大於嚴父，故父之所尊，子不敢不承；父之所異，子不敢同。應天，故福祿永終。"這就以居高臨下的姿態，強調父親的責任，也強調父親理念的權威性，兒輩只能承傳和認同，哪怕斫傷自己的天性和向前的探求。這其中當然也存在着"愛"，因為他記住了《禮記·學記》說的"玉不琢，不成器；人不學，不知道"。但這種"愛"隱藏着偏枯，它可能在兒童心性發展上投下陰影。正如魯迅所批評的，它的本位出了問題，"本位應在幼者，卻反在長者；置重應在將來，卻反在過去"。果然兒童心理陰影出現了："開船以後，水路中的風景，盒子裡的點心，以及到了東關的五猖會的熱鬧，對於我似乎都沒有甚麼大意思。直到現在，別的完全忘卻，不留一點痕跡了，只有背誦《鑑略》這一段，卻還分明如昨日事。我至今一想起，還詫異我的父親何以要在那時候叫我來背書。" 魯迅的深刻，就在於通過回憶童年瑣事，卻以切膚之痛，揭示人類發展的重大問題。正如魯迅所說："所以覺醒的人，此後應將這天性的愛，更加擴張，更加醇化；用無我的愛，自己犧牲於後起新人。開宗第一，便是理解。"（《墳·我們怎樣做父親》）思想家的回憶散文，閃爍着超越時空的思想魅力。

無　常

迎神賽會這一天出巡的神，如果是掌握生殺之權的，——不，這生殺之權四個字不大妥，凡是神，在中國仿佛都有些隨意殺人的權柄似的，倒不如說是職掌人民的生死大事的罷，就如城隍和東嶽大帝之類。那麼，他的鹵簿中間就另有一群特別的腳色：鬼卒，鬼王，還有活無常。

這些鬼物們，大概都是由粗人和鄉下人扮演的。鬼卒和鬼王是紅紅綠綠的衣裳，赤着腳；藍臉，上面又畫些魚鱗，也許是龍鱗或別的甚麼鱗罷，我不大清楚。鬼卒拿着鋼叉，叉環振得琅琅地響，鬼王拿的是一塊小小的虎頭牌。據傳說，鬼王是只用一隻腳走路的；但他究竟是鄉下人，雖然臉上已經畫上些魚鱗或者別的甚麼鱗，卻仍然只得用了兩隻腳走路。所以看客對於他們不很敬畏，也不大留心，除了唸佛老嫗和她的孫子們為面面圓到起見，也照例給他們一個"不勝屏營待命之至"的儀節。

至於我們——我相信：我和許多人——所最願意看的，卻在活無常。他不但活潑而詼諧，單是那渾身雪白這一點，在紅紅綠綠中就有"鶴立雞群"之概。只要望見一頂白紙的高帽子和他手裡的破芭蕉扇的影子，大家就都有些緊張，而且高興起來了。

人民之於鬼物，惟獨與他最為稔熟，也最為親密，平時也常常可以遇見他。譬如城隍廟或東嶽廟中，大殿後面就有一間暗室，叫作"陰司間"，在才可辨色的昏暗中，塑着各種鬼：弔死鬼，跌死鬼，虎傷鬼，科場鬼，⋯⋯而一進門口所看見的長而白的東西就是他。我雖然也曾瞻仰過一回這“陰司間”，但那時膽子小，沒有看明白。聽說他一手還拿着鐵索，因為他是勾攝生魂的使者。相傳樊江東嶽廟的“陰司間”的構造，本來是極其特別的：門口是一塊活板，人一進門，踏着活板的這一端，塑在那一端的他便撲過來，鐵索正套在你脖子上。後來嚇死了一個人，釘實了，所以在我幼小的時候，這就已不能動。

倘使要看個分明，那麼，《玉曆鈔傳》上就畫着他的像，不過《玉曆鈔傳》也有繁簡不同的本子的，倘是繁本，就一定有。身上穿的是斬衰凶服，腰間束的是草繩，腳穿草鞋，項掛紙錠；手上是破芭蕉扇，鐵索，算盤；肩膀是聳起的，頭髮卻披下來；眉眼的外梢都向下，像一個“八”字。頭上一頂長方帽，下大頂小，按比例一算，該有二尺來高罷；在正面，就是遺老遺少們所戴瓜皮小帽的綴一粒珠子或一塊寶石的地方，直寫着四個字道：“一見有喜”。有一種本子上，卻寫的是“你也來了”。這四個字，是有時也見於包公殿的扁額上的，至於他的帽上是何人所寫，他自己還是閻羅王，我可沒有研究出。

《玉曆鈔傳》上還有一種和活無常相對的鬼物，裝束也相仿，叫作“死有分”。這在迎神時候也有的，但名稱卻訛作死無常了，黑臉，黑衣，誰也不愛看。在“陰司間”裡也有的，胸口靠着牆壁，陰森森地站着；那才真真是“碰壁”。凡有進去燒香的人們，必須摩一摩他的脊樑，據説可以擺脱了晦氣；我小時也曾摩過這脊樑來，然而晦氣似乎終於沒有脱，——也許那時不摩，現在的晦氣還要重罷，這一節也還是沒有研究出。

我也沒有研究過小乘佛教的經典，但據耳食之談，則在印度的佛經裡，焰摩天是有的，牛首阿旁也有的，都在地獄裡做主任。至於勾攝生魂的使者的這無常先生，卻似乎於古無徵，耳所習聞的只有甚麼“人生無常”之類的話。大概這意思傳到中國之後，人們便將他具象化了。這實在是我們中國人的創作。

然而人們一見他，為甚麼就都有些緊張，而且高興起來呢？

凡有一處地方，如果出了文士學者或名流，他將筆頭一扭，就很容易變成"模範縣"。我的故鄉，在漢末雖曾經虞仲翔先生揄揚過，但是那究竟太早了，後來到底免不了產生所謂"紹興師爺"，不過也並非男女老小全是"紹興師爺"，別的"下等人"也不少。這些"下等人"，要他們發甚麼"我們現在走的是一條狹窄險阻的小路，左面是一個廣漠無際的泥潭，右面也是一片廣漠無際的浮砂，前面是遙遙茫茫蔭在薄霧的裡面的目的地"那樣熱昏似的妙語，是辦不到的，可是在無意中，看得住這"蔭在薄霧的裡面的目的地"的道路很明白：求婚，結婚，養孩子，死亡。但這自然是專就我的故鄉而言，若是"模範縣"裡的人民，那當然又作別論。他們——敝同鄉"下等人"——的許多，活着，苦着，被流言，被反噬，因了積久的經驗，知道陽間維持"公理"的只有一個會，而且這會的本身就是"遙遙茫茫"，於是乎勢不得不發生對於陰間的神往。人是大抵自以為銜些冤抑的；活的"正人君子"們只能騙鳥，若問愚民，他就可以不假思索地回答你：公正的裁判是在陰間！

想到生的樂趣，生固然可以留戀；但想到生的苦趣，無常也不一定是惡客。無論貴賤，無論貧富，其時都是"一雙空手見閻王"，有冤的得伸，有罪的就得罰。然而雖說是"下等人"，也何嘗沒有反省？自己做了一世人，又怎麼樣呢？未曾"跳到半天空"麼？沒有"放冷箭"麼？無常的手裡就拿着大算盤，你擺盡臭架子也無益。對付別人要滴水不羼的公理，對自己總還不如雖在陰司裡也還能夠尋到一點私情。然而那又究竟是陰間，閻羅天子，牛首阿旁，還有中國人自己想出來的馬面，都是並不兼差，真正主持公理的腳色，雖然他們並沒有在報上發表過甚麼大文章。當還未做鬼之前，有時先不欺心的人們，遙想着將來，就又不能不想在整塊的公理中，來尋一點情面的末屑，這時候，我們的活無常先生便見得可親愛了，利中取大，害中取小，我們的古哲墨瞿先生謂之“小取”云。

在廟裡泥塑的，在書上墨印的模樣上，是看不出他那可愛來的。最好是去看戲。但看普通的戲也不行，必須看“大戲”或者“目連戲”。目連戲的熱鬧，張岱在《陶庵夢憶》上也曾誇張過，說是要連演兩三天。在我幼小時候可已經不然了，也如大戲一樣，始於黃昏，到次日的天明便完結。這都是敬神禳災的演劇，全本裡一定有一個惡人，次日的將近天明便是這惡人的收場的時候，“惡貫滿盈”，閻王出票來勾攝了，於是乎這活的活無常便在戲台上出現。

我還記得自己坐在這一種戲台下的船上的情形，看客的心情和普通是兩樣的。平常愈夜深愈懶散，這時卻愈起勁。他所戴的紙糊的高帽子，本來是掛在台角上的，這時預先拿進去了；一種特別樂器，也準備使勁地吹。這樂器好像喇叭，細而長，可有七八尺，大約是鬼物所愛聽的罷，和鬼無關的時候就不用；吹起來，Nhatu，nhatu，nhatututuu 地響，所以我們叫它“目連嗐頭”。

在許多人期待着惡人的沒落的凝望中，他出來了，服飾比畫上還簡單，不拿鐵索，也不帶算盤，就是雪白的一條莽漢，粉面朱唇，眉黑如漆，蹙着，不知道是在笑還是在哭。但他一出台就須打一百零八個嚏，同時也放一百零八個屁，這才自述他的履歷。可惜我記不清楚了，其中有一段大概是這樣：

“…………

大王出了牌票，叫我去拿隔壁的癩子。

問了起來呢，原來是我堂房的阿姪。

生的是甚麼病？傷寒，還帶痢疾。

看的是甚麼郎中？下方橋的陳念義 la 兒子。

開的是怎樣的藥方？附子，肉桂，外加牛膝。

第一煎吃下去，冷汗發出；

第二煎吃下去，兩腳筆直。

我道 nga 阿嫂哭得悲傷，暫放他還陽半刻。

大王道我是得錢買放，就將我捆打四十！”

這敍述裡的“子”字都讀作入聲。陳念義是越中的名醫，俞仲華曾將他寫入《蕩寇誌》裡，擬為神仙；可是一到他的令郎，似乎便不大高明了。la 者“的”也；“兒”讀若“倪”，倒是古音罷；nga 者，“我的”或“我們的”之意也。

他口裡的閻羅天子彷彿也不大高明，竟會誤解他的人格，——不，鬼格。但連“還陽半刻”都知道，究竟還不失其“聰明正直之謂神”。不過這懲罰，卻給了我們的活無常以不可磨滅的冤苦的印象，一提起，就使他更加蹙緊雙眉，捏定破芭蕉扇，臉向着地，鴨子浮水似的跳舞起來。

Nhatu，nhatu，nhatu-nhatu-nhatututuu！目連嗐頭也冤苦不堪似的吹着。

他因此決定了：

“難是弗放者個！

那怕你，銅牆鐵壁！

那怕你，皇親國戚！

…………”

“難”者，“今”也；“者個”者“的了”之意，詞之決也。“雖有忮心，不怨飄瓦”，他現在毫不留情了，然而這是受了閻羅老子的督責之故，不得已也。一切鬼眾中，就是他有點人情；我們不變鬼則已，如果要變鬼，自然就只有他可以比較的相親近。

我至今還確鑿記得，在故鄉時候，和“下等人”一同，常常這樣高興地正視過這鬼而人，理而情，可怖而可愛的無常；而且欣賞他臉上的哭或笑，口頭的硬語與諧談……。

迎神時候的無常，可和演劇上的又有些不同了。他只有動作，沒有言語，跟定了一個捧着一盤飯菜的小丑似的腳色走，他要去吃；他卻不給他。另外還加添了兩名腳色，就是“正人君子”之所謂“老婆兒女”。凡“下等人”，都有一種通病：常喜歡以己之所欲，施之於人。雖是對於鬼，也不肯給他孤寂，凡有鬼神，大概總要給他們一對一對地配起來。無常也不在例外。所以，一個是漂亮的女人，只是很有些村婦樣，大家都稱她無常嫂；這樣看來，無常是和我們平輩的，無怪他不擺教授先生的架子。一個是小孩子，小高帽，小白衣；雖然小，兩肩卻已經聳起了，眉目的外梢也向下。這分明是無常少爺了，大家卻叫他阿領，對於他似乎都不很表敬意；猜起來，仿佛是無常嫂的前夫之子似的。但不知何以相貌又和無常有這麼像？吁！鬼神之事，難言之矣，只得姑且置之弗論。至於無常何以沒有親兒女，到今年可很容易解釋了；鬼神能前知，他怕兒女一多，愛說閒話的就要旁敲側擊地鍛成他拿盧布，所以不但研究，還早已實行了“節育”了。

這捧着飯菜的一幕，就是“送無常”。因為他是勾魂使者，所以民間凡有一個人死掉之後，就得用酒飯恭送他。至於不給他吃，那是賽會時候的開玩笑，實際上並不然。但是，和無常開玩笑，是大家都有此意的，因為他爽直，愛發議論，有人情，—— 要尋真實的朋友，倒還是他妥當。

有人說，他是生人走陰，就是原是人，夢中卻入冥去當差的，所以很有些人情。我還記得住在離我家不遠的小屋子裡的一個男人，便自稱是“走無常”，門外常常燃着香燭。但我看他臉上的鬼氣反而多。莫非入冥做了鬼，倒會增加人氣的麼？吁！鬼神之事，難言之矣，這也只得姑且置之弗論了。

六月二十三日。

點評

《無常》是魯迅在一九二六年“三·一八”慘案後，為躲避當局通緝，流離於北京德國醫院雜物庫房中所作。也許是感染了社會殘酷、庫房黯淡的鬼氣息吧，這篇奇文，開拓了人鬼雜糅的“憂患狂歡”和陰鬱幽默的美學方式，高揚着一面寫鬼事也見人情的雪白的藝術風帆。

這面無可替代而堪稱一絕的雪白風帆，就是它創造了那個散發着民間趣味的鬼而有人性的無常：“他不但活潑而詼諧，單是那渾身雪白這一點，在紅紅綠綠中就有‘鶴立雞群’之概。只要望見一頂白紙的高帽子和他手裡的破芭蕉扇的影子，大家就都有些緊張，而且高興起來了。人民之於鬼物，惟獨與他最為稔熟，也最為親密……”

《周易·乾卦》：“子曰：‘上下無常，非為邪也。’”用以翻譯佛教，就有《入楞伽經》所說：“佛告大慧：諸法無常。”《佛說分別緣生經》說：“死復何相？死者謂諸眾生界趣差別，悉歸無常。”但是接受了佛教的地獄架構之後，中國人就自己對生命的理解，創造了“活無常”和“死有分”，還用上了漢字的對偶。這種既調侃了鬼世界，也調侃了人世間的幽默，又被用到無常的高帽子上了：無常“頭上一頂長方帽，下大頂小，按比例一算，該有二尺來高罷；在正面，就是遺老遺少們所戴瓜皮小帽的綴一粒珠子或一塊寶石的地方，直寫着四個字道：‘一見有喜’。有一種本子上，卻寫的是‘你也來了’”。

令人感慨的是，生死觀這個坎子連雄才大略的秦皇漢武都被絆倒了，平民百姓卻跨越得輕輕鬆鬆，這是魯迅的一大發現。這段敘述，蘊含着中國民間平凡眾生開心逗樂的生死觀。人生多苦多難，世路坎坷不平，生命無聲無臭，在辛苦黯淡中打發日子，那麼跟無常鬼打個照面、開個玩笑，樂得尋個開心。死了就一了百了，為何不“一見有喜”，難道要哭喪着臉去見閻王？因而“你也來了”，好像無常鬼就是你的前鄰後舍，平平常常地相互打個招呼。不是以恐懼心，而是以平常心對待生死，實際上是鄉間下等人在強暴者草菅人命的歲月，對苦難的生存來了一個看淡。老子曰：“民不畏死，奈何以死懼之？”魯迅則從另一個角度給出解釋：“他們——敝同鄉‘下等人’——的許多，活着，苦着，被流言，被反噬，因了積久的經驗，知道陽間維持‘公理’的只有一個會，而且這會的本身就是‘遙遙茫茫’，於是乎勢不得不發生對於陰間的神往。人是大抵自以為銜些冤抑的；活的‘正人君子’們只能騙鳥，若問愚民，他就可以不假思索地回答你：公正的裁判是在陰間！想到生的樂趣，生固然可以留戀；但想到生的苦趣，無常也不一定是惡客。無論貴賤，無論貧富，其時都是‘一雙空手見閻王’，有冤的得伸，有罪的就得罰。”就憑着一句“公正的裁判是在陰間！”就足以體驗到生存的悲哀。

從早年接納摩羅詩宗，中年講授誌怪、神魔等小說類型，再來反觀童年所見的故鄉民俗，魯迅開拓了詩學的一種審美人類學的怪異神秘的維度。他的會稽先賢王充的《論衡》，極力非鬼訂鬼，大概也帶有批判《後漢書》所謂“會稽俗多淫祀，好卜筮”的成分。但魯迅則從另一角度提出問題：“若在南方，乃更有一意於禁止賽會之志士。農人耕稼，歲幾無休時，遞得餘閒，則有報賽，舉酒自勞，潔牲酬神，精神體質，兩愉悅也。……倘其樸素之民，厥心純白，則勞作終歲，必求一揚其精神。故農則年答大戩於天，自亦蒙麻而大酺，稍息心體，備更服勞。今並此而止之，是使學軛下之牛馬也，人不能堪，必別有所以發泄者矣。……抑國民有是，非特無足愧恧已也，神思美富，益可自揚。”（《破惡聲論》）甚至在他續寫“舊事重提”，一九二六年十二月底辭去廈門大學教職時，還說：“我對於名譽、地位，甚麼都不要，只要梟蛇鬼怪夠了。”從民俗酬神中發現樸素之民的純白心地，美好豐富的神思。這種審美人類學的美學觀獨立於當時的啓蒙思潮，而從對樸素農人的精神愉悅的深切理解中，開發出神思高揚的審美活力。也就是說，魯迅心中無鬼，筆下卻不乏鬼趣，這就使得他在一個憂患時世，將活無常、死有分、五猖神，連同無常嫂和他們的兒子阿領等呼喚出來，與民同樂，構成了一種“憂患的狂歡”的美學形態。

這就形成了《無常》中生龍活虎、繪聲繪色的“憂患的狂歡”場面：“這樂器好像喇叭，細而長，可有七八尺，大約是鬼物所愛聽的罷，和鬼無關的時候就不用；吹起來，Nhatu，nhatu，nhatututuu 地響，所以我們叫它‘目連嗐頭’。在許多人期待着惡人的沒落的凝望中，他出來了，服飾比畫上還簡單，不拿鐵索，也不帶算盤，就是雪白的一條莽漢，粉面朱唇，眉黑如漆，蹙着，不知道是在笑還是在哭。但他一出台就須打一百零八個嚏，同時也放一百零八個屁，這才自述他的履歷。”如此登場的無常，已經和大眾樂成一片，前仰後合。他似乎並不顧忌閻王的威風，毫不掩飾地訴說自己的苦惱，相信大眾會給他一個公道的評判："我道 nga 阿嫂哭得悲傷，暫放他還陽半刻。大王道我是得錢買放，就將我捆打四十！"作者對無常也表達了一份理解的同情，昵稱"我們的活無常"是為了同情心、而並非受賄，略作變通的，他實在受了冤屈："不過這懲罰，卻給了我們的活無常以不可磨滅的冤苦的印象，一提起，就使他更加蹙緊雙眉，捏定破芭蕉扇，臉向着地，鴨子浮水似的跳舞起來。Nhatu，nhatu，nhatu-nhatu-nhatututuu! 目連嗐頭也冤苦不堪似的吹着。"但作者又欣賞無常的勇敢無畏，他唱出了："那怕你，銅牆鐵壁！那怕你，皇親國戚！"他唱出了民間鬱積心頭的敢於碰硬、敢於擔當的心聲，彈撥着芸芸眾生的心弦。

這就別具一格地呈現了摩羅詩學中"以魔抗天"的青春意氣："蓋詩人者，攖人心者也。……詩人為之語，則握撥一彈，心弦立應，其聲激於靈府，令有情皆舉其首，如睹曉日，益為之美偉強力高尚發揚，而污濁之平和，以之將破。平和之破，人道蒸也。"(《摩羅詩力說》) 在這裡，魯迅以來自民俗的憂患狂歡的美學，顛覆了傳統的"中和"美學，為現代中國美學闢出了一個新境界。巴赫金曾說："這種(狂歡節) 語言所遵循和使用的是獨特的'逆向'、'反向'和'顛倒'的邏輯，是上下不斷換位的邏輯，是各種形式的戲仿和滑稽改編、戲弄、貶低、褻瀆、打諢式的加冕和廢黜。"(《弗朗索瓦·拉伯雷的創作與中世紀和文藝復興時代的民間文化》) 在審美人類學的戲擬、嘲弄和逆向顛覆中，魯迅寫鬼，卻鬼後有人焉，鬼類與人類相互映照，複調地折射了一種以諧趣消解黑暗秩序，以醜怪消解神聖的虛偽，以自己的高帽子拱翻了冠冕堂皇，因而也可以說是獨特形態的"美偉強力"的人。

從百草園到三味書屋

我家的後面有一個很大的園，相傳叫作百草園。現在是早已並屋子一起賣給朱文公的子孫了，連那最末次的相見也已經隔了七八年，其中似乎確鑿只有一些野草；但那時卻是我的樂園。

不必說碧綠的菜畦，光滑的石井欄，高大的皂莢樹，紫紅的桑椹；也不必說鳴蟬在樹葉裡長吟，肥胖的黃蜂伏在菜花上，輕捷的叫天子（雲雀）忽然從草間直竄向雲霄裡去了。單是周圍的短短的泥牆根一帶，就有無限趣味。油蛉在這裡低唱，蟋蟀們在這裡彈琴。翻開斷磚來，有時會遇見蜈蚣；還有斑蝥，倘若用手指按住它的脊樑，便會拍的一聲，從後竅噴出一陣煙霧。何首烏藤和木蓮藤纏絡着，木蓮有蓮房一般的果實，何首烏有擁腫的根。有人說，何首烏根是有像人形的，吃了便可以成仙，我於是常常拔它起來，牽連不斷地拔起來，也曾因此弄壞了泥牆，卻從來沒有見過有一塊根像人樣。如果不怕刺，還可以摘到覆盆子，像小珊瑚珠攢成的小球，又酸又甜，色味都比桑椹要好得遠。

長的草裡是不去的，因為相傳這園裡有一條很大的赤練蛇。

長媽媽曾經講給我一個故事聽：先前，有一個讀書人住在古廟裡用功，晚間，在院子裡納涼的時候，突然聽到有人在叫他。答應着，四面看時，卻見一個美女的臉露在牆頭上，向他一笑，隱去了。他很高興；但竟給那走來夜談的老和尚識破了機關。說他臉上有些妖氣，一定遇見"美女蛇"了；這是人首蛇身的怪物，能喚人名，倘一答應，夜間便要來吃這人的肉的。他自然嚇得要死，而那老和尚卻道無妨，給他一個小盒子，說只要放在枕邊，便可高枕而臥。他雖然照樣辦，卻總是睡不着，——當然睡不着的。到半夜，果然來了，沙沙沙！門外像是風雨聲。他正抖作一團時，卻聽得豁的一聲，一道金光從枕邊飛出，外面便甚麼聲音也沒有了，那金光也就飛回來，斂在盒子裡。後來呢？後來，老和尚說，這是飛蜈蚣，它能吸蛇的腦髓，美女蛇就被它治死了。

結末的教訓是：所以倘有陌生的聲音叫你的名字，你萬不可答應他。

這故事很使我覺得做人之險，夏夜乘涼，往往有些擔心，不敢去看牆上，而且極想得到一盒老和尚那樣的飛蜈蚣。走到百草園的草叢旁邊時，也常常這樣想。但直到現在，總還是沒有得到，但也沒有遇見過赤練蛇和美女蛇。叫我名字的陌生聲音自然是常有的，然而都不是美女蛇。

冬天的百草園比較的無味；雪一下，可就兩樣了。拍雪人（將自己的全形印在雪上）和塑雪羅漢需要人們鑑賞，這是荒園，人跡罕至，所以不相宜，只好來捕鳥。薄薄的雪，是不行的；總須積雪蓋了地面一兩天，鳥雀們久已無處覓食的時候才好。掃開一塊雪，露出地面，用一支短棒支起一面大的竹篩來，下面撒些秕穀，棒上繫一條長繩，人遠遠地牽着，看鳥雀下來啄食，走到竹篩底下的時候，將繩子一拉，便罩住了。但所得的是麻雀居多，也有白頰的“張飛鳥”，性子很躁，養不過夜的。

這是閏土的父親所傳授的方法，我卻不大能用。明明見它們進去了，拉了繩，跑去一看，卻甚麼都沒有，費了半天力，捉住的不過三四隻。閏土的父親是小半天便能捕獲幾十隻，裝在叉袋裡叫着撞着的。我曾經問他得失的緣由，他只靜靜地笑道：你太性急，來不及等它走到中間去。

我不知道為甚麼家裡的人要將我送進書塾裡去了，而且還是全城中稱為最嚴厲的書塾。也許是因為拔何首烏毀了泥牆罷，也許是因為將磚頭拋到間壁的梁家去了罷，也許是因為站在石井欄上跳了下來罷，……都無從知道。總而言之：我將不能常到百草園了。Ade，我的蟋蟀們！Ade，我的覆盆子們和木蓮們！……

出門向東，不上半里，走過一道石橋，便是我的先生的家了。從一扇黑油的竹門進去，第三間是書房。中間掛着一塊扁道：三味書屋；扁下面是一幅畫，畫着一隻很肥大的梅花鹿伏在古樹下。沒有孔子牌位，我們便對着那扁和鹿行禮。第一次算是拜孔子，第二次算是拜先生。

第二次行禮時，先生便和藹地在一旁答禮。他是一個高而瘦的老人，鬚髮都花白了，還戴着大眼鏡。我對他很恭敬，因為我早聽到，他是本城中極方正，質樸，博學的人。

不知從那裡聽來的，東方朔也很淵博，他認識一種蟲，名曰“怪哉”，冤氣所化，用酒一澆，就消釋了。我很想詳細地知道這故事，但阿長是不知道的，因為她畢竟不淵博。現在得到機會了，可以問先生。

“先生，‘怪哉’這蟲，是怎麼一回事？……”我上了生書，將要退下來的時候，趕忙問。

“不知道！”他似乎很不高興，臉上還有怒色了。

我才知道做學生是不應該問這些事的，只要讀書，因為他是淵博的宿儒，決不至於不知道，所謂不知道者，乃是不願意説。年紀比我大的人，往往如此，我遇見過好幾回了。

我就只讀書，正午習字，晚上對課。先生最初這幾天對我很嚴厲，後來卻好起來了，不過給我讀的書漸漸加多，對課也漸漸地加上字去，從三言到五言，終於到七言。

三味書屋後面也有一個園，雖然小，但在那裡也可以爬上花壇去折蠟梅花，在地上或桂花樹上尋蟬蛻。最好的工作是捉了蒼蠅餵螞蟻，靜悄悄地沒有聲音。然而同窗們到園裡的太多，太久，可就不行了，先生在書房裡便大叫起來：

“人都到那裡去了？！”

人們便一個一個陸續走回去；一同回去，也不行的。他有一條戒尺，但是不常用，也有罰跪的規則，但也不常用，普通總不過瞪幾眼，大聲道：

“讀書！”

於是大家放開喉嚨讀一陣書，真是人聲鼎沸。有唸“仁遠乎哉我欲仁斯仁至矣”的，有唸“笑人齒缺曰狗竇大開”的，有唸“上九潛龍勿用”的，有唸“厥土下上上錯厥貢苞茅橘柚”的……。先生自己也唸書。後來，我們的聲音便低下去，靜下去了，只有他還大聲朗讀着：

“鐵如意，指揮倜儻，一座皆驚呢～～～；金叵羅，顛倒淋漓噫，千杯未醉嗬～～～……”。

我疑心這是極好的文章，因為讀到這裡，他總是微笑起來，而且將頭仰起，搖着，向後面拗過去，拗過去。

先生讀書入神的時候，於我們是很相宜的。有幾個便用紙糊的盔甲套在指甲上做戲。我是畫畫兒，用一種叫作“荊川紙”的，蒙在小說的繡像上一個個描下來，像習字時候的影寫一樣。讀的書多起來，畫的畫也多起來；書沒有讀成，畫的成績卻不少了，最成片段的是《蕩寇誌》和《西遊記》的繡像，都有一大本。後來，因為要錢用，賣給一個有錢的同窗了。他的父親是開錫箔店的；聽說現在自己已經做了店主，而且快要升到紳士的地位了。這東西早已沒有了罷。

九月十八日。

點評

《從百草園到三味書屋》以明快俊朗的文字，回憶魯迅幼年往事，如詩如畫又舒捲自如地展示了一個妙趣橫生的童心世界，渾如天籟般浸潤人心，膾炙人口。儘管世變風移，它卻魅力永駐。與《故鄉》等作品一樣，屢次成為中國基礎教育的教材中不可缺席的篇目，從而以一曲優美樂章鳴響在一代又一代的少年的心靈中，發揮着陶冶情操的滲潤功能。因此對它的闡釋，應該回到魯迅生命過程的原本。

百草園是魯迅故家的後園，一個普通的菜園。魯迅推重"野草"，姑以百草名其童年樂園，野趣大於雅趣，異於文人雅士給自家花園所起的雅號。以百草之園來容納妙趣橫生的童心世界，對於展示自然人性的天真爛漫，是再合適不過了。三味書屋在魯迅故家迤東一箭之路，為壽懷鑑（字鏡吾，一八四九至一九三〇）設帳授徒的地方。壽為秀才，魯迅於一八九二年入三味書屋，在那裡求學六年。所謂"三味"，據鏡吾先生之子壽洙鄰講："若三味取義，幼時父兄傳說，讀經味如稻粱，讀史味如餚饌，諸子百家味如醯醢。"（《我也談談魯迅的事》）周作人《魯迅小說裡的人物》則說："經如米飯，史如餚饌，子如調味之料。"這種說法可能是根據唐人段成式《酉陽雜俎·自序》所謂"詩書味之太羹，史為折俎，子為醯醢"，變通而得。

在離鄉漂泊的過客生涯中，魯迅對童年樂園懷着深深的眷戀："我家的後面有一個很大的園，相傳叫作百草園。……其中似乎確鑿只有一些野草；但那時卻是我的樂園。"泥牆蔓草中，掩藏着他孩童歲月的好奇心和痴心的秘密，回憶起來，心頭都會竊竊偷笑，笑得心尖兒酸酸的："不必說碧綠的菜畦，光滑的石井欄，高大的皂莢樹，紫紅的桑椹；也不必說鳴蟬在樹葉裡長吟，肥胖的黃蜂伏在菜花上，輕捷的叫天子（雲雀）忽然從草間直竄向雲霄裡去了。”這裡用了“不必說……也不必說……”的句式，似乎要省略過去，但是把雲雀稱為“叫天先生”，乃是將童趣由大地放飛到蒼空的點睛之筆，豈能忽略？然而更令人夢魂縈繞的內心秘密，在於“單是周圍的短短的泥牆根一帶，就有無限趣味”，那裡可以聽到自然的聲音，看到自然的蠕動，嘗到自然的滋味，不是因為肚子餓，而是為了精神的飢渴：“油蛉在這裡低唱，蟋蟀們在這裡彈琴。翻開斷磚來，有時會遇見蜈蚣；還有斑蝥，倘若用手指按住它的脊樑，便會拍的一聲，從後竅噴出一陣煙霧。何首烏藤和木蓮藤纏絡着，木蓮有蓮房一般的果實，何首烏有擁腫的根。有人說，何首烏根是有像人形的，吃了便可以成仙，我於是常常拔它起來，牽連不斷地拔起來，也曾因此弄壞了泥牆，卻從來沒有見過有一塊根像人樣。如果不怕刺，還可以摘到覆盆子，像小珊瑚珠攢成的小球，又酸又甜，色味都比桑椹要好得遠。”這簡直就是莊子所說的“獨與天地精神往來”了。

但也不排除因對自然的尚未認知而產生的畏懼感和神秘感：“長的草裡是不去的，因為相傳這園裡有一條很大的赤練蛇。”因畏懼和神秘而出現的緊張，是生命力機制的本能反應。這種緊張反應，因“美女蛇”的故事而升級：“有一個讀書人住在古廟裡用功，晚間，在院子裡納涼的時候，突然聽到有人在叫他。答應着，四面看時，卻見一個美女的臉露在牆頭上，向他一笑，隱去了。他很高興；但竟給那走來夜談的老和尚識破了機關。說他臉上有些妖氣，一定遇見‘美女蛇’了……”

為甚麼要寫美女蛇的故事？寫美女蛇，就將百草園與長媽媽的世俗世界、怪異神秘的超現實世界加以綜合，從而使百草園附加了敍述的複調和多元的意蘊。許多散文寫得缺乏深度，就是由於少了這種複調和張力。百草園既有菜畦、石井欄、皂莢樹、桑葚、鳴蟬、黃蜂、叫天子的明朗格調，又有泥牆根一帶油蛉、蟋蟀、蜈蚣、斑蝥、何首烏、木蓮、覆盆子的豐富生命和無窮趣味，再加上美女蛇的充滿迷惑和恐怖的神秘莫測，這樣的精神樂園，就不是單調、膚淺的遊樂園，而是具有深度的生命投入的意義生成之園。《聖經》記載，伊甸園中的人類始祖，受蛇的誘惑，偷食知善惡樹的禁果，導致失樂園。魯迅寫美女蛇的時候，是否受過伊甸園中據說是撒旦（Satan）化身的毒蛇故事的觸動，無從考證，然而自從少年魯迅擔心美女蛇在牆頭窺視，極想得到一盒老和尚那樣的飛蜈蚣，“叫我名字的陌生聲音自然是常有的，然而都不是美女蛇”之後，他就在精神發展階段的意義上，開始走向失樂園了。只是冬天下雪，支起竹篩捉鳥，才有點樂趣。但所得的是麻雀居多，也有白頰的“張飛鳥”，性子很躁，養不過夜的。他捉鳥時的性子跟“張飛鳥”所差無幾，就是性子急，所獲有限，多少有些意興闌珊了。他被送去上學，“我將不能常到百草園了。Ade，我的蟋蟀們！Ade，我的覆盆子們和木蓮們！”向草和蟲告別，牽引着戀戀不捨的情思。

隨之出現的三味書屋，研究者對它的感受言人人殊，莫衷一是。似乎連魯迅也留下一個“不知道為甚麼”：“我不知道為甚麼家裡的人要將我送進書塾裡去了，而且還是全城中稱為最嚴厲的書塾。”評論者看見“最嚴厲”三個字，往往神經過敏，就採取二元對立的思維，說百草園中的童年魯迅是如何“幸福”，進了封建教育的學塾後，每日面對晦澀的“之乎者也”，是如何“痛苦”。或者拿出大理論來，說魯迅的童年有兩個世界，“三味書屋”象徵四書五經的正統文化，“百草園”象徵傳奇怪異的奇幻空間。這些闡述，都有待商量。實際上，只有百草園、沒有三味書屋的魯迅，是難以想象的，根本無法鑄造成思想和文學巨匠的魯迅。從百草園走進三味書屋，迅哥兒長大了，從他的童年邁出了走向成人的第一步。

三味書屋的書房，是如此書房："中間掛着一塊扁道：三味書屋；扁下面是一幅畫，畫着一隻很肥大的梅花鹿伏在古樹下。沒有孔子牌位，我們便對着那扁和鹿行禮。第一次算是拜孔子，第二次算是拜先生"。孔子是缺席受拜的，意味着有點改良氣息。"三味"的"三"，意味着多，經、史與諸子百家並列，不止於四書五經。"給我讀的書漸漸加多，對課也漸漸地加上字去，從三言到五言，終於到七言"，對課就超出了經、史、諸子的範圍，而指向詩詞訓練。

毫無疑義，進入學塾的少年魯迅存在着一個性情趣味的精神轉型的過程。他不能不知調適地止步在百草園階段，人的生命在於動。比如他還有這樣的精神關注："不知從那裡聽來的，東方朔也很淵博，他認識一種蟲，名曰'怪哉'，冤氣所化，用酒一澆，就消釋了。我很想詳細地知道這故事，但阿長是不知道的，因為她畢竟不淵博。現在得到機會了，可以問先生。'先生，"怪哉"這蟲，是怎麼一回事？……'我上了生書，將要退下來的時候，趕忙問。'不知道！'他似乎很不高興，臉上還有怒色了。我才知道做學生是不應該問這些事的，只要讀書，因為他是淵博的宿儒，決不至於不知道，所謂不知道者，乃是不願意説。"這種趣味和他在百草園中欣賞"斑蝥，倘若用手指按住它的脊樑，便會拍的一聲，從後竅噴出一陣煙霧"，是相似的。當然如果更開明一點，可以對其好奇心進行和風細雨的引導，但這位要求少年專心讀書的老夫子，擺出"師道尊嚴"的譜，未免有些生硬。但是從學生請教後的心理反應來看，他對老師還是尊敬的。

三味書屋還存在着某些“百草園趣味”的縫隙，或有限空間。這就是“三味書屋後面也有一個園，雖然小，但在那裡也可以爬上花壇去折蠟梅花，在地上或桂花樹上尋蟬蜕。最好的工作是捉了蒼蠅餵螞蟻，靜悄悄地沒有聲音。然而同窗們到園裡的太多，太久，可就不行了，先生在書房裡便大叫起來：‘人都到那裡去了？！’人們便一個一個陸續走回去；一同回去，也不行的。他有一條戒尺，但是不常用，也有罰跪的規則，但也不常用，普通總不過瞪幾眼，大聲道：‘讀書！’”應該説，在晚清時期如此處理學生上課時走神尋樂，還算通達人情。

在先生嚴厲督責下的讀書情形，也不是正襟危坐，而似乎是多聲部的合唱，甚至荒腔走調：“於是大家放開喉嚨讀一陣書，真是人聲鼎沸。”讀書只是“一陣”，有人唸《論語》，有人唸《幼學瓊林》，有人唸《周易》而唸錯了字，有人唸《尚書·禹貢》而唸錯了行，各人的程度和進度是很不劃一的。至於老師呢，“我對他很恭敬，因為我早聽到，他是本城中極方正，質樸，博學的人”。在學生們唸得人聲鼎沸時，他並非板着臉孔、踱着方步，檢查申斥，而是加入這荒腔走調的合唱：“先生自己也唸書。後來，我們的聲音便低下去，靜下去了，只有他還大聲朗讀着……”先生唸的是清朝武進人劉翰的《李克用置酒湹同賦》，極力渲染唐末沙陀部梟將李克用在宴席上狂舞玉如意，斟滿金製的扁形大口酒杯，意氣淋漓，忘乎所以的張狂情景，唸時卻把“玉如意”唸作“鐵如意”，“傾倒淋漓”唸作“顛倒淋漓”，又拉開長調的顫音“呢、噫、嗬”的，搖頭晃腦地陶醉於其中。多麼可愛的老人，多麼難忘的學塾場面，這是舊時學塾中難得一見的奇觀。魯迅回憶起來，眷戀之情溢於言表。

對於老師的陶醉態，學生們當作看戲取樂：“我疑心這是極好的文章，因為讀到這裡，他總是微笑起來，而且將頭仰起，搖着，向後面拗過去，拗過去。”日後說“疑心這是極好的文章”，是對老師的文學趣味平平的調侃，卻是帶着溫情的微笑的調侃。而且乘着先生讀書入神，各自又要弄起小把戲：“有幾個便用紙糊的盔甲套在指甲上做戲。我是畫畫兒，用一種叫作‘荊川紙’的，蒙在小說的繡像上一個個描下來，像習字時候的影寫一樣。讀的書多起來，畫的畫也多起來；書沒有讀成，畫的成績卻不少了，最成片段的是《蕩寇誌》和《西遊記》的繡像，都有一大本。”魯迅就像他影繪小說繡像一樣，活靈活現地影繪出一個老夫子的帶點名士派的天真放達的靈魂，可愛極了。他在回憶“三味書屋”這位博學、嚴厲、善良的老人中，尋到了幾分敬意，幾分開心，幾分笑影，充滿着深深的眷念之情。全文敘寫了自己從可以說是“無限樂趣”的“樂園”到全城“稱為最嚴厲的書塾”的人生過程和心靈歷程。它給人的啓示是：人要成為“成人”，是不能只有百草園的，他也應該有自己的三味書屋。

魯迅寫本文，是一九二六年九月初到廈門大學，遠離“烏煙瘴氣”的古都文化界的筆墨官司，又有豐厚報酬，海濱氣候暖和宜人，曾作函致H.M兄（害馬，即許廣平），說“海濱很有些貝殼，撿了幾回”。《從百草園到三味書屋》就是他從記憶中撿回的漂亮的貝殼。這就是魯迅的《憶江南》。白居易《憶江南》詞云：“江南好，風景舊曾諳。日出江花紅勝火，春來江水綠如藍。能不憶江南！”白氏所憶，是他的宦遊地；魯迅所憶，是他少年生命中早已逝去卻無限眷戀的樂園。

父親的病

大約十多年前罷，S城中曾經盛傳過一個名醫的故事：

他出診原來是一元四角，特拔十元，深夜加倍，出城又加倍。有一夜，一家城外人家的閨女生急病，來請他了，因為他其時已經闊得不耐煩，便非一百元不去。他們只得都依他。待去時，卻只是草草地一看，說道"不要緊的"，開一張方，拿了一百元就走。那病家似乎很有錢，第二天又來請了。他一到門，只見主人笑面承迎，道，"昨晚服了先生的藥，好得多了，所以再請你來復診一回。"仍舊引到房裡，老媽子便將病人的手拉出帳外來。他一按，冷冰冰的，也沒有脈，於是點點頭道，"唔，這病我明白了。"從從容容走到桌前，取了藥方紙，提筆寫道：

"憑票付英洋壹百元正。"下面是署名，畫押。

"先生，這病看來很不輕了，用藥怕還得重一點罷。"主人在背後說。

"可以，"他說。於是另開了一張方：

"憑票付英洋貳百元正。"下面仍是署名，畫押。

這樣，主人就收了藥方，很客氣地送他出來了。

我曾經和這名醫周旋過兩整年，因為他隔日一回，來診我的父親的病。那時雖然已經很有名，但還不至於闊得這樣不耐煩；可是診金卻已經是一元四角。現在的都市上，診金一次十元並不算奇，可是那時是一元四角已是巨款，很不容易張羅的了；又何況是隔日一次。他大概的確有些特別，據輿論說，用藥就與眾不同。我不知道藥品，所覺得的，就是“藥引”的難得，新方一換，就得忙一大場。先買藥，再尋藥引。“生薑”兩片，竹葉十片去尖，他是不用的了。起碼是蘆根，須到河邊去掘；一到經霜三年的甘蔗，便至少也得搜尋兩三天。可是說也奇怪，大約後來總沒有購求不到的。

據輿論說，神妙就在這地方。先前有一個病人，百藥無效；待到遇見了甚麼葉天士先生，只在舊方上加了一味藥引：梧桐葉。只一服，便霍然而癒了。“醫者，意也。”其時是秋天，而梧桐先知秋氣。其先百藥不投，今以秋氣動之，以氣感氣，所以……。我雖然並不瞭然，但也十分佩服，知道凡有靈藥，一定是很不容易得到的，求仙的人，甚至於還要拚了性命，跑進深山裡去採呢。

這樣有兩年，漸漸地熟識，幾乎是朋友了。父親的水腫是逐日利害，將要不能起床；我對於經霜三年的甘蔗之流也逐漸失了信仰，採辦藥引似乎再沒有先前一般踴躍了。正在這時候，他有一天來診，問過病狀，便極其誠懇地說：

“我所有的學問，都用盡了。這裡還有一位陳蓮河先生，本領比我高。我薦他來看一看，我可以寫一封信。可是，病是不要緊的，不過經他的手，可以格外好得快……。”

這一天似乎大家都有些不歡，仍然由我恭敬地送他上轎。進來時，看見父親的臉色很異樣，和大家談論，大意是說自己的病大概沒有希望的了；他因為看了兩年，毫無效驗，臉又太熟了，未免有些難以為情，所以等到危急時候，便薦一個生手自代，和自己完全脫了干係。但另外有甚麼法子呢？本城的名醫，除他之外，實在也只有一個陳蓮河了。明天就請陳蓮河。

陳蓮河的診金也是一元四角。但前回的名醫的臉是圓而胖的，他卻長而胖了：這一點頗不同。還有用藥也不同，前回的名醫是一個人還可以辦的，這一回卻是一個人有些辦不妥帖了，因為他一張藥方上，總兼有一種特別的丸散和一種奇特的藥引。

蘆根和經霜三年的甘蔗，他就從來沒有用過。最平常的是"蟋蟀一對"，旁注小字道："要原配，即本在一窠中者。"似乎昆蟲也要貞節，續弦或再醮，連做藥資格也喪失了。但這差使在我並不為難，走進百草園，十對也容易得，將它們用線一縛，活活地擲入沸湯中完事。然而還有"平地木十株"呢，這可誰也不知道是甚麼東西了，問藥店，問鄉下人，問賣草藥的，問老年人，問讀書人，問木匠，都只是搖搖頭，臨末才記起了那遠房的叔祖，愛種一點花木的老人，跑去一問，他果然知道，是生在山中樹下的一種小樹，能結紅子如小珊瑚珠的，普通都稱為"老弗大"。

"踏破鐵鞋無覓處，得來全不費工夫。"藥引尋到了，然而還有一種特別的丸藥：敗鼓皮丸。這"敗鼓皮丸"就是用打破的舊鼓皮做成；水腫一名鼓脹，一用打破的鼓皮自然就可以克伏他。清朝的剛毅因為憎恨"洋鬼子"，預備打他們，練了些兵稱作"虎神營"，取虎能食羊，神能伏鬼的意思，也就是這道理。可惜這一種神藥，全城中只有一家出售的，離我家就有五里，但這卻不像平地木那樣，必須暗中摸索了，陳蓮河先生開方之後，就懇切詳細地給我們說明。

"我有一種丹，"有一回陳蓮河先生說，"點在舌上，我想一定可以見效。因為舌乃心之靈苗……。價錢也並不貴，只要兩塊錢一盒……。"

我父親沉思了一會，搖搖頭。

"我這樣用藥還會不大見效，"有一回陳蓮河先生又說，"我想，可以請人看一看，可有甚麼冤愆……。醫能醫病，不能醫命，對不對？自然，這也許是前世的事……。"

我的父親沉思了一會，搖搖頭。

凡國手，都能夠起死回生的，我們走過醫生的門前，常可以看見這樣的扁額。現在是讓步一點了，連醫生自己也說道：“西醫長於外科，中醫長於內科。”但是S城那時不但沒有西醫，並且誰也還沒有想到天下有所謂西醫，因此無論甚麼，都只能由軒轅岐伯的嫡派門徒包辦。軒轅時候是巫醫不分的，所以直到現在，他的門徒就還見鬼，而且覺得“舌乃心之靈苗”。這就是中國人的“命”，連名醫也無從醫治的。

不肯用靈丹點在舌頭上，又想不出“冤愆”來，自然，單吃了一百多天的“敗鼓皮丸”有甚麼用呢？依然打不破水腫，父親終於躺在床上喘氣了。還請一回陳蓮河先生，這回是特拔，大洋十元。他仍舊泰然的開了一張方，但已停止敗鼓皮丸不用，藥引也不很神妙了，所以只消半天，藥就煎好，灌下去，卻從口角上回了出來。

從此我便不再和陳蓮河先生周旋，只在街上有時看見他坐在三名轎夫的快轎裡飛一般抬過；聽說他現在還康健，一面行醫，一面還做中醫甚麼學報，正在和只長於外科的西醫奮鬥哩。

中西的思想確乎有一點不同。聽說中國的孝子們，一到將要“罪孽深重禍延父母”的時候，就買幾斤人參，煎湯灌下去，希望父母多喘幾天氣，即使半天也好。我的一位教醫學的先生卻教給我醫生的職務道：可醫的應該給他醫治，不可醫的應該給他死得沒有痛苦。——但這先生自然是西醫。

父親的喘氣頗長久，連我也聽得很吃力，然而誰也不能幫助他。我有時竟至於電光一閃似的想道：“還是快一點喘完了罷……。”立刻覺得這思想就不該，就是犯了罪；但同時又覺得這思想實在是正當的，我很愛我的父親。便是現在，也還是這樣想。

早晨，住在一門裡的衍太太進來了。她是一個精通禮節的婦人，說我們不應該空等着。於是給他換衣服；又將紙錠和一種甚麼《高王經》燒成灰，用紙包了給他捏在拳頭裡……。

“叫呀，你父親要斷氣了。快叫呀！”衍太太說。

“父親！父親！”我就叫起來。

“大聲！他聽不見。還不快叫？！”

“父親！！！父親！！！”

他已經平靜下去的臉，忽然緊張了，將眼微微一睜，仿佛有一些苦痛。

“叫呀！快叫呀！”她催促說。

“父親！！！”

“甚麼呢？……不要嚷。……不……。”他低低地說，又較急地喘着氣，好一會，這才復了原狀，平靜下去了。

“父親！！！”我還叫他，一直到他嚥了氣。

我現在還聽到那時的自己的這聲音，每聽到時，就覺得這卻是我對於父親的最大的錯處。

十月七日。

點評

《父親的病》回憶少年魯迅為父親周伯宜延醫治病的往事，對中國鄉鎮民間醫療保障的生存狀態，作出了刻骨銘心的反思，從溢於言表的悲憤中，足以證明魯迅對父親之愛是何等深切。魯迅嘲諷《二十四孝圖》中某些愚與妄，甚而有些殘酷的“孝行”，自己卻以幼小之軀，不避寒暑地承擔着為重病的父親延醫求藥的責任。魯迅父親周伯宜（一八六一至一八九六），考取會稽縣學生員後，屢應鄉試未中。因魯迅祖父周介孚科場案發，家道中落，酗酒發病，一八九三年冬至一八九五年秋冬，病勢日加嚴重，直至一八九六年十月十二日（農曆九月六日）去世，終年三十七歲。請來治病的醫生姚芝仙據說做過太醫，給慈禧太后治過病，紹興人稱之"姚半仙"，出診架子甚大。他推薦的醫生何廉臣（一八六〇至一九二九），曾任紹興醫學會長，清季創辦《紹興醫學報》，著有《總纂全國名醫驗案類編》等書，校訂刊刻古醫書一百一十種，名曰《紹興醫藥叢書》，在保存中醫血脈上竭盡心力。但一個人不能以其終生成績，掩飾日常行醫上的斂財、敷衍、故弄玄虛的劣跡。少年魯迅與之打了二年交道，從家庭變故的刻骨銘心之痛中，對之憤諷有加，並將何廉臣的名字，按諧音方式顛倒為"陳蓮河"，如此可得晚期譴責小說以文字學遊戲隱喻現實人物名字的妙處，避免了一些節外生枝的名譽權糾紛。

本文的重要性在於，父親病重延醫，終至不治，是少年魯迅"三味書屋"時期見習的一個飽含着對父親之愛，內心無比糾結的社會大課堂，他的精神經歷了由希望跌入絕望的一遍又一遍的搓揉和震蕩。這一事件深刻地影響了魯迅早期思想曲線。這段思想曲線上的兩個路標：一是父親的死，導致兩年後到南京學工科的魯迅，留學日本時棄工科學醫，"救治像我父親似的被誤的病人的疾苦"；二是後來在仙台醫科專門學校學醫時，受"幻燈片事件"的刺激，於一九〇六年後棄醫從文。

行文開頭有引子："大約十多年前罷，S城中曾經流傳過一個名醫的故事"，他一味地斂財、拿架子、故弄玄虛，把活人醫死，又藉死人索取厚金，在一種製造悲劇的喜劇行為中，所謂醫德和醫藝成了笑談。這種寫法，有如魯迅談論話本小說"起首先說一個冒頭，或用詩詞，或仍用故事，名叫'得勝頭回'——'頭回'是前回之意；'得勝'是吉利語。——以後才入本文。"(《中國小説史略》第四講）這種"得勝頭回"引導着全篇，隱喻着全篇。全篇用諷刺的筆調寫了庸醫誤人。魯迅曾經和這名醫周旋經年，診金昂貴且不論，"藥引"就相當難得，而父親的水腫逐日厲害，將要不能起床。魯迅對其"醫者，意也"的理論極盡嘲諷之能事，他看到病人病入膏肓，就便極其誠懇地説："我所有的學問，都用盡了。這裡還有一位陳蓮河先生，本領比我高。我薦他來看一看……"一到危急時候，便薦生手自代，使自己完全脱了干係。

下一個打交道的名醫是陳蓮河，他的藥方上，總兼有一種特別的丸散和一種奇特的藥引。蘆根和經霜三年的甘蔗，他就從來沒有用過。最平常的是"蟋蟀一對"，旁注小字道："要原配，即本在一窠中者。"似乎昆蟲也要貞節，續弦或再醮，連做藥資格也喪失了。又有"敗鼓皮丸"，"用打破的舊鼓皮做成；水腫一名鼓脹，一用打破的鼓皮自然就可以克伏他。清朝的剛毅因為憎恨'洋鬼子'，預備打他們，練了些兵稱作'虎神營'，取虎能食羊，神能伏鬼的意思，也就是這道理。"事後回憶，魯迅難免對這類"名醫"的行醫的做派和方劑毫不客氣，嘲諷其實質在於巫醫不分，故弄玄虛，作賤人命以索取錢財。《吶喊·自序》對此還耿耿於懷："我還記得先前的醫生的議論和方藥，和現在所知道的比較起來，便漸漸的悟得中醫不過是一種有意的或無意的騙子，同時又很起了對於被騙的病人和他的家族的同情。"這種"騙子説"，曾在後世議論紛紛，甚至義憤填膺，但人們從未從中反思，其時流行於鄉鎮的中醫理論和論證方式，是否需要作出根本性的改革或改進？這種理論和論證方式，如何面對現代科學知識的挑戰？若有深刻的反思意識，就可以省悟到，魯迅的心理行為超前地蘊含着一個重大的命題，即中醫現代化的命題。

但其時的名醫陳蓮河心中並無這個命題的蹤影，依然在説："我有一種丹，點在舌上，我想一定可以見效。因為舌乃心之靈苗……。價錢也並不貴，只要兩塊錢一盒……。"最後就是推卸責任了："可以請人看一看，可有甚麼冤愆……。醫能醫病，不能醫命，對不對？自然，這也許是前世的事……。"不能要求一個名醫包治百病，醫術也有對沉痾痼疾束手無策之時，問題在於你要給他一個合理的應對和令人服氣的説明，不能只盯住錢串子，又把責任推給鬼神。兩年的時間不算短，名醫架子不能給人信賴感，反而一依賴，連架子也坍塌了。因而魯迅只好感慨："S城那時不但沒有西醫，並且誰也還沒有想到天下有所謂西醫，因此無論甚麼，都只能由軒轅岐伯的嫡派門徒包辦。軒轅時候是巫醫不分的，所以直到現在，他的門徒就還見鬼，而且覺得'舌乃心之靈苗'。這就是中國人的'命'，連名醫也無從醫治的。"最後這句"這就是中國人的'命'，連名醫也無從醫治的"，是振聾發聵的，它生發出對中國人"宿命"的沉重的思考。

有必要補充説明的是，對中醫蘊涵着的偉大經驗，魯迅後來是肯定過的："古人所傳授下來的經驗，有些實在是極可寶貴的，因為它曾經費去許多犧牲，而留給後人很大的益處。偶然翻翻《本草綱目》，不禁想起了這一點。這一部書，是很普通的書，但裡面卻含有豐富的寶藏。自然，捕風捉影的記載，也是在所不免的，然而大部分的藥品的功用，卻由歷久的經驗，這才能夠知道到這程度，而尤其驚人的是關於毒藥的敘述。我們一向喜歡恭維古聖人，以為藥物是由一個神農皇帝獨自嘗出來的，他曾經一天遇到過七十二毒，但都有解法，沒有毒死。這種傳説，現在不能主宰人心了。人們大抵已經知道一切文物，都是歷來的無名氏所逐漸的造成。建築，烹飪，漁獵，耕種，無不如此；醫藥也如此。這麼一想，這事情可就大起來了：大約古人一有病，最初只好這樣嘗一點，那樣嘗一點，吃了毒的就死，吃了不相干的就無效，有的竟吃到了對證的就好起來，於是知道這是對於某一種病痛的藥。這樣地累積下去，乃有草創的紀錄，後來漸成為龐大的書，如《本草綱目》就是。而且這書中的所記，又不獨是中國的，還有阿剌伯人的經驗，有印度人的經驗，則先前所用的犧牲之大，更可想而知了。”（《南腔北調集·經驗》）有如此偉大的經驗作支撐，就更應該支撐起一座可被現代世界認同的理論和方法的雄偉大廈，而不應斤斤計較別人針對具體情境説話的輕重。

令魯迅刻骨銘心的，還有父親臨終的一幕。衍太太這個精通禮節的婦人，説應該給父親換衣服；將紙錠和甚麼《高王經》燒成灰，用紙包了給他捏在拳頭裡，還一再催促：“叫呀，你父親要斷氣了。快叫呀！”叫得父親已經平靜的臉忽然緊張，微微睜眼，仿佛有些苦痛，一直叫到他嚥了氣。“父親的喘氣頗長久，連我也聽得很吃力，然而誰也不能幫助他。我有時竟至於電光一閃似的想道：‘還是快一點喘完了罷……。’立刻覺得這思想就不該，就是犯了罪；但同時又覺得這思想實在是正當的，我很愛我的父親。”到寫這篇回憶散文時，作者耳中還鳴響着在衍太太催促下呼叫“父親”的聲音，覺得這是“我對於父親的最大的錯處”。人在感情懸崖上所受到的刺激，可能烙下難以除去的疤痕。魯迅指認，這疤痕是作為世俗禮節之象徵的衍太太烙下的。他記下這如隕石襲來的變故和災難，也就留下了魯迅心地裡至為柔軟的人性人情。這裡開始積蓄了魯迅對世俗禮儀憎惡和復仇的某些因子。

父親的病和死，是少年魯迅經歷百草園、三味書屋，而思想感覺第一次遭遇偌大的一個社會，因而他感覺到的痛和恨、希望和絕望，潛在地植入了他的世界觀、人生觀和文化觀。這裡的“藥”，令人想起《藥》中的人血饅頭，以饅頭蘸着烈士鮮血，當作治療癆病孩子的藥引。“藥引”已經成了魯迅批判社會愚昧和麻木的心理情結。由此魯迅由父親的病拓展為考察中國的病，以致形成了“我的取材，多採自病態社會的不幸的人們中，意思是在揭出病苦，引起療救的注意”的美學思維方式。這種思維方式，在他第一次遭遇社會時，就隱隱地積蓄着它的指向和定勢。指向和定勢的延伸，就多級推進地出現了棄工學醫、棄醫從文的人生坎子。在一定意義上說，父親的病所引發的精神反應，經過不斷發酵，成了他後來文學開拓的潛在的原動力之一。

瑣　記

衍太太現在是早經做了祖母，也許竟做了曾祖母了；那時卻還年青，只有一個兒子比我大三四歲。她對自己的兒子雖然狠，對別家的孩子卻好的，無論鬧出甚麼亂子來，也決不去告訴各人的父母，因此我們就最願意在她家裡或她家的四近玩。

舉一個例説罷，冬天，水缸裡結了薄冰的時候，我們大清早起一看見，便吃冰。有一回給沈四太太看到了，大聲説道："莫吃呀，要肚子疼的呢！"這聲音又給我母親聽到了，跑出來我們都捱了一頓罵，並且有大半天不准玩。我們推論禍首，認定是沈四太太，於是提起她就不用尊稱了，給她另外起了一個綽號，叫作"肚子疼"。

衍太太卻決不如此。假如她看見我們吃冰，一定和藹地笑着説，"好，再吃一塊。我記着，看誰吃的多。"

但我對於她也有不滿足的地方。一回是很早的時候了，我還很小，偶然走進她家去，她正在和她的男人看書。我走近去，她便將書塞在我的眼前道，"你看，你知道這是甚麼？"我看那書上畫着房屋，有兩個人光着身子仿佛在打架，但又不很像。正遲疑間，他們便大笑起來了。這使我很不高興，似乎受了一個極大的侮辱，不到那裡去大約有十多天。一回是我已經十多歲了，和幾個孩子比賽打旋子，看誰旋得多。她就從旁計着數，説道，"好，八十二個了！再旋一個，八十三！好，八十四！……"但正在旋着的阿祥，忽然跌倒了，阿祥的嬸母也恰恰走進來。她便接着説道，"你看，不是跌了麼？不聽我的話。我叫你不要旋，不要旋……。”

雖然如此，孩子們總還喜歡到她那裡去。假如頭上碰得腫了一大塊的時候，去尋母親去罷，好的是罵一通，再給擦一點藥；壞的是沒有藥擦，還添幾個栗鑿和一通罵。衍太太卻決不埋怨，立刻給你用燒酒調了水粉，搽在疙瘩上，説這不但止痛，將來還沒有瘢痕。

父親故去之後，我也還常到她家裡去，不過已不是和孩子們玩耍了，卻是和衍太太或她的男人談閒天。我其時覺得很有許多東西要買，看的和吃的，只是沒有錢。有一天談到這裡，她便説道，“母親的錢，你拿來用就是了，還不就是你的麼？”我説母親沒有錢，她就説可以拿首飾去變賣；我説沒有首飾，她卻道，“也許你沒有留心。到大廚的抽屜裡，角角落落去尋去，總可以尋出一點珠子這類東西……。”

這些話我聽去似乎很異樣，便又不到她那裡去了，但有時又真想去打開大廚，細細地尋一尋。大約此後不到一月，就聽到一種流言，説我已經偷了家裡的東西去變賣了，這實在使我覺得有如掉在冷水裡。流言的來源，我是明白的，倘是現在，只要有地方發表，我總要罵出流言家的狐狸尾巴來，但那時太年青，一遇流言，便連自己也彷佛覺得真是犯了罪，怕遇見人們的眼睛，怕受到母親的愛撫。

好。那麼，走罷！

但是，那裡去呢？S城人的臉早經看熟，如此而已，連心肝也似乎有些瞭然。總得尋別一類人們去，去尋為S城人所詬病的人們，無論其為畜生或魔鬼。那時為全城所笑罵的是一個開得不久的學校，叫作中西學堂，漢文之外，又教些洋文和算學。然而已經成為眾矢之的了；熟讀聖賢書的秀才們，還集了“四書”的句子，做一篇八股來嘲誚它，這名文便即傳遍了全城，人人當作有趣的話柄。我只記得那“起講”的開頭是：

“徐子以告夷子曰：吾聞用夏變夷者，未聞變於夷者也。今也不然：鴂舌之音，聞其聲，皆雅言也。……”

以後可忘卻了，大概也和現今的國粹保存大家的議論差不多。但我對於這中西學堂，卻也不滿足，因為那裡面只教漢文，算學，英文和法文。功課較為別致的，還有杭州的求是書院，然而學費貴。

無須學費的學校在南京，自然只好往南京去。第一個進去的學校，目下不知道稱為甚麼了，光復以後，似乎有一時稱為雷電學堂，很像《封神榜》上“太極陣”“混元陣”一類的名目。總之，一進儀鳳門，便可以看見它那二十丈高的桅杆和不知多高的煙通。功課也簡單，一星期中，幾乎四整天是英文：“It is a cat.”“Is it a rat？”一整天是讀漢文：“君子曰，潁考叔可謂純孝也已矣，愛其母，施及莊公。”一整天是做漢文：《知己知彼百戰百勝論》，《潁考叔論》，《雲從龍風從虎論》，《咬得菜根則百事可做論》。

初進去當然只能做三班生，臥室裡是一桌一凳一床，床板只有兩塊。頭二班學生就不同了，二桌二凳或三凳一床，床板多至三塊。不但上講堂時挾着一堆厚而且大的洋書，氣昂昂地走着，決非只有一本“潑賴媽”和四本《左傳》的三班生所敢正視；便是空着手，也一定將肘彎撐開，像一隻螃蟹，低一班的在後面總不能走出他之前。這一種螃蟹式的名公巨卿，現在都闊別得很久了，前四五年，竟在教育部的破腳躺椅上，發見了這姿勢，然而這位老爺卻並非雷電學堂出身的，可見螃蟹態度，在中國也頗普遍。

可愛的是桅杆。但並非如“東鄰”的“支那通”所說，因為它“挺然翹然”，又是甚麼的象徵。乃是因為它高，烏鴉喜鵲，都只能停在它的半途的木盤上。人如果爬到頂，便可以近看獅子山，遠眺莫愁湖，——但究竟是否真可以眺得那麼遠，我現在可委實有點記不清楚了。而且不危險，下面張着網，即使跌下來，也不過如一條小魚落在網子裡；況且自從張網以後，聽説也還沒有人曾經跌下來。

原先還有一個池，給學生學游泳的，這裡面卻淹死了兩個年幼的學生。當我進去時，早填平了，不但填平，上面還造了一所小小的關帝廟。廟旁是一座焚化字紙的磚爐，爐口上方橫寫着四個大字道："敬惜字紙"。只可惜那兩個淹死鬼失了池子，難討替代，總在左近徘徊，雖然已有"伏魔大帝關聖帝君"鎮壓着。辦學的人大概是好心腸的，所以每年七月十五，總請一群和尚到雨天操場來放焰口，一個紅鼻而胖的大和尚戴上毗盧帽，揑訣，唸咒："回資羅，普彌耶吽！唵耶吽！唵！耶！吽！！！"

我的前輩同學被關聖帝君鎮壓了一整年，就只在這時候得到一點好處，——雖然我並不深知是怎樣的好處。所以當這些時，我每每想：做學生總得自己小心些。

總覺得不大合適，可是無法形容出這不合適來。現在是發見了大致相近的字眼了，"烏煙瘴氣"，庶幾乎其可也。只得走開。近來是單是走開也就不容易，"正人君子"者流會説你罵人罵到了聘書，或者是發"名士"脾氣，給你幾句正經的俏皮話。不過那時還不打緊，學生所得的津貼，第一年不過二兩銀子，最初三個月的試習期內是零用五百文。於是毫無問題，去考礦路學堂去了，也許是礦路學堂，已經有些記不真，文憑又不在手頭，更無從查考。試驗並不難，錄取的。

這回不是 It is a cat 了，是 Der Mann，Das Weib，Das Kind。漢文仍舊是"潁考叔可謂純孝也已矣"，但外加《小學集注》。論文題目也小有不同，譬如《工欲善其事必先利其器論》，是先前沒有做過的。

此外還有所謂格致，地學，金石學，……都非常新鮮。但是還得聲明：後兩項，就是現在之所謂地質學和礦物學，並非講輿地和鐘鼎碑版的。只是畫鐵軌橫斷面圖卻有些麻煩，平行線尤其討厭。但第二年的總辦是一個新黨，他坐在馬車上的時候大抵看着《時務報》，考漢文也自己出題目，和教員出的很不同。有一次是《華盛頓論》，漢文教員反而惴惴地來問我們道：“華盛頓是甚麼東西呀？……”

看新書的風氣便流行起來，我也知道了中國有一部書叫《天演論》。星期日跑到城南去買了來，白紙石印的一厚本，價五百文正。翻開一看，是寫得很好的字，開首便道：

“赫胥黎獨處一室之中，在英倫之南，背山而面野，檻外諸境，歷歷如在機下。乃懸想二千年前，當羅馬大將愷徹未到時，此間有何景物？計惟有天造草昧……”

哦！原來世界上竟還有一個赫胥黎坐在書房裡那麼想，而且想得那麼新鮮？一口氣讀下去，“物競”“天擇”也出來了，蘇格拉第，柏拉圖也出來了，斯多噶也出來了。學堂裡又設立了一個閱報處，《時務報》不待言，還有《譯學匯編》，那書面上的張廉卿一流的四個字，就藍得很可愛。

“你這孩子有點不對了，拿這篇文章去看去，抄下來去看去。”一位本家的老輩嚴肅地對我説，而且遞過一張報紙來。接來看時，“臣許應騤跪奏……”，那文章現在是一句也不記得了，總之是參康有為變法的；也不記得可曾抄了沒有。

仍然自己不覺得有甚麼“不對”，一有閒空，就照例地吃侉餅，花生米，辣椒，看《天演論》。

但我們也曾經有過一個很不平安的時期。那是第二年，聽説學校就要裁撤了。這也無怪，這學堂的設立，原是因為兩江總督（大約是劉坤一罷）聽到青龍山的煤礦出息好，所以開手的。待到開學時，煤礦那面卻已將原先的技師辭退，換了一個不甚瞭然的人了。理由是：一、先前的技師薪水太貴；二、他們覺得開煤礦並不難。於是不到一年，就連煤在那裡也不甚瞭然起來，終於是所得的煤，只能供燒那兩架抽水機之用，就是抽了水掘煤，掘出煤來抽水，結一筆出入兩清的賬。既然開礦無利，礦路學堂自然也就無須乎開了，但是不知怎的，卻又並不裁撤。到第三年我們下礦洞去看的時候，情形實在頗淒涼，抽水機當然還在轉動，礦洞裡積水卻有半尺深，上面也點滴而下，幾個礦工便在這裡面鬼一般工作着。

畢業，自然大家都盼望的，但一到畢業，卻又有些爽然若失。爬了幾次桅，不消說不配做半個水兵；聽了幾年講，下了幾回礦洞，就能掘出金銀銅鐵錫來麼？實在連自己也茫無把握，沒有做《工欲善其事必先利其器論》的那麼容易。爬上天空二十丈和鑽下地面二十丈，結果還是一無所能，學問是“上窮碧落下黃泉，兩處茫茫皆不見”了。所餘的還只有一條路：到外國去。

留學的事，官僚也許可了，派定五名到日本去。其中的一個因為祖母哭得死去活來，不去了，只剩了四個。日本是同中國很兩樣的，我們應該如何準備呢？有一個前輩同學在，比我們早一年畢業，曾經遊歷過日本，應該知道些情形。跑去請教之後，他鄭重地說：

“日本的襪是萬不能穿的，要多帶些中國襪。我看紙票也不好，你們帶去的錢不如都換了他們的現銀。”

四個人都說遵命。別人不知其詳，我是將錢都在上海換了日本的銀元，還帶了十雙中國襪——白襪。

後來呢？後來，要穿制服和皮鞋，中國襪完全無用；一元的銀圓日本早已廢置不用了，又賠錢換了半元的銀圓和紙票。

十月八日。

點評

本篇雖名《瑣記》，但所記載在魯迅思想形成和發展上至為關鍵，甚至可以説他第一次經歷了異質思想的奇遇，因而瑣記絕非瑣屑。魯迅走出陰沉的文化古鎮和衰頹的家族生活，於一八九八年五月考入南京的江南水師學堂。同年十月轉江南陸師學堂附設的礦物鐵路學堂。雖然同年冬參加過一次會稽縣考，但無意於科舉考試，並在南京閱讀了晚清啓蒙思想家嚴復譯述的《天演論》等新書報。《天演論》譯自有"達爾文之鬥犬"之稱的英國生物學家赫胥黎（一八二五至一八九五）的論文集《進化論和倫理學》。此書的翻譯轟動一時，被譽為"中譯之善本無有過於此書者"，"物競天擇，適者生存"成為流行術語，為變法圖強和維新運動提供理論根據。魯迅由此接受了進化論思路。

魯迅説："有誰從小康人家而墜入困頓的麼，我以為在這途路中，大概可以看見世人的真面目。"（《吶喊・自序》）由困頓而看見世人真面目，是迴避不了那個明爭暗鬥的家族的，但魯迅寫家族，卻以衍太太為代表。衍太太本是魯迅的堂叔祖周子傳的太太，由於周子傳去世很早，她竟然與小一輩的族人周衍生住到了一起，子傳太太就有了"衍太太"的綽號，難免有族內亂倫之嫌。魯迅沒有直接點破這一點，但回憶自己還很小時，偶然走進她家去，"她正在和她的男人看書"，這裡只説是"她的男人"，沒有説是"丈夫"，所看之書是《春宮圖》，還拿不懂此事的小孩取笑，似乎暗喻她的淫亂。她慫恿小孩吃水缸裡冬天結的薄冰，及在庭院中比賽打旋子，旋至百十個，跌倒了，她卻當着孩子母親的面冒充好人。但所有這些，還不足看見衍太太的真面目，更甚的是她教唆少年魯迅偷母親的錢物，雖然少年魯迅沒有聽從，但不久卻傳出他偷母親錢物的“流言”。這對少年魯迅造成精神損傷，“便連自己也彷彿覺得真是犯了罪，怕遇見人們的眼睛，怕受到母親的愛撫”。魯迅有痛恨流言的情結，曾說：“我一生中，給我大的損害的並非書賈，並非兵匪，更不是旗幟鮮明的小人；乃是所謂‘流言’。”並且指斥流言是“畜類的武器，鬼蜮的手段”，“只配當作狗屁”。(《華蓋集·並非閒話（三）》）這當然不是魯迅所見舊家族真面目的全部，他只不過撿起一些日常生活的碎片，從其折光中窺見兩面三刀、挑撥離間、流言中傷的把戲，作為他“走出S城”的最初心理契機。

“看見世人的真面目”，更帶根本性的是，“S城人的臉早經看熟，如此而已，連心肝也似乎有些瞭然”。因此少年魯迅成了被S城放逐的異類存在，“總得尋別一類人們去，去尋為S城人所詬病的人們，無論其為畜生或魔鬼”，這就是《吶喊·序言》所說的“想走異路，逃異地，去尋求別樣的人們”的決心。受故鄉放逐的人，是孤獨、淒涼的，但也可能是堅韌、深刻的，有時是片面的深刻而趨於刻毒。對於S城，也只說了一件事：那時為全城所笑罵的中西學堂，“漢文之外，又教些洋文和算學。然而已經成為眾矢之的了；熟讀聖賢書的秀才們，還集了‘四書’的句子，做一篇八股來嘲誚它，這名文便即傳遍全城，人人當作有趣的話柄。”這也只是S城的存在狀態的一個碎片，但已經以深刻的片面，點出它陳陳相因的文化價值取向和冥頑不化的世界視野，寥寥幾筆，就勾勒出它的“臉孔”和“心肝”。

透入一層的分析可以發現，魯迅標示“想走異路，逃異地，去尋求別樣的人們”，宣稱“總得尋別一類人們”，是將地、路、人綜合而言，重點在人，而且尋求的是異類別樣的樣式和類型。這是一種根本性的顛覆和再生，哪怕被詬病為“畜生或魔鬼”。他撞擊着地獄之門，不懼被閻羅判官趕進輪迴中的“畜生道”或“魔鬼道”，而且決心扛起“黑暗的閘門”，如晚清小說《女媧石》中所說，“我本想在畜生道中，普渡一切亡國奴才”，也要先救出自己的靈魂和國民的靈魂。至於如何拯救靈魂，安置靈魂，新的天地、道路在哪裡？甚麼才是他要尋找的異類別樣的人？這些都是不確定的，唯一確定的是走、逃、尋求，是把無窮的尋找在過程中展開。這又絕不是平坦筆直的大道，他首先尋找到的是“烏煙瘴氣”。他對於江南水師學堂，連直稱其名都不願意，而說“似乎有一時稱為雷電學堂，很像《封神榜》上‘太極陣’‘混元陣’一類的名目”。課程、作策論的題目充滿笑話，高班學生“螃蟹式”的橫行霸道的派頭令人惡心，更與新式學堂不相稱的是校園空氣：作為地標的二十丈高的桅杆底下，“原先還有一個池，給學生學游泳的，這裡面卻淹死了兩個年幼的學生。當我進去時，早填平了，不但填平，上面還造了一所小小的關帝廟。廟旁是一座焚化字紙的磚爐，爐口上方橫寫着四個大字道：‘敬惜字紙’。只可惜那兩個淹死鬼失了池子，難討替代，總在左近徘徊，雖然已有‘伏魔大帝關聖帝君’鎮壓着。辦學的人大概是好心腸的，所以每年七月十五，總請一群和尚到雨天操場來放焰口，一個紅鼻而胖的大和尚戴上毗盧帽，捏訣，唸咒：‘回資羅，普彌耶吽！唵耶吽！唵！耶！吽！！！’”

維新的氣息是在轉學礦路學堂才遇上的。課程有“非常新鮮”的物理學、地質學和礦物學，總辦是一個新黨，坐在馬車上看《時務報》，考漢文出的題目是《華盛頓論》。這刺激了“看新書的風氣便流行起來，我也知道了中國有一部書叫《天演論》。星期日跑到城南去買了來……哦！原來世界上竟還有一個赫胥黎坐在書房裡那麼想，而且想得那麼新鮮？一口氣讀下去，‘物競’‘天擇’也出來了，蘇格拉第，柏拉圖也出來了，斯多噶也出來了”。這番讀書，如聞雷鳴電閃，如見霽月光風，眼前突然出現魯迅苦苦追尋的別樣異類的新的天地和人，稱得上一次精神奇遇，魯迅的精神受到震撼可想而知。

魯迅對於《天演論》“不稱為‘翻譯’，而寫作‘侯官嚴復達恉’”（《二心集．關於翻譯的通信》），深為“佩服嚴又陵究竟是‘做’過赫胥黎《天演論》的，的確與眾不同：是一個十九世紀末年中國感覺鋭敏的人”（《熱風．隨感錄二十五》）。嚴復留學英倫，追問“西方富強秘密何在？”發現“中國委天數，西人持人力”的文化精神差異，因而提倡“鼓民力、開民智、新民德”。魯迅後來推崇“摩羅詩力”，這個“力”字，不能說與《天演論》沒有關係。魯迅對嚴氏文體，印象甚深，謂“嚴又陵說，‘一名之立，旬月躊躕’，是他的經驗之談，的的確確的”。（《且介亭雜文二集．“題未定”草》）也就是說，《天演論》不僅展示了新的天地、路與人，而且提供了一套“物競天擇，適者生存”的哲學思維方式和話語體系，給古老神州肌體注入了革新圖存、怵然知變的新鮮血液，使原有的復古、循環、柔和的歷史觀念，黯然失色。可以說，讀《天演論》，是魯迅接觸西方思想之始，使他獲得開啓西方思想庫藏的第一把鑰匙。魯迅於此建立了自己思想原點的重要一元，就憑這一點，可將本篇作為魯迅的思想筆記來讀。

藤野先生

東京也無非是這樣。上野的櫻花爛熳的時節，望去確也像緋紅的輕雲，但花下也缺不了成群結隊的“清國留學生”的速成班，頭頂上盤着大辮子，頂得學生制帽的頂上高高聳起，形成一座富士山。也有解散辮子，盤得平的，除下帽來，油光可鑑，宛如小姑娘的髮髻一般，還要將脖子扭幾扭。實在標緻極了。

中國留學生會館的門房裡有幾本書買，有時還值得去一轉；倘在上午，裡面的幾間洋房裡倒也還可以坐坐的。但到傍晚，有一間的地板便常不免要咚咚咚地響得震天，兼以滿房煙塵斗亂；問問精通時事的人，答道，“那是在學跳舞。”

到別的地方去看看，如何呢？

我就往仙台的醫學專門學校去。從東京出發，不久便到一處驛站，寫道：日暮里。不知怎地，我到現在還記得這名目。其次卻只記得水戶了，這是明的遺民朱舜水先生客死的地方。仙台是一個市鎮，並不大；冬天冷得利害；還沒有中國的學生。

大概是物以希為貴罷。北京的白菜運往浙江，便用紅頭繩繫住菜根，倒掛在水果店頭，尊為“膠菜”；福建野生着的蘆薈，一到北京就請進溫室，且美其名曰“龍舌蘭”。我到仙台也頗受了這樣的優待，不但學校不收學費，幾個職員還為我的食宿操心。我先是住在監獄旁邊一個客店裡的，初冬已經頗冷，蚊子卻還多，後來用被蓋了全身，用衣服包了頭臉，只留兩個鼻孔出氣。在這呼吸不息的地方，蚊子竟無從插嘴，居然睡安穩了。飯食也不壞。但一位先生卻以為這客店也包辦囚人的飯食，我住在那裡不相宜，幾次三番，幾次三番地說。我雖然覺得客店兼辦囚人的飯食和我不相干，然而好意難卻，也只得別尋相宜的住處了。於是搬到別一家，離監獄也很遠，可惜每天總要喝難以下嚥的芋梗湯。

從此就看見許多陌生的先生，聽到許多新鮮的講義。解剖學是兩個教授分任的。最初是骨學。其時進來的是一個黑瘦的先生，八字鬚，戴着眼鏡，挾着一疊大大小小的書。一將書放在講台上，便用了緩慢而很有頓挫的聲調，向學生介紹自己道：

"我就是叫作藤野嚴九郎的……。"

後面有幾個人笑起來了。他接着便講述解剖學在日本發達的歷史，那些大大小小的書，便是從最初到現今關於這一門學問的著作。起初有幾本是線裝的；還有翻刻中國譯本的，他們的翻譯和研究新的醫學，並不比中國早。

那坐在後面發笑的是上學年不及格的留級學生，在校已經一年，掌故頗為熟悉的了。他們便給新生講演每個教授的歷史。這藤野先生，據說是穿衣服太模胡了，有時竟會忘記帶領結；冬天是一件舊外套，寒顫顫的，有一回上火車去，致使管車的疑心他是扒手，叫車裡的客人大家小心些。

他們的話大概是真的，我就親見他有一次上講堂沒有帶領結。

過了一星期，大約是星期六，他使助手來叫我了。到得研究室，見他坐在人骨和許多單獨的頭骨中間，——他其時正在研究着頭骨，後來有一篇論文在本校的雜誌上發表出來。

"我的講義，你能抄下來麼？" 他問。

"可以抄一點。"

"拿來我看！"

我交出所抄的講義去，他收下了，第二三天便還我，並且說，此後每一星期要送給他看一回。我拿下來打開看時，很吃了一驚，同時也感到一種不安和感激。原來我的講義已經從頭到末，都用紅筆添改過了，不但增加了許多脫漏的地方，連文法的錯誤，也都一一訂正。這樣一直繼續到教完了他所擔任的功課：骨學，血管學，神經學。

可惜我那時太不用功，有時也很任性。還記得有一回藤野先生將我叫到他的研究室裡去，翻出我那講義上的一個圖來，是下臂的血管，指着，向我和藹的說道：

"你看，你將這條血管移了一點位置了。——自然，這樣一移，的確比較的好看些，然而解剖圖不是美術，實物是那麼樣的，我們沒法改換它。現在我給你改好了，以後你要全照着黑板上那樣的畫。"

但是我還不服氣，口頭答應着，心裡卻想道：

"圖還是我畫的不錯；至於實在的情形，我心裡自然記得的。"

學年試驗完畢之後，我便到東京玩了一夏天，秋初再回學校，成績早已發表了，同學一百餘人之中，我在中間，不過是沒有落第。這回藤野先生所擔任的功課，是解剖實習和局部解剖學。

解剖實習了大概一星期，他又叫我去了，很高興地，仍用了極有抑揚的聲調對我說道：

"我因為聽說中國人是很敬重鬼的，所以很擔心，怕你不肯解剖屍體。現在總算放心了，沒有這回事。"

但他也偶有使我很為難的時候。他聽說中國的女人是裹腳的，但不知道詳細，所以要問我怎麼裹法，足骨變成怎樣的畸形，還嘆息道，"總要看一看才知道。究竟是怎麼一回事呢？"

有一天，本級的學生會幹事到我寓裡來了，要借我的講義看。我檢出來交給他們，卻只翻檢了一通，並沒有帶走。但他們一走，郵差就送到一封很厚的信，拆開看時，第一句是：

"你改悔罷！"

這是《新約》上的句子罷，但經托爾斯泰新近引用過的。其時正值日俄戰爭，托老先生便寫了一封給俄國和日本的皇帝的信，開首便是這一句。日本報紙上很斥責他的不遜，愛國青年也憤然，然而暗地裡卻早受了他的影響了。其次的話，大略是說上年解剖學試驗的題目，是藤野先生在講義上做了記號，我預先知道的，所以能有這樣的成績。末尾是匿名。

我這才回憶到前幾天的一件事。因為要開同級會，幹事便在黑板上寫廣告，末一句是"請全數到會勿漏為要"，而且在"漏"字旁邊加了一個圈。我當時雖然覺到圈得可笑，但是毫不介意，這回才悟出那字也在譏刺我了，猶言我得了教員漏泄出來的題目。

我便將這事告知了藤野先生；有幾個和我熟識的同學也很不平，一同去詰責幹事託辭檢查的無禮，並且要求他們將檢查的結果，發表出來。終於這流言消滅了，幹事卻又竭力運動，要收回那一封匿名信去。結末是我便將這托爾斯泰式的信退還了他們。

中國是弱國，所以中國人當然是低能兒，分數在六十分以上，便不是自己的能力了：也無怪他們疑惑。但我接着便有參觀槍斃中國人的命運了。第二年添教霉菌學，細菌的形狀是全用電影來顯示的，一段落已完而還沒有到下課的時候，便影幾片時事的片子，自然都是日本戰勝俄國的情形。但偏有中國人夾在裡邊：給俄國人做偵探，被日本軍捕獲，要槍斃了，圍着看的也是一群中國人；在講堂裡的還有一個我。

"萬歲！"他們都拍掌歡呼起來。

這種歡呼，是每看一片都有的，但在我，這一聲卻特別聽得刺耳。此後回到中國來，我看見那些閒看槍斃犯人的人們，他們也何嘗不酒醉似的喝采，——嗚呼，無法可想！但在那時那地，我的意見卻變化了。

到第二學年的終結，我便去尋藤野先生，告訴他我將不學醫學，並且離開這仙台。他的臉色彷彿有些悲哀，似乎想說話，但竟沒有說。

“我想去學生物學，先生教給我的學問，也還有用的。”其實我並沒有決意要學生物學，因為看得他有些悽然，便說了一個慰安他的謊話。

“為醫學而教的解剖學之類，怕於生物學也沒有甚麼大幫助。”他嘆息說。

將走的前幾天，他叫我到他家裡去，交給我一張照相，後面寫着兩個字道：“惜別”，還說希望將我的也送他。但我這時適值沒有照相了；他便叮囑我將來照了寄給他，並且時時通信告訴他此後的狀況。

我離開仙台之後，就多年沒有照過相，又因為狀況也無聊，說起來無非使他失望，便連信也怕敢寫了。經過的年月一多，話更無從說起，所以雖然有時想寫信，卻又難以下筆，這樣的一直到現在，竟沒有寄過一封信和一張照片。從他那一面看起來，是一去之後，杳無消息了。

但不知怎地，我總還時時記起他，在我所認為我師的之中，他是最使我感激，給我鼓勵的一個。有時我常常想：他的對於我的熱心的希望，不倦的教誨，小而言之，是為中國，就是希望中國有新的醫學；大而言之，是為學術，就是希望新的醫學傳到中國去。他的性格，在我的眼裡和心裡是偉大的，雖然他的姓名並不為許多人所知道。

他所改正的講義，我曾經訂成三厚本，收藏着的，將作為永久的紀念。不幸七年前遷居的時候，中途毀壞了一口書箱，失去半箱書，恰巧這講義也遺失在內了。責成運送局去找尋，寂無回信。只有他的照相至今還掛在我北京寓居的東牆上，書桌對面。每當夜間疲倦，正想偷懶時，仰面在燈光中瞥見他黑瘦的面貌，似乎正要說出抑揚頓挫的話來，便使我忽又良心發現，而且增加勇氣了，於是點上一枝煙，再繼續寫些為“正人君子”之流所深惡痛疾的文字。

十月十二日。

點評

《藤野先生》憶述魯迅從東京到仙台學醫的若干生活片段。魯迅於一九〇二年入日本東京弘文學院，開始關注中國民族性。一九〇四年入仙台醫學專門學校，為期一年零七個月。藤野嚴九郎教授（一八七四至一九四五）為日本福井縣人，世代業醫，一九〇一年應聘到仙台醫專任解剖學講師，晉升教授，是魯迅所在年級的副年級長。魯迅在第一學年的解剖學成績為五十九點三分，與其他六門功課的總平均分為六十五點五分，在全級一百四十二名學生中居第六十八名，准予升級。這引起學生會幹事的無理檢查和為難。一九〇六年在醫專二年級課間看日俄戰爭的幻燈片，受畫面上國人的麻木和課堂上日本同學歡呼聲的刺激，魯迅決定棄醫從文，藉文藝改造國民精神。

早在留日之初，魯迅跟摯友許壽裳就討論了“中國人的病根”是“缺乏愛和誠”。文章題目的設置，意味着全文以藤野所體現的“愛和誠”的現代文化精神為中軸。前有前藤野敘事；後有後藤野敘事。中軸部分描寫藤野教授，是逐層深入地觸及文化之根本的。首先接觸的是外表，其貌不揚：這位解剖學教授是一個黑瘦的先生，八字鬚，戴着眼鏡，挾着一疊大大小小的書，用緩慢而很有頓挫的聲調介紹自己的名字。有點不修邊幅：據留級生説，他“穿衣服太模胡了，有時竟會忘記帶領結；冬天是一件舊外套，寒顫顫的，有一回上火車去，致使管車的疑心他是扒手”。但他執教嚴謹的：依據帶到課題的大大小小的書，講述解剖學在日本發達的歷史。行文從容不迫，使人物的本色、敬業、勤謹的風貌顯得真實可信，在溫和中透出一絲幽默感。其次是通過行為，彰顯他的品質。才過一週，就把魯迅記錄抄寫的講義拿走，第二三天就歸還，此後每週索去看一回，關心中國學生的日語聽課和表述能力，以及對學科知識掌握的準確性，將講義從頭到尾都用紅筆添改過，增補脱漏，訂正文法的錯誤。有一回還將魯迅叫到研究室，指着講義上的下臂血管圖，和藹地説：“你看，你將這條血管移了一點位置了。——自然，這樣一移，的確比較的好看些，然而解剖圖不是美術，實物是那麼樣的，我們沒法改換它。現在我給你改好了，以後你要全照着黑板上那樣的畫。”這就是將科學的準確性精神和態度，手把手地傳授給自己的中國學生，為此還關心中國人的習俗信仰“很敬重鬼”，擔心這對科學的接受發生心理障礙。也關心中國女人的陋俗，以骨科學的角度探問足骨的畸形。可見其用心之細微。

他是以做人的真誠和科學的態度，超越民族偏見，保存一片心靈的淨土的。這種高尚人格，在對比描寫中顯得格外珍貴。得益於藤野的細心指教，魯迅的學年考試成績在百餘同學之中，居於中游，順利升級。此事招致學生會幹事上門借閱講義，翻檢一通後，郵差就送到一封很厚的匿名信，“拆開看時，第一句是：‘你改悔罷！’這是《新約》上的句子罷，但經托爾斯泰新近引用過的。其時正值日俄戰爭，托老先生便寫了一封給俄國和日本的皇帝的信，開首便是這一句。”接着指責上年解剖學試題，是藤野先生在講義上做了記號，漏了題。並在同級會的黑板廣告，附上“請全數到會勿漏為要”，且在“漏”字旁邊加了圈。譏刺魯迅通過考試，是得了教員漏泄出來的題目。經過詰責幹事託辭檢查的無禮，才使這流言終止，幹事卻又竭力運動，收回那封匿名信。因為在此類人物眼中，“中國是弱國，所以中國人當然是低能兒，分數在六十分以上，便不是自己的能力了”。

其實魯迅留學日本，經歷了人格自尊和國格尊嚴的試煉。藤野先生之所以獲得魯迅的尊敬和感念，就在於他在甲午戰爭後膨脹到喪失理智的軍國主義氛圍中，依然心明如鏡，以博大的人類誠愛之心，關懷一個弱國求學者的科學進取，默默地以心靈的光亮無所索求地施惠對方，竭其所能而不計回報。在魯迅逝世後不久，他寫了《謹憶周樹人君》，眷念之情溢於言表：“周君來日本的時候，正好是日清戰爭以後。儘管日清戰爭已過去多年，不幸的是那時社會上還有日本人把支那人罵為‘梳辮子和尚’，說支那人壞話的風氣。所以在仙台醫學專門學校也有這麼一夥人以白眼看待周君，把他當成異己。少年時代我向福井藩校畢業的野阪先生學習過漢文，所以我很尊敬支那的先賢，同時也感到要愛惜來自這個國家的人們。這大概就是我讓周君感到特別親切、特別感激的緣故吧。周君在小說裡、或是對他的朋友，都把我稱為恩師，如果我能早些讀到他的這些作品就好了。聽說周君直到逝世前都想知道我的消息，如果我能早些和周君聯繫上的話，周君會該有多麼歡喜啊。”（原刊昭和十二年（一九三七年）三月號的《文學案內》）又題詞云：“讀白居易之詩：懷魯迅君——三五夜中新月色，三千里外故人心——藤野嚴九郎書。”詩句出自白居易《八月十五日夜禁中獨直，對月憶元九》，當時白居易在翰林，元稹為江陵法曹，全詩云：“銀台金闕夕沉沉，獨宿相思在翰林。三五夜中新月色，二千里外故人心。渚宮東面煙波冷，浴殿西頭鐘漏深。猶恐清光不同見，江陵卑濕足秋陰。”將“二千里”改作“三千里”，以示滄波渺遠，但其間的友情依然可以中秋明月作證。

於此文章中軸前面，是前藤野敘事。魯迅是一個理性的人格自尊和國格尊嚴的追求者，他並不把人格、國格封閉起來，而是在自尊、尊嚴注入嚴正的批判精神。“東京也無非是這樣”，這句話輸入一股冷峻的審視態度。“上野的櫻花爛熳的時節，望去確也像緋紅的輕雲，但花下也缺不了成群結隊的‘清國留學生’的速成班，頭頂上盤着大辮子，頂得學生制帽的頂上高高聳起，形成一座富士山。也有解散辮子，盤得平的，除下帽來，油光可鑑，宛如小姑娘的髮髻一般，還要將脖子扭幾扭。實在標緻極了。”“但到傍晚，有一間的地板便常不免要咚咚咚地響得震天，兼以滿房煙塵斗亂；問問精通時事的人，答道，‘那是在學跳舞。’”拿着官費留學，卻如此不堪，魯迅對之作“標緻極了”的調侃，發出其不顧、甚至糟蹋人格、國格“也無非是這樣”的感慨。為了跳出這烏煙瘴氣，魯迅才啓動仙台之旅。

啓動後藤野敘事的，是“幻燈片事件”。這個催發中國現代文學“起源”的事件，潛在地規定在中國現代文學的品格，在解剖國民性中瀰漫着憂鬱氣息，啓蒙的吶喊中潛藏着拯救的主題。《吶喊·自序》也重複了同一個事件，可見它是使“周樹人”成為“魯迅”的一個坎子，一個關鍵所在：“幻燈片事件”導致“我便覺得醫學並非一件緊要事，凡是愚弱的國民，即使體格如何健全，如何茁壯，也只能做毫無意義的示眾的材料和看客，病死多少是不必以為不幸的。所以我們的第一要著，是在改變他們的精神，而善於改變精神的是，我那時以為當然要推文藝，於是想提倡文藝運動了”。有所謂“知恥近乎勇”，龔自珍《明良論二》說：“士皆知有恥，則國家永無恥矣。士不知恥，為國之大恥。”魯迅正是從一幕國恥的視像展現中，反省國人的精神，從而在自己心中留下反抗恥辱的刻痕。

“幻燈片事件”從根本上改變了魯迅的人生軌跡，仙台已經容不下魯迅的心，東京才能將他的文藝運動與廣義政治學承載起來。魯迅是帶着背後寫有“惜別”二字的藤野照片離開仙台的，由於有藤野的人格在，魯迅心中存在着一個“永遠的仙台”:“不知怎地，我總還時時記起他，在我所認為我師的之中，他是最使我感激，給我鼓勵的一個。有時我常常想：他的對於我的熱心的希望，不倦的教誨，小而言之，是為中國，就是希望中國有新的醫學；大而言之，是為學術，就是希望新的醫學傳到中國去。他的性格，在我的眼裡和心裡是偉大的，雖然他的姓名並不為許多人所知道。”直到五四以後，這張照片“還掛在我北京寓居的東牆上，書桌對面。每當夜間疲倦，正想偷懶時，仰面在燈光中瞥見他黑瘦的面貌，似乎正要說出抑揚頓挫的話來，便使我忽又良心發現，而且增加勇氣了”。一九三五年日本岩波文庫中要出《魯迅選集》，曾經詢問魯迅，選些甚麼文章好。魯迅先生回答:“一切隨意，但希望能把《藤野先生》選錄進去”，意在藉此探聽藤野先生的一點消息。此時已離握別藤野三十年。

范愛農

在東京的客店裡，我們大抵一起來就看報。學生所看的多是《朝日新聞》和《讀賣新聞》，專愛打聽社會上瑣事的就看《二六新聞》。一天早晨，闢頭就看見一條從中國來的電報，大概是：

"安徽巡撫恩銘被 Jo Shiki Rin 刺殺，刺客就擒。"

大家一怔之後，便容光煥發地互相告語，並且研究這刺客是誰，漢字是怎樣三個字。但只要是紹興人，又不專看教科書的，卻早已明白了。這是徐錫麟，他留學回國之後，在做安徽候補道，辦着巡警事務，正合於刺殺巡撫的地位。

大家接着就預測他將被極刑，家族將被連累。不久，秋瑾姑娘在紹興被殺的消息也傳來了，徐錫麟是被挖了心，給恩銘的親兵炒食淨盡。人心很憤怒。有幾個人便密秘地開一個會，籌集川資；這時用得着日本浪人了，撕烏賊魚下酒，慷慨一通之後，他便登程去接徐伯蓀的家屬去。

照例還有一個同鄉會，弔烈士，罵滿洲；此後便有人主張打電報到北京，痛斥滿政府的無人道。會眾即刻分成兩派：一派要發電，一派不要發。我是主張發電的，但當我說出之後，即有一種鈍滯的聲音跟着起來：

"殺的殺掉了，死的死掉了，還發甚麼屁電報呢。"

這是一個高大身材，長頭髮，眼球白多黑少的人，看人總像在渺視。他蹲在席子上，我發言大抵就反對；我早覺得奇怪，注意着他的了，到這時才打聽別人：説這話的是誰呢，有那麼冷？認識的人告訴我説：他叫范愛農，是徐伯蓀的學生。

我非常憤怒了，覺得他簡直不是人，自己的先生被殺了，連打一個電報還害怕，於是便堅執地主張要發電，同他爭起來。結果是主張發電的居多數，他屈服了。其次要推出人來擬電稿。

“何必推舉呢？自然是主張發電的人羅～～～。”他説。

我覺得他的話又在針對我，無理倒也並非無理的。但我便主張這一篇悲壯的文章必須深知烈士生平的人做，因為他比別人關係更密切，心裡更悲憤，做出來就一定更動人。於是又爭起來。結果是他不做，我也不做，不知誰承認做去了；其次是大家走散，只留下一個擬稿的和一兩個幹事，等候做好之後去拍發。

從此我總覺得這范愛農離奇，而且很可惡。天下可惡的人，當初以為是滿人，這時才知道還在其次；第一倒是范愛農。中國不革命則已，要革命，首先就必須將范愛農除去。

然而這意見後來似乎逐漸淡薄，到底忘卻了，我們從此也沒有再見面。直到革命的前一年，我在故鄉做教員，大概是春末時候罷，忽然在熟人的客座上看見了一個人，互相熟視了不過兩三秒鐘，我們便同時説：

“哦哦，你是范愛農！”

“哦哦，你是魯迅！”

不知怎地我們便都笑了起來，是互相的嘲笑和悲哀。他眼睛還是那樣，然而奇怪，只這幾年，頭上卻有了白髮了，但也許本來就有，我先前沒有留心到。他穿着很舊的布馬褂，破布鞋，顯得很寒素。談起自己的經歷來，他説他後來沒有了學費，不能再留學，便回來了。回到故鄉之後，又受着輕蔑，排斥，迫害，幾乎無地可容。現在是躲在鄉下，教着幾個小學生糊口。但因為有時覺得很氣悶，所以也趁了航船進城來。

他又告訴我現在愛喝酒，於是我們便喝酒。從此他每一進城，必定來訪我，非常相熟了。我們醉後常談些愚不可及的瘋話，連母親偶然聽到了也發笑。一天我忽而記起在東京開同鄉會時的舊事，便問他：

“那一天你專門反對我，而且故意似的，究竟是甚麼緣故呢？”

“你還不知道？我一向就討厭你的，——不但我，我們。”

“你那時之前，早知道我是誰麼？”

“怎麼不知道。我們到橫濱，來接的不就是子英和你麼？你看不起我們，搖搖頭，你自己還記得麼？”

我略略一想，記得的，雖然是七八年前的事。那時是子英來約我的，說到橫濱去接新來留學的同鄉。汽船一到，看見一大堆，大概一共有十多人，一上岸便將行李放到稅關上去候查檢，關吏在衣箱中翻來翻去，忽然翻出一雙繡花的弓鞋來，便放下公事，拿着子細地看。我很不滿，心裡想，這些鳥男人，怎麼帶這東西來呢。自己不注意，那時也許就搖了搖頭。檢驗完畢，在客店小坐之後，即須上火車。不料這一群讀書人又在客車上讓起坐位來了，甲要乙坐在這位上，乙要丙去坐，揖讓未終，火車已開，車身一搖，即刻跌倒了三四個。我那時也很不滿，暗地裡想：連火車上的坐位，他們也要分出尊卑來……。自己不注意，也許又搖了搖頭。然而那群雍容揖讓的人物中就有范愛農，卻直到這一天才想到。豈但他呢，說起來也慚愧，這一群裡，還有後來在安徽戰死的陳伯平烈士，被害的馬宗漢烈士；被囚在黑獄裡，到革命後才見天日而身上永帶着匪刑的傷痕的也還有一兩人。而我都茫無所知，搖着頭將他們一並運上東京了。徐伯蓀雖然和他們同船來，卻不在這車上，因為他在神戶就和他的夫人坐車走了陸路了。

我想我那時搖頭大約有兩回，他們看見的不知道是那一回。讓坐時喧鬧，檢查時幽靜，一定是在稅關上的那一回了，試問愛農，果然是的。

“我真不懂你們帶這東西做甚麼？是誰的？”

“還不是我們師母的？”他瞪着他多白的眼。

“到東京就要假裝大腳，又何必帶這東西呢？”

“誰知道呢？你問她去。”

到冬初，我們的景況更拮據了，然而還喝酒，講笑話。忽然是武昌起義，接着是紹興光復。第二天愛農就上城來，戴着農夫常用的氈帽，那笑容是從來沒有見過的。

“老迅，我們今天不喝酒了。我要去看看光復的紹興。我們同去。”

我們便到街上去走了一通，滿眼是白旗。然而貌雖如此，內骨子是依舊的，因為還是幾個舊鄉紳所組織的軍政府，甚麼鐵路股東是行政司長，錢店掌櫃是軍械司長……。這軍政府也到底不長久，幾個少年一嚷，王金發帶兵從杭州進來了，但即使不嚷或者也會來。他進來以後，也就被許多閒漢和新進的革命黨所包圍，大做王都督。在衙門裡的人物，穿布衣來的，不上十天也大概換上皮袍子了，天氣還並不冷。

我被擺在師範學校校長的飯碗旁邊，王都督給了我校款二百元。愛農做監學，還是那件布袍子，但不大喝酒了，也很少有工夫談閒天。他辦事，兼教書，實在勤快得可以。

“情形還是不行，王金發他們。”一個去年聽過我的講義的少年來訪問我，慷慨地說，“我們要辦一種報來監督他們。不過發起人要借用先生的名字。還有一個是子英先生，一個是德清先生。為社會，我們知道你決不推卻的。”

我答應他了。兩天後便看見出報的傳單，發起人誠然是三個。五天後便見報，開首便罵軍政府和那裡面的人員；此後是罵都督，都督的親戚，同鄉，姨太太……。

這樣地罵了十多天，就有一種消息傳到我的家裡來，説都督因為你們詐取了他的錢，還罵他，要派人用手槍來打死你們了。

別人倒還不打緊，第一個着急的是我的母親，叮囑我不要再出去。但我還是照常走，並且説明，王金發是不來打死我們的，他雖然綠林大學出身，而殺人卻不很輕易。況且我拿的是校款，這一點他還能明白的，不過説説罷了。

果然沒有來殺。寫信去要經費，又取了二百元。但仿佛有些怒意，同時傳令道：再來要，沒有了！

不過愛農得到了一種新消息，卻使我很為難。原來所謂"詐取"者，並非指學校經費而言，是指另有送給報館的一筆款。報紙上罵了幾天之後，王金發便叫人送去了五百元。於是乎我們的少年們便開起會議來，第一個問題是：收不收？決議曰：收。第二個問題是：收了之後罵不罵？決議曰：罵。理由是：收錢之後，他是股東；股東不好，自然要罵。

我即刻到報館去問這事的真假。都是真的。略説了幾句不該收他錢的話，一個名為會計的便不高興了，質問我道：

"報館為甚麼不收股本？"

"這不是股本……。"

"不是股本是甚麼？"

我就不再説下去了，這一點世故是早已知道的，倘我再説出連累我們的話來，他就會面斥我太愛惜不值錢的生命，不肯為社會犧牲，或者明天在報上就可以看見我怎樣怕死發抖的記載。

然而事情很湊巧，季茀寫信來催我往南京了。愛農也很贊成，但頗淒涼，説：

"這裡又是那樣，住不得。你快去罷……。"

我懂得他無聲的話，決計往南京。先到都督府去辭職，自然照准，派來了一個拖鼻涕的接收員，我交出賬目和餘款一角又兩銅元，不是校長了。後任是孔教會會長傅力臣。

報館案是我到南京後兩三個星期了結的，被一群兵們搗毀。子英在鄉下，沒有事；德清適值在城裡，大腿上被刺了一尖刀。他大怒了。自然，這是很有些痛的，怪他不得。他大怒之後，脱下衣服，照了一張照片，以顯示一寸來寬的刀傷，並且做一篇文章敍述情形，向各處分送，宣傳軍政府的橫暴。我想，這種照片現在是大約未必還有人收藏着了，尺寸太小，刀傷縮小到幾乎等於無，如果不加説明，看見的人一定以為是帶些瘋氣的風流人物的裸體照片，倘遇見孫傳芳大帥，還怕要被禁止的。

我從南京移到北京的時候，愛農的學監也被孔教會會長的校長設法去掉了。他又成了革命前的愛農。我想為他在北京尋一點小事做，這是他非常希望的，然而沒有機會。他後來便到一個熟人的家裡去寄食，也時時給我信，景況愈困窮，言辭也愈悽苦。終於又非走出這熟人的家不可，便在各處飄浮。不久，忽然從同鄉那裡得到一個消息，説他已經掉在水裡，淹死了。

我疑心他是自殺。因為他是浮水的好手，不容易淹死的。

夜間獨坐在會館裡，十分悲涼，又疑心這消息並不確，但無端又覺得這是極其可靠的，雖然並無證據。一點法子都沒有，只做了四首詩，後來曾在一種日報上發表，現在是將要忘記完了。只記得一首裡的六句，起首四句是："把酒論天下，先生小酒人。大圜猶酩酊，微醉合沉淪。"中間忘掉兩句，末了是"舊朋雲散盡，余亦等輕塵。"

後來我回故鄉去，才知道一些較為詳細的事。愛農先是甚麼事也沒得做，因為大家討厭他。他很困難，但還喝酒，是朋友請他的。他已經很少和人們來往，常見的只剩下幾個後來認識的較為年青的人了，然而他們似乎也不願意多聽他的牢騷，以為不如講笑話有趣。

“也許明天就收到一個電報，拆開來一看，是魯迅來叫我的。”他時常這樣說。

一天，幾個新的朋友約他坐船去看戲，回來已過夜半，又是大風雨，他醉着，卻偏要到船舷上去小解。大家勸阻他，也不聽，自己說是不會掉下去的。但他掉下去了，雖然能浮水，卻從此不起來。

第二天打撈屍體，是在菱蕩裡找到的，直立着。

我至今不明白他究竟是失足還是自殺。

他死後一無所有，遺下一個幼女和他的夫人。有幾個人想集一點錢作他女孩將來的學費的基金，因為一經提議，即有族人來爭這筆款的保管權，——其實還沒有這筆款，——大家覺得無聊，便無形消散了。

現在不知他唯一的女兒景況如何？倘在上學，中學已該畢業了罷。

十一月十八日。

點評

《范愛農》回憶魯迅在辛亥革命前後結識的一位革命黨“畸人”，從東京到紹興，折射了辛亥革命的形態、手段，熱鬧中的依舊，及翻雲覆雨中革命者的處境。《朝花夕拾》的往事回憶，始於紹興，終於紹興，可看作魯迅的“故鄉吟”。魯迅於一九一一年十一月歡迎綠林會黨出身的“革命黨人”王金發光復紹興，坐上軍政分府都督的寶座，魯迅本人被任命為浙江山會初級師範學堂監督，范愛農為監學，二人結為摯友。范愛農（一八八三至一九一二），名肇基，字斯年，號愛農，紹興皇甫莊人，清末革命團體光復會成員。魯迅離開紹興後，他被守舊勢力排擠出校。一九一二年七月十日隨《民興日報》友人乘船看戲，溺河而死，魯迅在該報發表詩三首哀悼他。那份曾“罵都督，都督的親戚，同鄉，姨太太”的報紙為《越鐸日報》，魯迅作《〈越鐸〉出世辭》載於一九一二年一月三日創刊號。四月，部分人士分化出來另辦《民興日報》。八月一日，發生王金發部隊搗毀《越鐸日報》館案。

范愛農與魯迅（那時叫周樹人，字豫才，行文為了方便稱魯迅），初見面是在東京發生頂牛，而締交及死，則是始於酒，終於酒。辛亥志士常用的行刺舉義方式，使范愛農陪同徐錫麟到東京，忠誠到了如會黨那樣將師母的繡花鞋都掖進行李中，只因魯迅對此舉無意中搖了搖頭，就結怨對之處處找茬，連徐錫麟刺殺安徽巡撫恩銘，被捕殺害後，為恩銘的親兵挖心炒食，如此重大慘烈的事件，也被用作找茬的由頭，其會黨習性和畸人性格可見一斑。他從東京回到故鄉紹興後，又受到輕蔑，排斥，迫害，幾乎無地可容。躲在鄉下，教着幾個小學生糊口。後與魯迅偶遇街頭，喝酒講笑話，解除了誤會。此後成了酒友，“我們醉後常談些愚不可及的瘋話，連母親偶然聽到了也發笑”。辛亥紹興的光復，給這位革命黨畸人注入了一針興奮劑，第二天就戴着農夫常用的氈帽進城，那臉上的笑容是從來沒有見過的。他開始重新振作，“愛農做監學，還是那件布袍子，但不大喝酒了，也很少有工夫談閒天。他辦事，兼教書，實在勤快得可以”，似乎換了一個人。由於光復後紹興的官場開始變質腐化，魯迅辦報“罵軍政府和那裡面的人員；此後是罵都督，都督的親戚，同鄉，姨太太”，處境變得兇險，范愛農勸他離開。繼任的校長變成孔教會會長，范愛農處境惡化，被排擠出學校。賦閒後的范愛農又喝酒，大家討厭他。正合了魯迅哀悼他的詩所說：“把酒論天下，先生小酒人，大圜猶酩酊，微醉合沉淪。”

范愛農的死，成了對一個時代、一種人生的哀切的祭奠。不久朋友約他坐船喝酒去看戲，夜半大風雨，他醉着上船舷小解而落水。“第二天打撈屍體，是在菱蕩裡找到的，直立着。我至今不明白他究竟是失足還是自殺。”連溺死的屍體都是直立，這足以作為范愛農的畸人性格的象徵，如魯迅《哀范君》所云：“風雨飄搖日，余懷范愛農。華顛萎寥落，白眼看雞蟲。世味秋荼苦，人間直道窮。奈何三月別，竟爾失畸躬。”魯迅說“失畸躬”，是把他當作革命黨畸人的。魯迅又云：“獨沉清冷水，能否滌愁腸？”這是祭奠故友畸人；“故人雲散盡，我亦等輕塵！”這是祭奠自己的一段情感、一度希望。在畸人故友的死中，看到了一種“希望”的悲劇性了結。許壽裳在《懷舊》一文中說：“先兄讀了（魯迅的詩），很讚美它；我尤其愛‘狐狸方去穴’的兩句，因為他在那時已經看出袁世凱要玩把戲了。”進言之，魯迅實際上是藉回憶和哀悼范愛農，告別辛亥，走進五四；甚至反思五四，開始考察文學與政治的命題。因為他不久就要離開廈門，走向革命策源地廣州了。

後　記

我在第三篇講《二十四孝》的開頭，説北京恐嚇小孩的“馬虎子”應作“麻胡子”，是指麻叔謀，而且以他為胡人。現在知道是錯了，“胡”應作“祜”，是叔謀之名，見唐人李濟翁做的《資暇集》卷下，題云《非麻胡》。原文如次：

> “俗怖嬰兒曰：麻胡來！不知其源者，以為多髯之神而驗刺者，非也。隋將軍麻祜，性酷虐，煬帝令開汴河，威棱既盛，至稚童望風而畏，互相恐嚇曰：麻祜來！稚童語不正，轉祜為胡。只如憲宗朝涇將郝玼，蕃中皆畏憚，其國嬰兒啼者，以玼怖之則止。又，武宗朝，閭閻孩孺相脅云：薛尹來！咸類此也。況《魏志》載張文遠遼來之明證乎？”（原注：麻祜廟在睢陽。鄜方節度李丕即其後。丕為重建碑。）

原來我的識見，就正和唐朝的“不知其源者”相同，貽譏於千載之前，真是咎有應得，只好苦笑。但又不知麻祜廟碑或碑文，現今尚在睢陽或存於方誌中否？倘在，我們當可以看見和小説《開河記》所載相反的他的功業。

因為想尋幾張插畫，常維鈞兄給我在北京搜集了許多材料，有幾種是為我所未曾見過的。如光緒己卯（1879）肅州胡文炳作的《二百冊孝圖》—— 原書有注云："卌讀如習。" 我真不解他何以不直稱四十，而必須如此麻煩 —— 即其一。我所反對的"郭巨埋兒"，他於我還未出世的前幾年，已經刪去了。序有云：

"……坊間所刻《二十四孝》，善矣。然其中郭巨埋兒一事，揆之天理人情，殊不可以訓。……炳竊不自量，妄為編輯。凡矯枉過正而刻意求名者，概從割愛；惟擇其事之不詭於正，而人人可為者，類為六門。……"

這位肅州胡老先生的勇決，委實令我佩服了。但這種意見，恐怕是懷抱者不乏其人，而且由來已久的，不過大抵不敢毅然刪改，筆之於書。如同治十一年（1872）刻的《百孝圖》，前有紀常鄭績序，就說：

"……況邇來世風日下，沿習澆漓，不知孝出天性自然，反以孝作另成一事。且擇古人投爐埋兒為忍心害理，指割股抽腸為損親遺體。殊未審孝只在乎心，不在乎跡。盡孝無定形，行孝無定事。古之孝者非在今所宜，今之孝者難泥古之事。因此時此地不同，而其人其事各異，求其所以盡孝之心則一也。子夏曰：事父母能竭其力。故孔門問孝，所答何嘗有同然乎？……"

則同治年間就有人以埋兒等事為"忍心害理"，灼然可知。至於這一位"紀常鄭績"先生的意思，我卻還是不大懂，或者像是說：這些事現在可以不必學，但也不必說他錯。

這部《百孝圖》的起源有點特別，是因為見了"粵東顏子"的《百美新詠》而作的。人重色而己重孝，衛道之盛心可謂至矣。雖然是"會稽俞葆真蘭浦編輯”，與不佞有同鄉之誼，——但我還只得老實說：不大高明。例如木蘭從軍的出典，他注云：“隋史”。這樣名目的書，現今是沒有的；倘是《隋書》，那裡面又沒有木蘭從軍的事。

而中華民國九年（1920），上海的書店卻偏偏將它用石印翻印了，書名的前後各添了兩個字：《男女百孝圖全傳》。第一葉上還有一行小字道：家庭教育的好模範。又加了一篇“吳下大錯王鼎謹識”的序，開首先發同治年間“紀常鄭績”先生一流的感慨：

> “慨自歐化東漸，海內承學之士，囂囂然侈談自由平等之說，致道德日就淪胥，人心日益澆灕，寡廉鮮恥，無所不為，僥倖行險，人思倖進，求所謂砥礪廉隅，束身自愛者，世不多睹焉。……起觀斯世之忍心害理，幾全如陳叔寶之無心肝。長此滔滔，伊何底止？……”

其實陳叔寶模胡到好像“全無心肝”，或者有之，若拉他來配“忍心害理”，卻未免有些冤枉。這是有幾個人以評“郭巨埋兒”和“李娥投爐”的事的。

至於人心，有幾點確也似乎正在澆灕起來。自從《男女之秘密》，《男女交合新論》出現後，上海就很有些書名喜歡用“男女”二字冠首。現在是連“以正人心而厚風俗”的《百孝圖》上也加上了。這大概為因不滿於《百美新詠》而教孝的“會稽俞葆真蘭浦”先生所不及料的罷。

從說“百行之先”的孝而忽然拉到“男女”上去，仿佛也近乎不莊重，——澆灕。但我總還想趁便說幾句，——自然竭力來減省。

我們中國人即使對於“百行之先”，我敢說，也未必就不想到男女上去的。太平無事，閒人很多，偶有“殺身成仁捨生取義”的，本人也許忙得不暇檢點，而活着的旁觀者總會加以綿密的研究。曹娥的投江覓父，淹死後抱父屍出，是載在正史，很有許多人知道的。但這一個“抱”字卻發生過問題。

我幼小時候，在故鄉曾經聽到老年人這樣講：

> “……死了的曹娥，和她父親的屍體，最初是面對面抱着浮上來的。然而過往行人看見的都發笑了，說：哈哈！這麼一個年青姑娘抱着這麼一個老頭子！於是那兩個死屍又沉下去了；停了一刻又浮起來，這回是背對背的負着。”

好！在禮義之邦裡，連一個年幼 —— 嗚呼，“娥年十四”而已 —— 的死孝女要和死父親一同浮出，也有這麼艱難！

我檢查《百孝圖》和《二百卌孝圖》，畫師都很聰明，所畫的是曹娥還未跳入江中，只在江干啼哭。但吳友如畫的《女二十四孝圖》（1892）卻正是兩屍一同浮出的這一幕，而且也正畫作“背對背”，如第一圖的上方。我想，他大約也知道我所聽到的那故事的。還有《後二十四孝圖說》，也是吳友如畫，也有曹娥，則畫作正在投江的情狀，如第一圖下。

就我現今所見的教孝的圖說而言，古今頗有許多遇盜，遇虎，遇火，遇風的孝子，那應付的方法，十之九是“哭”和“拜”。

中國的哭和拜，甚麼時候才完呢？

至於畫法，我以為最簡古的倒要算日本的小田海僊本，這本子早已印入《點石齋叢畫》裡，變成國貨，很容易入手的了。吳友如畫的最細巧，也最能引動人。但他於歷史畫其實是不大相宜的；他久居上海的租界裡，耳濡目染，最擅長的倒在作“惡鴇虐妓”，“流氓拆梢”一類的時事畫，那真是勃勃有生氣，令人在紙上看出上海的洋場來。但影響殊不佳，近來許多小說和兒童讀物的插畫中，往往將一切女性

後二十四孝圖說
曹娥投江
尋父屍
三

畫成妓女樣，一切孩童都畫得像一個小流氓，大半就因為太看了他的畫本的緣故。

而孝子的事跡也比較地更難畫，因為總是慘苦的多。譬如“郭巨埋兒”，無論如何總難以畫到引得孩子眉飛色舞，自願躺到坑裡去。還有“嘗糞心憂”，也不容易引人入勝。還有老萊子的“戲彩娛親”，題詩上雖說“喜色滿庭幃”，而圖畫上卻絕少有有趣的家庭的氣息。

我現在選取了三種不同的標本，合成第二圖。上方的是《百孝圖》中的一部分，“陳村何雲梯”畫的，畫的是“取水上堂詐跌臥地作嬰兒啼”這一段。也帶出“雙親開口笑”來。中間的一小塊是我從“直北李錫彤”畫的《二十四孝圖詩合刊》上描下來的，畫的是“著五色斑斕之衣為嬰兒戲於親側”這一段；手裡捏着“搖咕咚”，就是“嬰兒戲”這三個字的點題。但大約李先生覺得一個高大的老頭子玩這樣的把戲究竟不像樣，將他的身子竭力收縮，畫成一個有鬍子的小孩子了。然而仍然無趣。至於線的錯誤和缺少，那是不能怪作者的，也不能埋怨我，只能去罵刻工。查這刻工當前清同治十二年（1873）時，是在“山東省布政司街南首路西鴻文堂刻字處”。下方的是“民國壬戌”（1922）慎獨山房刻本，無畫人姓名，但是雙料畫法，一面“詐跌臥地”，一面“為嬰兒戲”，將兩件事合起來，而將“斑斕之衣”忘卻了。吳友如畫的一本，也合兩事為一，也忘了斑斕之衣，只是老萊子比較的胖一些，且綰着雙丫髻，——不過還是無趣味。

人說，諷刺和冷嘲只隔一張紙，我以為有趣和肉麻也一樣。孩子對父母撒嬌可以看得有趣，若是成人，便未免有些不順眼。放達的夫妻在人面前的互相愛憐的態度，有時略一跨出有趣的界線，也容易變為肉麻。老萊子的作態的圖，正無怪誰也畫不好。像這些圖畫上似的家庭裡，我是一天也住不舒服的，你看這樣一位七十歲的老太爺整年假惺惺地玩着一個“搖咕咚”。

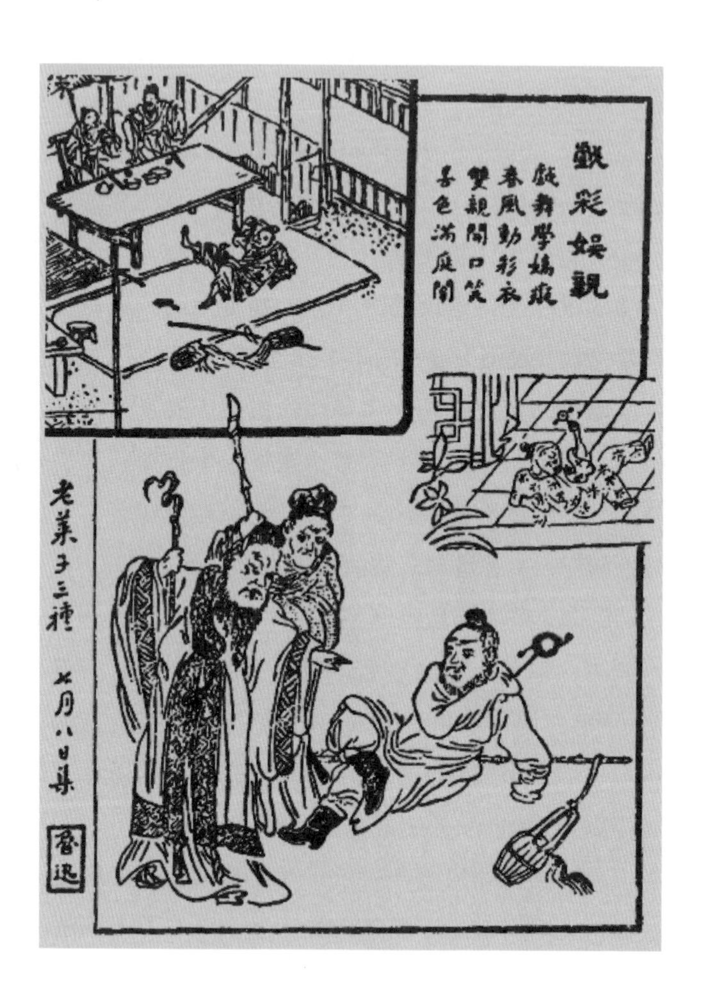
戲彩娛親
戲舞學嬌癡
春風動彩衣
雙親開口笑
喜色滿庭闈
老萊子三種　七月八日集
魯迅

漢朝人在宮殿和墓前的石室裡，多喜歡繪畫或雕刻古來的帝王，孔子弟子，列士，列女，孝子之類的圖。宮殿當然一椽不存了；石室卻偶然還有，而最完全的是山東嘉祥縣的武氏石室。我仿佛記得那上面就刻着老萊子的故事。但現在手頭既沒有拓本，也沒有《金石萃編》，不能查考了；否則，將現時的和約一千八百年前的圖畫比較起來，也是一種頗有趣味的事。

關於老萊子的，《百孝圖》上還有這樣的一段：

"……萊子又有弄雛娛親之事：嘗弄雛於雙親之側，欲親之喜。"(原注：《高士傳》。)

誰做的《高士傳》呢？嵇康的，還是皇甫謐的？也還是手頭沒有書，無從查考。只在新近因為白得了一個月的薪水，這才發狠買來的《太平御覽》上查了一通，到底查不着，倘不是我粗心，那就是出於別的唐宋人的類書裡的了。但這也沒有甚麼大關係。我所覺得特別的，是文中的那"雛"字。

我想，這"雛"未必一定是小禽鳥。孩子們喜歡弄來玩耍的，用泥和綢或布做成的人形，日本也叫 Hina，寫作"雛"。他們那裡往往存留中國的古語；而老萊子在父母面前弄孩子的玩具，也比弄小禽鳥更自然。所以英語的 Doll，即我們現在稱為"洋囡囡"或"泥人兒"，而文字上只好寫作"傀儡"的，說不定古人就稱"雛"，後來中絕，便只殘存於日本了。但這不過是我一時的臆測，此外也並無甚麼堅實的憑證。

這弄雛的事，似乎也還沒有人畫過圖。

我所搜集的另一批，是內有“無常”的畫像的書籍。一曰《玉曆鈔傳警世》（或無下二字），一曰《玉曆至寶鈔》（或作編）。其實是兩種都差不多的。關於搜集的事，我首先仍要感謝常維鈞兄，他寄給我北京龍光齋本，又鑑光齋本；天津思過齋本，又石印局本；南京李光明莊本。其次是章矛塵兄，給我杭州瑪瑙經房本，紹興許廣記本，最近石印本。又其次是我自己，得到廣州寶經閣本，又翰元樓本。

這些《玉曆》，有繁簡兩種，是和我的前言相符的。但我調查了一切無常的畫像之後，卻恐慌起來了。因為書上的“活無常”是花袍，紗帽，背後插刀；而拿算盤，戴高帽子的卻是“死有分”！雖然面貌有兇惡和和善之別，腳下有草鞋和布（？）鞋之殊，也不過畫工偶然的隨便，而最關緊要的題字，則全體一致，曰：“死有分”。嗚呼，這明明是專在和我為難。

然而我還不能心服。一者因為這些書都不是我幼小時候所見的那一部，二者因為我還確信我的記憶並沒有錯。不過撕下一葉來做插畫的企圖，卻被無聲無臭地打得粉碎了。只得選取標本各一——南京本的死有分和廣州本的活無常——之外，還自己動手，添畫一個我所記得的目連戲或迎神賽會中的“活無常”來塞責，如第三圖上方。好在我並非畫家，雖然太不高明，讀者也許不至於嗔責罷。先前想不到後來，曾經對於吳友如先生輩頗說過幾句蹊蹺話，不料曾幾何時，即須自己出醜了，現在就預先辯解幾句在這裡存案。但是，如果無效，那也只好直抄徐（印世昌）大總統的哲學：聽其自然。

還有不能心服的事，是我覺得雖是宣傳《玉曆》的諸公，於陰間的事情其實也不大瞭然。例如一個人初死時的情狀，那圖像就分成兩派。一派是只來一位手執鋼叉的鬼卒，叫作“勾魂使者”，此外甚麼都沒有；一派是一個馬面，兩個無常——陽無常和陰無常——而並非活無常和死有分。倘說，那兩個就是活無常和死有分罷，則

那怕你，銅牆鐵壁！
死有分
活無常
圖像

和單個的畫像又不一致。如第四圖版上的 A，陽無常何嘗是花袍紗帽？只有陰無常卻和單畫的死有分頗相像的，但也放下算盤拿了扇。這還可以說大約因為其時是夏天，然而怎麼又長了那麼長的絡腮鬍子了呢？難道夏天時疫多，他竟忙得連修刮的工夫都沒有了麼？這圖的來源是天津思過齋的本子，合併聲明；還有北京和廣州本上的，也相差無幾。

B 是從南京的李光明莊刻本上取來的，圖畫和 A 相同，而題字則正相反了：天津本指為陰無常者，它卻道是陽無常。但和我的主張是一致的。那麼，倘有一個素衣高帽的東西，不問他鬍子之有無，北京人，天津人，廣州人只管去稱為陰無常或死有分，我和南京人則叫他活無常，各隨自己的便罷。"名者，實之賓也"，不關甚麼緊要的。

不過我還要添上一點 C 圖，是紹興許廣記刻本中的一部分，上面並無題字，不知宣傳者於意云何。我幼小時常常走過許廣記的門前，也閒看他們刻圖畫，是專愛用弧線和直線，不大肯作曲線的，所以無常先生的真相，在這裡也難以判然。只是他身邊另有一個小高帽，卻還能分明看出，為別的本子上所無。這就是我所說過的在賽會時候出現的阿領。他連辦公時間也帶着兒子（？）走，我想，大概是在叫他跟隨學習，預備長大之後，可以"無改於父之道"的。

除勾攝人魂外，十殿閻羅王中第四殿五官王的案桌旁邊，也什九站着一個高帽腳色。如 D 圖，1 取自天津的思過齋本，模樣頗漂亮；2 是南京本，舌頭拖出來了，不知何故；3 是廣州的寶經閣本，扇子破了；4 是北京龍光齋本，無扇，下巴之下一條黑，我看不透它是鬍子還是舌頭；5 是天津石印局本，也頗漂亮，然而站到第七殿泰山王的公案桌邊去了：這是很特別的。

又，老虎噬人的圖上，也一定畫有一個高帽的腳色，拿着紙扇子暗地裡在指揮。不知道這也就是無常呢，還是所謂"倀鬼"？但我鄉戲

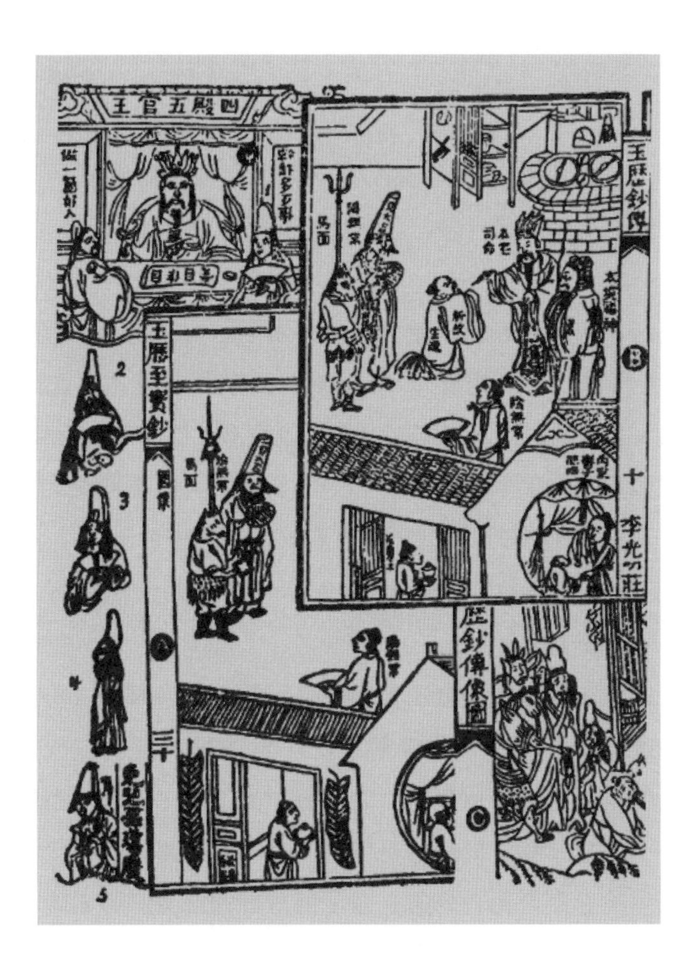
四殿五官王
王曆至寶鈔
十
李光仁莊

文上的偃鬼都不戴高帽子。

研究這一類三魂渺渺，七魄茫茫，“死無對證”的學問，是很新穎，也極佔便宜的。假使徵集材料，開始討論，將各種往來的信件都編印起來，恐怕也可以出三四本頗厚的書，並且因此升為“學者”。但是，“活無常學者”，名稱不大冠冕，我不想幹下去了，只在這裡下一個武斷：

《玉曆》式的思想是很粗淺的：“活無常”和“死有分”，合起來是人生的象徵。人將死時，本只須死有分來到。因為他一到，這時候，也就可見“活無常”。

但民間又有一種自稱“走陰”或“陰差”的，是生人暫時入冥，幫辦公事的腳色。因為他幫同勾魂攝魄，大家也就稱之為“無常”；又以其本是生魂也，則別之曰“陽”，但從此便和“活無常”隱然相混了。如第四圖版之 A，題為“陽無常”的，是平常人的普通裝束，足見明明是陰差，他的職務只在領鬼卒進門，所以站在階下。

既有了生魂入冥的“陽無常”，便以“陰無常”來稱職務相似而並非生魂的死有分了。

做目連戲和迎神賽會雖說是禱祈，同時也等於娛樂，扮演出來的應該是陰差，而普通狀態太無趣，——無所謂扮演，——不如奇特些好，於是就將“那一個無常”的衣裝給他穿上了；——自然原也沒有知道得很清楚。然而從此也更傳訛下去。所以南京人和我之所謂活無常，是陰差而穿着死有分的衣冠，頂着真的活無常的名號，大背經典，荒謬得很的。

不知海內博雅君子，以為如何？

我本來並不準備做甚麼後記，只想尋幾張舊畫像來做插圖，不料目的不達，便變成一面比較，剪貼，一面亂發議論了。那一點本文或作或輟地幾乎做了一年，這一點後記也或作或輟地幾乎做了兩個月。天熱如此，汗流浹背，是亦不可以已乎：爰為結。

一九二七年七月十一日，寫完於廣州東堤寓樓之西窗下。

點評

《朝花夕拾·後記》的寫作，用了考據學的方法，此法來自清代乾嘉諸老，魯迅《中國小說史略》有精深的運用。如本文考證“麻胡子”即“麻祜”，又搜集《二百卌孝圖》、《百孝圖》、《二十四孝圖詩合刊》，採錄作為魯迅《二十四孝圖》的配圖，開了“文圖互動”的先河。魯迅金石學造詣甚深，還想以漢代石畫像來與孝子圖本相參證：“漢朝人在宮殿和墓前的石室裡，多喜歡繪畫或雕刻古來的帝王，孔子弟子，列士，列女，孝子之類的圖。宮殿當然一椽不存了；石室卻偶然還有，而最完全的是山東嘉祥縣的武氏石室。我彷彿記得那上面就刻着老萊子的故事。但現在手頭既沒有拓本，也沒有《金石萃編》，不能查考了；否則，將現時的和約一千八百年前的圖畫比較起來，也是一種頗有趣味的事”。對於回憶散文《無常》，魯迅搜集了《玉曆鈔傳警世》和《玉曆至寶鈔》，有北京龍光齋本、鑑光齋本，天津思過齋本、石印局本，南京李光明莊本，杭州瑪瑙經房本，紹興許廣記本、最近石印本，廣州寶經閣本、翰元樓本，版本至於十種之多。這種旁徵博引、堅實嚴謹的考證，無疑提高了文學家魯迅的文化品位和分量。而且將圖畫考證，用於民俗信仰，也是魯迅的發明。

儘管是配圖，儘管是考證，但魯迅的趣味更在於社會批評和文明批評。比如他由搜集到的書籍的標題，聯想到“我們中國人即使對於‘百行之先’，我敢説，也未必就不想到男女上去的。太平無事，閒人很多，偶有‘殺身成仁捨生取義’的，本人也許忙得不暇檢點，而活着的旁觀者總會加以綿密的研究。曹娥的投江覓父，淹死後抱父屍出，是載在正史，很有許多人知道的。但這一個‘抱’字卻發生過問題”。接着佐證以自己幼時在故鄉聽到老年人講的故事：“……死了的曹娥，和她父親的屍體，最初是面對面抱着浮上來的。然而過往行人看見的都發笑了，説：哈哈！這麼一個年青姑娘抱着這麼一個老頭子！於是那兩個死屍又沉下去了；停了一刻又浮起來，這回是背對背的負着。”魯迅進而發了這麼一番感慨：“好！在禮義之邦裡，連一個年幼——嗚呼，‘娥年十四’而已——的死孝女要和死父親一同浮出，也有這麼艱難！”那麼，圖畫是如何面對這個倫理難題？魯迅檢查《百孝圖》和《二百卌孝圖》，畫師都很聰明，所畫的是曹娥還未跳入江中，只在江干啼哭。但吳友如畫的《女二十四孝圖》（一八九二）卻正是兩屍一同浮出的這一幕，而且也正畫作“背對背”了。孝源於自然情感，在實施過程卻由於道學家的介入，造成了人工損傷自然。

對於年逾古稀的老萊子躺在地上搖着撥浪鼓（“搖咕咚”）取悦父母，魯迅也揭穿它違背自然人性：“人説，諷刺和冷嘲只隔一張紙，我以為有趣和肉麻也一樣。孩子對父母撒嬌可以看得有趣，若是成人，便未免有些不順眼。放達的夫妻在人面前的互相愛憐的態度，有時略一跨出有趣的界線，也容易變為肉麻。老萊子的作態的圖，正無怪誰也畫不好。像這些圖畫上似的家庭裡，我是一天也住不舒服的，你看這樣一位七十歲的老太爺整年假惺惺地玩着一個‘搖咕咚’”，這是離天然之趣非常遙遠的。關於活無常，由於魯迅的記憶與各種圖書的鬼物相貌存在着許多差異，花了不少的筆墨進行比照和考釋，但在隨意點染時，對生死觀發表了深刻的見解："《玉曆》式的思想是很粗淺的：'活無常'和'死有分'，合起來是人生的象徵。人將死時，本只須死有分來到。因為他一到，這時候，也就可見'活無常'。"有生不能無死，這是自然之理；至於感到生存無常，不能把握，這就是社會之謬了。

拾花之餘

我的第一個師父

不記得是那一部舊書上看來的了，大意説是有一位道學先生，自然是名人，一生拚命辟佛，卻名自己的小兒子為“和尚”。有一天，有人拿這件事來質問他。他回答道：“這正是表示輕賤呀！”那人無話可説而退云。

其實，這位道學先生是詭辯。名孩子為“和尚”，其中是含有迷信的。中國有許多妖魔鬼怪，專喜歡殺害有出息的人，尤其是孩子；要下賤，他們才放手，安心。和尚這一種人，從和尚的立場看來，會成佛——但也不一定，——固然高超得很，而從讀書人的立場一看，他們無家無室，不會做官，卻是下賤之流。讀書人意中的鬼怪，那意見當然和讀書人相同，所以也就不來攪擾了。這和名孩子為阿貓阿狗，完全是一樣的意思：容易養大。

還有一個避鬼的法子，是拜和尚為師，也就是捨給寺院了的意思，然而並不放在寺院裡。我生在周氏是長男，“物以希為貴”，父親怕我有出息，因此養不大，不到一歲，便領到長慶寺裡去，拜了一個和尚為師了。拜師是否要贄見禮，或者佈施甚麼的呢，我完全不知道。只知道我卻由此得到一個法名叫作“長庚”，後來我也偶爾用作筆名，並且在《在酒樓上》這篇小説裡，贈給了恐嚇自己的姪女的無賴；還有一件百家衣，就是“衲衣”，論理，是應該用各種破布拼成的，但我的卻是橄欖形的各色小綢片所縫就，非喜慶大事不給穿；還有一條稱為“牛繩”的東西，上掛零星小件，如曆本，鏡子，銀篩之類，據說是可以避邪的。

這種佈置，好像也真有些力量：我至今沒有死。

不過，現在法名還在，那兩件法寶卻早已失去了。前幾年回北平去，母親還給了我嬰兒時代的銀篩，是那時的惟一的記念。仔細一看，原來那篩子圓徑不過寸餘，中央一個太極圖，上面一本書，下面一捲畫，左右綴着極小的尺，剪刀，算盤，天平之類。我於是恍然大悟，中國的邪鬼，是怕斬釘截鐵，不能含胡的東西的。因為探究和好奇，去年曾經去問上海的銀樓，終於買了兩面來，和我的幾乎一式一樣，不過綴着的小東西有些增減。奇怪得很，半世紀有餘了，邪鬼還是這樣的性情，避邪還是這樣的法寶。然而我又想，這法寶成人卻用不得，反而非常危險的。

但因此又使我記起了半世紀以前的最初的先生。我至今不知道他的法名，無論誰，都稱他為“龍師父”，瘦長的身子，瘦長的臉，高顴細眼，和尚是不應該留鬚的，他卻有兩綹下垂的小鬍子。對人很和氣，對我也很和氣，不教我唸一句經，也不教我一點佛門規矩；他自己呢，穿起袈裟來做大和尚，或者戴上毗盧帽放焰口，“無祀孤魂，來受甘露味”的時候，是莊嚴透頂的，平常可也不唸經，因為是住持，只管着寺裡的瑣屑事，其實——自然是由我看起來——他不過是一個剃光了頭髮的俗人。

因此我又有一位師母，就是他的老婆。論理，和尚是不應該有老婆的，然而他有。我家的正屋的中央，供着一塊牌位，用金字寫着必須絕對尊敬和服從的五位：“天地君親師”。我是徒弟，他是師，決不能抗議，而在那時，也決不想到抗議，不過覺得似乎有點古怪。但我是很愛我的師母的，在我的記憶上，見面的時候，她已經大約有四十歲了，是一位胖胖的師母，穿着玄色紗衫褲，在自己家裡的院子裡納涼，她的孩子們就來和我玩耍。有時還有水果和點心吃，——自然，這也是我所以愛她的一個大原因；用高潔的陳源教授的話來説，便是所謂“有奶便是娘”，在人格上是很不足道的。

不過我的師母在戀愛故事上，卻有些不平常。“戀愛”，這是現在的術語，那時我們這偏僻之區只叫作“相好”。《詩經》云：“式相好矣，毋相尤矣”，起源是算得很古，離文武周公的時候不怎麼久就有了的，然而後來好像並不算十分冠冕堂皇的好話。這且不管它罷。總之，聽説龍師父年青時，是一個很漂亮而能幹的和尚，交際很廣，認識各種人。有一天，鄉下做社戲了，他和戲子相識，便上台替他們去敲鑼，精光的頭皮，簇新的海青，真是風頭十足。鄉下人大抵有些頑固，以為和尚是只應該唸經拜懺的，台下有人罵了起來。師父不甘示弱，也給他們一個回罵。於是戰爭開幕，甘蔗梢頭雨點似的飛上來，有些勇士，還有進攻之勢，“彼眾我寡”，他只好退走，一面退，一面一定追，逼得他又只好慌張的躲進一家人家去。而這人家，又只有一位年青的寡婦。以後的故事，我也不甚瞭然了，總而言之，她後來就是我的師母。

自從《宇宙風》出世以來，一向沒有拜讀的機緣，近幾天才看見了“春季特大號”。其中有一篇銖堂先生的《不以成敗論英雄》，使我覺得很有趣，他以為中國人的“不以成敗論英雄”，“理想是不能不算崇高”的，“然而在人群的組織上實在要不得。抑強扶弱，便是永遠不願意有強。崇拜失敗英雄，便是不承認成功的英雄”。“近人有一句流行話，説中國民族富於同化力，所以遼金元清都並不曾征服中國。其實無非是一種惰性，對於新制度不容易接收罷了”。我們怎樣來改悔這“惰性”呢，現在姑且不談，而且正在替我們想法的人們也多得很。我只要説那位寡婦之所以變了我的師母，其弊病也就在“不以成敗論英雄”。鄉下沒有活的岳飛或文天祥，所以一個漂亮的和尚在如雨而下的甘蔗梢頭中，從戲台逃下，也就是一個貨真價實的失敗的英雄。她不免發現了祖傳的"惰性"，崇拜起來，對於追兵，也像我們的祖先的對於遼金元清的大軍似的，"不承認成功的英雄"了。在歷史上，這結果是正如銖堂先生所說，"乃是中國的社會不樹威是難得帖服的"，所以活該有"揚州十日"和"嘉定三屠"。但那時的鄉下人，卻好像並沒有"樹威"，走散了，自然，也許是他們料不到躲在家裡。

因此我有了三個師兄，兩個師弟。大師兄是窮人的孩子，捨在寺裡，或是賣在寺裡的；其餘的四個，都是師父的兒子，大和尚的兒子做小和尚，我那時倒並不覺得怎麼稀奇。大師兄只有單身；二師兄也有家小，但他對我守着秘密，這一點，就可見他的道行遠不及我的師父，他的父親了。而且年齡都和我相差太遠，我們幾乎沒有交往。

三師兄比我恐怕要大十歲，然而我們後來的感情是很好的，我常常替他擔心。還記得有一回，他要受大戒了，他不大看經，想來未必深通甚麼大乘教理，在剃得精光的囟門上，放上兩排艾絨，同時燒起來，我看是總不免要叫痛的，這時善男信女，多數參加，實在不大雅觀，也失了我做師弟的體面。這怎麼好呢？每一想到，十分心焦，仿佛受戒的是我自己一樣。然而我的師父究竟道力高深，他不說戒律，不談教理，只在當天大清早，叫了我的三師兄去，厲聲吩咐道："拚命熬住，不許哭，不許叫，要不然，腦袋就炸開，死了！"這一種大喝，實在比甚麼《妙法蓮花經》或《大乘起信論》還有力，誰高興死呢，於是儀式很莊嚴的進行，雖然兩眼比平時水汪汪，但到兩排艾絨在頭頂上燒完，的確一聲也不出。我噓一口氣，真所謂"如釋重負"，善男信女們也個個"合十讚嘆，歡喜佈施，頂禮而散"了。

出家人受了大戒，從沙彌升為和尚，正和我們在家人行過冠禮，由童子而為成人相同。成人願意"有室"，和尚自然也不能不想到女人。以為和尚只記得釋迦牟尼或彌勒菩薩，乃是未曾拜和尚為師，或與和尚為友的世俗的謬見。寺裡也有確在修行，沒有女人，也不吃葷的和尚，例如我的大師兄即是其一，然而他們孤僻，冷酷，看不起人，好像總是鬱鬱不樂，他們的一把扇或一本書，你一動他就不高興，令人不敢親近他。所以我所熟識的，都是有女人，或聲明想女人，吃葷，或聲明想吃葷的和尚。

我那時並不詫異三師兄在想女人，而且知道他所理想的是怎樣的女人。人也許以為他想的是尼姑罷，並不是的，和尚和尼姑"相好"，加倍的不便當。他想的乃是千金小姐或少奶奶；而作這"相思"或"單相思"——即今之所謂"單戀"也——的媒介的是"結"。我們那裡的闊人家，一有喪事，每七日總要做一些法事，有一個七日，是要舉行"解結"的儀式的，因為死人在未死之前，總不免開罪於人，存着冤結，所以死後要替他解散。方法是在這天拜完經懺的傍晚，靈前陳列着幾盤東西，是食物和花，而其中有一盤，是用麻線或白頭繩，穿上十來文錢，兩頭相合而打成蝴蝶式，八結式之類的複雜的，頗不容易解開的結子。一群和尚便環坐桌旁，且唱且解，解開之後，錢歸和尚，而死人的一切冤結也從此完全消失了。這道理似乎有些古怪，但誰都這樣辦，並不為奇，大約也是一種"惰性"。不過解結是並不如世俗人的所推測，個個解開的，倘有和尚以為打得精緻，因而生愛，或者故意打得結實，很難解散，因而生恨的，便能暗暗的整個落到僧袍的大袖裡去，一任死者留下冤結，到地獄裡去吃苦。這種寶結帶回寺裡，便保存起來，也時時鑑賞，恰如我們的或亦不免偏愛看看女作家的作品一樣。當鑑賞的時候，當然也不免想到作家，打結子的是誰呢，男人不會，奴婢不會，有這種本領的，不消說是小姐或少奶奶了。和尚沒有文學界人物的清高，所以他就不免睹物思人，所謂"時涉遐想"起來，至於心理狀態，則我雖曾拜和尚為師，但究竟是在家人，不大明白底細。只記得三師兄曾經不得已而分給我幾個，有些實在打得精奇，有些則打好之後，浸過水，還用剪刀柄之類砸實，使和尚無法解散。解結，是替死人設法的，現在卻和和尚為難，我真不知道小姐或少奶奶是甚麼意思。這疑問直到二十年後，學了一點醫學，才明白原來是給和尚吃苦，頗有一點虐待異性的病態的。深閨的怨恨，會無線電似的報在佛寺的和尚身上，我看道學先生可還沒有料到這一層。

後來，三師兄也有了老婆，出身是小姐，是尼姑，還是“小家碧玉”呢，我不明白，他也嚴守秘密，道行遠不及他的父親了。這時我也長大起來，不知道從那裡，聽到了和尚應守清規之類的古老話，還用這話來嘲笑他，本意是在要他受窘。不料他竟一點不窘，立刻用“金剛怒目”式，向我大喝一聲道：

“和尚沒有老婆，小菩薩那裡來！？”

這真是所謂“獅吼”，使我明白了真理，啞口無言，我的確早看見寺裡有丈餘的大佛，有數尺或數寸的小菩薩，卻從未想到他們為甚麼有大小。經此一喝，我才徹底的省悟了和尚有老婆的必要，以及一切小菩薩的來源，不再發生疑問。但要找尋三師兄，從此卻艱難了一點，因為這位出家人，這時就有了三個家了：一是寺院，二是他的父母的家，三是他自己和女人的家。

我的師父，在約略四十年前已經去世；師兄弟們大半做了一寺的住持；我們的交情是依然存在的，卻久已彼此不通消息。但我想，他們一定早已各有一大批小菩薩，而且有些小菩薩又有小菩薩了。

四月一日。

點評

《我的第一個師父》所記的龍師父，法名龍祖，為魯迅紹興故家附近的長慶寺的住持和尚。他通醫術，內、外、小兒科皆會，每為窮人捨醫。當時寺院法戒有個例外：“吹敲和尚”可以公開討老婆。龍師父對鑼鼓、胡琴、琵琶等樂器頗在行，並請民間藝人教小和尚吹吹打打。

本文洋溢着智者趣味，津津有味地展示着佛門俗趣，剖析着人性、性心理，運筆蒼勁、舒展、從容。開篇就敏捷地由書卷轉身疾趨民俗。開頭的道學先生的故事，本來是歐陽修為他的兒子起名“僧哥”，見於宋代筆記小說《道山清話》或《澠水燕談錄》，但魯迅略去人名和書名，使故事柔軟化，免得談論道學先生的“詭辯”時，遭遇人名、書名這些硬件，磕磕碰碰，橫生枝節，妨礙轉身的自由度。

世俗與佛門結緣，引出了一種獨特的生存形態。民間風俗，為了躲避鬼物加害，讓孩子拜和尚為師，以便平安長大。魯迅不到一歲，就拜長慶寺和尚為師，起法名“長庚”，還得到一件百家衣，就是“衲衣”，及一條稱為“牛繩”的東西，上掛零星小件，如曆本、鏡子、銀飾之類，據說可以避邪。魯迅童年由此就有了最初的師父，都稱他“龍師父”，留有兩綹下垂的小鬍子，對人很和氣，“不教我唸一句經，也不教我一點佛門規矩”，由兒童的眼光看起來，他不過是一個剃光了頭髮的俗人。僧俗界限模糊，使得宗教禁慾主義被消解了：“聽說龍師父年青時，是一個很漂亮而能幹的和尚，交際很廣，認識各種人。有一天，鄉下做社戲了，他和戲子相識，便上台替他們去敲鑼，精光的頭皮，簇新的海青，真是風頭十足。鄉下人大抵有些頑固，以為和尚是只應該唸經拜懺的，台下有人罵了起來。師父不甘示弱，也給他們一個回罵。於是戰爭開幕，甘蔗梢頭雨點似的飛上來，有些勇士，還有進攻之勢，‘彼眾我寡’，他只好退走，一面退，一面一定追，逼得他又只好慌張的躲進一家人家去。而這人家，又只有一位年青的寡婦。以後的故事，我也不甚瞭然了，總而言之，她後來就是我的師母。”以此諷刺《宇宙風》上指責中國人“不以成敗論英雄”之“惰性”的高論，屬於涉筆成趣。

從師父轉到師兄，魯迅可以用平視的眼光，考察一個和尚的戀愛和婚姻史。“寺裡也有確在修行，沒有女人，也不吃葷的和尚，例如我的大師兄即是其一，然而他們孤僻，冷酷，看不起人，好像總是鬱鬱不樂……令人不敢親近他。”所以童年魯迅熟識的，都是有女人，或聲明想女人，吃葷，或聲明想吃葷的和尚。如此談論和尚與女人，針砭了宗教禁慾主義扭曲了人性人情，可見讀了不少佛典的魯迅，並非虔誠的佛教徒。他揭示和尚想的女人不是尼姑，而是千金小姐或少奶奶。闊人家的喪事，每七日總要做一些法事，有一個七日，舉行“解結”的儀式，因為死人生前存着冤結，死後要替他解散。方法是在拜完經懺的傍晚，靈前陳列着幾盤食物和花，其中有一盤是用麻線或白頭繩穿上十來文錢，兩頭相合而打成蝴蝶式、八結式之類的結子。“一群和尚環坐桌旁，且唱且解，解開之後，錢歸和尚，而死人的一切冤結也從此完全消失了。”但有的小姐、少奶奶打成牢固的死結，故意使和尚們解不開，揣回去把玩。其中原因，直到魯迅學醫，才明白是給和尚吃苦，頗有一點虐待異性的病態之嫌。後來，三師兄有了老婆，少年魯迅拿着聽來的和尚應守清規之類的話嘲笑他，不料他竟一點不窘，立刻金剛怒目地大喝一聲：“和尚沒有老婆，小菩薩那裡來！？”這類和尚的人生觀，和世俗結婚生子的人生觀並無不同。因而和師兄們久不通消息，思量起來，他們一定早已各有一大批小菩薩，而且有些小菩薩又有小菩薩了，魯迅表達了對他們深切的懷念。

魯迅寫《朝花夕拾》，其時拾花尚在中午，到了這篇《我的第一個師父》，才算黃昏拾花。魯迅晚年計劃出版一部類似《朝花夕拾》的散文集，黃昏拾花，投注的是閱盡滄桑的智者眼光。馮雪峰回憶：“魯迅先生病後的《“這也是生活”……》，《死》，《女弔》，都是一類文體的詩的散文，他說預備寫它十來篇，成一本書，以償某書店的文債。這計劃倘能完成，世間無疑將多一本和《朝花夕拾》同等的傑作，但同樣來不及寫成了。在《女弔》之後，連他已有腹稿的兩篇也來不及寫，記得他說過，一篇是關於‘母愛’的，一篇則關於‘窮’。”(《魯迅論及其他・魯迅先生計劃而未完成的著作》)這裡說的是魯迅一九三六年六月大病之後的作品，其實在大病之前的同年四月寫的這篇《我的第一個師父》，已可以視為再寫一部回憶散文集的創意的開端，已可以當作他的“朝花再拾”的第一篇了。

我的種痘

上海恐怕也真是中國的“最文明”的地方，在電線柱子和牆壁上，夏天常有勸人勿吃天然冰的警告，春天就是告誡父母，快給兒女去種牛痘的説帖，上面還畫着一個穿紅衫的小孩子。我每看見這一幅圖，就詫異我自己，先前怎麼會沒有染到天然痘，嗚呼哀哉，於是好像這性命是從路上拾來似的，沒有甚麼希罕，即使姓名載在該殺的“黑冊子”上，也不十分驚心動魄了。但自然，幾分是在所不免的。

現在，在上海的孩子，聽說是生後六個月便種痘就最安全，倘走過施種牛痘局的門前，所見的中產或無產的母親們抱着在等候的，大抵是一歲上下的孩子，這事情，現在雖是不屬於知識階級的人們也都知道，是明明白白了的。我的種痘卻很遲了，因為後來記的清清楚楚，可見至少已有兩三歲。雖説住的是偏僻之處，和別地方交通很少，比現在可以減少輸入傳染病的機會，然而天花卻年年流行的，因此而死的常聽到。我居然逃過了這一關，真是洪福齊天，就是每年開一次慶祝會也不算過分。否則，死了倒也罷了，萬一不死而臉上留一點麻，則現在除年老之外，又添上一條大罪案，更要受青年而光臉的文藝批評家的奚落了。幸而並不，真是叨光得很。

那時候，給孩子們種痘的方法有三樣。一樣，是淡然忘之，請痘神隨時隨意種上去，聽它到處發出來，隨後也請個醫生，拜拜菩薩，死掉的雖然多，但活的也有，活的雖然大抵留着瘢痕，但沒有的也未必一定找不出。一樣是中國古法的種痘，將痘痂研成細末，給孩子由鼻孔裡吸進去，發出來的地方雖然也沒有一定的處所，但粒數很少，沒有危險了。人說，這方法是明末發明的，我不知道可的確。

第三樣就是所謂“牛痘”了，因為這方法來自西洋，所以先前叫“洋痘”。最初的時候，當然，華人是不相信的，很費過一番宣傳解釋的氣力。這一類寶貴的文獻，至今還剩在《驗方新編》中，那苦口婆心雖然大足以感人，而說理卻實在非常古怪的。例如，說種痘免疫之理道：

> “‘痘為小兒一大病，當天行時，尚使遠避，今無故取嬰孩而與之以病，可乎？’曰：‘非也。譬之捕盜，乘其羽翼未成，就而擒之，甚易矣；譬之去莠，及其滋蔓未延，芟而除之，甚易矣。……’”

但尤其非常古怪的是說明“洋痘”之所以傳入中國的原因：

> “予考醫書中所載，嬰兒生數日，刺出臂上污血，終身可免出痘一條，後六道刀法皆失傳，今日點痘，或其遺法也。夫以萬全之法，失傳已久，而今復行者，大約前此劫數未滿，而今日洋煙入中國，害人不可勝計，把那劫數抵過了，故此法亦從洋來，得以保全嬰兒之年壽耳。若不堅信而遵行之，是違天而自外於生生之理矣！……”

而我所種的就正是這抵消洋煙之害的牛痘。去今已五十年，我的父親也不是新學家，但竟毅然決然的給我種起“洋痘”來，恐怕還是受了這種學說的影響，因為我後來檢查藏書，屬於“子部醫家類”者，說出來真是慚愧得很，——實在只有《達生篇》和這寶貝的《驗方新編》

而已。

那時種牛痘的人固然少，但要種牛痘卻也難，必須待到有一個時候，城裡臨時設立起施種牛痘局來，才有種痘的機會。我的牛痘，是請醫生到家裡來種的，大約是特別隆重的意思；時候可完全不知道了，推測起來，總該是春天罷。這一天，就舉行了種痘的儀式，堂屋中央擺了一張方桌子，繫上紅桌帷，還點了香和蠟燭，我的父親抱了我，坐在桌旁邊。上首呢，還是側面，現在一點也不記得了。這種儀式的出典，也至今查不出。

這時我就看見了醫官。穿的是甚麼服飾，一些記憶的影子也沒有，記得的只是他的臉：胖而圓，紅紅的，還帶着一副墨晶的大眼鏡。尤其特別的是他的話我一點都不懂。凡講這種難懂的話的，我們這裡除了官老爺之外，只有開當舖和賣茶葉的安徽人，做竹匠的東陽人，和變戲法的江北佬。官所講者曰“官話”，此外皆謂之“拗聲”。他的模樣，是近於官的，大家都叫他“醫官”，可見那是“官話”了。官話之震動了我的耳膜，這是第一次。

照種痘程序來説，他一到，該是動刀，點漿了，但我實在糊塗，也一點都沒有記憶，直到二十年後，自看臂膊上的瘡痕，才知道種了六粒，四粒是出的。但我確記得那時並沒有痛，也沒有哭，那醫官還笑着摩摩我的頭頂，説道：

“乖呀，乖呀！”

甚麼叫“乖呀乖呀”，我也不懂得，後來父親翻譯給我説，這是他在稱讚我的意思。然而好像並不怎麼高興似的，我所高興的是父親送了我兩樣可愛的玩具。現在我想，我大約兩三歲的時候，就是一個實利主義者的了，這壞性質到老不改，至今還是只要賣掉稿子或收到版税，總比聽批評家的“官話”要高興得多。

一樣玩具是朱熹所謂“持其柄而搖之，則兩耳還自擊”的鞀鼓，在我雖然也算難得的事物，但仿佛曾經玩過，不覺得希罕了。最可愛的是另外的一樣，叫作“萬花筒”，是一個小小的長圓筒，外糊花紙，兩端嵌着玻璃，從孔子較小的一端向明一望，那可真是猗歟休哉，裡面竟有許多五顏六色，希奇古怪的花朵，而這些花朵的模樣，都是非常整齊巧妙，為實際的花朵叢中所看不見的。況且奇跡還沒有完，如果看得厭了，只要將手一搖，那裡面就又變了另外的花樣，隨搖隨變，不會雷同，語所謂“層出不窮”者，大概就是“此之謂也”罷。

然而我也如別的一切小孩——但天才不在此例——一樣，要探檢這奇境了。我於是背着大人，在僻遠之地，剝去外面的花紙，使它露出難看的紙版來；又挖掉兩端的玻璃，就有一些五色的通草絲和小片落下；最後是撕破圓筒，發見了用三片鏡玻璃條合成的空心的三角。花也沒有，甚麼也沒有，想做它復原，也沒有成功，這就完結了。我真不知道惋惜了多少年，直到做過了五十歲的生日，還想找一個來玩玩，然而好像究竟沒有孩子時候的勇猛了，終於沒有特地出去買。否則，從豎着各種旗幟的“文學家”看來，又成為一條罪狀，是無疑的。

現在的辦法，譬如半歲或一歲種過痘，要穩當，是四五歲時候必須再種一次的。但我是前世紀的人，沒有辦得這麼周密，到第二，第三次的種痘，已是二十多歲，在日本的東京了，第二次紅了一紅，第三次毫無影響。

最末的種痘，是十年前，在北京混混的時候。那時也在世界語專門學校裡教幾點鐘書，總該是天花流行了罷，正值我在講書的時間內，校醫前來種痘了。我是一向煽動人們種痘的，而這學校的學生們，也真是令人吃驚。都已二十歲左右了，問起來，既未出過天花，也沒有種過牛痘的多得很。況且去年還有一個實例，是頗為漂亮的某女士缺課兩月之後，再到學校裡來，竟變換了一副面目，腫而且麻，幾乎不能認識了；還變得非常多疑而善怒，和她説話之際，簡直連微笑也犯忌，因為她會疑心你在暗笑她，所以我總是十分小心，莊嚴，謹慎。自然，這情形使某種人批評起來，也許又會説是我在用冷靜的方法，進攻女學生的。但不然，老實説罷，即使原是我的愛人，這時也實在使我有些“進退維谷”，因為柏拉圖式的戀愛論，我是能看，能言，而不能行的。

不過一個好好的人，明明有妥當的方法，卻偏要使細菌到自己的身體裡來繁殖一通，我實在以為未免太近於固執；倒也不是想大家生得漂亮，給我可以冷靜的進攻。總之，我在講堂上就又竭力煽動了，然而困難得很，因為大家説種痘是痛的。再四磋商的結果，終於公舉我首先種痘，作為青年的模範，於是我就成了群眾所推戴的領袖，率領了青年軍，浩浩蕩蕩，奔向校醫室裡來。

雖是春天，北京卻還未暖和的，脱去衣服，點上四粒豆漿，又趕緊穿上衣服，也很費一點時光。但等我一面扣衣，一面轉臉去看時，我的青年軍已經溜得一個也沒有了。

自然，牛痘在我身上，也還是一粒也沒有出。

但也不能就決定我對於牛痘已經決無感應，因為這校醫和他的痘漿，實在令我有些懷疑。他雖是無政府主義者，博愛主義者，然而託他醫病，卻是不能十分穩當的。也是這一年，我在校裡教書的時候，自己覺得發熱了，請他診察之後，他親愛的説道：

“你是肋膜炎，快回去躺下，我給你送藥來。”

我知道這病是一時難好的，於生計大有礙，便十分憂愁，連忙回去躺下了，等着藥，到夜沒有來，第二天又焦灼的等了一整天，仍無消息。夜裡十時，他到我寓裡來了，恭敬的行禮：

“對不起，對不起，我昨天把藥忘記了，現在特地來賠罪的。”

“那不要緊。此刻吃罷。”

“阿呀呀！藥，我可沒有帶了來……”

他走後，我獨自躺着想，這樣的醫治法，肋膜炎是決不會好的。

第二天的上午，我就堅決的跑到一個外國醫院去，請醫生詳細診察了一回，他終於斷定我並非甚麼肋膜炎，不過是感冒。我這才放了心，回寓後不再躺下，因此也疑心到他的痘漿，可真是有效的痘漿，然而我和牛痘，可是那一回要算最後的關係了。

直到一九三二年一月中，我才又遇到了種痘的機會。那時我們從閘北火線上逃到英租界的一所舊洋房裡，雖然樓梯和走廊上都擠滿了人，因四近還是胡琴聲和打牌聲，真如由地獄上了天堂一樣。過了幾天，兩位大人來查考了，他問明了我們的人數，寫在一本簿子上，就昂然而去。我想，他是在造難民數目表，去報告上司的，現在大概早已告成，歸在一個甚麼機關的檔案裡了罷。後來還來了一位公務人員，卻是洋大人，他用了很流暢的普通語，勸我們從鄉下逃來的人們，應該趕快種牛痘。

這樣不化錢的種痘，原不妨伸出手去，佔點便宜的，但我還睡在地板上，天氣又冷，懶得起來，就加上幾句說明，給了他拒絕。他略略一想，也就作罷了，還低了頭看着地板，稱讚我道：

“我相信你的話，我看你是有知識的。”

我也很高興，因為我看我的名譽，在古今中外的醫官的嘴上是都很好的。

但靠着做“難民”的機會，我也有了巡閱馬路的工夫，在不意中，竟又看見萬花筒了，聽說還是某大公司的製造品。我的孩子是生後六個月就種痘的，像一個蠶蛹，用不着玩具的賄賂；現在大了一點，已有收受貢品的資格了，我就立刻買了去送他。然而很奇怪，我總覺得這一個遠不及我的那一個，因為不但望進去總是昏昏沉沉，連花朵也毫不鮮明，而且總不見一個好模樣。

我有時也會忽然想到兒童時代所吃的東西，好像非常有味，處境不同，後來永遠吃不到了。但因為或一機會，居然能夠吃到了的也有。然而奇怪的是味道並不如我所記憶的好，重逢之後，倒好像驚破了美麗的好夢，還不如永遠的相思一般。我這時候就常常想，東西的味道是未必退步的，可是我老了，組織無不衰退，味蕾當然也不能例外，味覺的變鈍，倒是我的失望的原因。

對於這萬花筒的失望，我也就用了同樣的解釋。

幸而我的孩子也如我的脾氣一樣——但我希望他大起來會改變——他要探檢這奇境了。首先撕去外面的花紙，露出來的倒還是十九世紀一樣的難看的紙版，待到挖去一端的玻璃，落下來的卻已經不是通草條，而是五色玻璃的碎片。圍成三角形的三塊玻璃也改了樣，後面並非擺錫，只不過塗着黑漆了。

這時我才明白我的自責是錯誤的。黑玻璃雖然也能返光，卻遠不及鏡玻璃之強；通草是輕的，易於支架起來，構成巨大的花朵，現在改用玻璃片，就無論怎樣加以動搖，也只能堆在角落裡，像一撮沙礫了。這樣的萬花筒，又怎能悅目呢？

整整的五十年，從地球年齡來計算，真是微乎其微，然而從人類歷史上說，卻已經是半世紀，柔石丁玲他們，就活不到這麼久。我幸而居然經歷過了，我從這經歷，知道了種痘的普及，似乎比十九世紀有些進步，然而萬花筒的做法，卻分明的大大的退步了。

六月三十日。

點評

《我的種痘》回憶魯迅五十年中三次種痘。魯迅寫回憶散文，不作純粹的回憶，往往左顧右盼、四方搜索，將歷史和現實的種種形象和怪現象順手拈來，嘲諷調侃，以作社會批評和文明批評。

本文開頭，就從上海電線杆和牆上的廣告、官方特務的黑名冊談起，接着批評中醫書中把種痘喻為“捕盜”，“洋痘”乃是失傳的中法復歸等奇怪邏輯。魯迅對於中醫，總是希望它的理論現代化、邏輯科學化。他回憶自己第一次種牛痘，在二三歲以後，是請醫生到家裡來種，舉行特別隆重的種痘儀式，“堂屋中央擺了一張方桌子，繫上紅桌帷，還點了香和蠟燭，我的父親抱着我，坐在桌旁邊。”戴墨鏡的醫官切口點漿，因為不哭不鬧，得了一隻撥浪鼓、一個萬花筒的獎勵。第二次，是二十年代北平流行天花，損人容貌，他在世界語專門學校鼓動同事種痘，許多同去者都溜走了。只是自己種了四粒痘，卻一粒也沒有出。這校醫和他的痘漿，實在值得懷疑。其後發熱，請校醫診治，說“你是肋膜炎，快回去躺下，我給你送藥來”。躺下等藥，等到第二天夜裡十時，校醫才來寓所，行禮賠罪：“昨天把藥忘記了”，但這次也沒有帶藥。只好到一家外國醫院求治，醫生詳細檢查，斷定並非肋膜炎，不過是感冒。這些描述，感慨於中國醫療體制和醫生作風上的弊端，由此失去病者的信賴感，導致生存環境的惡劣不堪。

第三次是一九三二年“一・二八事變”，從閘北火線上逃到英租界避難。洋大人用流暢的普通語，勸難民趕快種牛痘。“我”申述原由後，沒有種。卻在馬路上看見萬花筒，買一個，送給出生後六個月就種痘的孩子。然而這萬花筒很奇怪，望進去總是昏昏沉沉，連花朵也毫不鮮明，而且總不見一個好模樣。孩子好奇，撕去外面的花紙，露出來的倒還是十九世紀一樣的難看的紙版，待到挖去一端的玻璃，落下來的卻已經不是通草條，而是五色玻璃的碎片。圍成三角形的三塊玻璃後面並非擺錫，只塗了黑漆。這樣的萬花筒，又怎能悅目呢？從這經歷，知道了種痘的普及，似乎比十九世紀有些進步，然而萬花筒的做法，卻分明大大退步了。商品質量缺乏標準，造成材料、工藝的偷工減料，給孩子、大人帶來一個昏沉沉的視境。全文視點散漫，對生存環境、商業信譽和文明狀態作了廣角的掃描。

女弔

大概是明末的王思任說的罷："會稽乃報仇雪恥之鄉，非藏垢納污之地！"這對於我們紹興人很有光彩，我也很喜歡聽到，或引用這兩句話。但其實，是並不的確的；這地方，無論為那一樣都可以用。

不過一般的紹興人，並不像上海的"前進作家"那樣憎惡報復，卻也是事實。單就文藝而言，他們就在戲劇上創造了一個帶復仇性的，比別的一切鬼魂更美，更強的鬼魂。這就是"女弔"。我以為紹興有兩種特色的鬼，一種是表現對於死的無可奈何，而且隨隨便便的"無常"，我已經在《朝華夕拾》裡得了紹介給全國讀者的光榮了，這回就輪到別一種。

"女弔"也許是方言，翻成普通的白話，只好說是"女性的弔死鬼"。其實，在平時，說起"弔死鬼"，就已經含有"女性的"的意思的，因為投繯而死者，向來以婦人女子為最多。有一種蜘蛛，用一枝絲掛下自己的身體，懸在空中，《爾雅》上已謂之"蜆，縊女"，可見在周朝或漢朝，自經的已經大抵是女性了，所以那時不稱它為男性的"縊夫"或中性的"縊者"。不過一到做"大戲"或"目連戲"的時候，我們便能在看客的嘴裡聽到"女弔"的稱呼。也叫作"弔神"。橫死的鬼魂而得到"神"的尊號的，我還沒有發見過第二位，則其受民眾之愛戴也可想。但為甚麼這時獨要稱她"女弔"呢？很容易解：因為在戲台上，也要有"男弔"出現了。

我所知道的是四十年前的紹興，那時沒有達官顯宦，所以未聞有專門為人（堂會？）的演劇。凡做戲，總帶着一點社戲性，供着神位，是看戲的主體，人們去看，不過叨光。但“大戲”或“目連戲”所邀請的看客，範圍可較廣了，自然請神，而又請鬼，尤其是橫死的怨鬼。所以儀式就更緊張，更嚴肅。一請怨鬼，儀式就格外緊張嚴肅，我覺得這道理是很有趣的。

也許我在別處已經寫過。“大戲”和“目連”，雖然同是演給神，人，鬼看的戲文，但兩者又很不同。不同之點：一在演員，前者是專門的戲子，後者則是臨時集合的 Amateur —— 農民和工人；一在劇本，前者有許多種，後者卻好歹總只演一本《目連救母記》。然而開場的“起殤”，中間的鬼魂時時出現，收場的好人升天，惡人落地獄，是兩者都一樣的。

當沒有開場之前，就可看出這並非普通的社戲，為的是台兩旁早已掛滿了紙帽，就是高長虹之所謂“紙糊的假冠”，是給神道和鬼魂戴的。所以凡內行人，緩緩的吃過夜飯，喝過茶，閒閒而去，只要看掛着的帽子，就能知道甚麼鬼神已經出現。因為這戲開場較早，“起殤”在太陽落盡時候，所以飯後去看，一定是做了好一會了，但都不是精彩的部分。“起殤”者，紹興人現已大抵誤解為“起喪”，以為就是召鬼，其實是專限於橫死者的。《九歌》中的《國殤》云：“身既死兮神以靈，魂魄毅兮為鬼雄”，當然連戰死者在內。明社垂絕，越人起義而死者不少，至清被稱為叛賊，我們就這樣的一同招待他們的英靈。在薄暮中，十幾匹馬，站在台下了；戲子扮好一個鬼王，藍面鱗紋，手執鋼叉，還得有十幾名鬼卒，則普通的孩子都可以應募。我在十餘歲時候，就曾經充過這樣的義勇鬼，爬上台去，說明志願，他們就給在臉上塗上幾筆彩色，交付一柄鋼叉。待到有十多人了，即一擁上馬，疾馳到野外的許多無主孤墳之處，環繞三匝，下馬大叫，將鋼叉用力的連連刺在墳墓上，然後拔叉馳回，上了前台，一同大叫一聲，將鋼叉一擲，釘在台板上。

我們的責任，這就算完結，洗臉下台，可以回家了，但倘被父母所知，往往不免捱一頓竹篠（這是紹興打孩子的最普通的東西），一以罰其帶着鬼氣，二以賀其沒有跌死，但我卻幸而從來沒有被覺察，也許是因為得了惡鬼保佑的緣故罷。

這一種儀式，就是説，種種孤魂厲鬼，已經跟着鬼王和鬼卒，前來和我們一同看戲了，但人們用不着擔心，他們深知道理，這一夜決不絲毫作怪。於是戲文也接着開場，徐徐進行，人事之中，夾以出鬼：火燒鬼，淹死鬼，科場鬼（死在考場裡的），虎傷鬼……孩子們也可以自由去扮，但這種沒出息鬼，願意去扮的並不多，看客也不將它當作一回事。一到"跳弔"時分——"跳"是動詞，意義和"跳加官"之"跳"同——情形的鬆緊可就大不相同了。台上吹起悲涼的喇叭來，中央的橫樑上，原有一團布，也在這時放下，長約戲台高度的五分之二。看客們都屏着氣，台上就闖出一個不穿衣褲，只有一條犢鼻褌，面施幾筆粉墨的男人，他就是"男弔"。一登台，徑奔懸布，像蜘蛛的死守着蛛絲，也如結網，在這上面鑽，掛。他用布弔着各處：腰，脅，胯下，肘彎，腿彎，後項窩……一共七七四十九處。最後才是脖子，但是並不真套進去的，兩手扳着布，將頸子一伸，就跳下，走掉了。這"男弔"最不易跳，演目連戲時，獨有這一個腳色須特請專門的戲子。那時的老年人告訴我，這也是最危險的時候，因為也許會招出真的"男弔"來。所以後台上一定要扮一個王靈官，一手捏訣，一手執鞭，目不轉睛的看着一面照見前台的鏡子。倘鏡中見有兩個，那麼，一個就是真鬼了，他得立刻跳出去，用鞭將假鬼打落台下。假鬼一落台，就該跑到河邊，洗去粉墨，擠在人叢中看戲，然後慢慢的回家。倘打得慢，他就會在戲台上弔死；洗得慢，真鬼也還會認識，跟住他。這擠在人叢中看自己們所做的戲，就如要人下野而唸佛，或出洋遊歷一樣，也正是一種缺少不得的過渡儀式。

這之後，就是“跳女吊”。自然先有悲涼的喇叭；少頃，門幕一掀，她出場了。大紅衫子，黑色長背心，長髮蓬鬆，頸掛兩條紙錠，垂頭，垂手，彎彎曲曲的走一個全台，內行人說：這是走了一個“心”字。為甚麼要走“心”字呢？我不明白。我只知道她何以要穿紅衫。看王充的《論衡》，知道漢朝的鬼的顏色是紅的，但再看後來的文字和圖畫，卻又並無一定顏色，而在戲文裡，穿紅的則只有這“吊神”。意思是很容易瞭然的；因為她投繯之際，準備作厲鬼以復仇，紅色較有陽氣，易於和生人相接近，……紹興的婦女，至今還偶有搽粉穿紅之後，這才上吊的。自然，自殺是卑怯的行為，鬼魂報仇更不合於科學，但那些都是愚婦人，連字也不認識，敢請“前進”的文學家和“戰鬥”的勇士們不要十分生氣罷。我真怕你們要變呆鳥。

她將披着的頭髮向後一抖，人這才看清了臉孔：石灰一樣白的圓臉，漆黑的濃眉，烏黑的眼眶，猩紅的嘴唇。聽說浙東的有幾府的戲文裡，吊神又拖着幾寸長的假舌頭，但在紹興沒有。不是我袒護故鄉，我以為還是沒有好；那麼，比起現在將眼眶染成淡灰色的時式打扮來，可以說是更徹底，更可愛。不過下嘴角應該略略向上，使嘴巴成為三角形：這也不是醜模樣。假使半夜之後，在薄暗中，遠處隱約着一位這樣的粉面朱唇，就是現在的我，也許會跑過去看看的，但自然，卻未必就被誘惑得上吊。她兩肩微聳，四顧，傾聽，似驚，似喜，似怒，終於發出悲哀的聲音，慢慢地唱道：

“奴奴本身楊家女，
呵呀，苦呀，天哪！……”

下文我不知道了。就是這一句，也還是剛從克士那裡聽來的。但那大略，是說後來去做童養媳，備受虐待，終於弄到投繯。唱完就聽到遠處的哭聲，這也是一個女人，在銜冤悲泣，準備自殺。她萬分驚喜，要去“討替代”了，卻不料突然跳出“男弔”來，主張應該他去討。他們由爭論而至動武，女的當然不敵，幸而王靈官雖然臉相並不漂亮，卻是熱烈的女權擁護家，就在危急之際出現，一鞭把男弔打死，放女的獨去活動了。老年人告訴我說：古時候，是男女一樣的要上弔的，自從王靈官打死了男弔神，才少有男人上弔；而且古時候，是身上有七七四十九處，都可以弔死的，自從王靈官打死了男弔神，致命處才只在脖子上。中國的鬼有些奇怪，好像是做鬼之後，也還是要死的，那時的名稱，紹興叫作“鬼裡鬼”。但男弔既然早被王靈官打死，為甚麼現在“跳弔”，還會引出真的來呢？我不懂這道理，問問老年人，他們也講說不明白。

而且中國的鬼還有一種壞脾氣，就是“討替代”，這才完全是利己主義；倘不然，是可以十分坦然的和他們相處的。習俗相沿，雖女弔不免，她有時也單是“討替代”，忘記了復仇。紹興煮飯，多用鐵鍋，燒的是柴或草，煙煤一厚，火力就不靈了，因此我們就常在地上看見刮下的鍋煤。但一定是散亂的，凡村姑鄉婦，誰也決不肯省些力，把鍋子伏在地面上，團團一刮，使煙煤落成一個黑圈子。這是因為弔神誘人的圈套，就用煤圈煉成的緣故。散掉煙煤，正是消極的抵制，不過為的是反對“討替代”，並非因為怕她去報仇。被壓迫者即使沒有報復的毒心，也決無被報復的恐懼，只有明明暗暗，吸血吃肉的兇手或其幫閒們，這才贈人以“犯而勿校”或“勿念舊惡”的格言，——我到今年，也愈加看透了這些人面東西的秘密。

九月十九－二十日。

點評

《女弔》寫一種“民俗活化石”，甚至是“女鬼活化石”。“鬼”也有化石嗎？魯迅重在由活化石中升騰出一種感天動地的民間冤氣，動人魂魄。女弔以及無常，是紹劇和紹興目連戲的兩種有特色的鬼：一者幽默而有人情，一者獰厲而帶復仇情緒。女弔的唱詞本為“奴奴本是良家女”，是出身貧窮人家的妓女，名為“玉芙蓉”，受鴇母虐待而懸樑。魯迅改作“奴奴本身楊家女”，説她是當童養媳，受虐待而投繯，則強化了鬼魂復仇的社會性認同。周作人認為，《無常》、《女弔》是魯迅的“絕妙的好文章”。《女弔》創造了“一個帶復仇性的，比別的一切鬼魂更美，更強的鬼魂”，以鬼的復仇，顯示人的“生命”的尊嚴，鬼類的復仇是人類尊嚴的折射。有了這篇壓卷之作，就不妨説，魯迅文學畫廊中最有特色的形象素質，可以簡約為從狂人到鬼魂。鬼本該連着“黑暗”和“死”，魯迅卻從中激活強悍的生命，由此建構了現代中國文學上無可重複的意義方式和意義深度。

本文開頭就引用鄉邦先賢的話：“會稽乃報仇雪恥之鄉，非藏垢納污之地！”這種會稽（紹興）精神的昇華，構成了魯迅以鄉土的民間中國，映照和撞擊經典的上流社會的中國。會稽除了大禹治理洪水，造福民眾，及魏晉的名士風流之外，以地域的劍文化的復仇精神給中國文化增加了陽剛的血性，古有臥薪嘗膽的越王勾踐，近有鑑湖女俠秋瑾。這種血性，滲透於民俗，滲透對叛逆鬼魂的祭奠，成為魯迅異乎尋常的童年經驗。魯迅從民間鬼魂上汲取越文化本質元素，將女弔寫得荒誕詭異，在淒艷之美中散發着神秘而浪漫的風韻。“女弔”也叫作“弔神”，“橫死的鬼魂而得到‘神’的尊號的，我還沒有發見過第二位，則其受民眾之愛戴也可想”。對於民間的鬼世界，少年魯迅不僅神往，而且參與和享有："我在十餘歲時候，就曾經充過這樣的義勇鬼，爬上台去，説明志願，他們就給在臉上塗上幾筆彩色，交付一柄鋼叉。待到有十多人了，即一擁上馬，疾馳到野外的許多無主孤墳之處，環繞三匝，下馬大叫，將鋼叉用力的連連刺在墳墓上，然後拔叉馳回，上了前台，一同大叫一聲，將鋼叉一擲，釘在台板上。"在少年魯迅至為英雄逞能的一幕中，可以感覺到，他的身心行為都沉浸在民俗鬼趣之中了。

魯迅寫女弔，是將童年經驗與留日經驗、左翼經驗相復合。魯迅留日時期蒙受了民族歧視的恥辱，見聞了徐錫麟刺殺安徽巡撫恩銘後，被恩銘的親兵掏心炒吃，隨之秋瑾在紹興古軒亭口成了刀下鬼。如此斑斑血跡，受叔本華、尼采生命哲學的刺激，感覺到人生搏鬥、苦痛和罪孽的根本性，化為一腔悲鬱的冤氣。從留日時期的《摩羅詩力説》到"三·一八慘案"後的《鑄劍》，都有一股申冤發憤的陰鬱之氣在裊裊升騰。左翼經驗則是感憤於五烈士的喋血，"怒向刀叢覓小詩"，卻從背後隱約飄來同一陣營的鞭影，孤獨悲憤，於是在一九二六年的《鑄劍》之後，又結晶成一九三六年的《女弔》。復仇主題的重現，融合着魯迅十年左翼文學經歷的匕首、投槍不離手的複雜體驗。那些淋漓鮮血，或暗無聲息的死亡，從腳跟淤積到脖子，壓迫得幾乎不能呼吸。

魯迅筆下的農村世界是蒼涼的，囤積着陰氣，處處都能碰到"鬼打牆"。他在現實中發現阿Q、祥林嫂，甚至有點潑悍的愛姑，但都不足以宣泄心頭積壓的那股惡氣，於是在現實的彼岸發現無常，更發現女弔。"橫死的冤鬼"是一種無歸宿的不安的鬼魂。魯迅引用《九歌·國殤》云："身既死兮神以靈，魂魄毅兮為鬼雄。"其中不乏剛毅獰猛的鬼雄。因而，死和鬼，成了魯迅作品的大題目。把鬼理解為一種"生命"存在方式，可以超現實地與人的"生命”互通魂魄。講死就是質疑生，反諷生。《祝福》和《女弔》都寫了女性與地獄，《祝福》是女性腳尖碰到地獄的門檻，充滿恐懼和猶豫；《女弔》則衝出地獄城池，隨風飄蕩，變得堅執而獰猛。

魯迅描寫“跳女弔”，是凝聚着他全部的生命力的：“自然先有悲涼的喇叭；少頃，門幕一掀，她出場了。大紅衫子，黑色長背心，長髮蓬鬆，頸掛兩條紙錠，垂頭，垂手，彎彎曲曲的走一個全台，內行人說：這是走了一個‘心’字。為甚麼要走‘心’字呢？我不明白。”鬼在心上行，聲響、顏色、裝束、步法，樣樣都在叩擊人心。穿紅衫的只有這“弔神”，她投繯之際就準備作厲鬼復仇，紅色較有陽氣，易於和生人相接近。然而，“她將披着的頭髮向後一抖”，這一抖，比川劇的變臉還要使人感到震撼，“人這才看清了臉孔：石灰一樣白的圓臉，漆黑的濃眉，烏黑的眼眶，猩紅的嘴唇……下嘴角應該略略向上，使嘴巴成為三角形：這也不是醜模樣。假使半夜之後，在薄暗中，遠處隱約着一位這樣的粉面朱唇，就是現在的我，也許會跑過去看看的，但自然，卻未必就被誘惑得上弔。她兩肩微聳，四顧，傾聽，似驚，似喜，似怒，終於發出悲哀的聲音，慢慢地唱道：‘奴奴本身楊家女，呵呀，苦呀，天哪！……’”在這幅絕妙的肖像畫上，色彩構成了閱讀的第一感覺：煞白，漆黑，猩紅。魯迅說：“我覺得中國人所蘊蓄的怨憤已經夠多了，自然是受強者的蹂躪所致的。”（《墳·雜憶》）魯迅又說，“專制者的反面就是奴才”（《南腔北調集·諺語》）；“明明是現代人，吸着現在的空氣，卻偏要勒派朽腐的名教，僵死的語言，侮蔑盡現在，這都是‘現在的屠殺者’。”（《熱風·現在的屠殺者》）專制者、屠殺者都是要製造怨鬼的。在歷史長河的淤泥中，淤積着死者的屈辱和冤鬼的冤氣。從“眼光陰沉，黑鬚，亂髮，黑色短衣褲皆破碎”的“過客”；到“蓬鬆的頭髮和濃黑的鬚眉佔了一臉的小半，只見兩眼在黑氣裡發光”的魏連殳；又到“衣服卻是青的，鬚眉頭髮都黑”的幫助眉間尺復仇的“黑色人”，都感染着這種幽暗的黑色，一種碧血白骨化鬼而感受到他們曾經生存的世界的黑色。鬼本是黑色調的或藍色調的，魯迅卻賦予女弔粉白和猩紅，張揚了她“生命”的剛烈和無畏。如魯迅所云：“生命不怕死，在死的面前笑着跳着，跨過了滅亡的人們向前進。”（《熱風·生命的路》）這鬼的“生命”是猩紅的，“生命”在笑，在哭，在訴，在舞，在嬉戲，在表演着漆黑而猩紅的狂歡，反襯出卑庸懦弱的人間生命的蒼白。魯迅說：“我的反抗，卻不過是與黑暗搗亂。”（《兩地書·二四》）冤屈而求釋放，釋放而至狂歡，魯迅以跳女弔，發出了“與黑暗搗亂”的絕叫。

至於結尾說：“紹興煮飯，多用鐵鍋，燒的是柴或草，煙煤一厚，火力就不靈了，因此我們就常在地上看見刮下的鍋煤。但一定是散亂的，凡村姑鄉婦，誰也決不肯省些力，把鍋子伏在地面上，團團一刮，使煙煤落成一個黑圈子。這是因為弔神誘人的圈套，就用煤圈煉成的緣故。散掉煙煤，正是消極的抵制，不過為的是反對‘討替代’，並非因為怕她去報仇。被壓迫者即使沒有報復的毒心，也決無被報復的恐懼，只有明明暗暗，吸血吃肉的兇手或其幫閒們，這才贈人以‘犯而勿校’或‘勿念舊惡’的格言，——我到今年，也愈加看透了這些人面東西的秘密。”可見復仇主題的重現，融合着魯迅左翼文學十年經歷的複雜體驗。他走入民俗鬼影，又走出民俗鬼影，偏要“與黑暗搗亂”，揮戈一擊，擊中“人面東西的秘密”，強化了社會批判和文化批判的深度、力度和令人難以釋懷的魅力。

本篇是魯迅死前一個月所寫，屬於魯迅絕筆之作之列。由於蘊含着極濃鬱的生命投入，作者每每在朋友面前喜形於色地流露出生命的喜悦。馮雪峰回憶："當他寫好《女弔》後，大約是九月二十或二十一的晚間，我到他那裡去，他從抽屜裡拿出原稿來：'我寫好了一篇。就是我所説的紹興的"女弔"，似乎比前兩篇強了一點了。'我從頭看下去，魯迅先生卻似乎特別滿意其中關於女弔的描寫，忽然伸手過來，尋出'跳女弔'開場那段來，指了道：'這以前不必看，從這裡看起罷。'我首先感到高興的是從文章中看出先生的體力恢復了。"(《魯迅論及其他·魯迅先生計劃而未完成的著作》）魯迅童年就喜歡畫有"沒有頭而'以乳為目，以臍為口'，還要'執干戚而舞'的刑天"的《山海經》，感受那種無頭做鬼做神也要復仇的痛感和快感，在臨近人生終點的時候又作《女弔》，圓了他一個生死莫忘的夢，從而將中國的回憶散文推向一座壁立千仞的奇峰。

送灶日漫筆

坐聽着遠遠近近的爆竹聲，知道灶君先生們都在陸續上天，向玉皇大帝講他的東家的壞話去了，但是他大概終於沒有講，否則，中國人一定比現在要更倒楣。

灶君升天的那日，街上還賣着一種糖，有柑子那麼大小，在我們那裡也有這東西，然而扁的，像一個厚厚的小烙餅。那就是所謂“膠牙餳”了。本意是在請灶君吃了，粘住他的牙，使他不能調嘴學舌，對玉帝說壞話。我們中國人意中的神鬼，似乎比活人要老實些，所以對鬼神要用這樣的強硬手段，而於活人卻只好請吃飯。

今之君子往往諱言吃飯，尤其是請吃飯。那自然是無足怪的，的確不大好聽。只是北京的飯店那麼多，飯局那麼多，莫非都在食蛤蜊，談風月，“酒酣耳熱而歌嗚嗚”麼？不盡然的，的確也有許多“公論”從這些地方播種，只因為公論和請帖之間看不出蛛絲馬跡，所以議論便堂哉皇哉了。但我的意見，卻以為還是酒後的公論有情。人非木石，豈能一味談理，礙於情面而偏過去了，在這裡正有着人氣息。況且中國是一向重情面的。何謂情面？明朝就有人解釋過，曰：“情面者，面情之謂也。”自然不知道他說甚麼，但也就可以懂得他說甚麼。在現今的世上，要有不偏不倚的公論，本來是一種夢想；即使是飯後的公評，酒後的宏議，也何嘗不可姑妄聽之呢。然而，倘以為那是真正老牌的公論，卻一定上當，——但這也不能獨歸罪於公論家，社會上風行請吃飯而諱言請吃飯，使人們不得不虛假，那自然也應該分任其咎的。

記得好幾年前，是"兵諫"之後，有槍階級專喜歡在天津會議的時候，有一個青年憤憤地告訴我道：他們那裡是會議呢，在酒席上，在賭桌上，帶着説幾句就決定了。他就是受了"公論不發源於酒飯説"之騙的一個，所以永遠是憤然，殊不知他那理想中的情形，怕要到二九二五年才會出現呢，或者竟許到三九二五年。

然而不以酒飯為重的老實人，卻是的確也有的，要不然，中國自然還要壞。有些會議，從午後二時起，討論問題，研究章程，此問彼難，風起雲湧，一直到七八點，大家就無端覺得有些焦躁不安，脾氣愈大了，議論愈糾紛了，章程愈渺茫了，雖説我們到討論完畢後才散罷，但終於一鬨而散，無結果。這就是輕視了吃飯的報應，六七點鐘時分的焦躁不安，就是肚子對於本身和別人的警告，而大家誤信了吃飯與講公理無關的妖言，毫不瞅睬，所以肚子就使你演説也沒精采，宣言也——連草稿都沒有。

但我並不説凡有一點事情，總得到甚麼太平湖飯店，擷英番菜館之類裡去開大宴；我於那些店裡都沒有股本，犯不上替他們來拉主顧，人們也不見得都有這麼多的錢。我不過説，發議論和請吃飯，現在還是有關係的；請吃飯之於發議論，現在也還是有益處的；雖然，這也是人情之常，無足深怪的。

順便還要給熱心而老實的青年們進一個忠告，就是沒酒沒飯的開會，時候不要開得太長，倘若時候已晚了，那麼，買幾個燒餅來吃了再説。這麼一辦，總可以比空着肚子的討論容易有結果，容易得收場。

膠牙餳的強硬辦法，用在灶君身上我不管它怎樣，用之於活人是不大好的。倘是活人，莫妙於給他醉飽一次，使他自己不開口，卻不是膠住他。中國人對人的手段頗高明，對鬼神卻總有些特別，二十三夜的捉弄灶君即其一例，但説起來也奇怪，灶君竟至於到了現在，還彷彿沒有省悟似的。

道士們的對付“三屍神”，可是更利害了。我也沒有做過道士，詳細是不知道的，但據“耳食之言”，則道士們以為人身中有三屍神，到有一日，便乘人熟睡時，偷偷地上天去奏本身的過惡。這實在是人體本身中的奸細，《封神傳演義》常說的“三屍神暴躁，七竅生煙”的三屍神，也就是這東西。但據說要抵制他卻不難，因為他上天的日子是有一定的，只要這一日不睡覺，他便無隙可乘，只好將過惡都放在肚子裡，再看明年的機會了。連膠牙餳都沒得吃，他實在比灶君還不幸，值得同情。

三屍神不上天，罪狀都放在肚子裡；灶君雖上天，滿嘴是糖，在玉皇大帝面前含含胡胡地說了一通，又下來了。對於下界的情形，玉皇大帝一點也聽不懂，一點也不知道，於是我們今年當然還是一切照舊，天下太平。

我們中國人對於鬼神也有這樣的手段。

我們中國人雖然敬信鬼神；卻以為鬼神總比人們傻，所以就用了特別的方法來處治他。至於對人，那自然是不同的了，但還是用了特別的方法來處治，只是不肯說；你一說，據說你就是卑視了他了。誠然，自以為看穿了的話，有時也的確反不免於淺薄。

二月五日。

點評

《送灶日漫筆》為風俗散文，其特點就在於“漫筆”這個“漫”字，隨意驅筆，皆成妙趣。送灶日為農曆十二月二十四日，俗傳此日灶神升天。宋人范成大《臘月邨田樂府十首》之三為《祭灶詞》：“古傳臘月二十四，灶君朝天欲言事。雲車風馬小留連，家有杯盤豐典祀。豬頭爛熟雙魚鮮，豆沙、甘松粉餌圓。男兒酌獻女兒避，酹酒燒錢灶君喜。婢子鬥爭君莫聞，貓犬觸穢君莫嗔。送君醉飽登天門，杓長杓短勿復云，乞取利市歸來分。”范氏樂府洋溢着田園詩情調，意在禱祝。魯迅青年時代於庚子年送灶日（已是一九〇一年二月十一日）作《庚子送灶即事》詩云：“隻雞膠牙糖，典衣供瓣香。家中無長物，豈獨少黃羊！”即已經涉及膠牙糖送灶的民俗。此篇則捕捉住灶日請灶君吃“膠牙餳”，“粘住他的牙，使他不能調嘴學舌，對玉帝說壞話”這樣的風俗意象而生發開去，由調侃“我們中國人雖然敬信鬼神；卻以為鬼神總比人們傻”的信仰形態，說到中國官員受請吃飯，論情面辦事的庸俗卑污風氣，嘲諷當時軍閥政客由酒席情面裁定國事的陋習與弊端。復又從灶君說到三屍神，“因為他上天的日子是有一定的，只要這一日不睡覺，他便無隙可乘，只好將過惡都放在肚子裡，再看明年的機會了。連膠牙餳都沒得吃，他實在比灶君還不幸，值得同情”，如此對中國世俗的鬼神觀念進行嘲諷，實在是嬉笑怒罵皆成文章。

記念劉和珍君

一

中華民國十五年三月二十五日，就是國立北京女子師範大學為十八日在段祺瑞執政府前遇害的劉和珍楊德群兩君開追悼會的那一天，我獨在禮堂外徘徊，遇見程君，前來問我道，“先生可曾為劉和珍寫了一點甚麼沒有？”我說“沒有”。她就正告我，“先生還是寫一點罷；劉和珍生前就很愛看先生的文章。”

這是我知道的，凡我所編輯的期刊，大概是因為往往有始無終之故罷，銷行一向就甚為寥落，然而在這樣的生活艱難中，毅然預定了《莽原》全年的就有她。我也早覺得有寫一點東西的必要了，這雖然於死者毫不相干，但在生者，卻大抵只能如此而已。倘使我能夠相信真有所謂“在天之靈”，那自然可以得到更大的安慰，——但是，現在，卻只能如此而已。

可是我實在無話可說。我只覺得所住的並非人間。四十多個青年的血，洋溢在我的周圍，使我艱於呼吸視聽，那裡還能有甚麼言語？長歌當哭，是必須在痛定之後的。而此後幾個所謂學者文人的陰險的論調，尤使我覺得悲哀。我已經出離憤怒了。我將深味這非人間的濃黑的悲涼；以我的最大哀痛顯示於非人間，使它們快意於我的苦痛，就將這作為後死者的菲薄的祭品，奉獻於逝者的靈前。

二

真的猛士，敢於直面慘淡的人生，敢於正視淋漓的鮮血。這是怎樣的哀痛者和幸福者？然而造化又常常為庸人設計，以時間的流駛，來洗滌舊跡，僅使留下淡紅的血色和微漠的悲哀。在這淡紅的血色和微漠的悲哀中，又給人暫得偷生，維持着這似人非人的世界。我不知道這樣的世界何時是一個盡頭！

我們還在這樣的世上活着；我也早覺得有寫一點東西的必要了。離三月十八日也已有兩星期，忘卻的救主快要降臨了罷，我正有寫一點東西的必要了。

三

在四十餘被害的青年之中，劉和珍君是我的學生。學生云者，我向來這樣想，這樣説，現在卻覺得有些躊躇了，我應該對她奉獻我的悲哀與尊敬。她不是"苟活到現在的我"的學生，是為了中國而死的中國的青年。

她的姓名第一次為我所見，是在去年夏初楊蔭榆女士做女子師範大學校長，開除校中六個學生自治會職員的時候。其中的一個就是她；但是我不認識。直到後來，也許已經是劉百昭率領男女武將，強拖出校之後了，才有人指着一個學生告訴我，説：這就是劉和珍。其時我才能將姓名和實體聯合起來，心中卻暗自詫異。我平素想，能夠不為勢利所屈，反抗一廣有羽翼的校長的學生，無論如何，總該是有些桀驁鋒利的，但她卻常常微笑着，態度很溫和。待到偏安於宗帽胡同，賃屋授課之後，她才始來聽我的講義，於是見面的回數就較多了，也還是始終微笑着，態度很溫和。待到學校恢復舊觀，往日的教職員以為責任已盡，準備陸續引退的時候，我才見她慮及母校前途，黯然至於泣下。此後似乎就不相見。總之，在我的記憶上，那一次就是永別了。

四

我在十八日早晨，才知道上午有群眾向執政府請願的事；下午便得到噩耗，說衛隊居然開槍，死傷至數百人，而劉和珍君即在遇害者之列。但我對於這些傳說，竟至於頗為懷疑。我向來是不憚以最壞的惡意，來推測中國人的，然而我還不料，也不信竟會下劣兇殘到這地步。況且始終微笑着的和藹的劉和珍君，更何至於無端在府門前喋血呢？

然而即日證明是事實了，作證的便是她自己的屍骸。還有一具，是楊德群君的。而且又證明着這不但是殺害，簡直是虐殺，因為身體上還有棍棒的傷痕。

但段政府就有令，說她們是“暴徒”！

但接着就有流言，說她們是受人利用的。

慘象，已使我目不忍視了；流言，尤使我耳不忍聞。我還有甚麼話可說呢？我懂得衰亡民族之所以默無聲息的緣由了。沉默呵，沉默呵！不在沉默中爆發，就在沉默中滅亡。

五

但是，我還有要說的話。

我沒有親見；聽說，她，劉和珍君，那時是欣然前往的。自然，請願而已，稍有人心者，誰也不會料到有這樣的羅網。但竟在執政府前中彈了，從背部入，斜穿心肺，已是致命的創傷，只是沒有便死。

同去的張靜淑君想扶起她，中了四彈，其一是手槍，立仆；同去的楊德群君又想去扶起她，也被擊，彈從左肩入，穿胸偏右出，也立仆。但她還能坐起來，個兵在她頭部及胸部猛擊兩棍，於是死掉了。

始終微笑的和藹的劉和珍君確是死掉了，這是真的，有她自己的屍骸為證；沉勇而友愛的楊德群君也死掉了，有她自己的屍骸為證；只有一樣沉勇而友愛的張靜淑君還在醫院裡呻吟。當三個女子從容地轉輾於文明人所發明的槍彈的攢射中的時候，這是怎樣的一個驚心動魄的偉大呵！中國軍人的屠戮婦嬰的偉績，八國聯軍的懲創學生的武功，不幸全被這幾縷血痕抹殺了。

但是中外的殺人者卻居然昂起頭來，不知道個個臉上有着血污……。

六

時間永是流駛，街市依舊太平，有限的幾個生命，在中國是不算甚麼的，至多，不過供無惡意的閒人以飯後的談資，或者給有惡意的閒人作“流言”的種子。至於此外的深的意義，我總覺得很寥寥，因為這實在不過是徒手的請願。人類的血戰前行的歷史，正如煤的形成，當時用大量的木材，結果卻只是一小塊，但請願是不在其中的，更何況是徒手。

然而既然有了血痕了，當然不覺要擴大。至少，也當浸漬了親族，師友，愛人的心，縱使時光流駛，洗成緋紅，也會在微漠的悲哀中永存微笑的和藹的舊影。陶潛說過，“親戚或餘悲，他人亦已歌，死去何所道，託體同山阿。”倘能如此，這也就夠了。

七

我已經説過：我向來是不憚以最壞的惡意來推測中國人的。但這回卻很有幾點出於我的意外。一是當局者竟會這樣地兇殘，一是流言家竟至如此之下劣，一是中國的女性臨難竟能如是之從容。

我目睹中國女子的辦事，是始於去年的，雖然是少數，但看那幹練堅決，百折不回的氣概，曾經屢次為之感嘆。至於這一回在彈雨中互相救助，雖殞身不恤的事實，則更足為中國女子的勇毅，雖遭陰謀秘計，壓抑至數千年，而終於沒有消亡的明證了。倘要尋求這一次死傷者對於將來的意義，意義就在此罷。

苟活者在淡紅的血色中，會依稀看見微茫的希望；真的猛士，將更奮然而前行。

嗚呼，我説不出話，但以此記念劉和珍君！

四月一日。

點評

《記念劉和珍君》是一篇悲憤填膺、感人至深的祭悼詞，筆墨蘸着血淚，宣示着反抗黑暗的時代良知。一九二六年三月十八日，北京各界民眾為抗議日本干涉中國政局，出兵大沽口，與英、美、法、意、荷、比、西諸國公使，於十六日向段祺瑞執政府發出最後“八國通牒”，從而在天安門舉行“反對八國最後通牒國民大會”，之後到段祺瑞執政府請願，發生了震驚中外的“三．一八慘案”。預先埋伏的軍警向人群開槍射擊，打死四十七人，傷二百餘人，被魯迅憤而稱之為“民國以來最黑暗的一天”。殉難者中的劉和珍（一九〇四年生）為江西南昌人，北京女子師範大學英文系學生。據許羨蘇回憶，慘案“過了二天，我去看魯迅先生，他母親對我說：‘許小姐，大先生這幾天氣得飯也不吃，話也不說。’幾天以後，他才悲痛地說了一句：‘劉和珍是我的學生！’就這樣，魯迅先生氣病了。”（《我所認識的魯迅——訪許羨蘇同志》，載一九五六年十月十三日《光明日報》）

本文首段便說：“可是我實在無話可說。我只覺得所住的並非人間。四十多個青年的血，洋溢在我的周圍，使我艱於呼吸視聽，那裡還能有甚麼言語？長歌當哭，是必須在痛定之後的……我將深味這非人間的濃黑的悲涼；以我的最大哀痛顯示於非人間，使它們快意於我的苦痛，就將這作為後死者的菲薄的祭品，奉獻於逝者的靈前。”因此可以說，這是一份以沉哀至痛向“為了中國而死的中國的青年”獻出的祭文。它反覆地吟味着死的價值，吟味着當世人心對此價值的反應，吟味着自己沉重的感情。這是對死者的生之價值的讚嘆：“真的猛士，敢於直面慘淡的人生，敢於正視淋漓的鮮血。”

行文從女師大追述人物生前的形跡，也許是由於師生交往限於課堂的緣故，寫得較略：“我平素想，能夠不為勢利所屈，反抗一廣有羽翼的校長的學生，無論如何，總該是有些桀驁鋒利的，但她卻常常微笑着，態度很溫和。待到偏安於宗帽胡同，賃屋授課之後，她才始來聽我的講義，於是見面的回數就較多了，也還是始終微笑着，態度很溫和。待到學校恢復舊觀，往日的教職員以為責任已盡，準備陸續引退的時候，我才見她慮及母校前途，黯然至於泣下。”這裡反覆把握住劉和珍“常常微笑着，態度很溫和”的意象，把“笑”與“死”的意象相疊合，卻於洗煉的描寫中強化了對慘案之殘忍的控訴與抨擊。作者質疑：“我向來是不憚以最壞的惡意，來推測中國人的，然而我還不料，也不信竟會下劣兇殘到這地步。況且始終微笑着的和藹的劉和珍君，更何至於無端在府門前喋血呢？”作者痛心疾首地指證：“始終微笑的和藹的劉和珍君確是死掉了，這是真的，有她自己的屍骸為證”。劉和珍背部中槍，穿透心肺仆地後，沉勇而友愛的張靜淑想扶起她，中了四彈立仆；又有沉勇而友愛的楊德群想扶起她，肩部、胸部中彈立仆。魯迅感慨：“當三個女子從容地轉輾於文明人所發明的槍彈的攢射中的時候，這是怎樣的一個驚心動魄的偉大呵！”因為這裡蘊含着死傷者對於將來的意義：在彈雨中互相救助，雖殞身不恤的事實，更足為中國女子的勇毅，雖遭陰謀秘計，壓抑至數千年，而終於沒有消亡的明證了。

但是段祺瑞政府無視事實，誣蔑她們是“暴徒”！魯迅就按捺不住由慘案而思考民族的命運：“慘象，已使我目不忍視了；流言，尤使我耳不忍聞。我還有甚麼話可說呢？我懂得衰亡民族之所以默無聲息的緣由了。沉默呵，沉默呵！不在沉默中爆發，就在沉默中滅亡。”

開篇交代：“中華民國十五年三月二十五日”，北京女子師範大學為十八日在段祺瑞執政府前遇害的劉和珍楊德群兩君開追悼會，也就是説，追悼會是在中國喪禮的“頭七”召開的；魯迅受此刺激，執筆為文時“離三月十八日也已有兩星期”，也就是喪禮的“二七”。《儒林外史》第二十八回寫嚴監生死後，“今日是大太爺頭七，小的送這三牲、紙馬到墳上燒紙去”。清人徐珂《清稗類鈔》喪祭類記載淮安喪禮：“頭七。俗謂此日為死者上望鄉台之日，凡家中所有之事物情形，無一不為死者所見。家中人多於此夜通宵不臥，咸服白衣，意恐死者不知其在此為之成服也。”這種喪俗在魯迅家鄉也流行，《我的第一個師父》說：“我們那裡的闊人家，一有喪事，每七日總要做一些法事。”但魯迅並非遵循傳統禮制行事，而是面對造化“以時間的流駛，來洗滌舊跡，僅使留下淡紅的血色和微漠的悲哀”，憤然尋找血跡包裹着的“中國女子的勇毅”精神。以他那支千回百折、蕩氣迴腸的筆，不是作“朝花夕拾”，而是以無限的哀痛和悲憤，拾起塵埃中被沖淡和踐踏的血跡，將它銘刻在中國女子精神史的石碑上。

我和《語絲》的始終

同我關係較為長久的，要算《語絲》了。

大約這也是原因之一罷，“正人君子”們的刊物，曾封我為“語絲派主將”，連急進的青年所做的文章，至今還説我是《語絲》的“指導者”。去年，非罵魯迅便不足以自救其沒落的時候，我曾蒙匿名氏寄給我兩本中途的《山雨》，打開一看，其中有一篇短文，大意是説我和孫伏園君在北京因被晨報館所壓迫，創辦《語絲》，現在自己一做編輯，便在投稿後面亂加按語，曲解原意，壓迫別的作者了，孫伏園君卻有絕好的議論，所以此後魯迅應該聽命於伏園。這聽説是張孟聞先生的大文，雖然署名是另外兩個字。看來好像一群人，其實不過一兩個，這種事現在是常有的。

自然，“主將”和“指導者”，並不是壞稱呼，被晨報館所壓迫，也不能算是恥辱，老人該受青年的教訓，更是進步的好現象，還有甚麼話可説呢。但是，“不虞之譽”，也和“不虞之毀”一樣地無聊，如果生平未曾帶過一兵半卒，而有人拱手頌揚道，“你真像拿破侖呀！”則雖是志在做軍閥的未來的英雄，也不會怎樣舒服的。我並非“主將”的事，前年早已聲辯了——雖然似乎很少效力——這回想要寫一點下來的，是我從來沒有受過晨報館的壓迫，也並不是和孫伏園先生兩個人創辦了《語絲》。這的創辦，倒要歸功於伏園一位的。

那時伏園是《晨報副刊》的編輯，我是由他個人來約，投些稿件的人。

然而我並沒有甚麼稿件，於是就有人傳說，我是特約撰述，無論投稿多少，每月總有酬金三四十元的。據我所聞，則晨報館確有這一種太上作者，但我並非其中之一，不過因為先前的師生 —— 恕我僭妄，暫用這兩個字 —— 關係罷，似乎也頗受優待：一是稿子一去，刊登得快；二是每千字二元至三元的稿費，每月底大抵可以取到；三是短短的雜評，有時也送些稿費來。但這樣的好景象並不久長，伏園的椅子頗有不穩之勢。因為有一位留學生（不幸我忘掉了他的名姓）新從歐洲回來，和晨報館有深關係，甚不滿意於副刊，決計加以改革，並且為戰鬥計，已經得了"學者"的指示，在開手看 Anatole France 的小說了。

那時的法蘭斯，威爾士，蕭，在中國是大有威力，足以嚇倒文學青年的名字，正如今年的辛克萊兒一般，所以以那時而論，形勢實在是已經非常嚴重。不過我現在無從確說，從那位留學生開手讀法蘭斯的小說起到伏園氣忿忿地跑到我的寓裡來為止的時候，其間相距是幾月還是幾天。

"我辭職了。可惡！"

這是有一夜，伏園來訪，見面後的第一句話。那原是意料中事，不足異的。第二步，我當然要問問辭職的原因，而不料竟和我有了關係。他說，那位留學生乘他外出時，到排字房去將我的稿子抽掉，因此爭執起來，弄到非辭職不可了。但我並不氣忿，因為那稿子不過是三段打油詩，題作《我的失戀》，是看見當時"阿呀阿唷，我要死了"之類的失戀詩盛行，故意做一首用"由她去罷"收場的東西，開開玩笑的。這詩後來又添了一段，登在《語絲》上，再後來就收在《野草》中。而且所用的又是另一個新鮮的假名，在不肯登載第一次看見姓名的作者的稿子的刊物上，也當然很容易被有權者所放逐的。

但我很抱歉伏園為了我的稿子而辭職，心上似乎壓了一塊沉重的石頭。幾天之後，他提議要自辦刊物了，我自然答應願意竭力“吶喊”。至於投稿者，倒全是他獨力邀來的，記得是十六人，不過後來也並非都有投稿。於是印了廣告，到各處張貼，分散，大約又一星期，一張小小的週刊便在北京——尤其是大學附近——出現了。這便是《語絲》。

那名目的來源，聽說，是有幾個人，任意取一本書，將書任意翻開，用指頭點下去，那被點到的字，便是名稱。那時我不在場，不知道所用的是甚麼書，是一次便得了《語絲》的名，還是點了好幾次，而曾將不像名稱的廢去。但要之，即此已可知這刊物本無所謂一定的目標，統一的戰線；那十六個投稿者，意見態度也各不相同，例如顧頡剛教授，投的便是“考古”稿子，不如說，和《語絲》的喜歡涉及現在社會者，倒是相反的。不過有些人們，大約開初是只在敷衍和伏園的交情的罷，所以投了兩三回稿，便取“敬而遠之”的態度，自然離開。連伏園自己，據我的記憶，自始至今，也只做過三回文字，末一回是宣言從此要大為《語絲》撰述，然而宣言之後，卻連一個字也不見了。於是《語絲》的固定的投稿者，至多便只剩了五六人，但同時也在不意中顯了一種特色，是：任意而談，無所顧忌，要催促新的產生，對於有害於新的舊物，則竭力加以排擊，——但應該產生怎樣的“新”，卻並無明白的表示，而一到覺得有些危急之際，也還是故意隱約其詞。陳源教授痛斥“語絲派”的時候，説我們不敢直罵軍閥，而偏和握筆的名人為難，便由於這一點。但是，叱吧兒狗險於叱狗主人，我們其實也知道的，所以隱約其詞者，不過要使走狗嗅得，跑去獻功時，必須詳加説明，比較地費些力氣，不能直捷痛快，就得好處而已。

當開辦之際，努力確也可驚，那時做事的，伏園之外，我記得還有小峰和川島，都是乳毛還未褪盡的青年，自跑印刷局，自去校對，自疊報紙，還自己拿到大眾聚集之處去兜售，這真是青年對於老人，學生對於先生的教訓，令人覺得自己只用一點思索，寫幾句文章，未免過於安逸，還須竭力學好了。

但自己賣報的成績，聽説並不佳，一紙風行的，還是在幾個學校，尤其是北京大學，尤其是第一院（文科）。理科次之。在法科，則不大有人顧問。倘若説，北京大學的法，政，經濟科出身諸君中，絕少有《語絲》的影響，恐怕是不會很錯的。至於對於《晨報》的影響，我不知道，但似乎也頗受些打擊，曾經和伏園來説和，伏園得意之餘，忘其所以，曾以勝利者的笑容，笑着對我説道：

"真好，他們竟不料踏在炸藥上了！"

這話對別人説是不算甚麼的。但對我説，卻好像澆了一碗冷水，因為我即刻覺得這"炸藥"是指我而言，用思索，做文章，都不過使自己為別人的一個小糾葛而粉身碎骨，心裡就一面想：

"真糟，我竟不料被埋在地下了！"

我於是乎"彷徨"起來。

譚正璧先生有一句用我的小説的名目，來批評我的作品的經過的極伶俐而省事的話道："魯迅始於'吶喊'而終於'彷徨'"（大意），我以為移來敍述我和《語絲》由始以至此時的歷史，倒是很確切的。

但我的"彷徨"並不用許多時，因為那時還有一點讀過尼采的《Zarathustra》的餘波，從我這裡只要能擠出——雖然不過是擠出——文章來，就擠了去罷，從我這裡只要能做出一點"炸藥"來，就拿去做了罷，於是也就決定，還是照舊投稿了——雖然對於意外的被利用，心裡也耿耿了好幾天。

《語絲》的銷路可只是增加起來，原定是撰稿者同時負擔印費的，我付了十元之後，就不見再來收取了，因為收支已足相抵，後來並且有了贏餘。於是小峰就被尊為"老闆"，但這推尊並非美意，其時伏園已另就《京報副刊》編輯之職，川島還是搗亂小孩，所以幾個撰稿者便只好辩住了多睒眼而少開口的小峰，加以榮名，勒令拿出贏餘來，每月請一回客。這“將欲取之，必先與之”的方法果然奏效，從此市場中的茶居或飯舖的或一房門外，有時便會看見掛着一塊上寫“語絲社”的木牌。倘一駐足，也許就可以聽到疑古玄同先生的又快又響的談吐。但我那時是在避開宴會的，所以毫不知道內部的情形。

我和《語絲》的淵源和關係，就不過如此，雖然投稿時多時少。但這樣地一直繼續到我走出了北京。到那時候，我還不知道實際上是誰的編輯。

到得廈門，我投稿就很少了。一者因為相離已遠，不受催促，責任便覺得輕；二者因為人地生疏，學校裡所遇到的又大抵是些唸佛老嫗式口角，不值得費紙墨。倘能做《魯賓孫教書記》或《蚊蟲叮卵脬論》，那也許倒很有趣的，而我又沒有這樣的“天才”，所以只寄了一點極瑣碎的文字。這年底到了廣州，投稿也很少。第一原因是和在廈門相同的；第二，先是忙於事務，又看不清那裡的情形，後來頗有感慨了，然而我不想在它的敵人的治下去發表。

不願意在有權者的刀下，頌揚他的威權，並奚落其敵人來取媚，可以說，也是“語絲派”一種幾乎共同的態度。所以《語絲》在北京雖然逃過了段祺瑞及其吧兒狗們的撕裂，但終究被“張大元帥”所禁止了，發行的北新書局，且同時遭了封禁，其時是一九二七年。

這一年，小峰有一回到我的上海的寓居，提議《語絲》就要在上海印行，且囑我擔任做編輯。以關係而論，我是不應該推託的。於是擔任了。從這時起，我才探問向來的編法。那很簡單，就是：凡社員的稿件，編輯者並無取捨之權，來則必用，只有外來的投稿，由編輯者略加選擇，必要時且或略有所刪除。所以我應做的，不過後一段事，而且社員的稿子，實際上也十之九直寄北新書局，由那裡徑送印刷局的，等到我看見時，已在印釘成書之後了。所謂“社員”，也並無明確的界限，最初的撰稿者，所餘早已無多，中途出現的人，則在中途忽來忽去。因為《語絲》是又有愛登碰壁人物的牢騷的習氣的，所以最初出陣，尚無用武之地的人，或本在別一團體，而發生意見，藉此反攻的人，也每和《語絲》暫時發生關係，待到功成名遂，當然也就淡漠起來。至於因環境改變，意見分歧而去的，那自然尤為不少。因此所謂“社員”者，便不能有明確的界限。前年的方法，是只要投稿幾次，無不刊載，此後便放心發稿，和舊社員一律待遇了。但經舊的社員紹介，直接交到北新書局，刊出之前，為編輯者的眼睛所不能見者，也間或有之。

經我擔任了編輯之後，《語絲》的時運就很不濟了，受了一回政府的警告，遭了浙江當局的禁止，還招了創造社式“革命文學”家的拚命的圍攻。警告的來由，我莫名其妙，有人說是因為一篇戲劇；禁止的緣故也莫名其妙，有人說是因為登載了揭發復旦大學內幕的文字，而那時浙江的黨務指導委員老爺卻有復旦大學出身的人們。至於創造社派的攻擊，那是屬於歷史底的了，他們在把守“藝術之宮”，還未“革命”的時候，就已經將“語絲派”中的幾個人看作眼中釘的，敍事夾在這裡太冗長了，且待下一回再說罷。

但《語絲》本身，卻確實也在消沉下去。一是對於社會現象的批評幾乎絕無，連這一類的投稿也少有，二是所餘的幾個較久的撰稿者，過時又少了幾個了。前者的原因，我以為是在無話可說，或有話而不敢言，警告和禁止，就是一個實證。後者，我恐怕是其咎在我的。舉一點例罷，自從我萬不得已，選登了一篇極平和的糾正劉半農先生的“林則徐被俘”之誤的來信以後，他就不再有片紙隻字；江紹原先生紹介了一篇油印的《馮玉祥先生……》來，我不給編入之後，紹原先生也就從此沒有投稿了。並且這篇油印文章不久便在也是伏園所辦的《貢獻》上登出，上有鄭重的小序，説明着我託辭不載的事由單。

還有一種顯著的變遷是廣告的雜亂。看廣告的種類，大概是就可以推見這刊物的性質的。例如“正人君子”們所辦的《現代評論》上，就會有金城銀行的長期廣告，南洋華僑學生所辦的《秋野》上，就能見“虎標良藥”的招牌。雖是打着“革命文學”旗子的小報，只要有那上面的廣告大半是花柳藥和飲食店，便知道作者和讀者，仍然和先前的專講妓女戲子的小報的人們同流，現在不過用男作家，女作家來替代了倡優，或捧或罵，算是在文壇上做工夫。《語絲》初辦的時候，對於廣告的選擇是極嚴的，雖是新書，倘社員以為不是好書，也不給登載。因為是同人雜誌，所以撰稿者也可行使這樣的職權。聽説北新書局之辦《北新半月刊》，就因為在《語絲》上不能自由登載廣告的緣故。但自從移在上海出版以後，書籍不必説，連醫生的診例也出現了，襪廠的廣告也出現了，甚至於立癒遺精藥品的廣告也出現了。固然，誰也不能保證《語絲》的讀者決不遺精，況且遺精也並非惡行，但善後辦法，卻須向《申報》之類，要穩當，則向《醫藥學報》的廣告上去留心的。我因此得了幾封詰責的信件，又就在《語絲》本身上登了一篇投來的反對的文章。

但以前我也曾盡了我的本分。當襪廠出現時，曾經當面質問過小峰，回答是“發廣告的人弄錯的”；遺精藥出現時，是寫了一封信，並無答覆，但從此以後，廣告卻也不見了。我想，在小峰，大約還要算是讓步的，因為這時對於一部分的作家，早由北新書局致送稿費，不只負發行之責，而《語絲》也因此並非純粹的同人雜誌了。

積了半年的經驗之後，我就決計向小峰提議，將《語絲》停刊，沒有得到贊成，我便辭去編輯的責任。小峰要我尋一個替代的人，我於是推舉了柔石。

但不知為甚麼，柔石編輯了六個月，第五卷的上半卷一完，也辭職了。

以上是我所遇見的關於《語絲》四年中的瑣事。試將前幾期和近幾期一比較，便知道其間的變化，有怎樣的不同，最分明的是幾乎不提時事，且多登中篇作品了，這是因為容易充滿頁數而又可免於遭殃。雖然因為毀壞舊物和戳破新盒子而露出裡面所藏的舊物來的一種突擊之力，至今尚為舊的和自以為新的人們所憎惡，但這力是屬於往昔的了。

十二月二十二日。

點評

《我和〈語絲〉的始終》憶述魯迅與《語絲》雜誌在北平創刊、編輯，到移至上海後，最終委託柔石編輯這五六年間的關係，其中點出“語絲文體”的特徵：“在不意中顯了一種特色，是：任意而談，無所顧忌，要催促新的產生，對於有害於新的舊物，則竭力加以排擊——但應該產生怎樣的‘新’，卻並無明白的表示，而一到覺得有些危急之際，也還是故意隱約其詞。”雖說“在不意中”，文體特色並非刻意經營，但最後還說：“雖然因為毀壞舊物和戳破新盒子而露出裡面所藏的舊物來的一種突擊之力，至今尚為舊的和自以為新的人們所憎惡。”可見魯迅對這份刊物、這種風格還是非常眷戀的。

《語絲》週刊於一九二四年十一月十七日在北平創刊。由孫伏園、周作人先後主編。主要撰稿人有魯迅、周作人、錢玄同、林語堂、劉半農、章衣萍、江紹原、川島等。一九二七年十月，《語絲》被奉系軍閥張作霖查封。同年十二月在上海復刊，先後由魯迅、柔石、李小峰主編。主要撰稿人為魯迅、周作人、章衣萍、韓侍桁、楊騷、陳學昭等。一九三〇年三月十日出至第五卷第五十二期停刊。《語絲》發刊詞出自周作人的手筆："我們幾個人發起這個週刊，並沒有甚麼野心和奢望。⋯⋯我們並不期望這於中國的生活或思想上會有甚麼影響，不過姑且發表自己所要説的話，聊以消遣罷了。⋯⋯我們所想做的只是想衝破中國的生活和思想界的昏濁停滯的空氣。我們個人的思想盡自不同，但對於一切專制的反抗則沒有異議。"該刊多發表針砭時弊的雜感和小品散文。儘管語絲社諸子的思想和藝術主張不盡一致，但多以排擊舊物，催促新生，放縱而談，活潑灑脱，古今並論，聚學識、見識、趣味於一爐，莊諧雜出，不拘一格，而在當時文壇風起雲生，在社會批評和文明批評上形成以諷刺、幽默和喜劇性的笑為特徵的"語絲體"。

刊物愈益顯示出在當時思想文化界屬於重量級的分量。魯迅在週刊上發表《高老夫子》、《離婚》等小説，以及收入《華蓋集》、《華蓋集續編》、《而已集》、《三閒集》的許多雜感，尤其是散文詩《野草》。周作人的散文則收入《自己的園地》、《雨天的書》以及《談龍集》、《談虎集》，於閒話清談中隱含嘲諷，即興隨緣處不乏憤懣，既講"文明批評"、"社會批評"，也忘不了"生活的藝術"。林語堂雜感隨筆，頗有"熱烈及少不更事的勇氣"，甚至聲稱"我們情願揭竿作亂以土匪自居，也不作專制暴君的俳優；時代需要土匪⋯⋯今日的言論界還得有土匪傻子來説話"。這些文字後來收入《翦拂集》。一九二五年林語堂在《語絲》週刊發表了《插論〈語絲〉的文體——穩健、罵人和費厄潑賴》，引出魯迅的《論"費厄潑賴"應該緩行》，主張"打落水狗"，林語堂也積極跟進。而廢名的小說和俞平伯的散文，則以清淡略為苦澀見長，多有“知堂氣”。如魯迅所說：“文學團體不是豆莢，包含在裡面的，始終都是豆。大約集成時本已各個不同，後來更各有種種的變化。”（《且介亭雜文二集·〈中國新文學大系〉小說二集序》）

再談香港

我經過我所視為“畏途”的香港，算起來九月二十八日是第三回。

第一回帶着一點行李，但並沒有遇見甚麼事。第二回是單身往來，那情狀，已經寫過一點了。這回卻比前兩次彷彿先就感到不安，因為曾在《創造月刊》上王獨清先生的通信中，見過英國僱用的中國同胞上船“查關”的威武：非罵則打，或者要幾塊錢。而我是有十隻書箱在統艙裡，六隻書箱和衣箱在房艙裡的。

看看掛英旗的同胞的手腕，自然也可說是一種經歷，但我又想，這代價未免太大了，這些行李翻動之後，單是重行整理捆紮，就須大半天；要實驗，最好只有一兩件。然而已經如此，也就隨他如此罷。只是給錢呢，還是聽他逐件查驗呢？倘查驗，我一個人一時怎麼收拾呢？

船是二十八日到香港的，當日無事。第二天午後，茶房匆匆跑來了，在房外用手招我道：

“查關！開箱子去！”

我拿了鑰匙，走進統艙，果然看見兩位穿深綠色制服的英屬同胞，手執鐵簽，在箱堆旁站着。我告訴他這裡面是舊書，他似乎不懂，嘴裡只有三個字：

“打開來！”

“這是對的，”我想，“他怎能相信漠不相識的我的話呢。”自然打開來，於是靠了兩個茶房的幫助，打開來了。

他一動手，我立刻覺得香港和廣州的查關的不同。我出廣州，也曾受過檢查。但那邊的檢查員，臉上是有血色的，也懂得我的話。每一包紙或 部書，抽出來看後，便放在原地方，所以毫不凌亂。的確是檢查。而在這“英人的樂園”的香港可大兩樣了。檢查員的臉是青色的，也似乎不懂我的話。他只將箱子的內容倒出，翻攪一通，倘是一個紙包，便將包紙撕破，於是一箱書籍，經他攪鬆之後，便高出箱面有六七寸了。

“打開來！”

其次是第二箱。我想，試一試罷。

“可以不看麼？”我低聲說。

“給我十塊錢。”他也低聲說。他懂得我的話的。

“兩塊。”我原也肯多給幾塊的，因為這檢查法委實可怕，十箱書收拾妥帖，至少要五點鐘。可惜我一元的鈔票只有兩張了，此外是十元的整票，我一時還不肯獻出去。

“打開來！”

兩個茶房將第二箱抬到艙面上，他如法泡製，一箱書又變了一箱半，還撕碎了幾個厚紙包。一面“查關”，一面磋商，我添到五元，他減到七元，即不肯再減。其時已經開到第五箱，四面圍滿了一群看熱鬧的旁觀者。

箱子已經開了一半了，索性由他看去罷，我想着，便停止了商議，只是“打開來”。但我的兩位同胞也彷佛有些厭倦了似的，漸漸不像先前一般翻箱倒篋，每箱只抽二三十本書，拋在箱面上，便畫了查訖的記號了。其中有一束舊信札，似乎頗惹起他們的興味，振了一振精神，但看過四五封之後，也就放下了。此後大抵又開了一箱罷，他們便離開了亂書堆：這就是終結。

我仔細一看，已經打開的是八箱，兩箱絲毫未動。而這兩個碩果，卻全是伏園的書箱，由我替他帶回上海來的。至於我自己的東西，是全部亂七八糟。

“吉人自有天相，伏園真福將也！而我的華蓋運卻還沒有走完，噫吁唏……”我想着，蹲下去隨手去拾亂書。拾不幾本，茶房又在艙口大聲叫我了：

“你的房裡查關，開箱子去！”

我將收拾書箱的事託了統艙的茶房，跑回房艙去。果然，兩位英屬同胞早在那裡等我了。床上的鋪蓋已經掀得稀亂，一個凳子躺在被鋪上。我一進門，他們便搜我身上的皮夾。我以為意在看看名刺，可以知道姓名。然而並不看名刺，只將裡面的兩張十元鈔票一看，便交還我了。還囑咐我好好拿着，彷彿很怕我遺失似的。

其次是開提包，裡面都是衣服，只抖開了十來件，亂堆在床鋪上。其次是看提籃，有一個包着七元大洋的紙包，打開來數了一回，默然無話。還有一包十元的在底裡，卻不被發見，漏網了。其次是看長椅子上的手巾包，內有角子一包十元，散的四五元，銅子數十枚，看完之後，也默然無話。其次是開衣箱。這回可有些可怕了。我取鎖匙略遲，同胞已經揑着鐵簽作將要毀壞鉸鏈之勢，幸而鑰匙已到，始慶安全。裡面也是衣服，自然還是照例的抖亂，不在話下。

“你給我們十塊錢，我們不搜查你了。”一個同胞一面搜衣箱，一面說。

我就抓起手巾包裡的散角子來，要交給他。但他不接受，回過頭去再“查關”。

話分兩頭。當這一位同胞在查提包和衣箱時，那一位同胞是在查網籃。但那檢查法，和在統艙裡查書箱的時候又兩樣了。那時還不過搗亂，這回卻變了毀壞。他先將魚肝油的紙匣撕碎，擲在地板上，還用鐵簽在蔣徑三君送我的裝着含有荔枝香味的茶葉的瓶上鑽了一個洞。一面鑽，一面四顧，在桌上見了一把小刀。這是在北京時用十幾個銅子從白塔寺買來，帶到廣州，這回削過楊桃的。事後一量，連柄長華尺五寸三分。然而據說是犯了罪了。

"這是兇器，你犯罪的。"他拿起小刀來，指着向我說。

我不答話，他便放下小刀，將鹽煮花生的紙包用指頭挖了一個洞。接着又拿起一盒蚊煙香。

"這是甚麼？"

"蚊煙香。盒子上不寫着麼？"我說。

"不是。這有些古怪。"

他於是抽出一枝來，嗅着。後來不知如何，因為這一位同胞已經搜完衣箱，我須去開第二隻了。這時卻使我非常為難，那第二隻裡並不是衣服或書籍，是極其零碎的東西：照片，鈔本，自己的譯稿，別人的文稿，剪存的報章，研究的資料……。我想，倘一毀壞或攪亂，那損失可太大了。而同胞這時忽又去看了一回手巾包。我於是大悟，決心拿起手巾包裡十元整封的角子，給他看了一看。他回頭向門外一望，然後伸手接過去，在第二隻箱上畫了一個查訖的記號，走向那一位同胞去。大約打了一個暗號罷，——然而奇怪，他並不將錢帶走，卻塞在我的枕頭下，自己出去了。

這時那一位同胞正在用他的鐵簽，惡狠狠地刺入一個裝着餅類的壇子的封口去。我以為他一聽到暗號，就要中止了。而孰知不然。他仍然繼續工作，挖開封口，將蓋着的一片木板摔在地板上，碎為兩片，然後取出一個餅，捏了一捏，擲入壇中，這才也揚長而去了。

天下太平。我坐在煙塵陡亂，亂七八糟的小房裡，悟出我的兩位同胞開手的搗亂，倒並不是惡意。即使議價，也須在小小亂七八糟之後，這是所以"掩人耳目"的，猶言如此凌亂，可見已經檢查過。王獨清先生不云乎？同胞之外，是還有一位高鼻子，白皮膚的主人翁的。當收款之際，先看門外者大約就為此。但我一直沒有看見這一位主人翁。

後來的毀壞，卻很有一點惡意了。然而也許倒要怪我自己不肯拿出鈔票去，只給銀角子。銀角子放在制服的口袋裡，沉墊墊地，確是易為主人翁所發見的，所以只得暫且放在枕頭下。我想，他大概須待公事辦畢，這才再來收賬罷。

皮鞋聲橐橐地自遠而近，停在我的房外了，我看時，是一個白人，頗胖，大概便是兩位同胞的主人翁了。

“查過了？”他笑嘻嘻地問我。

的確是的，主人翁的口吻。但是，一目瞭然，何必問呢？或者因為看見我的行李特別亂七八糟，在慰安我，或在嘲弄我罷。

他從房外拾起一張《大陸報》附送的圖畫，本來包着什物，由同胞撕下來拋出去的，倚在壁上看了一回，就又慢慢地走過去了。

我想，主人翁已經走過，“查關”該已收場了，於是先將第一隻衣箱整理，捆好。

不料還是不行。一個同胞又來了，叫我“打開來”，他要查。接着是這樣的問答——

“他已經看過了。”我說。

“沒有看過。沒有打開過。打開來！”

“我剛剛捆好的。”

“我不信。打開來！”

“這裡不畫着查過的符號麼？”

“那麼，你給了錢了罷？你用賄賂……”

“…………”

“你給了多少錢？”

“你去問你的一夥去。”

他去了。不久，那一個又忙忙走來，從枕頭下取了錢，此後便不再看見，——真正天下太平。

我才又慢慢地收拾那行李。只見桌子上聚集着幾件東西，是我的一把剪刀，一個開罐頭的傢伙，還有一把木柄的小刀。大約倘沒有那十元小洋，便還要指這為“兇器”，加上“古怪”的香，來恐嚇我的罷。但那一枝香卻不在桌子上。

船一走動，全船反顯得更閒靜了，茶房和我閒談，卻將這翻箱倒篋的事，歸咎於我自己。

“你生得太瘦了，他疑心你是販雅片的。”他說。

我實在有些愕然。真是人壽有限，“世故”無窮。我一向以為和人們搶飯碗要碰釘子，不要飯碗是無妨的。去年在廈門，才知道吃飯固難，不吃亦殊為“學者”所不悅，得了不守本分的批評。鬍鬚的形狀，有國粹和歐式之別，不易處置，我是早經明白的。今年到廣州，才又知道雖顏色也難以自由，有人在日報上警告我，叫我的鬍子不要變灰色，又不要變紅色。至於為人不可太瘦，則到香港才省悟，先前是夢裡也未曾想到的。

的確，監督着同胞“查關”的一個西洋人，實在吃得很肥胖。

香港雖只一島，卻活畫着中國許多地方現在和將來的小照：中央幾位洋主子，手下是若干頌德的“高等華人”和一夥作倀的奴氣同胞。此外即全是默默吃苦的“土人”，能耐的死在洋場上，耐不住的逃入深山中，苗瑤是我們的前輩。

九月二十九之夜。海上。

點評

《再談香港》記述魯迅從廣州取道香港去上海，在視為“畏途”的香港，受殖民地主人與爪牙之侮辱性檢查的經歷，第二日即記下，屬於“帶露折花”，以展示“掛英旗的同胞”的手腕。

這是震撼了魯迅神經的殖民地體驗。兩位穿深綠色制服的“英屬同胞”，手執鐵簽，頤指氣使，將魯迅放在統艙和艙房的十六隻裝滿舊書、衣物的箱子，翻得亂七八糟，撕碎了幾個厚紙包，戳破了瓶罐，還指着削水果用的小刀說“這是兇器，你犯罪的”。在這“英人的樂園”的香港，檢查員的臉是青色的，一面“查關”，一面磋商破財免災的錢數：“你給我們十塊錢，我們不搜查你了。”然後他們的主人胖白人才出現，“看見我的行李特別亂七八糟，”說了一句似是慰安，似是嘲弄的話。“茶房和我閒談，將這翻箱倒篋的事，歸咎於我自己，說：‘你生得太瘦了，他疑心你是販雅片的。’”這是難以忍受的人格侮辱，文章最後感慨繫之：“香港雖只一島，卻活畫着中國許多地方現在和將來的小照：中央幾位洋主子，手下是若干頌德的‘高等華人’和一夥作倀的奴氣同胞。此外即全是默默吃苦的‘土人’，能耐的死在洋場上，耐不住的逃入深山中，苗瑤是我們的前輩。”魯迅於此表達了焦慮的民族拯救意識，宣示了維護人格、國格尊嚴的意志。

為了忘卻的記念

一

我早已想寫一點文字，來記念幾個青年的作家。這並非為了別的，只因為兩年以來，悲憤總時時來襲擊我的心，至今沒有停止，我很想藉此算是竦身一搖，將悲哀擺脱，給自己輕鬆一下，照直説，就是我倒要將他們忘卻了。

兩年前的此時，即一九三一年的二月七日夜或八日晨，是我們的五個青年作家同時遇害的時候。當時上海的報章都不敢載這件事，或者也許是不願，或不屑載這件事，只在《文藝新聞》上有一點隱約其辭的文章。那第十一期（五月二十五日）裡，有一篇林莽先生作的《白莽印象記》，中間說：

> "他做了好些詩，又譯過匈牙利詩人彼得斐的幾首詩，當時的《奔流》的編輯者魯迅接到了他的投稿，便來信要和他會面，但他卻是不願見名人的人，結果是魯迅自己跑來找他，竭力鼓勵他作文學的工作，但他終於不能坐在亭子間裡寫，又去跑他的路了。不久，他又一次的被了捕。……"

這裡所說的我們的事情其實是不確的。白莽並沒有這麼高慢，他曾經到過我的寓所來，但也不是因為我要求和他會面；我也沒有這麼高慢，對於一位素不相識的投稿者，會輕率的寫信去叫他。我們相見的原因很平常，那時他所投的是從德文譯出的《彼得斐傳》，我就發信去討原文，原文是載在詩集前面的，郵寄不便，他就親自送來了。看去是一個二十多歲的青年，面貌很端正，顏色是黑黑的，當時的談話我已經忘卻，只記得他自說姓徐，象山人；我問他為甚麼代你收信的女士是這麼一個怪名字（怎麼怪法，現在也忘卻了），他說她就喜歡起得這麼怪，羅曼諦克，自己也有些和她不大對勁了。就只剩了這一點。

夜裡，我將譯文和原文粗粗的對了一遍，知道除幾處誤譯之外，還有一個故意的曲譯。他像是不喜歡"國民詩人"這個字的，都改成"民眾詩人"了。第二天又接到他一封來信，說很悔和我相見，他的話多，我的話少，又冷，好像受了一種威壓似的。我便寫一封回信去解釋，說初次相會，說話不多，也是人之常情，並且告訴他不應該由自己的愛憎，將原文改變。因為他的原書留在我這裡了，就將我所藏的兩本集子送給他，問他可能再譯幾首詩，以供讀者的參看。他果然譯了幾首，自己拿來了，我們就談得比第一回多一些。這傳和詩，後來就都登在《奔流》第二卷第五本，即最末的一本裡。

我們第三次相見，我記得是在一個熱天。有人打門了，我去開門時，來的就是白莽，卻穿着一件厚棉袍，汗流滿面，彼此都不禁失笑。這時他才告訴我他是一個革命者，剛由被捕而釋出，衣服和書籍全被沒收了，連我送他的那兩本；身上的袍子是從朋友那裡借來的，沒有夾衫，而必須穿長衣，所以只好這麼出汗。我想，這大約就是林莽先生說的"又一次的被了捕"的那一次了。

我很欣幸他的得釋，就趕緊付給稿費，使他可以買一件夾衫，但一面又很為我的那兩本書痛惜：落在捕房的手裡，真是明珠投暗了。那兩本書，原是極平常的，一本散文，一本詩集，據德文譯者說，這是他搜集起來的，雖在匈牙利本國，也還沒有這麼完全的本子，然而印在《萊克朗氏萬有文庫》（Reelam's Universal-Bibliothek）中，倘在德國，就隨處可得，也值不到一元錢。不過在我是一種寶貝，因為這是三十年前，正當我熱愛彼得斐的時候，特地託丸善書店從德國去買來的，那時還恐怕因為書極便宜，店員不肯經手，開口時非常惴惴。後來大抵帶在身邊，只是情隨事遷，已沒有翻譯的意思了，這回便決計送給這也如我的那時一樣，熱愛彼得斐的詩的青年，算是給它尋得了一個好着落。所以還鄭重其事，託柔石親自送去的。誰料竟會落在"三道頭"之類的手裡的呢，這豈不冤枉！

二

我的決不邀投稿者相見，其實也並不完全因為謙虛，其中含着省事的分子也不少。由於歷來的經驗，我知道青年們，尤其是文學青年們，十之九是感覺很敏，自尊心也很旺盛的，一不小心，極容易得到誤解，所以倒是故意迴避的時候多。見面尚且怕，更不必說敢有託付了。但那時我在上海，也有一個惟一的不但敢於隨便談笑，而且還敢於託他辦點私事的人，那就是送書去給白莽的柔石。

我和柔石最初的相見，不知道是何時，在那裡。他仿佛說過，曾在北京聽過我的講義，那麼，當在八九年之前了。我也忘記了在上海怎麼來往起來，總之，他那時住在景雲里，離我的寓所不過四五家門面，不知怎麼一來，就來往起來了。大約最初的一回他就告訴我是姓趙，名平復。但他又曾談起他家鄉的豪紳的氣焰之盛，說是有一個紳士，以為他的名字好，要給兒子用，叫他不要用這名字了。所以我疑心他的原名是"平福"，平穩而有福，才正中鄉紳的意，對於"復"字卻未必有這麼熱心。他的家鄉，是台州的寧海，這只要一看他那台州式的硬氣就知道，而且頗有點迂，有時會令我忽而想到方孝孺，覺得好像也有些這模樣的。

他躲在寓裡弄文學，也創作，也翻譯，我們往來了許多日，說得投合起來了，於是另外約定了幾個同意的青年，設立朝華社。目的是在紹介東歐和北歐的文學，輸入外國的版畫，因為我們都以為應該來扶植一點剛健質樸的文藝。接着就印《朝花旬刊》，印《近代世界短篇小說集》，印《藝苑朝華》，算都在循着這條線，只有其中的一本《蕗谷虹兒畫選》，是為了掃蕩上海灘上的"藝術家"，即戳穿葉靈鳳這紙老虎而印的。

然而柔石自己沒有錢，他借了二百多塊錢來做印本。除買紙之外，大部分的稿子和雜務都是歸他做，如跑印刷局，製圖，校字之類。可是往往不如意，說起來皺着眉頭。看他舊作品，都很有悲觀的氣息，但實際上並不然，他相信人們是好的。我有時談到人會怎樣的騙人，怎樣的賣友，怎樣的吮血，他就前額亮晶晶的，驚疑地圓睜了近視的眼睛，抗議道，"會這樣的麼？——不至於此罷？……"

不過朝花社不久就倒閉了，我也不想說清其中的原因，總之是柔石的理想的頭，先碰了一個大釘子，力氣固然白化，此外還得去借一百塊錢來付紙賬。後來他對於我那"人心惟危"說的懷疑減少了，有時也嘆息道，"真會這樣的麼？……"但是，他仍然相信人們是好的。

他於是一面將自己所應得的朝花社的殘書送到明日書店和光華書局去，希望還能夠收回幾文錢，一面就拚命的譯書，準備還借款，這就是賣給商務印書館的《丹麥短篇小說集》和戈理基作的長篇小說《阿爾泰莫諾夫之事業》。但我想，這些譯稿，也許去年已被兵火燒掉了。

他的迂漸漸的改變起來，終於也敢和女性的同鄉或朋友一同去走路了，但那距離，卻至少總有三四尺的。這方法很不好，有時我在路上遇見他，只要在相距三四尺前後或左右有一個年青漂亮的女人，我便會疑心就是他的朋友。但他和我一同走路的時候，可就走得近了，簡直是扶住我，因為怕我被汽車或電車撞死；我這面也為他近視而又要照顧別人擔心，大家都蒼皇失措的愁一路，所以倘不是萬不得已，我是不大和他一同出去的，我實在看得他吃力，因而自己也吃力。

無論從舊道德，從新道德，只要是損己利人的，他就挑選上，自己背起來。

他終於決定地改變了，有一回，曾經明白的告訴我，此後應該轉換作品的內容和形式。我説：這怕難罷，譬如使慣了刀的，這回要他耍棍，怎麼能行呢？他簡潔的答道：只要學起來！

他説的並不是空話，真也在從新學起來了，其時他曾經帶了一個朋友來訪我，那就是馮鏗女士。談了一些天，我對於她終於很隔膜，我疑心她有點羅曼諦克，急於事功；我又疑心柔石的近來要做大部的小説，是發源於她的主張的。但我又疑心我自己，也許是柔石的先前的斬釘截鐵的回答，正中了我那其實是偷懶的主張的傷疤，所以不自覺地遷怒到她身上去了。——我其實也並不比我所怕見的神經過敏而自尊的文學青年高明。

她的體質是弱的，也並不美麗。

三

直到左翼作家聯盟成立之後，我才知道我所認識的白莽，就是在《拓荒者》上做詩的殷夫。有一次大會時，我便帶了一本德譯的，一個美國的新聞記者所做的中國遊記去送他，這不過以為他可以由此練習德文，另外並無深意。然而他沒有來。我只得又託了柔石。

但不久，他們竟一同被捕，我的那一本書，又被沒收，落在“三道頭”之類的手裡了。

四

明日書店要出一種期刊，請柔石去做編輯，他答應了；書店還想印我的譯著，託他來問版稅的辦法，我便將我和北新書局所訂的合同，抄了一份交給他，他向衣袋裡一塞，匆匆的走了。其時是一九三一年一月十六日的夜間，而不料這一去，竟就是我和他相見的末一回，竟就是我們的永訣。

第二天，他就在一個會場上被捕了，衣袋裡還藏着我那印書的合同，聽說官廳因此正在找尋我。印書的合同，是明明白白的，但我不願意到那些不明不白的地方去辯解。記得《說岳全傳》裡講過一個高僧，當追捕的差役剛到寺門之前，他就“坐化”了，還留下甚麼“何立從東來，我向西方走”的偈子。這是奴隸所幻想的脫離苦海的惟一的好方法，“劍俠”盼不到，最自在的惟此而已。我不是高僧，沒有涅槃的自由，卻還有生之留戀，我於是就逃走。

這一夜，我燒掉了朋友們的舊信札，就和女人抱着孩子走在一個客棧裡。不幾天，即聽得外面紛紛傳我被捕，或是被殺了，柔石的消息卻很少。有的說，他曾經被巡捕帶到明日書店裡，問是否是編輯；有的說，他曾經被巡捕帶往北新書局去，問是否是柔石，手上上了銬，可見案情是重的。但怎樣的案情，卻誰也不明白。

他在囚繫中，我見過兩次他寫給同鄉的信，第一回是這樣的——

“我與三十五位同犯（七個女的）於昨日到龍華。並於昨夜上了鐐，開政治犯從未上鐐之紀錄。此案累及太大，我一時恐難出獄，書店事望兄為我代辦之。現亦好，且跟殷夫兄學德文，此事可告周先生；望周先生勿念，我等未受刑。捕房和公安局，幾次問周先生地址，但我那裡知道。諸望勿念。祝好！

趙少雄　　月二十四日。”

以上正面。

“洋鐵飯碗，要二三隻
如不能見面，可將東西
望轉交趙少雄”

以上背面。

他的心情並未改變，想學德文，更加努力；也仍在記念我，像在馬路上行走時候一般。但他信裡有些話是錯誤的，政治犯而上鐐，並非從他們開始，但他向來看得官場還太高，以為文明至今，到他們才開始了嚴酷。其實是不然的。果然，第二封信就很不同，措詞非常慘苦，且說馮女士的面目都浮腫了，可惜我沒有抄下這封信。其時傳説也更加紛繁，説他可以贖出的也有，説他已經解往南京的也有，毫無確信；而用函電來探問我的消息的也多起來，連母親在北京也急得生病了，我只得一一發信去更正，這樣的大約有二十天。

天氣愈冷了，我不知道柔石在那裡有被褥不？我們是有的。洋鐵碗可曾收到了沒有？……但忽然得到一個可靠的消息，説柔石和其他二十三人，已於二月七日夜或八日晨，在龍華警備司令部被槍斃了，他的身上中了十彈。

原來如此！……

在一個深夜裡，我站在客棧的院子中，周圍是堆着的破爛的什物；人們都睡覺了，連我的女人和孩子。我沉重的感到我失掉了很好的朋友，中國失掉了很好的青年，我在悲憤中沉靜下去了，然而積習卻從沉靜中抬起頭來，湊成了這樣的幾句：

慣於長夜過春時，挈婦將雛鬢有絲。
夢裡依稀慈母淚，城頭變幻大王旗。
忍看朋輩成新鬼，怒向刀叢覓小詩。
吟罷低眉無寫處，月光如水照緇衣。

但末二句，後來不確了，我終於將這寫給了一個日本的歌人。

可是在中國，那時是確無寫處的，禁錮得比罐頭還嚴密。我記得柔石在年底曾回故鄉，住了好些時，到上海後很受朋友的責備。他悲憤的對我說，他的母親雙眼已經失明了，要他多住幾天，他怎麼能夠就走呢？我知道這失明的母親的眷眷的心，柔石的拳拳的心。當《北斗》創刊時，我就想寫一點關於柔石的文章，然而不能夠，只得選了一幅珂勒惠支（Käthe Kollwitz）夫人的木刻，名曰《犧牲》，是一個母親悲哀地獻出她的兒子去的，算是只有我一個人心裡知道的柔石的記念。

同時被難的四個青年文學家之中，李偉森我沒有會見過，胡也頻在上海也只見過一次面，談了幾句天。較熟的要算白莽，即殷夫了，他曾經和我通過信，投過稿，但現在尋起來，一無所得，想必是十七那夜統統燒掉了，那時我還沒有知道被捕的也有白莽。然而那本《彼得斐詩集》卻在的，翻了一遍，也沒有甚麼，只在一首《Wahlspruch》（格言）的旁邊，有鋼筆寫的四行譯文道：

"生命誠寶貴，
　愛情價更高；

若為自由故，

二者皆可抛！”

又在第二葉上，寫着“徐培根”三個字，我疑心這是他的真姓名。

五

前年的今日，我避在客棧裡，他們卻是走向刑場了；去年的今日，我在炮聲中逃在英租界，他們則早已埋在不知那裡的地下了；今年的今日，我才坐在舊寓裡，人們都睡覺了，連我的女人和孩子。我又沉重的感到我失掉了很好的朋友，中國失掉了很好的青年，我在悲憤中沉靜下去了，不料積習又從沉靜中抬起頭來，寫下了以上那些字。

要寫下去，在中國的現在，還是沒有寫處的。年青時讀向子期《思舊賦》，很怪他為甚麼只有寥寥的幾行，剛開頭卻又煞了尾。然而，現在我懂得了。

不是年青的為年老的寫記念，而在這三十年中，卻使我目睹許多青年的血，層層淤積起來，將我埋得不能呼吸，我只能用這樣的筆墨，寫幾句文章，算是從泥土中挖一個小孔，自己延口殘喘，這是怎樣的世界呢。夜正長，路也正長，我不如忘卻，不說的好罷。但我知道，即使不是我，將來總會有記起他們，再說他們的時候的。……

二月七一八日。

點評

《為了忘卻的記念》是為“左聯五烈士”二週年祭寫的祭奠文，題目便正話反説，力圖“竦身一搖，擺脱悲哀”，用“為了忘卻”來表達最深切沉痛的懷念，使情感在出格的語式中，抒發得異常奇崛而沉鬱。一九三一年一月十七日，柔石、殷夫等左聯的五位青年作家被捕。同年二月七日被秘密槍殺於上海龍華，魯迅也面臨時刻被捕的危險境地。魯迅毫無畏懼，“怒向刀叢覓小詩”，在聞知柔石、殷夫等左聯青年遇難的消息後，就發表《中國無產階級革命文學和前驅的血》、《黑暗中國的文藝界的現狀》等文章，強烈抗議和揭露暴虐的當局之罪行。在烈士遇難兩週年之際，即一九三三年二月八日，以無限的悲憤寫下了這篇《為了忘卻的記念》。五烈士為李偉森、柔石、胡也頻、馮鏗、殷夫，而與魯迅交往較多者為柔石、殷夫。

文章寫殷夫（白莽）投稿、翻譯裴多菲，隱隱觸動自己提倡“摩羅詩派”的青春想象，又由於委託柔石帶書贈殷夫，因此引出交往更密切的柔石，如此穿插着描寫對他們的印象，文心甚為綿密。殷夫（白莽）出獄後，熱天來訪，卻穿着一件厚棉袍，汗流滿面，立即預支稿費，使他能夠買件夾衫，可見對青年的愛撫情深。“但那時我在上海，也有一個惟一的不但敢於隨便談笑，而且還敢於託他辦點私事的人，那就是送書去給白莽的柔石。”魯迅時以白描筆墨點染已亡青年的神采，幽默處亦多辛酸和悲憤。對於柔石，“大約最初的一回他就告訴我是姓趙，名平復。但他又曾談起他家鄉的豪紳的氣焰之盛，説是有一個紳士，以為他的名字好，要給兒子用，叫他不要用這名字了。所以我疑心他的原名是‘平福’，平穩而有福，才正中鄉紳的意，對於‘復’字卻未必有這麼熱心。他的家鄉，是台州的寧海，這只要一看他那台州式的硬氣就知道，而且頗有點迂，有時會令我忽而想到方孝孺，覺得好像也有些這模樣的"。對人物名字、性格的描述，觸及鄉上民俗，既可見社會黑暗，也可見青年反抗的最初動因。

談到合辦朝華社的艱難和柔石的刻苦勤快，"看他舊作品，都很有悲觀的氣息，但實際上並不然，他相信人們是好的。我有時談到人會怎樣的騙人，怎樣的賣友，怎樣的吮血，他就前額亮晶晶的，驚疑地圓睜了近視的眼睛，抗議道，'會這樣的麼？——不至於此罷？……'"可知反抗者也有幾分單純和善意，"仍然相信人們是好的"，"無論從舊道德，從新道德，只要是損己利人的，他就挑選上，自己背起來"。行文有時也作了一些調侃，但愈是調侃，愈是顯得他們的情誼之深，比如："他的迂漸漸的改變起來，終於也敢和女性的同鄉或朋友一同去走路了，但那距離，卻至少總有三四尺的。這方法很不好，有時我在路上遇見他，只要在相距三四尺前後或左右有一個年青漂亮的女人，我便會疑心就是他的朋友。但他和我一同走路的時候，可就走得近了，簡直是扶住我，因為怕我被汽車或電車撞死；我這面也為他近視而又要照顧別人擔心，大家都蒼皇失措的愁一路，所以倘不是萬不得已，我是不大和他一同出去的，我實在看得他吃力，因而自己也吃力。"寫革命者何必寫得個個都叱咤風雲，或張揚瘋狂呢，這樣寫就很好，他善良，關懷別人，捨己為人，卻被黑暗社會殺害了，就像殺害"常常微笑着，態度很溫和"的劉和珍，這激起人們的悲憤是揪心裂肺的。他"已於（一九三一年）二月七日夜或八日晨，在龍華警備司令部被槍斃了，他的身上中了十彈"。

尤其在記掛他們獄中境遇之時，忽聞凶訊，對自己的感情波瀾寫得一波三折，極其動人心弦，令人不能不相信"有些文章是用水寫的，另一些文章則是用血寫的”。先寫自己於春夜中吟成悲憤的七律；繼之寫選刊了珂勒惠支的木刻《犧牲》，是一個母親悲哀地獻出她的兒子去的，藉以紀念柔石的犧牲和他失明的母親的悲哀；再繼之寫殷夫遺書中留下的裴多菲《格言》詩的譯文。這是灑酹英魂的三杯酒，酒中混合着烈士的血和魯迅的淚。尤其是魯迅這首《七律》，郭沫若説：“大有唐人風韻，哀切動人，可稱絕唱。”（《革命春秋・由日本回來了》）

所要紀念的是不能“忘卻”的：“我沉重的感到我失掉了很好的朋友，中國失掉了很好的青年，我在悲憤中沉靜下去了，然而積習卻從沉靜中抬起頭來。”所不能忘卻的，又是不能不掙扎着要“忘卻”的：“不是年青的為年老的寫記念，而在這三十年中，卻使我目睹許多青年的血，層層淤積起來，將我埋得不能呼吸，我只能用這樣的筆墨，寫幾句文章，算是從泥土中挖一個小孔，自己延口殘喘，這是怎樣的世界呢。夜正長，路也正長，我不如忘卻，不説的好罷。但我知道，即使不是我，將來總會有記起他們，再説他們的時候的。……”如此迴環反覆的感情旋渦，使這篇真性情文字沉鬱頓挫，有血性者讀之都心弦震顫。

憶劉半農君

這是小峰出給我的一個題目。

這題目並不出得過分。半農去世，我是應該哀悼的，因為他也是我的老朋友。但是，這是十來年前的話了，現在呢，可難説得很。

我已經忘記了怎麼和他初次會面，以及他怎麼能到了北京。他到北京，恐怕是在《新青年》投稿之後，由蔡孑民先生或陳獨秀先生去請來的，到了之後，當然更是《新青年》裡的一個戰士。他活潑，勇敢，很打了幾次大仗。譬如罷，答王敬軒的雙鐄信，“她”字和“牠”字的創造，就都是的。這兩件，現在看起來，自然是瑣屑得很，但那是十多年前，單是提倡新式標點，就會有一大群人“若喪考妣”，恨不得“食肉寢皮”的時候，所以的確是“大仗”。現在的二十左右的青年，大約很少有人知道三十年前，單是剪下辮子就會坐牢或殺頭的了。然而這曾經是事實。

但半農的活潑，有時頗近於草率，勇敢也有失之無謀的地方。但是，要商量襲擊敵人的時候，他還是好夥伴，進行之際，心口並不相應，或者暗暗的給你一刀，他是決不會的。倘若失了算，那是因為沒有算好的緣故。

《新青年》每出一期，就開一次編輯會，商定下一期的稿件。其時最惹我注意的是陳獨秀和胡適之。假如將韜略比作一間倉庫罷，獨秀先生的是外面豎一面大旗，大書道：“內皆武器，來者小心！”但那門卻開着的，裡面有幾枝槍，幾把刀，一目瞭然，用不着提防。適之先生的是緊緊的關着門，門上粘一條小紙條道：“內無武器，請勿疑慮。”這自然可以是真的，但有些人 —— 至少是我這樣的人 —— 有時總不免要側着頭想一想。半農卻是令人不覺其有“武庫”的一個人，所以我佩服陳胡，卻親近半農。

所謂親近，不過是多談閒天，一多談，就露出了缺點。幾乎有一年多，他沒有消失掉從上海帶來的才子必有“紅袖添香夜讀書”的艷福的思想，好容易才給我們罵掉了。但他好像到處都這麼的亂説，使有些“學者”皺眉。有時候，連到《新青年》投稿都被排斥。他很勇於寫稿，但試去看舊報去，很有幾期是沒有他的。那些人們批評他的為人，是：淺。

不錯，半農確是淺。但他的淺，卻如一條清溪，澄澈見底，縱有多少沉渣和腐草，也不掩其大體的清。倘使裝的是爛泥，一時就看不出它的深淺來了；如果是爛泥的深淵呢，那就更不如淺一點的好。

但這些背後的批評，大約是很傷了半農的心的，他的到法國留學，我疑心大半就為此。我最懶於通信，從此我們就疏遠起來了。他回來時，我才知道他在外國鈔古書，後來也要標點《何典》，我那時還以老朋友自居，在序文上説了幾句老實話，事後，才知道半農頗不高興了，“駟不及舌”，也沒有法子。另外還有一回關於《語絲》的彼此心照的不快活。五六年前，曾在上海的宴會上見過一回面，那時候，我們幾乎已經無話可談了。

近幾年，半農漸漸的據了要津，我也漸漸的更將他忘卻；但從報章上看見他禁稱“蜜斯”之類，卻很起了反感：我以為這些事情是不必半農來做的。從去年來，又看見他不斷的做打油詩，弄爛古文，回想先前的交情，也往往不免長嘆。我想，假如見面，而我還以老朋友自居，不給一個“今天天氣……哈哈哈”完事，那就也許會弄到衝突的罷。

不過，半農的忠厚，是還使我感動的。我前年曾到北平，後來有人通知我，半農是要來看我的，有誰恐嚇了他一下，不敢來了。這使我很慚愧，因為我到北平後，實在未曾有過訪問半農的心思。

現在他死去了，我對於他的感情，和他生時也並無變化。我愛十年前的半農，而憎惡他的近幾年。這憎惡是朋友的憎惡，因為我希望他常是十年前的半農，他的為戰士，即使"淺"罷，卻於中國更為有益。我願以憤火照出他的戰績，免使一群陷沙鬼將他先前的光榮和死屍一同拖入爛泥的深淵。

八月一日。

點評

《憶劉半農君》一千四百餘字，顯得勁練而老辣。五四以後魯迅依然荷戟前行，以左翼文學體驗的眼光和視角，來悼念他新亡的老朋友劉半農。魯迅勾勒了劉半農的五四姿態，稱之為"《新青年》裡的一個戰士。他活潑，勇敢，很打了幾次大仗。譬如罷，答王敬軒的雙鐄信，'她'字和'牠'字的創造，就都是的。這兩件，現在看起來，自然是瑣屑得很，但那是十多年前，單是提倡新式標點，就會有一大群人'若喪考妣'，恨不得'食肉寢皮'的時候，所以的確是'大仗'。"劉半農自視為《新青年》闖勁十足的前沿戰將，參與推動《新青年》由陳獨秀一人主編，轉換為編輯部同人輪流編輯的制度。沈尹默在《我和北大》的長篇回憶中說："《新青年》搬到北京後，成立了新的編輯委員會，編委七人：陳獨秀、周樹人、周作人、錢玄同、胡適、劉半農、沈尹默。並規定由七個編委輪流編輯，每期一人，週而復始。”（中華書局《文史資料選輯》一九七九年第六十一輯）周作人說，他自己，可能還有魯迅，“只是客員”。

魯迅回憶劉半農，實際上是“撿拾五四落葉”，通過審視劉半農而反思五四。因而他推重劉半農的“勇”之外，也不諱言他的“淺”，勇而淺是五四闖將們多多少少沾染的習氣。劉半農更是典型：“他很勇於寫稿，但試去看舊報去，很有幾期是沒有他的。那些人們批評他的為人，是：淺。不錯，半農確是淺。但他的淺，卻如一條清溪，澄澈見底，縱有多少沉渣和腐草，也不掩其大體的清。倘使裝的是爛泥，一時就看不出它的深淺來了；如果是爛泥的深淵呢，那就更不如淺一點的好。”清淺勇敢，大膽創造，敢打大仗，這就是魯迅所反思的五四風格。這種風格少了深沉，也少了可持續性，因而劉半農為別人說他“淺”而傷心，赴歐留學，就“在外國鈔古書，後來也要標點《何典》”；拿到法國博士學位回國後，轉向語言學，還可以“看見他不斷的做打油詩，弄爛古文”。在魯迅看來，劉半農由此“失五四”，不再是“五四的”劉半農了。

魯迅對五四的反思，由劉半農而直抵五四的主將：“《新青年》每出一期，就開一次編輯會，商定下一期的稿件。其時最惹我注意的是陳獨秀和胡適之。假如將韜略比作一間倉庫罷，獨秀先生的是外面豎一面大旗，大書道：‘內皆武器，來者小心！’但那門卻開着的，裡面有幾枝槍，幾把刀，一目瞭然，用不着提防。適之先生的是緊緊的關着門，門上粘一條小紙條道：‘內無武器，請勿疑慮。’這自然可以是真的，但有些人——至少是我這樣的人——有時總不免要側着頭想一想。半農卻是令人不覺其有‘武庫’的一個人，所以我佩服陳胡，卻親近半農。”對於這種“武庫論”的反思，判斷陳獨秀、劉半農的話都甚是恰切；唯有胡適後來看到這段文字，覺得莫名其妙。魯迅説胡氏武庫緊閉，門上粘着“內無武器，請勿疑慮”的小紙條，自然可以是真的，對於他的談論自由人權，容忍異己，寬厚待人心胸，並不過分挑剔，但魯迅經歷過徐錫麟秋瑾之喋血、“三·一八慘案”及左聯五烈士慘案，再以“好政府”或以貧窮、疾病、愚昧、貪污、擾亂“五鬼”為“我們積弱的大原因”，並以此談論“我們走那條路”，這種武庫就使得深知中國痼疾的魯迅“總不免要側着頭想一想”。

反思五四的結果，魯迅對本文作了畫龍點睛：“我愛十年前的半農，而憎惡他的近幾年。這憎惡是朋友的憎惡，因為我希望他常是十年前的半農，他的為戰士，即使‘淺’罷，卻於中國更為有益。”同時魯迅又從當時大量出現的悼念文章中，看出潛藏着的某種壞習氣，於是説：“我願以憤火照出他的戰績，免使一群陷沙鬼將他先前的光榮和死屍一同拖入爛泥的深淵。”對陷沙鬼的批判，與《憶韋素園君》中所云“文人的遭殃，不在生前的被攻擊和被冷落，一瞑之後，言行兩亡，於是無聊之徒，謬託知己，是非蜂起，既以自衒，又以賣錢，連死屍也成了他們的沽名獲利之具，這倒是值得悲哀的”，是可資參照的。

憶韋素園君

我也還有記憶的，但是，零落得很。我自己覺得我的記憶好像被刀刮過了的魚鱗，有些還留在身體上，有些是掉在水裡了，將水一攪，有幾片還會翻騰，閃爍，然而中間混着血絲，連我自己也怕得因此污了賞鑑家的眼目。

現在有幾個朋友要紀念韋素園君，我也須説幾句話。是的，我是有這義務的。我只好連身外的水也攪一下，看看泛起怎樣的東西來。

怕是十多年之前了罷，我在北京大學做講師，有一天，在教師豫備室裡遇見了一個頭髮和鬍子統統長得要命的青年，這就是李霽野。我的認識素園，大約就是霽野紹介的罷，然而我忘記了那時的情景。現在留在記憶裡的，是他已經坐在客店的一間小房子裡計畫出版了。

這一間小房子，就是未名社。

那時我正在編印兩種小叢書，一種是《烏合叢書》，專收創作，一種是《未名叢刊》，專收翻譯，都由北新書局出版。出版者和讀者的不喜歡翻譯書，那時和現在也並不兩樣，所以《未名叢刊》是特別冷落的。恰巧，素園他們願意紹介外國文學到中國來，便和李小峰商量，要將《未名叢刊》移出，由幾個同人自辦。小峰一口答應了，於是這一種叢書便和北新書局脱離。稿子是我們自己的，另籌了一筆印費，就算開始。因這叢書的名目，連社名也就叫了“未名”——但並非“沒有名目”的意思，是“還沒有名目”的意思，恰如孩子的“還未成丁”似的。

未名社的同人，實在並沒有甚麼雄心和大志，但是，願意切切實實的，點點滴滴的做下去的意志，卻是大家一致的。而其中的骨幹就是素園。

於是他坐在一間破小屋子，就是未名社裡辦事了，不過小半好像也因為他生着病，不能上學校去讀書，因此便天然的輪着他守寨。

我最初的記憶是在這破寨裡看見了素園，一個瘦小，精明，正經的青年，窗前的幾排破舊外國書，在證明他窮着也還是釘住着文學。然而，我同時又有了一種壞印象，覺得和他是很難交往的，因為他笑影少。“笑影少”原是未名社同人的一種特色，不過素園顯得最分明，一下子就能夠令人感得。但到後來，我知道我的判斷是錯誤了，和他也並不難於交往。他的不很笑，大約是因為年齡的不同，對我的一種特別態度罷，可惜我不能化為青年，使大家忘掉彼我，得到確證了。這真相，我想，霽野他們是知道的。

但待到我明白了我的誤解之後，卻同時又發見了一個他的致命傷：他太認真；雖然似乎沉靜，然而他激烈。認真會是人的致命傷的麼？至少，在那時以至現在，可以是的。一認真，便容易趨於激烈，發揚則送掉自己的命，沉靜着，又齧碎了自己的心。

這裡有一點小例子。——我們是只有小例子的。

那時候，因為段祺瑞總理和他的幫閒們的迫壓，我已經逃到廈門，但北京的狐虎之威還正是無窮無盡。段派的女子師範大學校長林素園，帶兵接收學校去了，演過全副武行之後，還指留着的幾個教員為“共產黨”。這個名詞，一向就給有些人以“辦事”上的便利，而且這方法，也是一種老譜，本來並不希罕的。但素園卻好像激烈起來了，從此以後，他給我的信上，有好一晌竟憎惡“素園”兩字而不用，改稱為“漱園”。同時社內也發生了衝突，高長虹從上海寄信來，說素園壓下了向培良的稿子，叫我講一句話。我一聲也不響。於是在《狂飆》上罵起來了，先罵素園，後是我。素園在北京壓下了培良的稿子，卻由上海的高長虹來抱不平，要在廈門的我去下判斷，我頗覺得是出色的滑稽，而且一個團體，雖是小小的文學團體罷，每當光景艱難時，內部是一定有人起來搗亂的，這也並不希罕。然而素園卻很認真，他不但寫信給我，敍述着詳情，還作文登在雜誌上剖白。在“天才”們的法庭上，別人剖白得清楚的麼？——我不禁長長的嘆了一口氣，想到他只是一個文人，又生着病，卻這麼拚命的對付着內憂外患，又怎麼能夠持久呢。自然，這僅僅是小憂患，但在認真而激烈的個人，卻也相當的大的。

不久，未名社就被封，幾個人還被捕。也許素園已經咯血，進了病院了罷，他不在內。但後來，被捕的釋放，未名社也啓封了，忽封忽啓，忽捕忽放，我至今還不明白這是怎麼的一個玩意。

我到廣州，是第二年——一九二七年的秋初，仍舊陸續的接到他幾封信，是在西山病院裡，伏在枕頭上寫就的，因為醫生不允許他起坐。他措辭更明顯，思想也更清楚，更廣大了，但也更使我擔心他的病。有一天，我忽然接到一本書，是布面裝訂的素園翻譯的《外套》。我一看明白，就打了一個寒噤：這明明是他送給我的一個紀念品，莫非他已經自覺了生命的期限了麼？

我不忍再翻閱這一本書，然而我沒有法。

我因此記起，素園的一個好朋友也咯過血，一天竟對着素園咯起來，他慌張失措，用了愛和憂急的聲音命令道：“你不許再吐了！”我那時卻記起了伊孛生的《勃蘭特》。他不是命令過去的人，從新起來，卻並無這神力，只將自己埋在崩雪下面的麼？……

我在空中看見了勃蘭特和素園，但是我沒有話。

一九二九年五月末，我最以為僥倖的是自己到西山病院去，和素園談了天。他為了日光浴，皮膚被曬得很黑了，精神卻並不萎頓。我們和幾個朋友都很高興。但我在高興中，又時時夾着悲哀：忽而想到他的愛人，已由他同意之後，和別人訂了婚；忽而想到他竟連紹介外國文學給中國的一點志願，也怕難於達到；忽而想到他在這裡靜臥着，不知道他自以為是在等候全癒，還是等候滅亡；忽而想到他為甚麼要寄給我一本精裝的《外套》？……

壁上還有一幅陀思妥也夫斯基的大畫像。對於這先生，我是尊敬，佩服的，但我又恨他殘酷到了冷靜的文章。他佈置了精神上的苦刑，一個個拉了不幸的人來，拷問給我們看。現在他用沉鬱的眼光，凝視着素園和他的臥榻，好像在告訴我：這也是可以收在作品裡的不幸的人。

自然，這不過是小不幸，但在素園個人，是相當的大的。

一九三二年八月一日晨五時半，素園終於病歿在北平同仁醫院裡了，一切計畫，一切希望，也同歸於盡。我所抱憾的是因為避禍，燒去了他的信札，我只能將一本《外套》當作唯一的紀念，永遠放在自己的身邊。

自素園病歿之後，轉眼已是兩年了，這其間，對於他，文壇上並沒有人開口。這也不能算是希罕的，他既非天才，也非豪傑，活的時候，既不過在默默中生存，死了之後，當然也只好在默默中泯沒。但對於我們，卻是值得記念的青年，因為他在默默中支持了未名社。

未名社現在是幾乎消滅了，那存在期，也並不長久。然而自素園經營以來，紹介了果戈理（N. Gogol），陀思妥也夫斯基（F. Dostoevsky），安特列夫（L. Andreev），紹介了望．藹覃（F. van Eeden），紹介了愛倫堡（I. Ehrenburg）的《煙袋》和拉夫列涅夫（B. Lavrenev）的《四十一》。還印行了《未名新集》，其中有叢蕪的《君山》，靜農的《地之子》和《建塔者》，我的《朝華夕拾》，在那時候，也都還算是相當可看的作品。事實不為輕薄陰險小兒留情，曾幾何年，他們就都已煙消火滅，然而未名社的譯作，在文苑裡卻至今沒有枯死的。

是的，但素園卻並非天才，也非豪傑，當然更不是高樓的尖頂，或名園的美花，然而他是樓下的一塊石材，園中的一撮泥土，在中國第一要他多。他不入於觀賞者的眼中，只有建築者和栽植者，決不會將他置之度外。

文人的遭殃，不在生前的被攻擊和被冷落，一瞑之後，言行兩亡，於是無聊之徒，謬託知己，是非蜂起，既以自衒，又以賣錢，連死屍也成了他們的沽名獲利之具，這倒是值得悲哀的。現在我以這幾千字紀念我所熟識的素園，但願還沒有營私肥己的處所，此外也別無話說了。

我不知道以後是否還有記念的時候，倘止於這一次，那麼，素園，從此別了！

一九三四年七月十六之夜，魯迅記。

點評

對於青年，魯迅以憂鬱的愛撫的眼光，曾經從血跡中寫他（她）們“從容地轉輾於文明人所發明的槍彈的攢射中”，或在暗夜中被秘密槍殺，留下了他（她）溫和的微笑，留下了他們“相信人們是好的”，寧可損己利人的單純。而《憶韋素園君》則寫一個在破屋中默默地編輯書刊，勤謹而認真的人。這是韋素園留給魯迅的第一印象：“現在留在記憶裡的，是他已經坐在客店的一間小房子裡計畫出版了。這一間小房子，就是未名社。⋯⋯連社名也就叫了‘未名’——但並非‘沒有名目’的意思，是‘還沒有名目’的意思，恰如孩子的‘還未成丁’似的。未名社的同人，實在並沒有甚麼雄心和大志，但是，願意切切實實的，點點滴滴的做下去的意志，卻是大家一致的。而其中的骨幹就是素園。”他坐在破小屋，為未名社守寨，“我最初的記憶是在這破寨裡看見了素園，一個瘦小，精明，正經的青年，窗前的幾排破舊外國書，在證明他窮着也還是釘住着文學。”韋素園的精神，就是願意切切實實、點點滴滴地做事，把窮困瘦小的病軀奉獻給文學。

魯迅這樣談論自己的零零落落的記憶：“我自己覺得我的記憶好像被刀刮過了的魚鱗，有些還留在身體上，有些是掉在水裡了，將水一攪，有幾片還會翻騰，閃爍，然而中間混着血絲，連我自己也怕得因此污了賞鑑家的眼目。”刀刮的魚鱗，混着血絲，魯迅是將自己的心血也注入回憶，在平凡中發現生命的價值，“卻同時又發見了一個他的致命傷：他太認真；雖然似乎沉靜，然而他激烈。認真會是人的致命傷的麼？至少，在那時以至現在，可以是的。一認真，便容易趨於激烈，發揚則送掉自己的命，沉靜着，又嚙碎了自己的心。”韋素園用“太認真”對待社會風潮，對待同行者的內訌，對待未名社的查封和開張，以至於咯血。

尤其動人的是，魯迅一九二五年的北平西山探病，“在高興中，又時時夾着悲哀”，思想中翻騰着種種“忽而想到”，終於聚焦於“壁上還有一幅陀思妥也夫斯基的大畫像。對於這先生，我是尊敬，佩服的，但我又恨他殘酷到了冷靜的文章。他佈置了精神上的苦刑，一個個拉了不幸的人來，拷問給我們看。現在他用沉鬱的眼光，凝視着素園和他的臥榻，好像在告訴我：這也是可以收在作品裡的不幸的人”。對於一個陀思妥耶夫斯基的敬仰者，他竟然成為譯著中接受精神苦刑的不幸的人，這是何等殘酷的超文學的顛倒錯綜。

魯迅是如此對韋素園進行定位的：“他既非天才，也非豪傑，活的時候，既不過在默默中生存，死了之後，當然也只好在默默中泯沒。但對於我們，卻是值得記念的青年，因為他在默默中支持了未名社。”對於默默無聞地如此生、如此死的價值，魯迅賦予他文化建設上的基礎性價值：“是的，但素園卻並非天才，也非豪傑，當然更不是高樓的尖頂，或名園的美花，然而他是樓下的一塊石材，園中的一撮泥土，在中國第一要他多。他不入於觀賞者的眼中，只有建築者和栽植者，決不會將他置之度外。”一塊石材、一撮泥土的意義，就在於它們是高樓的尖頂、名園的美花的必不可缺的底層基礎。歌唱“野草”的魯迅，當然也歌唱“泥土”。魯迅說過：“天才並不是自生自長在深林荒野裡的怪物，是由可以使天才生長的民眾產生，長育出來的，所以沒有這種民眾，就沒有天才。有一回拿破侖過 Alps（阿爾卑斯）山，說，‘我比 Alps 山還要高！’這何等英偉，然而不要忘記他後面跟着許多兵；倘沒有兵，那只有被山那面的敵人捉住或者趕回，他的舉動，言語，都離了英雄的界線，要歸入瘋子一類了。所以我想，在要求天才的產生之前，應該先要求可以使天才生長的民眾。——譬如想有喬木，想看好花，一定要有好土；沒有土，便沒有花木了；所以土實在較花木還重要。花木非有土不可，正同拿破侖非有好兵不可一樣。”（《墳·未有天才之前》）

為了這“一塊石材，一撮泥土”，韋素園一九三二年病逝於同仁醫院後，魯迅致函台靜農說：“素園逝去，實足哀傷，有志者入泉，無為者住世，豈佳事乎！”韋素園入葬於北平香山南麓萬安公墓，魯迅為之書寫《韋素園墓記》，文曰：“君以一九又二年六月十八日生，一九三二年八月一日卒。嗚呼！宏才遠志，厄於短年。文苑失英，明者永悼。弟叢蕪，友靜農，霽野立表；魯迅書。”

關於太炎先生二三事

前一些時，上海的官紳為太炎先生開追悼會，赴會者不滿百人，遂在寂寞中閉幕，於是有人慨嘆，以為青年們對於本國的學者，竟不如對於外國的高爾基的熱誠。這慨嘆其實是不得當的。官紳集會，一向為小民所不敢到；況且高爾基是戰鬥的作家，太炎先生雖先前也以革命家現身，後來卻退居於寧靜的學者，用自己所手造的和別人所幫造的牆，和時代隔絕了。紀念者自然有人，但也許將為大多數所忘卻。

我以為先生的業績，留在革命史上的，實在比在學術史上還要大。回憶三十餘年之前，木板的《訄書》已經出版了，我讀不斷，當然也看不懂，恐怕那時的青年，這樣的多得很。我的知道中國有太炎先生，並非因為他的經學和小學，是為了他駁斥康有為和作鄒容的《革命軍》序，竟被監禁於上海的西牢。那時留學日本的浙籍學生，正辦雜誌《浙江潮》，其中即載有先生獄中所作詩，卻並不難懂。這使我感動，也至今並沒有忘記，現在抄兩首在下面——

獄中贈鄒容

鄒容吾小弟，被髮下瀛洲。快剪刀除辮，乾牛肉作餱。英雄一入獄，天地亦悲秋。臨命須摻手，乾坤只兩頭。

獄中聞沈禹希見殺

不見沈生久，江湖知隱淪，蕭蕭悲壯士，今在易京門。

螭魅羞爭焰，文章總斷魂。中陰當待我，南北幾新墳。

一九〇六年六月出獄，即日東渡，到了東京，不久就主持《民報》。我愛看這《民報》，但並非為了先生的文筆古奧，索解為難，或說佛法，談“俱分進化”，是為了他和主張保皇的梁啓超鬥爭，和“××”的×××鬥爭，和“以《紅樓夢》為成佛之要道”的×××鬥爭，真是所向披靡，令人神旺。前去聽講也在這時候，但又並非因為他是學者，卻為了他是有學問的革命家，所以直到現在，先生的音容笑貌，還在目前，而所講的《說文解字》，卻一句也不記得了。

民國元年革命後，先生的所志已達，該可以大有作為了，然而還是不得志。這也是和高爾基的生受崇敬，死備哀榮，截然兩樣的。我以為兩人遭遇的所以不同，其原因乃在高爾基先前的理想，後來都成為事實，他的一身，就是大眾的一體，喜怒哀樂，無不相通；而先生則排滿之志雖伸，但視為最緊要的“第一是用宗教發起信心，增進國民的道德；第二是用國粹激動種性，增進愛國的熱腸”（見《民報》第六本），卻僅止於高妙的幻想；不久而袁世凱又攘奪國柄，以遂私圖，就更使先生失卻實地，僅垂空文，至於今，惟我們的“中華民國”之稱，尚係發源於先生的《中華民國解》（最先亦見《民報》），為巨大的記念而已，然而知道這一重公案者，恐怕也已經不多了。既離民眾，漸入頹唐，後來的參與投壺，接收饋贈，遂每為論者所不滿，但這也不過白圭之玷，並非晚節不終。考其生平，以大勳章作扇墜，臨總統府之門，大詬袁世凱的包藏禍心者，並世無第二人；七被追捕，三入牢獄，而革命之志，終不屈撓者，並世亦無第二人：這才是先哲的精神，後生的楷範。近有文儈，勾結小報，竟也作文奚落先生以自鳴得意，真可謂“小人不欲成人之美”，而且“蚍蜉撼大樹，可笑不自量”了！

但革命之後，先生亦漸為昭示後世計，自藏其鋒鋩。浙江所刻的《章氏叢書》，是出於手定的，大約以為駁難攻訐，至於忿詈，有違古之儒風，足以貽譏多士的罷，先前的見於期刊的鬥爭的文章，竟多被刊落，上文所引的詩兩首，亦不見於《詩錄》中。一九三三年刻《章氏叢書續編》於北平，所收不多，而更純謹，且不取舊作，當然也無鬥爭之作，先生遂身衣學術的華袞，粹然成為儒宗，執贄願為弟子者綦眾，至於倉皇製《同門錄》成冊。近閱日報，有保護版權的廣告，有三續叢書的記事，可見又將有遺著出版了，但補入先前戰鬥的文章與否，卻無從知道。戰鬥的文章，乃是先生一生中最大，最久的業績，假使未備，我以為是應該一一輯錄，校印，使先生和後生相印，活在戰鬥者的心中的。然而此時此際，恐怕也未必能如所望罷，嗚呼！

十月九日。

點評

《關於太炎先生二三事》就着紀念魯迅曾經及門問學的辛亥革命先賢章太炎，從而對辛亥革命及章太炎人生的大端，進行大刀闊斧的反思。其中既有魯迅的辛亥反思情結，又融合着魯迅的左翼文學視境。因而，魯迅慨嘆："太炎先生雖先前也以革命家現身，後來卻退居於寧靜的學者，用自己所手造的和別人所幫造的牆，和時代隔絕了。"他由此提出"時代"與"牆"的問題，沒有左翼意識的參與，是不會感受到"牆的隔絕"之痛的。

平心而論，章太炎對近代中國的影響，一是作為革命家，二是作為國學家。他的革命家歷程，啓於一九〇三年發表《駁康有為論革命書》，點名直斥當朝光緒皇帝為"載湉小丑，未辨菽麥"，並為鄒容發為"雷霆之聲"的《革命軍》作序，二者雙璧輝映，引發

"蘇報案"，入獄三年。一九〇六年赴日本加盟同盟會，任《民報》主筆，主張"以國粹激勵種性"，"以宗教發起熱情"，以佛理說革命。孫中山、黃興一九〇五年在日本東京成立了中國同盟會，就以"驅除韃虜，恢復中華，創立民國，平均地權"十六字為政治綱領，其中隱含着"中華民國"四字；一九〇七年章太炎以其巨眼椽筆，在《民報》第十五號發表《中華民國解》，被視為"中華民國"國號的創始者。他的國學大家的確立，始於一九〇五年在東京開設國學講習班，弟子有黃侃、汪東、朱希祖、沈兼士、錢玄同、馬裕藻、吳承仕、魯迅、周作人等人。一九一三年之後，大量的章門弟子進入北京大學，成為國學或文史教學的中堅，深刻影響了現代中國的學術形態。一九二二年在上海講學，曹聚仁根據記錄整理為《國學概論》。二十世紀三十年代後，於上海、蘇州一帶活動及講學。一九三五年，於蘇州開設章氏國學講習會。據回憶，一九三五年一月三十日，朱希祖及黃侃同赴友人宴會，席間黃侃說："章太炎先生嘗對人言，余有五弟子，黃侃可比太平天國天王，汪東為東王，錢玄同為南王，朱希祖為西王，吳承仕為北王。"（《文史大家朱希祖》，學林出版社二〇〇二年版，一百七十六頁）。因而，梁啓超《清代學術概論》稱章太炎為清學正統派的"殿軍"。

一九三六年六月十四日，章太炎逝世，國民政府以"純正先賢"宣佈對之進行"國葬"；報刊文章或貶之為"失修的尊神"。於是魯迅扶病振筆，著成此文，對章太炎的價值作出辨正："我以為先生的業績，留在革命史上的，實在比在學術史上還要大。…… 我的知道中國有太炎先生，並非因為他的經學和小學，是為了他駁斥康有為和作鄒容的《革命軍》序，竟被監禁於上海的西牢。那時留學日本的浙籍學生，正辦雜誌《浙江潮》，其中即載有先生獄中所作詩，卻並不難懂。這使我感動，也至今並沒有忘記 …… 一九〇六年六月出獄，即日東渡，到了東京，不久就主持《民報》。我愛看這《民報》，但並非為了先生的文筆古奧，索解為難，或說佛法，談‘俱分進化’，是為了他和主張保皇的梁啓超鬥爭……真是所向披靡，令人神旺。前去聽講也在這時候，但又並非因為他是學者，卻為了他是有學問的革命家，所以直到現在，先生的音容笑貌，還在目前，而所講的《說文解字》，卻一句也不記得了。”這是魯迅說出的真感受，他在一九三三年六月十八日致函曹聚仁就說：“太炎先生曾教我小學，後來因為我主張白話，不敢再去見他了，後來他主張投壺，心竊非之，但當國民黨要沒收他的幾間破屋，我實不能向當局作媚笑。以後如相見，仍當執弟子禮甚恭（而太炎先生對於弟子，向來也絕無傲態，和藹若朋友然），自以為師弟之道，如此已可矣。”

革命家“章瘋子”的氣質與魯迅《摩羅詩力說》中倡導的“精神界之戰士”的氣質有些相似，魯迅論章太炎聚焦於此，可見他執着的戰鬥者的精神追求。然而儘管說章太炎“所講的《說文解字》，卻一句也不記得了”，但魯迅使用文字之敏銳和精粹，又想編寫“中國字體變遷史”，卻不能說與那時啓動的“咬文嚼字”的功夫無關。正如曹聚仁《我與魯迅》一文所說：“我對魯迅說：‘季剛（黃侃）的駢散文，只能算是形似的魏晉文；你們兄弟倆的散文才算是得魏晉的神理。’他笑着說：‘我知道你並非故意捧我們的場的。’後來，這段話傳到蘇州去，太炎師聽到了，也頗為讚許。”這裡所講的“神理”比起“形似”，更具有本質價值。善學習者，須得其神，而另創新局。同門好友馬裕藻（幼漁）輓魯迅的聯語中說：“熱烈情緒，冷酷文章，直筆遙師菿漢閣；清任高風，均平理想，同心深契樂亭君”——竟將魯迅文章溯源到章太炎那裡，因為“菿漢”是章氏的號；而將魯迅的政治思想追溯到李大釗，因為李是河北樂亭縣人，故稱“欒亭君”。

不管如何，東京國學講習班，是魯迅與章太炎思想文學聯繫的一條剪不斷的絲縷。魯迅致曹聚仁函中說：“太炎先生對於弟子，向來也絕無傲態，和藹若朋友然。”主要是來自東京國學講習班的印象。同門好友許壽裳回憶起來，也感到“幸侍講席，如坐春風”：“先生東京講學之所，是在大成中學裡一間教室。壽裳與周樹人（即魯迅）、作人兄弟等，亦願往聽。然苦與校課時間衝突，因託龔寶銓（先生的長婿）轉達，希望另設一班，蒙先生慨然允許。地址就在先生寓所——牛込區二丁目八番地，《民報》社。每星期日清晨，前往受業，在一間陋室之內，師生席地而坐，環一小几。先生講段氏《說文解字注》、郝氏《爾雅義疏》等，神解聰察，精力過人，逐字講釋，滔滔不絕。或則闡明語原，或者推見本字，或則旁證以各處方言，以故新義創見，層出不窮。即有時隨便談天，亦復詼諧間作，妙語解頤。自八時至正午，歷四小時毫無休息，真所謂‘誨人不倦’。”又說：“聽講時，以逷先（即朱希祖，又作逖先）筆記最勤，談天時以玄同說話為多，而且在席上爬來爬去，所以魯迅給玄同的綽號曰‘爬來爬去’；魯迅聽講，極少發言……”（《亡友魯迅印象記》）周作人《魯迅的故家》中回憶：“一共是八個聽講的人……當中放了一張矮桌子，先生坐在一面，學生圍着三面聽，用的書是《說文解字》，一個字一個字的講下去……太炎對於闊人要發脾氣，可是對學生卻極好，隨便談笑，同家人朋友一樣，夏天盤膝坐在席上，光着膀子，只穿一件長背心，留着一點泥鰍鬚，笑嘻嘻地講書，莊諧雜出，看去好像是一尊廟裡的哈喇菩薩。”

既然魯迅推崇章太炎在《民報》上的“戰鬥文章，乃是先生一生中最大，最久的業績”，“真是所向披靡，令人神旺”，那麼對章氏在辛亥十幾年以後的一些倒退行為，就不可能沒有微詞，指出他

“既離民眾，漸入頹唐，後來的參與投壺，接收饋贈，遂每為論者所不滿，但這也不過白圭之玷，並非晚節不終”，“先生遂身衣學術的華衮，粹然成為儒宗”。這是魯迅從戰鬥者的立場，反思辛亥革命及在這場革命以後風雲人物的蛻變。魯迅最終畫龍點睛地將章太炎列入辛亥時代的“無雙譜”:“考其生平，以大勳章作扇墜，臨總統府之門，大詬袁世凱的包藏禍心者，並世無第二人；七被追捕，三入牢獄，而革命之志，終不屈撓者，並世亦無第二人：這才是先哲的精神，後生的楷範。”“這才是”三字，意味着其餘不是，可見魯迅是把章太炎作為辛亥先哲。從處女作文言小說《懷舊》以鄉村動態折射辛亥革命前的風起青萍之末，到《吶喊》、《彷徨》時期以悲劇人物反覆折射辛亥革命在農村基層社會的死水微瀾，以致在臨近生命終點，除了寫出本文，還動手寫未完絕筆之作《因太炎先生而想起的二三事》，可見辛亥長久地作為魯迅認識中國、中國人、中國知識者的關鍵性命題。

弄堂生意古今談

“薏米杏仁蓮心粥！”

“玫瑰白糖倫教糕！”

“蝦肉餛飩麵！”

“五香茶葉蛋！”

這是四五年前，閘北一帶弄堂內外叫賣零食的聲音，假使當時記錄了下來，從早到夜，恐怕總可以有二三十樣。居民似乎也真會化零錢，吃零食，時時給他們一點生意，因為叫聲也時時中止，可見是在招呼主顧了。而且那些口號也真漂亮，不知道他是從“晚明文選”或“晚明小品”裡找過詞彙的呢，還是怎麼的，實在使我似的初到上海的鄉下人，一聽到就有饞涎欲滴之概，“薏米杏仁”而又“蓮心粥”，這是新鮮到連先前的夢裡也沒有想到的。但對於靠筆墨為生的人們，卻有一點害處，假使你還沒有練到“心如古井”，就可以被鬧得整天整夜寫不出甚麼東西來。

現在是大不相同了。馬路邊上的小飯店，正午傍晚，先前為長衫朋友所佔領的，近來已經大抵是“寄沉痛於幽閒”；老主顧呢，坐到黃包車夫的老巢的粗點心店裡面去了。至於車夫，那自然只好退到馬路邊沿餓肚子，或者幸而還能夠咬侉餅。弄堂裡的叫賣聲，說也奇怪，竟也和古代判若天淵，賣零食的當然還有，但不過是橄欖或餛飩，卻很少遇見那些“香艷肉感”的“藝術”的玩意了。嚷嚷呢，自然仍舊是嚷嚷的，只要上海市民存在一日，嚷嚷是大約決不會停止的。然而現在卻切實了不少：麻油，豆腐，潤髮的刨花，曬衣的竹竿；方法也有改進，或者一個人賣襪，獨自作歌讚嘆着襪的牢靠。或者兩個人共同賣布，交互唱歌頌揚着布的便宜。但大概是一直唱着進來，直達弄底，又一直唱着回去，走出弄外，停下來做交易的時候，是很少的。

偶然也有高雅的貨色：果物和花。不過這是並不打算賣給中國人的，所以他用洋話：

"Ringo Banana, Appulu-u, Appulu-u-u！"

"Hana 呀 Hana-a-a！ Ha-a-na-a-a！"

也不大有洋人買。

間或有算命的瞎子，化緣的和尚進弄來，幾乎是專攻娘姨們的，倒還是他們比較的有生意，有時算一命，有時賣掉一張黃紙的鬼畫符。但到今年，好像生意也清淡了，於是前天竟出現了大佈置的化緣。先只聽得一片鼓鈸和鐵索聲，我正想做"超現實主義"的語錄體詩，這麼一來，詩思被鬧跑了，尋聲看去，原來是一個和尚用鐵鈎鈎在前胸的皮上，鈎柄繫有一丈多長的鐵索，在地上拖着走進弄裡來，別的兩個和尚打着鼓和鈸。但是，那些娘姨們，卻都把門一關，躲得一個也不見了。這位苦行的高僧，竟連一個銅子也拖不去。

事後，我探了探她們的意見，那回答是："看這樣子，兩角錢是打發不走的。"

獨唱，對唱，大佈置，苦肉計，在上海都已經賺不到大錢，一面固然足徵洋場上的"人心澆薄"，但一面也可見只好去"復興農村"了，唔。

四月二十三日。

點評

《弄堂生意古今談》屬於帶露折花，記錄弄堂文化的變遷，固有的上海風情並不“永遠”。四五年前，閘北一帶弄堂內外叫賣零食的聲音，“實在使我似的初到上海的鄉下人，一聽到就有饞涎欲滴之概，‘薏米杏仁’而又‘蓮心粥’，這是新鮮到連先前的夢裡也沒有想到的”，買賣也不錯。“然而現在卻切實了不少：麻油，豆腐，潤髮的刨花，曬衣的竹竿；方法也有改進，或者一個人賣襪，獨自作歌讚嘆着襪的牢靠。或者兩個人共同賣布，交互唱歌頌揚着布的便宜。”但似乎少有人問津，民生窮困可見一斑。“偶然也有高雅的貨色：果物和花。不過這是並不打算賣給中國人的，所以他用洋話：‘Ringo Banana，Appulu-u，Appulu-u-u!’‘Hana 呀 Hana-a-a! Ha-a-na-a-a!’”這是殖民文化的折射，卻也不大有洋人買。陋俗開始氾濫：“間或有算命的瞎子，化緣的和尚進弄來，幾乎是專攻娘姨們的，倒還是他們比較的有生意，有時算一命，有時賣掉一張黃紙的鬼畫符。但到今年，好像生意也清淡了，於是前天竟出現了大佈置的化緣。先只聽得一片鼓鈸和鐵索聲……原來是一個和尚用鐵鈎鈎在前胸的皮上，鈎柄繫有一丈多長的鐵索，在地上拖着走進弄裡來，別的兩個和尚打着鼓和鈸。”但是，那些娘姨們感到這位苦行的高僧“看這樣子，兩角錢是打發不走的”，都把門一關，躲得一個也不見了。這種風俗畫是動態的，魯迅於其中感覺到社會神經的顫動。

阿　金

近幾時我最討厭阿金。

她是一個女僕，上海叫娘姨，外國人叫阿媽，她的主人也正是外國人。

她有許多女朋友，天一晚，就陸續到她窗下來，"阿金，阿金！"的大聲的叫，這樣的一直到半夜。她又好像頗有幾個姘頭；她曾在後門口宣佈她的主張：弗軋姘頭，到上海來做啥呢？……

不過這和我不相干。不幸的是她的主人家的後門，斜對着我的前門，所以"阿金，阿金！"的叫起來，我總受些影響，有時是文章做不下去了，有時竟會在稿子上寫一個"金"字。更不幸的是我的進出，必須從她家的曬台下走過，而她大約是不喜歡走樓梯的，竹竿，木板，還有別的甚麼，常常從曬台上直摔下來，使我走過的時候，必須十分小心，先看一看這位阿金可在曬台上面，倘在，就得繞遠些。自然，這是大半為了我的膽子小，看得自己的性命太值錢；但我們也得想一想她的主子是外國人，被打得頭破血出，固然不成問題，即使死了，開同鄉會，打電報也都沒有用的，——況且我想，我也未必能夠弄到開起同鄉會。

半夜以後，是別一種世界，還剩着白天脾氣是不行的。有一夜，已經三點半鐘了，我在譯一篇東西，還沒有睡覺。忽然聽得路上有人低聲的在叫誰，雖然聽不清楚，卻並不是叫阿金，當然也不是叫我。我想：這麼遲了，還有誰來叫誰呢？同時也站起來，推開樓窗去看去了，卻看見一個男人，望着阿金的繡閣的窗，站着。他沒有看見我。我自悔我的莽撞，正想關窗退回的時候，斜對面的小窗開處，已經現出阿金的上半身來，並且立刻看見了我，向那男人說了一句不知道甚麼話，用手向我一指，又一揮，那男人便開大步跑掉了。我很不舒服，好像是自己做了甚麼錯事似的，書譯不下去了，心裡想：以後總要少管閒事，要煉到泰山崩於前而色不變，炸彈落於側而身不移！……

但在阿金，卻似乎毫不受甚麼影響，因為她仍然嘻嘻哈哈。不過這是晚快邊才得到的結論，所以我真是負疚了小半夜和一整天。這時我很感激阿金的大度，但同時又討厭了她的大聲會議，嘻嘻哈哈了。自有阿金以來，四圍的空氣也變得擾動了，她就有這麼大的力量。這種擾動，我的警告是毫無效驗的，她們連看也不對我看一看。有一回，鄰近的洋人說了幾句洋話，她們也不理；但那洋人就奔出來了，用腳向各人亂踢，她們這才逃散，會議也收了場。這踢的效力，大約保存了五六夜。

此後是照常的嚷嚷；而且擾動又廓張了開去，阿金和馬路對面一家煙紙店裡的老女人開始奮鬥了，還有男人相幫。她的聲音原是響亮的，這回就更加響亮，我覺得一定可以使二十間門面以外的人們聽見。不一會，就聚集了一大批人。論戰的將近結束的時候當然要提到“偷漢”之類，那老女人的話我沒有聽清楚，阿金的答覆是：

“你這老 × 沒有人要！我可有人要呀！”

這恐怕是實情，看客似乎大抵對她表同情，“沒有人要”的老 × 戰敗了。這時踱來了一位洋巡捕，反背着兩手，看了一會，就來把看客們趕開；阿金趕緊迎上去，對他講了一連串的洋話。洋巡捕注意的聽完之後，微笑的說道：

“我看你也不弱呀！”

他並不去捉老 ×，又反背着手，慢慢的踱過去了。這一場巷戰就算這樣的結束。但是，人間世的糾紛又並不能解決得這麼乾脆，那老 × 大約是也有一點勢力的。第二天早晨，那離阿金家不遠的也是外國人家的西崽忽然向阿金家逃來。後面追着三個彪形大漢。西崽的小衫已被撕破，大約他被他們誘出外面，又給人堵住後門，退不回去，所以只好逃到他愛人這裡來了。愛人的肘腋之下，原是可以安身立命的，伊孛生（H. Ibsen）戲劇裡的彼爾．干德，就是失敗之後，終於躲在愛人的裙邊，聽唱催眠歌的大人物。但我看阿金似乎比不上瑙威女子，她無情，也沒有魄力。獨有感覺是靈的，那男人剛要跑到的時候，她已經趕緊把後門關上了。那男人於是進了絕路，只得站住。這好像也頗出於彪形大漢們的意料之外，顯得有些躊躕；但終於一同舉起拳頭，兩個是在他背脊和胸脯上一共給了三拳，仿佛也並不怎麼重，一個在他臉上打了一拳，卻使它立刻紅起來。這一場巷戰很神速，又在早晨，所以觀戰者也不多，勝敗兩軍，各自走散，世界又從此暫時和平了。然而我仍然不放心，因為我曾經聽人説過：所謂"和平"，不過是兩次戰爭之間的時日。

但是，過了幾天，阿金就不再看見了，我猜想是被她自己的主人所回覆。補了她的缺的是一個胖胖的，臉上很有些福相和雅氣的娘姨，已經二十多天，還很安靜，只叫了賣唱的兩個窮人唱過一回"奇葛隆冬強"的《十八摸》之類，那是她用"自食其力"的餘閒，享點清福，誰也沒有話説的。只可惜那時又招集了一群男男女女，連阿金的愛人也在內，保不定甚麼時候又會發生巷戰。但我卻也叨光聽到了男嗓子的上低音（barytone）的歌聲，覺得很自然，比絞死貓兒似的《毛毛雨》要好得天差地遠。

阿金的相貌是極其平凡的。所謂平凡，就是很普通，很難記住，不到一個月，我就説不出她究竟是怎麼一副模樣來了。但是我還討厭她，想到“阿金”這兩個字就討厭；在鄰近鬧嚷一下當然不會成這麼深仇重怨，我的討厭她是因為不消幾日，她就搖動了我三十年來的信念和主張。

我一向不相信昭君出塞會安漢，木蘭從軍就可以保隋；也不信妲己亡殷，西施沼吳，楊妃亂唐的那些古老話。我以為在男權社會裡，女人是決不會有這種大力量的，興亡的責任，都應該男的負。但向來的男性的作者，大抵將敗亡的大罪，推在女性身上，這真是一錢不值的沒有出息的男人。殊不料現在阿金卻以一個貌不出眾，才不驚人的娘姨，不用一個月，就在我眼前攪亂了四分之一里，假使她是一個女王，或者是皇后，皇太后，那麼，其影響也就可以推見了：足夠鬧出大大的亂子來。

昔者孔子“五十而知天命”，我卻為了區區一個阿金，連對於人事也從新疑惑起來了，雖然聖人和凡人不能相比，但也可見阿金的偉力，和我的滿不行。我不想將我的文章的退步，歸罪於阿金的嚷嚷，而且以上的一通議論，也很近於遷怒，但是，近幾時我最討厭阿金，彷彿她塞住了我的一條路，卻是的確的。

願阿金也不能算是中國女性的標本。

十二月二十一日。

點評

《阿金》寫上海的弄堂文化，魯迅似乎要譜寫弄堂交響曲，有市聲，有人樣，紅塵滾滾，血肉蒸騰。即便這裡寫的是上海弄堂一個普通娘姨（女僕）激起的風波，但筆墨縱橫，將日常生活中的雞毛蒜皮般的瑣事與巷戰、炸彈、會議、兩軍、和平等關涉軍國大事的詞語摻雜使用，妙趣橫生，令人會心一笑，卻笑後留下一絲苦澀滋味。

《阿金》開篇就凌空一筆："近幾時我最討厭阿金。她是一個女僕，上海叫娘姨，外國人叫阿媽，她的主人也正是外國人。"結尾又作呼應："願阿金也不能算是中國女性的標本。"阿金即便是娘姨，沾染洋場氣還要到處炫耀，交友蕪雜，公然宣稱"弗軋姘頭，到上海做啥呢"；半夜"幽會"時直戳着無意中窺見的"我"，使"我"負疚了小半夜和一整天，她卻滿不在乎，仍然嘻嘻哈哈；也能大吵大嚷，和馬路對面煙紙店裡的老女人展開巷戰，大叫"你這老× 沒有人要，我可有人要呀！"這種以刻薄來爭無聊之事的長短，既是毫無自愛，自我作賤，還要作賤他人，最終貶損了自己的人格。阿金依然沒有轉化為有素質的市民，缺乏公共道德意識和同情心，以鄰為壑，喜歡從曬台往過道拋擲垃圾，不管有沒有人經過，常常連竹竿、木板都直摔下去；她有位情人是外國人家的西崽，被三個彪形大漢追趕，逃到她家尋求庇護，阿金卻不顧情面，緊關後門，使情人在巷戰中負傷。如此淡情寡義，也使本應珍惜和敢於承擔的情緣，消磨於幾乎無事的悲劇之中。阿金被辭退，補缺的是一個胖胖的，臉上很有些福相和雅氣的娘姨，還算安靜，只叫了賣唱的兩個窮人唱過一回"奇葛隆冬強"的《十八摸》之類，只可惜又招集了一群男男女女，連阿金的愛人也在內，保不定甚麼時候又會發生巷戰，幾乎無事的悲劇並沒有終止。這實在是上海弄堂文化的浮世繪，繪下了人性在小市民化中的嘻嘻哈哈、吵吵嚷嚷的生存狀態，對於關心國民素質改造的魯迅而言，應視為一個艱難的命題。

魯迅是帶露折花，隨手拈取弄堂百相入文的，其中包含着他的切身感受。據許廣平回憶："住在（上海）景雲里二弄末尾二十三號時，隔鄰大興坊，北面直通寶山路，竟夜行人，有唱京戲的，有吵架的，聲喧嘈鬧，頗以為苦。加之隔鄰住户，平時搓麻將的聲音，每每於興發時，把牌重重敲在紅木桌面上。靜夜深思，被這意外的驚堂木式的敲擊聲和高聲狂笑所紛擾，輒使魯迅擲筆長嘆，無可奈何。"（《景雲深處是吾家》，收入河北教育出版社二〇〇二年版《十年攜手共艱危》）。

對於阿金這個"貌不出眾、才不驚人的上海娘姨"，魯迅說："我還討厭她，想到'阿金'這兩個字就討厭；在鄰近鬧嚷一下當然不會成這麼深仇重怨，我的討厭她是因為不消幾日，她就搖動了我三十年來的信念和主張。"魯迅被搖動的信念和主張，就是他一再為女子辯護，同在一九三四年，在年初就說過："關於楊妃，祿山之亂以後的文人就都撒着大謊，玄宗逍遙事外，倒說是許多壞事情都由她，敢說'不聞夏殷衰，中自誅褒妲'的有幾個。就是妲己，褒姒，也還不是一樣的事？女人的替自己和男人伏罪，真是太長遠了。……記得某男士有為某女士鳴不平的詩道：'君王城上豎降旗，妾在深宮那得知？二十萬人齊解甲，更無一個是男兒！'快哉快哉！"（《花邊文學·女人未必多說謊》）但到了年尾寫《阿金》就有搖動："我一向不相信昭君出塞會安漢，木蘭從軍就可以保隋；也不信妲己亡殷，西施沼吳，楊妃亂唐的那些古老話。我以為在男權社會裡，女人是決不會有這種大力量的，興亡的責任，都應該男的負。但向來的男性的作者，大抵將敗亡的大罪，推在女性身上，這真是一錢不值的沒有出息的男人。殊不料現在阿金卻以一個貌不出眾，才不驚人的娘姨，不用一個月，就在我眼前攪亂了四分之一里，假使她是一個女王，或者是皇后，皇太后，那麼，其影響也就可以推見了：足夠鬧出大大的亂子來。"也就是說，對於女性應有分析，改造國民性也不只是改造男人性。

值得注意的是，寫《阿金》一年後，魯迅又將這個名字寫入《故事新編．採薇》。伯夷、叔齊義不食周粟，採薇於首陽山，正在吃烤薇菜充飢，“忽然走來了一個二十來歲的女人，先前是沒有見過的，看她模樣，好像是闊人家裡的婢女”，這就是小丙君的婢女阿金姐。略為寒暄後，她卻說出：“‘普天之下，莫非王土’，你們在吃的薇，難道不是我們聖上的嗎！”這大概是小丙君的指教，卻使伯夷、叔齊感到五雷轟頂，“薇，自然是不吃，也吃不下去了，而且連看看也害羞，連要去搬開它，也抬不起手來，覺得仿佛有好幾百斤重”，遂餓死在山背後的石洞裡。山下人家夏夜納涼談起此事，阿金姐又來炫耀，說十多天前，她曾經上山去奚落他們了幾句，傻瓜總是脾氣大，大約就生氣了，絕了食撒賴，可是撒賴只落得一個自己死。“於是許多人就非常佩服阿金姐，說她很聰明，但也有些人怪她太刻薄。”她又出了洗刷自己，貶損死者的人格：“老天爺的心腸是頂好的，他看見他們的撒賴，快要餓死了，就吩咐母鹿，用它的奶去餵他們。您瞧，這不是頂好的福氣嗎？用不着種地，用不着砍柴，只要坐着，就天天有鹿奶自己送到你嘴裡來。可是賤骨頭不識抬舉，那老三，他叫甚麼呀，得步進步，喝鹿奶還不夠了。他喝着鹿奶，心裡想，‘這鹿有這麼胖，殺它來吃，味道一定是不壞的。’一面就慢慢的伸開臂膊，要去拿石片。可不知道鹿是通靈的東西，它已經知道了人的心思，立刻一溜煙逃走了。老天爺也討厭他們的貪嘴，叫母鹿從此不要去。您瞧，他們還不只好餓死嗎？那裡是為了我的話，倒是為了自己的貪心，貪嘴呵！……”這就使得天下大吉，人們“即使有時還會想起伯夷叔齊來，但恍恍忽忽，好像看見他們蹲在石壁下，正在張開白鬍子的大口，拚命的吃鹿肉”。效忠主子，搬弄是非，推卸責任，製造謠言，這個阿金姐將人命當兒戲，比上海弄堂裡的阿金更加惡劣。

“這也是生活”……

這也是病中的事情。

有一些事，健康者或病人是不覺得的，也許遇不到，也許太微細。到得大病初癒，就會經驗到；在我，則疲勞之可怕和休息之舒適，就是兩個好例子。我先前往往自負，從來不知道所謂疲勞。書桌面前有一把圓椅，坐着寫字或用心的看書，是工作；旁邊有一把藤躺椅，靠着談天或隨意的看報，便是休息；覺得兩者並無很大的不同，而且往往以此自負。現在才知道是不對的，所以並無大不同者，乃是因為並未疲勞，也就是並未出力工作的緣故。

我有一個親戚的孩子，高中畢了業，卻只好到襪廠裡去做學徒，心情已經很不快活的了，而工作又很繁重，幾乎一年到頭，並無休息。他是好高的，不肯偷懶，支持了一年多。有一天，忽然坐倒了，對他的哥哥道：“我一點力氣也沒有了。”

他從此就站不起來，送回家裡，躺着，不想飲食，不想動彈，不想言語，請了耶穌教堂的醫生來看，說是全體甚麼病也沒有，然而全體都疲乏了。也沒有甚麼法子治。自然，連接而來的是靜靜的死。我也曾經有過兩天這樣的情形，但原因不同，他是做乏，我是病乏的。我的確甚麼慾望也沒有，似乎一切都和我不相干，所有舉動都是多事，我沒有想到死，但也沒有覺得生；這就是所謂“無慾望狀態”，是死亡的第一步。曾有愛我者因此暗中下淚；然而我有轉機了，我要喝一點湯水，我有時也看看四近的東西，如牆壁，蒼蠅之類，此後才能覺得疲勞，才需要休息。

象心縱意的躺倒，四肢一伸，大聲打一個呵欠，又將全體放在適宜的位置上，然後弛懈了一切用力之點，這真是一種大享樂。在我是從來未曾享受過的。我想，強壯的，或者有福的人，恐怕也未曾享受過。

記得前年，也在病後，做了一篇《病後雜談》，共五節，投給《文學》，但後四節無法發表，印出來只剩了頭一節了。雖然文章前面明明有一個"一"字，此後突然而止，並無"二""三"，仔細一想是就會覺得古怪的，但這不能要求於每一位讀者，甚而至於不能希望於批評家。於是有人據這一節，下我斷語道："魯迅是贊成生病的。"現在也許暫免這種災難了，但我還不如先在這裡聲明一下："我的話到這裡還沒有完。"

有了轉機之後四五天的夜裡，我醒來了，喊醒了廣平。

"給我喝一點水。並且去開開電燈，給我看來看去的看一下。"

"為甚麼？……"她的聲音有些驚慌，大約是以為我在講昏話。

"因為我要過活。你懂得麼？這也是生活呀。我要看來看去的看一下。"

"哦……"她走起來，給我喝了幾口茶，徘徊了一下，又輕輕的躺下了，不去開電燈。

我知道她沒有懂得我的話。

街燈的光穿窗而入，屋子裡顯出微明，我大略一看，熟識的牆壁，壁端的棱線，熟識的書堆，堆邊的未訂的畫集，外面的進行着的夜，無窮的遠方，無數的人們，都和我有關。我存在着，我在生活，我將生活下去，我開始覺得自己更切實了，我有動作的慾望——但不久我又墜入了睡眠。

第二天早晨在日光中一看，果然，熟識的牆壁，熟識的書堆……這些，在平時，我也時常看它們的，其實是算作一種休息。但我們一向輕視這等事，縱使也是生活中的一片，卻排在喝茶搔癢之下，或者簡直不算一回事。我們所注意的是特別的精華，毫不在枝葉。給名人作傳的人，也大抵一味鋪張其特點，李白怎樣做詩，怎樣耍顛，拿破侖怎樣打仗，怎樣不睡覺，卻不說他們怎樣不耍顛，要睡覺。其實，一生中專門耍顛或不睡覺，是一定活不下去的，人之有時能耍顛和不睡覺，就因為倒是有時不耍顛和也睡覺的緣故。然而人們以為這些平凡的都是生活的渣滓，一看也不看。

於是所見的人或事，就如盲人摸象，摸着了腳，即以為象的樣子像柱子。中國古人，常欲得其"全"，就是製婦女用的"烏雞白鳳丸"，也將全雞連毛血都收在丸藥裡，方法固然可笑，主意卻是不錯的。

刪夷枝葉的人，決定得不到花果。

為了不給我開電燈，我對於廣平很不滿，見人即加以攻擊；到得自己能走動了，就去一翻她所看的刊物，果然，在我臥病期中，全是精華的刊物已經出得不少了，有些東西，後面雖然仍舊是"美容妙法"，"古木發光"，或者"尼姑之秘密"，但第一面卻總有一點激昂慷慨的文章。作文已經有了"最中心之主題"：連義和拳時代和德國統帥瓦德西睡了一些時候的賽金花，也早已封為九天護國娘娘了。

尤可驚服的是先前用《御香縹緲錄》，把清朝的宮廷講得津津有味的《申報》上的《春秋》，也已經時而大有不同，有一天竟在卷端的《點滴》裡，教人當吃西瓜時，也該想到我們土地的被割碎，像這西瓜一樣。自然，這是無時無地無事而不愛國，無可訾議的。但倘使我一面這樣想，一面吃西瓜，我恐怕一定嚥不下去，即使用勁嚥下，也難免不能消化，在肚子裡咕咚的響它好半天。這也未必是因為我病後神經衰弱的緣故。我想，倘若用西瓜作比，講過國恥講義，卻立刻又會高高興興的把這西瓜吃下，成為血肉的營養的人，這人恐怕是有些麻木。對他無論講甚麼講義，都是毫無功效的。

我沒有當過義勇軍，說不確切。但自己問：戰士如吃西瓜，是否大抵有一面吃，一面想的儀式的呢？我想：未必有的。他大概只覺得口渴，要吃，味道好，卻並不想到此外任何好聽的大道理。吃過西瓜，精神一振，戰鬥起來就和喉乾舌敝時候不同，所以吃西瓜和抗敵的確有關係，但和應該怎樣想的上海設定的戰略，卻是不相干。這樣整天哭喪着臉去吃喝，不多久，胃口就倒了，還抗甚麼敵。

然而人往往喜歡說得稀奇古怪，連一個西瓜也不肯主張平平常常的吃下去。其實，戰士的日常生活，是並不全部可歌可泣的，然而又無不和可歌可泣之部相關聯，這才是實際上的戰士。

八月二十三日。

點評

《"這也是生活"……》是魯迅最後歲月的一篇奇文，奇就奇在它發現了"被忘卻"的生活，賦予生活以它本身應有的哲學。人日日在生活，卻不留心生活存在的方式，魯迅與我們共享他的特有經驗：病乏之時，"我的確甚麼慾望也沒有，似乎一切都和我不相干，所有舉動都是多事，我沒有想到死，但也沒有覺得生；這就是所謂'無慾望狀態'，是死亡的第一步"。有了轉機，就要喝一點湯水，有時也看看四近的東西，如牆壁，蒼蠅之類，從疲勞和需要休息中感覺生命的存在，珍重生命的存在。

尤其是講了有轉機之後四五天的夜裡的經驗：喊醒許廣平，“給我喝一點水。並且去開開電燈，給我看來看去的看一下”；“因為我要過活。你懂得麼？這也是生活呀。我要看來看去的看一下”。由於許廣平沒有聽懂魯迅的意思，沒有開電燈，因而魯迅夜色中看來看去地“看生活”：“街燈的光穿窗而入，屋子裡顯出微明，我大略一看，熟識的牆壁，壁端的棱線，熟識的書堆，堆邊的未訂的畫集，外面的進行着的夜，無窮的遠方，無數的人們，都和我有關。我存在着，我在生活，我將生活下去，我開始覺得自己更切實了，我有動作的慾望——但不久我又墜入了睡眠。”生活就在屋子裡，這是“我存在”，生活又在“無窮的遠方，無數的人們”，無窮無數就是“存在的意義”。由此魯迅揭示了認知生活的盲區和誤區：“在平時，我也時常看它們的，其實是算作一種休息。但我們一向輕視這等事，縱使也是生活中的一片，卻排在喝茶搔癢之下，或者簡直不算一回事。”

推而廣之，這是一種具有社會普遍性的盲區和誤區：“我們所注意的是特別的精華，毫不在枝葉。給名人作傳的人，也大抵一味鋪張其特點，李白怎樣做詩，怎樣耍顛，拿破侖怎樣打仗，怎樣不睡覺，卻不說他們怎樣不耍顛，要睡覺。其實，一生中專門耍顛或不睡覺，是一定活不下去的，人之有時能耍顛和不睡覺，就因為倒是有時不耍顛和也睡覺的緣故。然而人們以為這些平凡的都是生活的渣滓，一看也不看。”這就是“被看見的生活”和“被不看的生活”。人當然是在選擇中生活，而且往往以偏概全，對生活的認知和對生活意義的把握，難免就如盲人摸象，摸着了腳，即以為象的樣子像柱子。因而魯迅警告：“刪夷枝葉的人，決定得不到花果。”

“被看的生活”也會由於戴着時代的染色眼鏡或個人近視，而造成真實的全生活的流失。比如主題先行，先入為主：“作文已經有了‘最中心之主題’：連義和拳時代和德國統帥瓦德西睡了一些時候的賽金花，也早已封為九天護國娘娘了。”也可能選的是哈哈鏡片，生活被扭曲變形：“尤可驚服的是先前用《御香縹緲錄》，把清朝的宮廷講得津津有味的《申報》上的《春秋》，也已經時而大有不同，有一天竟在卷端的《點滴》裡，教人當吃西瓜時，也該想到我們土地的被割碎，像這西瓜一樣。”如此就違背了真實生活的本然邏輯：“自然，這是無時無地無事而不愛國，無可訾議的。但倘使我一面這樣想，一面吃西瓜，我恐怕一定嚥不下去，即使用勁嚥下，也難免不能消化，在肚子裡咕咚的響它好半天。”不要説後方的人們，即便義勇軍的戰士，“他大概只覺得口渴，要吃，味道好，卻並不想到此外任何好聽的大道理。吃過西瓜，精神一振，戰鬥起來就和喉乾舌敝時候不同，所以吃西瓜和抗敵的確有關係……整天哭喪着臉去吃喝，不多久，胃口就倒了，還抗甚麼敵。”魯迅以新的生命和生活的哲學，重新發現生活，發現存在，他是真正理解戰士生活哲學的人，他反對那種“喜歡説得稀奇古怪，連一個西瓜也不肯主張平平常常的吃下去”的欺人之談，重申“戰士的日常生活，是並不全部可歌可泣的，然而又無不和可歌可泣之部相關聯，這才是實際上的戰士”。這實在是一個戰鬥一生、閱盡滄桑的智者的肺腑之言。

死

當印造凱綏·珂勒惠支（Kaethe Kollwitz）所作版畫的選集時，曾請史沫德黎（A. Semdley）女士做一篇序。自以為這請得非常合適，因為她們倆原極熟識的。不久做來了，又逼着茅盾先生譯出，現已登在選集上。其中有這樣的文字：

> "許多年來，凱綏·珂勒惠支——她從沒有一次利用過贈授給她的頭銜——作了大量的畫稿，速寫，鉛筆作的和鋼筆作的速寫，木刻，銅刻。把這些來研究，就表示着有二大主題支配着，她早年的主題是反抗，而晚年的是母愛，母性的保障，救濟，以及死。而籠照於她所有的作品之上的，是受難的，悲劇的，以及保護被壓迫者深切熱情的意識。
>
> "有一次我問她：'從前你用反抗的主題，但是現在你好像很有點拋不開死這觀念。這是為甚麼呢？'用了深有所苦的語調，她回答道，'也許因為我是一天一天老了！'……"

我那時看到這裡，就想了一想。算起來：她用"死"來做畫材的時候，是一九一〇年頃；這時她不過四十三四歲。我今年的這"想了一想"，當然和年紀有關，但回憶十餘年前，對於死卻還沒有感到這麼深切。大約我們的生死久已被人們隨意處置，認為無足重輕，所以自己也看得隨隨便便，不像歐洲人那樣的認真了。有些外國人說，中國人最怕死。這其實是不確的，——但自然，每不免模模胡胡的死掉則有之。

大家所相信的死後的狀態，更助成了對於死的隨便。誰都知道，我們中國人是相信有鬼（近時或謂之"靈魂"）的，既有鬼，則死掉之後，雖然已不是人，卻還不失為鬼，總還不算是一無所有。不過設想中的做鬼的久暫，卻因其人的生前的貧富而不同。窮人們是大抵以為死後就去輪迴的，根源出於佛教。佛教所說的輪迴，當然手續繁重，並不這麼簡單，但窮人往往無學，所以不明白。這就是使死罪犯人綁赴法場時，大叫"二十年後又是一條好漢"，面無懼色的原因。況且相傳鬼的衣服，是和臨終時一樣的，窮人無好衣裳，做了鬼也決不怎麼體面，實在遠不如立刻投胎，化為赤條條的嬰兒的上算。我們曾見誰家生了小孩，胎裡就穿着叫化子或是游泳家的衣服的麼？從來沒有。這就好，從新來過。也許有人要問，既然相信輪迴，那就說不定來生會墮入更窮苦的景況，或者簡直是畜生道，更加可怕了。但我看他們是並不這樣想的，他們確信自己並未造出該入畜生道的罪孽，他們從來沒有能墮畜生道的地位，權勢和金錢。

然而有着地位，權勢和金錢的人，卻又並不覺得該墮畜生道；他們倒一面化為居士，準備成佛，一面自然也主張讀經復古，兼做聖賢。他們像活着時候的超出人理一樣，自以為死後也超出了輪迴的。至於小有金錢的人，則雖然也不覺得該受輪迴，但此外也別無雄才大略，只豫備安心做鬼。所以年紀一到五十上下，就給自己尋葬地，合壽材，又燒紙錠，先在冥中存儲，生下子孫，每年可吃羹飯。這實在比做人還享福。假使我現在已經是鬼，在陽間又有好子孫，那麼，又何必零星賣稿，或向北新書局去算賬呢，只要很閒適的躺在楠木或陰沉木的棺材裡，逢年逢節，就自有一桌盛饌和一堆國幣擺在眼前了，豈不快哉！

就大體而言，除極富貴者和冥律無關外，大抵窮人利於立即投胎，小康者利於長久做鬼。小康者的甘心做鬼，是因為鬼的生活（這兩字大有語病，但我想不出適當的名詞來），就是他還未過厭的人的生活的連續。陰間當然也有主宰者，而且極其嚴厲，公平，但對於他獨獨頗肯通融，也會收點禮物，恰如人間的好官一樣。

有一批人是隨隨便便，就是臨終也恐怕不大想到的，我向來正是這隨便黨裡的一個。三十年前學醫的時候，曾經研究過靈魂的有無，結果是不知道；又研究過死亡是否苦痛，結果是不一律，後來也不再深究，忘記了。近十年中，有時也為了朋友的死，寫點文章，不過好像並不想到自己。這兩年來病特別多，一病也比較的長久，這才往往記起了年齡，自然，一面也為了有些作者們筆下的好意的或是惡意的不斷的提示。

从去年起，每當病後休養，躺在藤躺椅上，每不免想到體力恢復後應該動手的事情：做甚麼文章，翻譯或印行甚麼書籍。想定之後，就結束道：就是這樣罷——但要趕快做。這“要趕快做”的想頭，是為先前所沒有的，就因為在不知不覺中，記得了自己的年齡。卻從來沒有直接的想到“死”。

直到今年的大病，這才分明的引起關於死的豫想來。原先是仍如每次的生病一樣，一任着日本的S醫師的診治的。他雖不是肺病專家，然而年紀大，經驗多，從習醫的時期說，是我的前輩，又極熟識，肯說話。自然，醫師對於病人，縱使怎樣熟識，說話是還是有限度的，但是他至少已經給了我兩三回警告，不過我仍然不以為意，也沒有轉告別人。大約實在是日子太久，病象太險了的緣故罷，幾個朋友暗自協商定局，請了美國的D醫師來診察了。他是在上海的唯一的歐洲的肺病專家，經過打診，聽診之後，雖然譽我為最能抵抗疾病的典型的中國人，然而也宣告了我的就要滅亡；並且說，倘是歐洲人，則在五年前已經死掉。這判決使善感的朋友們下淚。我也沒有請他開方，因為我想，他的醫學從歐洲學來，一定沒有學過給死了五年的病人開方的法子。然而D醫師的診斷卻實在是極準確的，後來我照了一張用X光透視的胸像，所見的景象，竟大抵和他的診斷相同。

我並不怎麼介意於他的宣告，但也受了些影響，日夜躺着，無力談話，無力看書。連報紙也拿不動，又未曾煉到"心如古井"，就只好想，而從此竟有時要想到"死"了。不過所想的也並非"二十年後又是一條好漢"，或者怎樣久住在楠木棺材裡之類，而是臨終之前的瑣事。在這時候，我才確信，我是到底相信人死無鬼的。我只想到過寫遺囑，以為我倘曾貴為宮保，富有千萬，兒子和女婿及其他一定早已逼我寫好遺囑了，現在卻誰也不提起。但是，我也留下一張罷。當時好像很想定了一些，都是寫給親屬的，其中有的是：

一，不得因為喪事，收受任何人的一文錢。——但老朋友的，不在此例。

二，趕快收斂，埋掉，拉倒。

三，不要做任何關於紀念的事情。

四，忘記我，管自己生活。——倘不，那就真是胡塗蟲。

五，孩子長大，倘無才能，可尋點小事情過活，萬不可去做空頭文學家或美術家。

六，別人應許給你的事物，不可當真。

七，損着別人的牙眼，卻反對報復，主張寬容的人，萬勿和他接近。

此外自然還有，現在忘記了。只還記得在發熱時，又曾想到歐洲人臨死時，往往有一種儀式，是請別人寬恕，自己也寬恕了別人。我的怨敵可謂多矣，倘有新式的人問起我來，怎麼回答呢？我想了一想，決定的是：讓他們怨恨去，我也一個都不寬恕。

但這儀式並未舉行，遺囑也沒有寫，不過默默的躺着，有時還發生更切迫的思想：原來這樣就算是在死下去，倒也並不苦痛；但是，臨終的一刹那，也許並不這樣的罷；然而，一世只有一次，無論怎樣，總是受得了的……。後來，卻有了轉機，好起來了。到現在，我想，這些大約並不是真的要死之前的情形，真的要死，是連這些想頭也未必有的，但究竟如何，我也不知道。

九月五日。

點評

死對於人生，茲事體大，是魯迅反覆談論的重量級的母題。因而在生命的最後日子寫的這篇《死》，成為一篇曠世奇文，是理所必然的。它作於魯迅一九三六年十月十九日逝世前的一個半月，可稱為其絕筆之一。這裡已經不忌諱言死，不忌諱有人將此類文字當作"讖語"來解讀，而以一種徹底的唯物主義的坦坦蕩蕩的胸襟對待"死"這個沉重命題，仿佛將死當作生命的對手來調侃，打破死的黑色的帷幕。這種"打破"是舉重若輕，落筆從容的，由為珂勒惠支的版畫集作序談起，推許"籠照於她所有的作品之上的，是受難的，悲劇的，以及保護被壓迫者深切熱情的意識"，好像在談一種文化哲學、藝術哲學和生命哲學。行文處處閃爍着幽默笑影，對醫生判斷自己將死的診斷也幽默，對擬寫遺囑也幽默，帶有濃鬱的智者風采。它對照中國人與歐洲人對待死的不同的文化態度："大約我們的生死久已被人們隨意處置，認為無足重輕，所以自己也看得隨隨便便，不像歐洲人那樣的認真了。"命如草芥，就應該有超越草芥的生命與隨意的死的終極關懷。這就是魯迅尊重生命，也尊重死的理由，一種別人不願施捨、只得自己動手奪來的理由。奪來之前，還不忘反諷的口吻：“請了美國的D醫師來診察了。他是在上海的唯一的歐洲的肺病專家，經過打診，聽診之後，雖然譽我為最能抵抗疾病的典型的中國人，然而也宣告了我的就要滅亡；並且說，倘是歐洲人，則在五年前已經死掉。這判決使善感的朋友們下淚。我也沒有請他開方，因為我想，他的醫學從歐洲學來，一定沒有學過給死了五年的病人開方的法子。”這簡直是以“冷幽默”，冷冷地給歐美醫師幽了一個默。

但魯迅的重點還是剖析中國社會或貧或富之間，沉迷於死後成鬼、赤條條投胎或在陰間做鬼享福的世俗信仰心理，“有着地位，權勢和金錢的人，卻又並不覺得該墮畜生道；他們倒一面化為居士，準備成佛，一面自然也主張讀經復古，兼做聖賢”，這是對世間闊人的辛辣的嘲諷；“就大體而言，除極富貴者和冥律無關外，大抵窮人利於立即投胎，小康者利於長久做鬼。小康者的甘心做鬼，是因為鬼的生活（這兩字大有語病，但我想不出適當的名詞來），就是他還未過厭的人的生活的連續。陰間當然也有主宰者，而且極其嚴厲，公平，但對於他獨獨頗肯通融，也會收點禮物，恰如人間的好官一樣。”人世官府和陰間冥府都盛行賄賂，如此穿透世態人心之際顯示了犀利的批判鋒芒，所展示的智者風采乃是戰鬥的智者風采。要說這是“冷幽默”，他的理性也真冷過了冰點；要說是“熱幽默”，他的熱血也真熱過了沸點。

而魯迅自己應對死的方法，則是增加生的濃度：“要趕快做”，要與無常鬼賽跑。七條“擬遺囑”於實話實說之間，蘊藏着一種耿介、堅韌的人格氣質，談喪禮的處置、親屬的生活態度、孩子的前程以及人際關係的處理，曠達處多有耿介的深刻。尤其是臨死不寬恕怨敵的作風，告誡“損着別人的牙眼，卻反對報復，主張寬容的人，萬勿和他接近”。何為“牙眼”？韓愈記述流放潮州詩云：“下此三千里，有州始名潮……鰐魚大於船，牙眼怖殺儂。”但魯迅所謂“牙眼”，則是來自《聖經·馬太福音》的“以眼還眼，以牙還牙”，對此他再三使用過。《論“費厄潑賴”應該緩行》說：“‘犯而不校’是恕道，‘以眼還眼以牙還牙’是直道。中國最多的卻是枉道：不打落水狗，反被狗咬了。但是，這其實是老實人自己討苦吃。俗語說：‘忠厚是無用的別名’，也許太刻薄一點罷，但仔細想來，卻也覺得並非唆人作惡之談，乃是歸納了許多苦楚的經歷之後的警句。”一九三四年九月又作《“以眼還眼”》，引用法國批評家《莎士比亞〔劇〕中的倫理的問題》的話：“人往往憤慨着群眾之不可靠。但其實，豈不是正有適用着‘以眼還眼，以牙還牙’的古來的正義的法則的事在這裡嗎？劈開底來看，群眾原是輕蔑着彭貝，凱撒，安東尼，辛那之輩的，他們那一面，也輕蔑着群眾。今天凱撒握着權力，凱撒萬歲。明天輪到安東尼了，那就跟在他後面罷。只要他們給飯吃，給戲看，就好。他們的功績之類，是用不着想到的。他們那一面也很明白，施與些像個王者的寬容，藉此給自己收得報答。在擁擠着這些滿是虛榮心的人們的連串裡，間或夾雜着勃魯都斯那樣的廉直之士，是事實。然而誰有從山積的沙中，找出一粒珠子來的閒工夫呢？群眾，是英雄的大炮的食料，而英雄，從群眾看來，不過是餘興。在其間，正義就佔了勝利，而幕也垂下來了。”這就是魯迅在《文化偏至論》所譏諷的“無特操”。直到一九三四年十月寫《運命》，依然批評“人而沒有‘堅信’，狐狐疑疑，也許並不是好事情，因為這也就是所謂‘無特操’。”這就是魯迅“歸納了許多苦楚的經歷之後”，於死前對死後命運的預言和透視了。因而魯迅說：“讓他們怨恨去，我也一個都不寬恕。”

乃是因為在魯迅的心目中，怨敵的品格不值得饒恕，自己也不需要以饒恕博取不虞的毀譽，在“恕道”、“直道”和“枉道”之間選擇的結果，覺得不如激激烈烈，又大大方方地申述着一個生也戰鬥、死也不放棄戰鬥的戰鬥者的性情更為可取。説死其實也是説人生，在人生極點處説人生，也就帶有更多的徹悟和決斷，使其遺言帶有啓示錄的意味。

舊體詩

別諸弟三首（庚子二月）

謀生無奈日奔馳，有弟偏教各別離。
最是令人悽絕處，孤檠長夜雨來時。

還家未久又離家，日暮新愁分外加。
夾道萬株楊柳樹，望中都化斷腸花。

從來一別又經年，萬里長風送客船。
我有一言應記取，文章得失不由天。

點評

此為魯迅一九〇〇年（庚子）春由南京陸師學堂附設礦路學堂回家度歲，返校後所作。用詞平易，情意深長，點化唐代劉希夷《公子行》的“可憐楊柳傷心樹，可憐桃李斷腸花”詩句，寄託惜別諸弟的淒清情感，又以“文章得失不由天”的格言鼓勵他們努力學習。此前，魯迅作《戛劍生雜記》説離鄉的感傷：“行人於斜日將墮之時，暝色逼人，四顧滿目非故鄉之人，細聆滿耳皆異鄉之語，一念及家鄉萬里，老親弱弟必時時相語，謂今當至某處矣，此時真覺柔腸欲斷，涕不可仰。故予有句云：日暮客愁集，煙深人語喧。皆所身歷，非託諸空言也。”可見作為一門長子，魯迅開始“走異路，逃異地，去尋別樣的人們”時的鄉關之情。其人之子的情感結構是複雜的，花果之外還有枝葉。

蓮蓬人

芰裳荇帶處仙鄉，風定猶聞碧玉香。
鷺影不來秋瑟瑟，葦花伴宿露瀼瀼。
掃除膩粉呈風骨，褪卻紅衣學淡妝。
好向濂溪稱淨植，莫隨殘葉墮寒塘！

點評

此詩作於一九〇〇年，署名戛劍生。北宋周敦頤《愛蓮説》，稱道蓮花“出淤泥而不染，濯清漣而不妖，中通外直，不蔓不枝，香遠益清，亭亭淨植，可遠觀而不可褻玩焉”。此詩以蓮擬人，如開頭的“芰裳荇帶處仙鄉”句，就使用了楚辭美人香草的手法，因而它以楚辭情調改造《愛蓮説》的隱喻之外，還主張“掃除膩粉呈風骨”，增添了《文心雕龍．風骨篇》所謂“文明以健，則風清骨峻”的風格追求。為魯迅日後提倡“剛健抗拒破壞挑戰之聲”，以及“扶植一點剛健質樸的文藝”，埋下了早年的基因。

祭書神文

上章困敦之歲，賈子祭詩之夕，會稽戛劍生等謹以寒泉冷華，祀書神長恩，而綴之以俚詞曰：

今之夕兮除夕，香焰絪緼兮燭焰赤。錢神醉兮錢奴忙，君獨何為兮守殘籍？華筵開兮臘酒香，更點點兮夜長。人喧呼兮入醉鄉，誰薦君兮一觴。絕交阿堵兮尚剩殘書，把酒大呼兮君臨我居。緗旗兮薹輿，挈脈望兮駕蠹魚。寒泉兮菊菹，狂誦《離騷》兮為君娛，君之來兮毋徐徐。君友漆妃兮管城侯，向筆海而嘯傲兮，倚文冢以淹留。不妨導脈望而登仙兮，引蠹魚之來游。俗丁傖父兮為君仇，勿使履闞兮增君羞。若弗聽兮止以吳鈎，示之《丘》《索》兮棘其喉。令管城脱穎以出兮，使彼惙惙以心憂。寧召書癖兮來詩囚，君為我守兮樂未休。他年芹茂而樨香兮，購異籍以相酬。

點評

此詩作於庚子年（上章困敦之歲）除夕（一九〇一年一月二十八日），仿唐代詩人賈島除夕祭詩神之意，以寒泉冷花祭祀書神。詩中嘲諷了財神的熱鬧繁忙，而自己則願意迎接書神。其間以《離騷》式的想象及《楚辭》體的雜言方式，寫書神坐着彩旗香車，攜帶仙蟲兒駕着蠹魚到來，飲茶吟詩，以漆妃（墨）管城侯（筆）

當朋友。想象奇麗，洋溢着書香子弟的雅趣。值得注意的是，這篇祭文的寫作，已在魯迅赴南京求學，“一有閒空，就照例地吃侉餅、花生米、辣椒，看《天演論》”之後。他接觸新思想，並不簡單地排斥傳統書香趣味，可見其知識結構和思想內涵的豐富性，是不可“一刀切”的，更不能以思想的不徹底或局限性來解釋。知識的多元，是魯迅思想深厚的力度的基礎要素。

自題小像

靈台無計逃神矢，風雨如磐暗故園。

寄意寒星荃不察，我以我血薦軒轅。

點評

此詩作於一九〇三年留學日本東京時，是一首述志之作。此心（靈台）是無法逃避對風雨如磐的故國的熱愛的，有若戀人之難以逃避愛神之箭。也許寒星寥落的天空未理解我之真誠，但也不妨礙我以一腔熱血獻給這個以軒轅黃帝為始祖的民族之解放事業。全詩充溢着崇高的人格力量和悲劇情調。

既然此詩是題寫在魯迅剪辮後的照片上，詩中的"血薦軒轅"，應與當時的革命黨主張"黃帝紀年"存在着精神上的關聯。一九〇三年（清光緒二十九年），劉師培在《國民日日報》發表"黃帝紀年論"，反對清帝年號制，也反對康有為等維新派的"孔子紀年"。紀年標準之爭，反映着國家正統之爭。劉師培主張把黃帝誕生年作為紀元元年，推算光緒二十九年是黃帝紀元四六一四年。宋教仁則主張把據稱黃帝即位的癸亥年作為紀元元年，把一九〇四年計算為黃帝紀元四六〇二年，遂成為主流的黃帝紀元。中國同盟會的機關報《民報》採用了黃帝紀元。因而，"血薦軒轅"就成了魯迅立志革命救國的青春熱血的標誌。

哀范君三章

風雨飄搖日，余懷范愛農。
華顛萎寥落，白眼看雞蟲。
世味秋荼苦，人間直道窮。
奈何三月別，竟爾失畸躬！

其　二

海草國門碧，多年老異鄉。
狐狸方去穴，桃偶已登場。
故里寒雲惡，炎天凜夜長。
獨沉清冷水，能否滌愁腸？

其　三

把酒論當世，先生小酒人。
大圜猶茗艼，微醉自沉淪。
此別成終古，從茲絕緒言。
故人雲散盡，我亦等輕塵！

點評

此三首最初發表於一九一二年八月二十一日紹興《民興日報》，為哀悼於前月落水身亡的友人范愛農而作，原稿有附記云："我於愛農之死為不怡累日，至今未能釋然。昨忽成詩三章，隨手寫之，而忽將雞蟲做入，真是奇絕妙絕，辟歷一聲，群小之大狼狽。今錄上，希大鑑定家鑑定，如不惡，乃可登諸《民興》也。天下雖未必仰望已久，然我亦豈能已於言乎。二十三日，樹又言。"所謂"雞蟲"，典出杜甫《縛雞行》："雞蟲得失無了時，注目寒江依山閣。"藉以比喻勢利小人。又因"雞蟲"在紹興方言與"幾仲"音近，影射辛亥革命時紹興自由黨分子何幾仲。

《戰國策．齊策》記載蘇秦勸阻孟嘗君西入秦的一個故事："今者臣來，過於淄上，有土偶人與桃梗相與語。桃梗謂土偶人曰：'子，西岸之土也，挻子以為人，至歲八月，降雨下，淄水至，則汝殘矣。'土偶曰：'不然，吾西岸之土也，土則復西岸耳。今子東國之桃梗也，刻削子以為人，降雨下，淄水至，流子而去，則子漂漂者將何如耳！今秦四塞之國，譬若虎口，而君入之，則臣不知君所出矣。"魯迅詩中使用了這個故事的意象："狐狸方去穴，桃偶已登場。"狐狸或是使用《戰國策．楚策》狐假虎威的故事。以狐狸、桃偶比喻辛亥革命後走馬燈式的政局變幻，可見魯迅在一九一二年就開始反思辛亥革命。

湘靈歌

昔聞湘水碧如染，今聞湘水胭脂痕。
湘靈妝成照湘水，皎如皓月窺彤雲。
高丘寂寞竦中夜，芳荃零落無餘春。
鼓完瑤瑟人不聞，太平成象盈秋門。

三月

點評

此為一九三一年三月書贈日本友人片山松元的詩。湘靈乃湘水女神。《楚辭·遠遊》:“使湘靈鼓瑟兮，令海若舞馮夷。”《楚辭補注》謂：“此湘靈乃湘水之神，非湘夫人也。”《後漢書·馬融傳》唐代章懷太子李賢注卻說：“湘靈，舜妃，溺於湘水，為湘夫人也。”總之，魯迅的不少詩章頗用楚辭語，帶楚辭風。

湘靈成為唐宋以降詩詞中常見的意象，與唐人錢起《湘靈鼓瑟》關係極大，詩云：“善鼓雲和瑟，常聞帝子靈。馮夷空自舞，楚客不堪聽。苦調淒金石，清音入杳冥。蒼梧來怨慕，白芷動芳馨。流水傳瀟浦，悲風過洞庭。曲終人不見，江上數峰青。”《舊唐書》卷一百六十八謂此詩得神鬼之助，記載錢起“天寶十年登進士第。

起能五言詩，初從鄉薦，寄家江湖，嘗於客舍月夜獨吟，遽聞人吟於庭曰：'曲終人不見，江上數峰青。' 起愕然，攝衣視之，無所見矣，以為鬼怪，而誌其一十字。起就試之年，李暐所試《湘靈鼓瑟詩》題中有'青'字，起即以鬼謠十字為落句，暐深嘉之，稱為絕唱。是歲登第，釋褐秘書省校書郎。大曆中，與韓翃、李端輩十人，俱以能詩，出入貴遊之門，時號'十才子'，形於圖畫。起位終尚書郎。" 宋人計有功《唐詩紀事》卷三十有類似記載，謂"末句，人以為鬼謠"。

魯迅歌湘靈，詩意隱晦難辨，然而"昔聞湘水碧如染，今聞湘水胭脂痕。湘靈妝成照湘水，皎如皓月窺彤雲"，碧綠的湘水映照着"彤雲"，呈胭脂色，彷彿與湘贛地區"不周山下紅旗亂"有關。於兩個月前紅軍活捉了張輝瓚，粉碎了第一次"圍剿"。接下來的一聯："高丘寂寞竦中夜，芳荃零落無餘春"，應看作詩人反顧自己的身邊，芳荃香草被摧殘零落，春天的消息消磨殆盡，是隱喻左聯五烈士被秘密殺害之事乎？詩人感受到竦立中夜，高丘無女的寂寞，也就不能不感慨湘靈鼓瑟，人間不聞，只見粉飾和裝點太平，似乎喜氣盈門了。

無題二首

大江日夜向東流，聚義群雄又遠遊。
六代綺羅成舊夢，石頭城上月如鈎。

其　二

雨花台邊埋斷戟，莫愁湖裡餘微波。
所思美人不可見，歸憶江天發浩歌。

六月

點評

此二首為一九三一年六月題贈日本友人宮崎龍介夫婦的條幅。該年上半年，蔣介石與立法院長胡漢民發生派系衝突，蔣把胡軟禁於南京小湯山溫泉別墅，汪精衛、孫科則到廣州，聯絡兩廣擁胡反蔣。因此詩中有“聚義群雄又遠遊”的嘲諷之句，並藉石頭城的歷史典故作“六朝成夢”，“江天浩歌”的感嘆，詩格近乎“詠史”。

從一部詩史考察，魯迅這二首《無題》實際上是戲擬歷代的“金陵懷古”。宋代尤袤《全唐詩話》卷三云：“長慶中，元微之、夢得

(劉禹錫)、韋楚客，同會樂天（白居易）舍，論南朝興廢，各賦《金陵懷古》詩。劉滿引一杯，飲已，即成曰：'王濬樓船下益州，金陵王氣黯然收。千尋鐵鎖沉江底，一片降幡出石頭。人世幾回傷往事，山形依舊枕寒流。而今四海為家日，故壘蕭蕭蘆荻秋。'白公覽詩曰：'四人探驪龍，子先獲珠，所餘鱗爪何用邪！'於是罷唱。"白居易折服劉禹錫之詩，還有《金陵五題》，尤袤《全唐詩話》卷三又云："'山圍故國周遭在，潮打空城寂寞回。淮水東邊舊時月，夜深還過女牆來。'樂天掉頭苦吟，嘆賞良久，曰：'《石頭詩》云：潮打空城寂寞回，我知後之詩人，不復措詞矣。'"自從劉禹錫首倡"金陵懷古"，歷代吟唱者甚夥，《古今詞話》說："金陵懷古諸公，寄調於《桂枝香》者，凡三十餘家，獨介甫（王安石）詞為絕唱。東坡見之嘆曰，此老乃野狐精也。"王安石《桂枝香》詞曰："登臨送目。正故國晚秋，天氣初肅……六朝舊事隨流水，但寒煙、衰草凝綠。至今商女，時時猶唱，《後庭》遺曲。"

黑格爾說："如果某種國家變革重複發生，人們總會把它當作既成的東西而認可。這樣就有了拿破侖的兩次被捕，波旁王室的兩次被驅逐。由於重複，開初只是偶然和可能的東西，便成了現實的和得到確認的東西了。"馬克思對這段話作了引申："一切歷史事實與人物都出現兩次，第一次是悲劇，第二次是喜劇。"繼拿破侖一世叱咤風雲的悲劇，引出了拿破侖三世滑稽可笑的復辟鬧劇；繼氣壯山河的羅馬帝國，引來了不倫不類的"神聖羅馬帝國"。但第一次、第二次也是概括而言，每一次都可能有若干環節和階段。金陵懷古母題，從劉禹錫、王安石，甚至包括薩都剌《滿江紅．金陵懷古》"六代繁華春去也、更無消息。……到如今、惟有蔣山青，秦淮碧"，都寫得沉雄悲慨，而魯迅的"六代綺羅成舊夢，石頭城上月如鈎"，則在悲涼中散發着嘲諷的喜劇味了。

送增田涉君歸國

扶桑正是秋光好，楓葉如丹照嫩寒。

卻折垂楊送歸客，心隨東棹憶華年。

十二月二日

點評

此詩為一九三一年十二月贈別日本漢學家增田涉（一九〇三至一九七七）之作。扶桑為日本之古稱，增田涉氏譯有魯迅的《中國小說史略》，著有《魯迅印象記》諸作。

中日文人交往，最動人者，唐朝有晁衡（阿倍仲麻呂，六九八至七七〇）。他十六歲留學長安太學，歷任校書、左補闕、秘書監兼衛尉卿，與李白、王維、儲光羲等為友。五十餘歲時隨遣唐使船舶渡海東歸，遇風暴漂流到安南。兩年後重返長安，任鎮南都護。大曆五年在中國逝世，年七十三歲。李白誤信他已殞命滄海，作《哭晁卿衡》："日本晁卿辭帝都，徵帆一片繞蓬壺。明月不歸沉碧海，白雲愁色滿蒼梧。"千餘年後，魯迅作《送增田涉君歸國》，色調明快，可續中日文人交往佳話之歷史。

無　題

血沃中原肥勁草，寒凝大地發春華。

英雄多故謀夫病，淚灑崇陵噪暮鴉。

一月

點評

此詩為一九三二年一月寫給日本東京女子大學教授高良富子的條幅。一九三二年一月南京和廣州的國民政府經過較量而合組，但蔣介石回奉化，汪精衛託病去上海，此乃"英雄多故謀夫病"乎？行政院長孫科事事掣肘，被迫下台，只好到中山陵灑淚，此即"淚灑崇陵噪暮鴉"也。當政者之不足與為，魯迅想到自己寄託所在的"野草"應該採取"勁草"的姿態，在大地凝寒之際，血沃而生，綻放花朵，迎來春天。

自　嘲

運交華蓋欲何求，未敢翻身已碰頭。

破帽遮顏過鬧市，漏船載酒泛中流。

橫眉冷對千夫指，俯首甘為孺子牛。

躲進小樓成一統，管他冬夏與春秋。

十月十二日

點評

本詩為一九三二年十月魯迅書贈柳亞子的條幅，《魯迅日記》於十月十二日記載："午後，為柳亞子書一條幅云：'運交華蓋欲何求……達夫賞飯，閒人打油，偷得半聯，湊成一律以請'云。"所謂"運交華蓋"，乃是反諷之語，可參看《華蓋集・題記》："我平生沒有學過算命，不過聽老年人説，人是有時要交'華蓋運'的。這'華蓋'在他們口頭上大概已經訛作'鑊蓋'了，現在加以訂正。所以，這運，在和尚是好運：頂有華蓋，自然是成佛作祖之兆。但俗人可不行，華蓋在上，就要給罩住了，只好碰釘子。"

其中"橫眉冷對千夫指，俯首甘為孺子牛"一聯，已廣為世人奉為修身立德的座右銘。《左傳》哀公六年："女忘君之為孺子牛而折其齒乎！”齊景公曾經銜着繩索，讓他的幼子荼把他當作牛牽着，荼摔倒在地，繩索折斷了齊景公的牙齒。吳梅村《題畫》詩云：“生成豈比東鄰犢，觳觫何來孺子牛。”清人徐珂《清稗類鈔》卷三十五記載：“‘酒酣或化莊生蝶，飯後甘為孺子牛’，某名士（錢季重）自撰之聯，蓋夫子自道也。某嗜飲，醉輒寢。起，則導其幼子嬉戲於庭，自為牛，而使幼子為牧童，曳之使行，蹣跚庭中，不稍拂其意。世之為兒孫作馬牛者，固甚夥矣，然每不自承，若如某名士之能自道者，固絕無僅有也。”郭沫若從洪亮吉《北江詩話》卷一引述錢季重的這聯柱帖，認為“但這一典故一落到魯迅的手裡，卻完全變了質。在這裡，真正是腐朽出神奇了”。(《孺子牛的質變》，一九六二年一月十六日《人民日報》) 孺子牛的典故，一經魯迅點化，就閃爍着歷史哲學的亮光：為了反抗黑暗，伸張正義，即便受到千夫所指，也敢於橫眉冷對；其宗旨就是埋下頭來，無怨無悔地當民眾的牛。憎而敢於擔當，愛而知所皈依，一種偉大的人格信仰於此表達得擲地有聲，令人“高山仰止，景行行止”。

答客誚

無情未必真豪傑，憐子如何不丈夫。
知否興風狂嘯者，回眸時看小於菟。

十二月

點評

此篇為一九三二年年末書贈郁達夫的條幅。原詩作於一九三一年冬，又曾作為條幅，錄贈上海的日本醫院的坪井芳治醫生，他曾為魯迅幼子海嬰治痢疾。據好友許壽裳回憶："這大概是因為他的愛子海嬰活潑會鬧，客人指為溺愛而作。"魯迅一九三一年三月六日致函李秉中說："孩子生於前年九月，今已一歲半，男也。以其為生於上海之嬰孩，故名之曰海嬰。我不信人死而魂存，亦無求於後嗣，雖無子女，素不介懷。後顧無憂，反以為快。今則多此一累，與幾隻書箱，同覺舉重，每當遷徙之際，大加擘畫之勞。但既已生之，必須育之，尚何言哉。"海嬰生於一九二九年九月，其時魯迅四十八歲，屬於高齡得子，愛之愈甚。《魯迅日記》中，有關抱海嬰住醫院，或者延醫來寓診視，就記載了三百餘次之多。有客人譏諷魯迅溺愛海嬰，魯迅作詩辯解：英傑之士也有親子之愛，老虎興風狂嘯，對於頑皮的幼虎還忘不了時時回顧撫愛呢。它以"興風狂嘯"的猛虎還時時回顧小虎（"於菟"）作喻，為父子之間"老牛舐犢"之情作辯解。倫理柔情，是人來到世間的第一課堂。魯迅主張豪傑並非終日怒髮衝冠，具有倫理之情、人際之愛，也是他的必修課。看到這一點，才成功了魯迅可愛的偉大，可信的偉大。冷酷無情的"英雄"如吳起殺妻求將，易牙烹子邀寵，那是很可怕的。

無　題

洞庭木落楚天高，眉黛猩紅涴戰袍。
澤畔有人吟不得，秋波渺渺失離騷。

十二月

點評

此詩是一九三二年歲末書贈郁達夫的。詩在《屈子行吟圖》中染上了黑暗政治屠刀下的血跡，有楚辭的煙波浩渺，也有龔自珍的沉鬱和清麗。

魯迅運思浩渺，從遙遠的《楚辭．九歌．湘夫人》之“裊裊兮秋風，洞庭波兮木葉下”落筆，穿透時空，將思緒拋擲到高曠的楚天；然後俯視大地，發現戰袍沾染的猩紅血跡，竟然不是抵抗侵略者的疆場，而是眉黛婦女的鮮血。行吟澤畔的屈原喉嚨哽咽了，面對渺渺秋波，連《離騷》也吟唱不出來了。在幾年前“荷戟獨彷徨”的時候，魯迅還沒有“失《離騷》”，還唱出了“路漫漫其修遠兮，吾將上下而求索”。如今滄波渺渺，血跡斑斑，為屈子招魂，也徒喚奈何了。看來魯迅的心情積壓着悲哀痛切，他又要奮起反抗絕望了。接受了這首贈詩的郁達夫讚譽，這是魯迅七絕中的壓卷之作。

劉大傑稱此詩“意境高遠，感情深厚，造句遣辭，不同凡響”，又說：“往昔的屈原……還可以寫《離騷》《天問》，魯迅這一點自由也沒有了，正如他自己所說‘禁錮得比罐頭還嚴密’，那是一個多麼黑暗的時代！”（《魯迅的舊詩》）

贈畫師

風生白下千林暗，霧塞蒼天百卉殫。
願乞畫家新意匠，只研朱墨作春山。

一月二十六日

點評

本篇是一九三三年一月為日本畫師望月玉成書寫的詩箋。魯迅三十年代在上海，而詩的思維多縈繞南京（此詩以“白下”為南京代稱）和湘楚之地，可見他對社會政治的執着的興趣。即便南京已是濃霧塞天、百花枯萎，他還勸告畫家用紅色的畫筆來描繪春天的山嶺，沉鬱處透出一線希望的亮色。

據魯迅日記，一九三三年一月二十五日是除夕，“治少許餚”，邀請馮雪峰同吃年夜飯，“買花爆十餘，與海嬰同登屋頂燃放之”，此時海嬰未滿四歲，對孩子而言，“一年中最高興的時節，自然要數除夕了”。二十六日是新年，“曇。下午微雪。夜為季市書一箋，錄午年春舊作。為畫師望月玉成君書一箋，云：‘風生白下千林暗，霧塞蒼天百卉殫。願乞畫家新意匠，只研朱墨作春山。’又戲為鄔其山生書一箋，云：‘雲封勝境護將軍，霆落寒村戮下民。依舊不如租界好，打牌聲裡又新春。’已而毀之，別錄以寄靜農。改勝境為高岫，落為擊，戮為滅也。”所謂“霆落寒村戮下民”，可以參看兩個多月前，即一九三三年十一月魯迅著文說：“一場大火，幾十里路的延燒過去，稻禾，樹木，房舍——尤其是草棚——一會兒都變成飛灰了。還不夠，就有燃燒彈，硫磺彈，從飛機上面扔下來，像上海一二八的大火似的，夠燒幾天幾晚。”飛機轟炸鄉村，就是“霆落寒村”。是誰在轟炸放火呢？“從古至今，沒有聽到過點燈出名的名人，雖然人類從燧人氏那裡學會了點火已經有五六千年的時間。放火就不然。秦始皇放了一把火——燒了書沒有燒人；項羽入關又放了一把火——燒的是阿房宮不是民房（？——待考）。……羅馬的一個甚麼皇帝卻放火燒百姓了；中世紀正教的僧侶就會把異教徒當柴火燒，間或還灌上油。這些都是一世之雄。現代的希特拉就是活證人。”（《南腔北調集 · 火》）這就是說轟炸鄉村的，是中國的法西斯。他們麇集於“白下”即南京，因而也就攪得千林晦暗、百花凋零了。但畢竟是過年，還是鼓勵畫家匠心獨運，以朱墨畫春山，畫得山花爛漫。

悼楊銓

豈有豪情似舊時，花開花落兩由之。

何期淚灑江南雨，又為斯民哭健兒。

六月二十一日

點評

此詩為一九三三年六月書贈樋口良平。楊銓（一八九三至一九三三），字杏佛，留美回國後任東南大學教授，中央研究院總幹事。一九三二年十二月為中國民權保障同盟執行委員，次年六月十八日為國民黨藍衣社特務暗殺於上海。二十日魯迅曾往萬國殯儀館送殮，詩是在雨天為楊銓送殮後所成，以雨喻淚，憤極而反嘲，反嘲之餘而痛哭，詩情激蕩而境界蒼茫，誠若許壽裳所謂："這首詩才氣縱橫，富有新意，無異龔自珍。"（《亡友魯迅印象記》）沈尹默《追懷魯迅先生六絕句》之一云："少年喜學定庵詩，我亦離居玩此奇。血薦軒轅荃不察，雞鳴風雨已多時。"（孫文光等編《龔自珍研究資料集》）

題三義塔

三義塔者，中國上海閘北三義里遺鳩埋骨之塔也，在日本，農人共建之。

奔霆飛熛殲人子，敗井頹垣剩餓鳩。
偶值大心離火宅，終遺高塔念瀛洲。
精禽夢覺仍銜石，鬥士誠堅共抗流。
度盡劫波兄弟在，相逢一笑泯恩仇。

六月二十一日

點評

此詩是題贈日本醫生西村真琴博士的橫卷。在日本軍國主義者於一九三二年發動“一·二八”事變，以“奔霆飛熛”轟炸上海之時，西村博士在閘北三義里廢墟中得一鴿（日本人稱鴿為“堂鳩”），攜回日本飼養。鴿死後埋於院子內，並立“三義冢”之碑。詩中馳騁想象，以鴿子至死，其精魂還在夢中覺醒去銜取山上木石，從而點化精衛銜石填海的典故，表達了中國人民堅誠抵抗侵略的意志；卻又對日本人民表示了友好的情意，確信終有一日“度盡劫波兄弟在，相逢一笑泯恩仇”。詩藉鳩冢寄興，蘊含着博大的人類情懷和深刻的歷史辯證法意識。

贈　人

明眸越女罷晨裝，荇水荷風是舊鄉。
唱盡新詞歡不見，旱雲如火撲晴江。

其　二

秦女端容理玉箏，梁塵踴躍夜風輕。
須臾響急冰弦絕，但見奔星勁有聲。

七月

點評

這兩首是聽女藝人唱歌彈曲之作，一九三三年七月書贈日本森本清八。二詩的首聯清新明麗，有“竹枝詞”或南朝民歌之風，而結句陡然收束，有裂帛之音，節奏的配置是非常講究的。

開頭用“明眸越女”意象，蘊含着魯迅故鄉情愫，即所謂“野人懷土，小草戀山”。由於西施出於越地，古詩詞多見越女。如宋之問《浣紗篇》:“越女顏如花，越王聞浣紗。國微不自寵，獻作吳宮娃。”杜甫《壯遊》云:“越女天下白，鑑湖五月涼。”元好問《後平湖曲》云：“越女顏如花，吳兒潔於玉。”唐人范攄《雲溪友議》卷下記載：“朱慶餘校書，既遇水部郎中張籍知音。遍索慶餘新製篇什數通，吟改後，只留二十六章。水部置於懷抱，而推贊焉。清列以張公重名，無不繕錄而諷詠之，遂登科第。朱君尚為謙退，作《閨意》一篇，以獻張公。張公明其進退，尋亦和焉。詩曰：‘洞房昨夜停紅燭，待曉堂前拜舅姑。妝罷低聲問夫婿，畫眉深淺入時無？’張籍郎中酬曰：‘越女新妝出鏡心，自知明艷更沉吟。齊紈未足人間貴，一曲菱歌敵萬金。’朱公才學，因張公一詩，名流於海內矣。”張籍也以“越女新妝”稱許新秀朱慶餘。

秦女即弄玉，西漢劉向《列仙傳》卷上説：“蕭史者，秦穆公時人也。善吹簫，能致孔雀、白鶴於庭。穆公有女，字弄玉，好之，公遂以女妻焉。日教弄玉作鳳鳴。居數年，吹似鳳聲，鳳凰來止其屋。公為作鳳台，夫婦止其上，不下數年。一旦，皆隨鳳凰飛去。故秦人為作鳳女祠於雍宮中，時有簫聲焉。”曹植《仙人篇》云：“湘娥拊琴瑟，秦女吹笙竽。玉樽盈桂酒，河伯獻神魚。”魯迅是採取舊傳説，翻作心聲的。

阻郁達夫移家杭州

錢王登假仍如在，伍相隨波不可尋。
平楚日和憎健翮，小山香滿蔽高岑。
墳壇冷落將軍岳，梅鶴淒涼處士林。
何似舉家遊曠遠，風波浩蕩足行吟。

十二月

點評

郁達夫是五四時期重要的小説家，一九三三年清明節從上海遷居杭州，曾作《遷杭州有感》："冷雨埋春四月初，歸來飽食故鄉魚。范睢書術成奇辱，王霸妻兒愛索局。傷亂久嫌文字獄，偷安新學武陵漁。商量柴米安排定，妥向湖塍試鹿車。"魯迅這首詩是一九三三年年底為當時郁達夫妻子王映霞寫的，有感於杭州黨政當局的高壓政治而勸阻其移家。它以五代時吳越王錢鏐死了（"登假"）而陰魂不散，春秋時伍子胥被枉殺投江而不見蹤跡，以及岳飛墳的冷落和宋代詩人林和靖隱居處的淒涼，勸告郁達夫到更加廣闊的天地去，仿效行吟澤畔的屈原傷時憂國的精神。其間錘字煉句，用典精闢奇警，語感凝重而情意深長，令人聯想到杜詩工力。

郁達夫後來在《回憶魯迅》中說：“這首詩的意思，他曾同我說過，指的是杭州黨政諸人的無理高壓。我因不聽他的忠告，終於搬到杭州去住了，結果不出他之所料，被一位黨部的先生弄得家破人亡。”指的是國民黨浙江黨部執行委員兼教育廳長許紹棣誘騙郁達夫妻子王映霞，作為“新借得一夫人”，迫使郁達夫後來發表《毀家詩紀》，宣佈感情破裂。

無 題

萬家墨面沒蒿萊，敢有歌吟動地哀。

心事浩茫連廣宇，於無聲處聽驚雷。

五月

點 評

此詩乃一九三四年五月為新居格君書寫的條幅，字裡行間期待着沉沒草萊中的“墨面”百姓，爆發出震撼社會的“驚雷”。毛澤東一九六一年十月接見黑田壽男率領的日中友好協會代表團，書此為贈，並説：“這一首詩是魯迅在中國黎明前最黑暗的年代裡寫的。”本詩以“萬家”“廣宇”拓展內（心事）外（社會）境界，又以“敢有”“於無聲處”造成語意的轉折、跌宕，使開闊的意境歸於沉鬱。並且輔以聲調悠遠，頗足令人一詠三嘆。

題《芥子園畫譜三集》贈許廣平

此上海有正書局翻造本。其廣告謂研究木刻十餘年，始雕是書。實則兼用木版，石版，波黎版及人工著色，乃日本成法，非盡木刻也。廣告誇耳！然原刻難得，翻本亦無勝於此者。因致一部，以贈廣平，有詩為證：

十年攜手共艱危，以沫相濡亦可哀；

聊藉畫圖怡倦眼，此中甘苦兩心知。

戌年冬十二月九日之夜，魯迅記

點評

《芥子園畫譜》，乃清代王概兄弟應沈心友（李漁之婿）之請編繪的中國畫技法圖譜，因刻於李漁在南京的別墅"芥子園"而得名。其第三集為花卉草蟲禽鳥譜。許廣平為此詩寫《説明幾句》："詩中有云'十年攜手'則是指從一九二五年到一九三四年，是指我在女師大讀書和他通信（見《兩地書》）時算起。但就在這時期中，魯迅從北京到廈門、廣州，最後定居上海，正是大時代動蕩的十年，也是魯迅後半期工作最多的十年。因時常處在'圍剿'的景況中，革命者的心情，是體會得到的；世事抑鬱，時縈心懷，偶聽佳音，輒加振奮，故有‘甘苦相知’的話。其實每見他遇有障礙，難免感嘆時輿，不能自解，則懼影響前進，無非隨時隨地，略盡分憂、慰藉之忱，或共話喜悦，相與一笑，俾滋鼓舞之意。而魯迅卻説‘兩心知’，則大有‘相率而授命’的含意，卻是深知我的性格者的話，作為一個革命者的胸懷，體會是無微不至的。這雖説明了當時被壓迫人民的悲憤心情，但也表白出魯迅作為革命者在壓力和曲折下，仍不忘設法藉書圖怡悦心情的一面。追憶往事，不禁憮然。”

詩中用了《莊子·大宗師》的典故：“泉涸，魚相與處於陸，相呴以濕，相濡以沫，不如相忘於江湖。”可見魯迅的莊生緣分。

亥年殘秋偶作

曾驚秋肅臨天下，敢遣春溫上筆端。
塵海蒼茫沉百感，金風蕭瑟走千官。
老歸大澤菰蒲盡，夢墜空雲齒發寒。
竦聽荒雞偏闃寂，起看星斗正闌干。

十二月

點評

本詩為一九三五年十二月題贈許壽裳的條幅。詩中嘲諷了華北軍政當局在日本侵略下"走千官"的不抵抗政策，卻偏要藉東晉祖逖聞雞起舞的典故，使筆端透出春天的消息。許壽裳在《〈魯迅舊體詩集〉跋》中說："此詩哀民生之憔悴，狀心事之浩茫，感慨百端，俯視一切，棲身無地，苦鬥益堅，於悲涼孤寂之中，寓熹微之希望焉。"

荒雞，是一二更鳴叫的雞。清人周亮工《書影》卷四云："古以三鼓前雞鳴為荒雞，又曰兵象。"荒雞典故來自《晉書》卷六十二《祖逖傳》："祖逖，字士稚，范陽遒人也。……逖性豁蕩，不修儀檢，年十四五猶未知書，諸兄每憂之。然輕財好俠，慷慨有節尚，每至田舍，輒稱兄意散穀帛以賙貧乏，鄉黨宗族以是重之。後乃博覽書記，該涉古今，往來京師，見者謂逖有贊世才具。……與司空劉琨俱為司州主簿，情好綢繆，共被同寢。中夜聞荒雞鳴，蹴琨覺曰：'此非惡聲也。'因起舞。逖、琨並有英氣，每語世事，或中宵起坐，相謂曰：'若四海鼎沸，豪傑並起，吾與足下當相避於中原耳。'"王夫之《粉蝶兒·詠霜》採用這個典故："悄不知小橋西荒雞催曙，月斜時揉碎一天珠露。苦恁將酸風勒住，盡淒涼拚與寒鴉低訴。"不如魯迅之"竦聽荒雞偏闃寂，起看星斗正闌干"，在北斗橫斜中，窺見天明的信息，而且抗拒着殘秋蕭索，把春天的溫暖蘸上筆端。

書信

兩地書（二）

廣平兄：

今天收到來信，有些問題恐怕我答不出，姑且寫下去看 ——

學風如何，我以為是和政治狀態及社會情形相關的，倘在山林中，該可以比城市好一點，只要辦事人員好。但若政治昏暗，好的人也不能做辦事人員，學生在學校中，只是少聽到一些可厭的新聞，待到出了校門，和社會相接觸，仍然要苦痛，仍然要墮落，無非略有遲早之分。所以我的意思，以為倒不如在都市中，要墮落的從速墮落罷，要苦痛的速速苦痛罷，否則從較為寧靜的地方突到鬧處，也須意外地吃驚受苦，而其苦痛之總量，與本在都市者略同。

學校的情形，也向來如此，但一二十年前，看去仿佛較好者，乃是因為足夠辦學資格的人們不很多，因而競爭也不猛烈的緣故。現在可多了，競爭也猛烈了，於是壞脾氣也就徹底顯出。教育界的稱為清高，本是粉飾之談，其實和別的甚麼界都一樣，人的氣質不大容易改變，進幾年大學是無甚效力的。況且又有這樣的環境，正如人身的血液一壞，體中的一部分決不能獨保健康一樣，教育界也不會在這樣的民國裡特別清高的。

所以，學校之不甚高明，其實由來已久，加以金錢的魔力，本是非常之大，而中國又是向來善於運用金錢誘惑法術的地方，於是自然就成了這現象。聽說現在是中學校也有這樣的了。間有例外，大約即因年齡太小，還未感到經濟困難或化費的必要之故罷。至於傳入女校，當是近來的事，大概其起因，當在女性已經自覺到經濟獨立的必要，而藉以獲得這獨立的方法，則不外兩途，一是力爭，一是巧取。前一法很費力，於是就墮入後一手段去，就是略一清醒，又復昏睡了。可是這情形不獨女界為然，男人也多如此，所不同者巧取之外，還有豪奪而已。

我其實那裡會“立地成佛”，許多煙捲，不過是麻醉藥，煙霧中也沒有見過極樂世界。假使我真有指導青年的本領——無論指導得錯不錯——我決不藏匿起來，但可惜我連自己也沒有指南針，到現在還是亂闖。倘若闖入深淵，自己有自己負責，領着別人又怎麼好呢？我之怕上講台講空話者就為此。記得有一種小說裡攻擊牧師，說有一個鄉下女人，向牧師瀝訴困苦的半生，請他救助，牧師聽畢答道：“忍着罷，上帝使你在生前受苦，死後定當賜福的。”其實古今的聖賢以及哲人學者所說，何嘗能比這高明些。他們之所謂“將來”，不就是牧師之所謂“死後”麼。我所知道的話就全是這樣，我不相信，但自己也並無更好的解釋。章錫琛先生的答話是一定要模胡的，聽說他自己在書舖子裡做夥計，就時常叫苦連天。

我想，苦痛是總與人生聯帶的，但也有離開的時候，就是當熟睡之際。醒的時候要免去若干苦痛，中國的老法子是“驕傲”與“玩世不恭”，我覺得我自己就有這毛病，不大好。苦茶加糖，其苦之量如故，只是聊勝於無糖，但這糖就不容易找到，我不知道在那裡，這一節只好交白卷了。

以上許多話，仍等於章錫琛，我再說我自己如何在世上混過去的方法，以供參考罷——

一，走“人生”的長途，最易遇到的有兩大難關。其一是“歧路”，倘是墨翟先生，相傳是慟哭而返的。但我不哭也不返，先在歧路頭坐下，歇一會，或者睡一覺，於是選一條似乎可走的路再走，倘遇見老實人，也許奪他食物來充飢，但是不問路，因為我料定他並不知道的。如果遇見老虎，我就爬上樹去，等它餓得走去了再下來，倘它竟不走，我就自己餓死在樹上，而且先用帶子縛住，連死屍也決不給它吃。但倘若沒有樹呢？那麼，沒有法子，只好請它吃了，但也不妨也咬它一口。其二便是“窮途”了，聽說阮籍先生也大哭而回，我卻也像在歧路上的辦法一樣，還是跨進去，在刺叢裡姑且走走。但我也並未遇到全是荊棘毫無可走的地方過，不知道是否世上本無所謂窮途，還是我幸而沒有遇着。

二，對於社會的戰鬥，我是並不挺身而出的，我不勸別人犧牲甚麼之類者就為此。歐戰的時候，最重“壕塹戰”，戰士伏在壕中，有時吸煙，也唱歌，打紙牌，喝酒，也在壕內開美術展覽會，但有時忽向敵人開他幾槍。中國多暗箭，挺身而出的勇士容易喪命，這種戰法是必要的罷。但恐怕也有時會逼到非短兵相接不可的，這時候，沒有法子，就短兵相接。

總結起來，我自己對於苦悶的辦法，是專與襲來的苦痛搗亂，將無賴手段當作勝利，硬唱凱歌，算是樂趣，這或者就是糖罷。但臨末也還是歸結到“沒有法子”，這真是沒有法子！

以上，我自己的辦法說完了，就不過如此，而且近於遊戲，不像步步走在人生的正軌上（人生或者有正軌罷，但我不知道）。我相信寫了出來，未必於你有用，但我也只能寫出這些罷了。

魯迅。三月十一日。

兩地書（四）

廣平兄：

這回要先講“兄”字的講義了。這是我自己制定，沿用下來的例子，就是：舊日或近來所識的朋友，舊同學而至今還在來往的，直接聽講的學生，寫信的時候我都稱“兄”；此外如原是前輩，或較為生疏，較需客氣的，就稱先生，老爺，太太，少爺，小姐，大人……之類。總之，我這“兄”字的意思，不過比直呼其名略勝一籌，並不如許叔重先生所說，真含有“老哥”的意義。但這些理由，只有我自己知道，則你一見而大驚力爭，蓋無足怪也。然而現已說明，則亦毫不為奇焉矣。

現在的所謂教育，世界上無論那一國，其實都不過是製造許多適應環境的機器的方法罷了。要適如其分，發展各各的個性，這時候還未到來，也料不定將來究竟可有這樣的時候。我疑心將來的黃金世界裡，也會有將叛徒處死刑，而大家尚以為是黃金世界的事，其大病根就在人們各各不同，不能像印版書似的每本一律。要徹底地毀壞這種大勢的，就容易變成“個人的無政府主義者”，如《工人綏惠略夫》裡所描寫的綏惠略夫就是。這一類人物的運命，在現在——也許雖在將來——是要救群眾，而反被群眾所迫害，終至於成了單身，忿激之餘，一轉而仇視一切，無論對誰都開槍，自己也歸於毀滅。

社會上千奇百怪，無所不有；在學校裡，只有捧線裝書和希望得到文憑者，雖然根柢上不離“利害”二字，但是還要算好的。中國大約太老了，社會上事無大小，都惡劣不堪，像一隻黑色的染缸，無論加進甚麼新東西去，都變成漆黑。可是除了再想法子來改革之外，也再沒有別的路。我看一切理想家，不是懷念“過去”，就是希望“將來”，對於“現在”這一個題目，都繳了白卷，因為誰也開不出藥方。所有最好的藥方，即所謂“希望將來”的就是。

“將來”這回事，雖然不能知道情形怎樣，但有是一定會有的，就是一定會到來的，所慮者到了那時，就成了那時的“現在”。然而人們也不必這樣悲觀，只要“那時的現在”比“現在的現在”好一點，就很好了，這就是進步。

這些空想，也無法證明一定是空想，所以也可以算是人生的一種慰安，正如信徒的上帝。你好像常在看我的作品，但我的作品，太黑暗了，因為我常覺得惟“黑暗與虛無”乃是“實有”，卻偏要向這些作絕望的抗戰，所以很多着偏激的聲音。其實這或者是年齡和經歷的關係，也許未必一定的確的，因為我終於不能證實：惟黑暗與虛無乃是實有。所以我想，在青年，須是有不平而不悲觀，常抗戰而亦自衛，倘荊棘非踐不可，固然不得不踐，但若無須必踐，即不必隨便去踐，這就是我之所以主張“壕塹戰”的原因，其實也無非想多留下幾個戰士，以得更多的戰績。

子路先生確是勇士，但他因為“吾聞君子死冠不免”，於是“結纓而死”，我總覺得有點迂。掉了一頂帽子，又有何妨呢，卻看得這麼鄭重，實在是上了仲尼先生的當了。仲尼先生自己“厄於陳蔡”，卻並不餓死，真是滑得可觀。子路先生倘若不信他的胡説，披頭散髮的戰起來，也許不至於死的罷。但這種散髮的戰法，也就是屬於我所謂“壕塹戰”的。

時候不早了，就此結束了。

魯迅。三月十八日。

兩地書（八）

廣平兄：

現在才有寫回信的工夫，所以我就寫回信。

那一回演劇時候，我之所以先去者，實與劇的好壞無關，我在群集裡面，是向來坐不久的。那天觀眾似乎不少，籌款的目的，該可以達到一點了罷。好在中國現在也沒有甚麼批評家，鑑賞家，給看那樣的戲劇，已經盡夠了。嚴格的說起來，則那天的看客，甚麼也不懂而胡鬧的很多，都應該用大批的蚊煙，將它們熏出去的。

近來的事件，內容大抵複雜，實不但學校為然。據我看來，女學生還要算好的，大約因為和外面的社會不大接觸之故罷，所以還不過談談衣飾宴會之類。至於別的地方，怪狀更是層出不窮，東南大學事件就是其一，倘細細剖析，真要為中國前途萬分悲哀。雖至小事，亦復如是，即如《現代評論》的“一個女讀者”的文章，我看那行文造語，總疑心是男人做的，所以你的推想，也許不確。世上的鬼蜮是多極了。

說起民元的事來，那時確是光明得多，當時我也在南京教育部，覺得中國將來很有希望。自然，那時惡劣分子固然也有的，然而他總失敗。一到二年二次革命失敗之後，即漸漸壞下去，壞而又壞，遂成了現在的情形。其實這也不是新添的壞，乃是塗飾的新漆剝落已盡，於是舊相又顯了出來。使奴才主持家政，那裡會有好樣子。最初的革命是排滿，容易做到的，其次的改革是要國民改革自己的壞根性，於是就不肯了。所以此後最要緊的是改革國民性，否則，無論是專制，是共和，是甚麼甚麼，招牌雖換，貨色照舊，全不行的。

但說到這類的改革，便是真叫作“無從措手”。不但此也，現在雖只想將“政象”稍稍改善，尚且非常之難。在中國活動的現有兩種“主義者”，外表都很新的，但我研究他們的精神，還是舊貨，所以我現在無所屬，但希望他們自己覺悟，自動的改良而已。例如世界主義者而同志自己先打架，無政府主義者的報館而用護兵守門，真不知是怎麼一回事。土匪也不行，河南的單知道燒搶，東三省的漸趨於保護雅片，總之是抱“發財主義”的居多，梁山泊劫富濟貧的事，已成為書本子上的故事了。軍隊裡也不好，排擠之風甚盛，勇敢無私的一定孤立，為敵所乘，同人不救，終至陣亡，而巧滑騎牆，專圖地盤者反很得意。我有幾個學生在軍中，倘不同化，怕終不能佔得勢力，但若同化，則佔得勢力又於將來何益。一個就在攻惠州，雖聞已勝，而終於沒有信來，使我常常苦痛。

我又無拳無勇，真沒有法，在手頭的只有筆墨，能寫這封信一類的不得要領的東西而已。但我總還想對於根深蒂固的所謂舊文明，施行襲擊，令其動搖，冀於將來有萬一之希望。而且留心看看，居然也有幾個不問成敗而要戰鬥的人，雖然意見和我並不盡同，但這是前幾年所沒有遇到的。我所謂“正在準備破壞者目下也仿佛有人”的人，不過這麼一回事。要成聯合戰線，還在將來。

希望我做一點甚麼事的人，也頗有幾個了，但我自己知道，是不行的。凡做領導的人，一須勇猛，而我看事情太仔細，一仔細，即多疑慮，不易勇往直前，二須不惜用犧牲，而我最不願使別人做犧牲（這其實還是革命以前的種種事情的刺激的結果），也就不能有大局面。所以，其結果，終於不外乎用空論來發牢騷，印一通書籍雜誌。你如果也要發牢騷，請來幫我們，倘曰“馬前卒”，則吾豈敢，因為我實無馬，坐在人力車上，已經是闊氣的時候了。

投稿到報館裡，是碰運氣的，一者編輯先生總有些胡塗，二者投稿一多，確也使人頭昏眼花。我近來常看稿子，不但沒有空閒，而且人也疲乏了，此後想不再給人看，但除了幾個熟識的人們。你投稿雖不寫甚麼"女士"，我寫信也改稱為"兄"，但看那文章，總帶些女性。我雖然沒有細研究過，但大略看來，似乎"女士"的說話的句子排列法，就與"男士"不同，所以寫在紙上，一見可辨。

北京的印刷品現在雖然比先前多，但好的卻少。《猛進》很勇，而論一時的政象的文字太多。《現代評論》的作者固然多是名人，看去卻很顯得灰色，《語絲》雖總想有反抗精神，而時時有疲勞的顏色，大約因為看得中國的內情太清楚，所以不免有些失望之故罷。由此可知見事太明，做事即失其勇，莊子所謂"察見淵魚者不祥"，蓋不獨謂將為眾所忌，且於自己的前進亦復大有妨礙也。我現在還要找尋生力軍，加多破壞論者。

魯迅。三月三十一日。

致　許壽裳

季市君足下：早蒙書，卒卒不即覆。記前函曾詢部中《最新法令匯編》，當時問之雷川，乃云無有。前答未及，今特先陳。 夫人逝去，孺子良為可念，今既得令親到贛，復有教師，當可稍輕顧慮。人有恆言：“婦人弱也，而為母則強。” 僕為一轉曰：“孺子弱也，而失母則強。” 此意久不語人，知　君能解此意，故敢言之矣。《狂人日記》實為拙作，又有白話詩署“唐俟”者，亦僕所為。前曾言中國根柢全在道教，此說近頗廣行。以此讀史，有多種問題可以迎刃而解。後以偶閱《通鑑》，乃悟中國人尚是食人民族，因成此篇。此種發見，關係亦甚大，而知者尚寥寥也。京師圖書分館等章程，朱孝荃想早寄上。然此並庸妄人錢稻孫，王丕謨所為，何足依據。而通俗圖書館者尤可笑，幾於不通。僕以為有權在手，便當任意作之，何必參考愚說耶？教育博物館等素未究，必無以奉告。惟於通俗圖書館，則鄙意以為小說大應選擇；而科學書等，實以廣學會所出者為佳，大可購置，而世多以其教會所開而忽之矣。覃孝方之辭職，聞因為一校長所打，其所以打之者，則意在排斥外省人而代以本省人。然目的僅達其半，故覃去而X至，可謂去虎進狗矣。部中風氣日趨日下，略有人狀者已寥寥不多見。若夫新聞，則有エバ之健將牛獻周僉事在此娶妻，未幾前妻聞風而至，乃誘後妻至奉天，售之妓館，已而被訴，今方在囹圄，但尚未判決也。作事如此，可謂極人間之奇觀，達獸道之極致，而居然出於教育部，寧非幸歟！歷觀國內無一佳象，而僕則思想頗變遷，毫不悲觀。蓋國之觀念，其愚亦與省界相類。若以人類為着眼點，則中國若改良，固足為人類進步之驗（以如此國而尚能改良故）；若其滅亡，亦是人類向上之驗，緣如此國人竟不能生存，正是人類進步之故也。大約將來人道主義終當勝利，中國雖不改進，欲為奴隸，而他人更不欲用奴隸；則雖渴想請安，亦是不得主顧，止能佗傺而死。如是數代，則請安磕頭之癮漸淡，終必難免於進步矣。此僕之所為樂也。此佈，即頌

曼福。

僕樹人　頓首　八月廿日

致　梁繩禕

生為兄：

前承兩兄過談，甚快，後以瑣事叢集，竟未一奉書。前日乃蒙惠簡，俱悉。關於中國神話，現在誠不可無一部書，沈雁冰君之文，但一看耳，未細閱，其中似亦有可參考者，所評西洋人諸書，殊可信。中國書多而難讀，外人論古史或文藝，遂至今不見有好書也，惟沈君於古書蓋未細檢，故於康回觸不周山故事，至於交臂失之。

京師圖書館所藏關於神話之書，未經目睹，但見該館報告，知其名為《釋神》，著者之名亦忘卻。倘是平常書，尚可設法借出，但此書是稿本，則照例編入"善本"中（內容善否，在所不問），視為寶貝，除就閱而外無他途矣，只能他日赴館索觀，或就抄，如亦是撮錄古書之作，則止錄其所引之書之卷數已足，無須照寫原文，似亦不費多大時日也。但或尚有更捷之法，亦未可知，容再一調查，奉告。

中國之鬼神談，似至秦漢方士而一變，故鄙意以為當先搜集至六朝（或唐）為止群書，且又析為三期，第一期自上古至周末之書，其根柢在巫，多含古神話，第二期秦漢之書，其根柢亦在巫，但稍變為"鬼道"，又雜有方士之說，第三期六朝之書，則神仙之說多矣。今集神話，自不應雜入神仙談，但在兩可之間者，亦止得存之。

內容分類，似可參照希臘及埃及神話之分類法作之，而加以變通。不知可析為（一）天神，（二）地祇（並幽冥界），（三）人鬼，（四）物魅否？疑不能如此分明，未嘗深考，不能定也。此外則天地開闢，萬物由來（自其發生之大原以至現狀之細故，如烏雅何故色黑，猴臀何以色紅），苟有可稽，皆當搜集。每一神祇，又當考其（一）系統，（二）名字，（三）狀貌性格，（四）功業作為，但恐亦不能完備也。

沈君評一外人之作，謂不當雜入現今雜說，而僕則以為此實一個問題，不能遽加論定。中國人至今未脱原始思想，的確尚有新神話發生，譬如"日"之神話，《山海經》中有之，但吾鄉（紹興）皆謂太陽之生日為三月十九日，此非小説，非童話，實亦神話，因眾皆信之也，而起源則必甚遲。故自唐以迄現在之神話，恐亦尚可結集，但此非數人之力所能作，只能待之異日，現在姑且畫六朝或唐（唐人所見古籍較今為多，故尚可採得舊説）為限可耳。

魯迅　三月十五日

致　台靜農

靜農兄：

九月十七日來信收到了。請你轉致　半農先生，我感謝他的好意，為我，為中國。但我很抱歉，我不願意如此。

諾貝爾賞金，梁啓超自然不配，我也不配，要拿這錢，還欠努力。世界上比我好的作家何限，他們得不到。你看我譯的那本《小約翰》，我那裡做得出來，然而這作者就沒有得到。

或者我所便宜的，是我是中國人，靠着這“中國”兩個字罷，那麼，與陳煥章在美國做《孔門理財學》而得博士無異了，自己也覺得好笑。

我覺得中國實在還沒有可得諾貝爾賞金的人，瑞典最好是不要理我們，誰也不給。倘因為黃色臉皮人，格外優待從寬，反足以長中國人的虛榮心，以為真可與別國大作家比肩了，結果將很壞。

我眼前所見的依然黑暗，有些疲倦，有些頽唐，此後能否創作，尚在不可知之數。倘這事成功而從此不再動筆，對不起人；倘再寫，也許變了翰林文字，一無可觀了。還是照舊的沒有名譽而窮之為好罷。

未名社出版物，在這裡有信用，但售處似乎不多。讀書的人，多半是看時勢的，去年郭沫若書頗行，今年上半年我的書頗行，現在是大賣戴季陶講演錄了蔣介石的也行了一時。這裡的書，要作者親到而闊才好，就如江湖上賣膏藥者，必須將老虎骨頭掛在旁邊似的。

還有一些瑣事，詳寄季野信中，不贅。

迅　上　九月二十五日

致　韋素園

素園兄：

七月二日信片收到。

《美術史潮論》係在《北新》半月刊上附印，尚未成書，成後寄上。《思想，山水，人物》未注意，不知消路如何。

以史底惟物論批評文藝的書，我也曾看了一點，以為那是極直捷爽快的，有許多昧曖難解的問題，都可説明。但近來創造社一派，卻主張一切都非依這史觀來著作不可，自己又不懂，弄得一榻胡塗，但他們近來忽然都又不響了，膽小而要革命。

凡關於蘇俄文藝的書，兩廣兩湖，都不賣，退了回來。

我生活經費現在不困難，但瑣事太多，幾乎每日都費在這些事裡，無聊極了。

上海大熱，夜又多蚊，不能做事。這苦處，大約西山是沒有的。

迅　上　七月廿二日

致　王喬南

喬南先生：

頃奉到五日來信，謹悉種種。我的作品，本沒有不得改作劇本之類的高貴性質，但既承下問，就略陳意見如下：——

我的意見，以為《阿 Q 正傳》，實無改編劇本及電影的要素，因為一上演台，將只剩了滑稽，而我之作此篇，實不以滑稽或哀憐為目的，其中情景，恐中國此刻的“明星”是無法表現的。

況且誠如那位影劇導演者所言，此時編製劇本，須偏重女腳，我的作品，也不足以值這些觀眾之一顧，還是讓它“死去”罷。

匆覆，並頌

曼福。

迅　啓上　十月十三日

再：我也知道先生編後，未必上演，但既成劇本，便有上演的可能，故答覆如上也。

致　韋素園

素園兄：

昨看見由舍弟轉給景宋的信，知道這回的謠言，至於廣播北方，致使兄為之憂慮，不勝感荷。上月十七日，上海確似曾拘捕數十人，但我並不詳知，此地的大報，也至今未曾登載。後看見小報，才知道有我被拘在內，這時已在數日之後了。然而通信社卻已通電全國，使我也成了被拘的人。

其實我自到上海以來，無時不被攻擊，每年也總有幾回謠言，不過這一回造得較大，這是有一些人，希望我如此的幻想。這些人大抵便是所謂“文學家”，如長虹一樣，以我為“絆腳石”，以為將我除去，他們的文章便光焰萬丈了。其實是並不然的。文學史上，我沒有見過用陰謀除去了文學上的敵手，便成為文豪的人。

但在中國，卻確是謠言也足以謀害人的，所以我近來搬了一處地方。景宋也安好的，但忙於照看小孩。我好像未曾通知過，我們有了一個男孩，已一歲另四個月，他生後不滿兩月之內，就被“文學家”在報上罵了兩三回，但他卻不受影響，頗壯健。

我新近印了一本 Gladkov 的《Zement》的插畫，計十幅，大約不久可由未名社轉寄　兄看。又已將 Fadejev 的《毀滅》（Razgrom）譯完，擬即付印。中國的做人雖然很難，我的敵人（鬼鬼祟祟的）也太多，但我若存在一日，終當為文藝盡力，試看新的文藝和在壓制者保護之下的狗屁文藝，誰先成為煙埃。並希　兄也好好地保養，早日痊癒，無論如何，將來總歸是我們的。

迅　上　二月二日

景宋附筆問候

致　李秉中

秉中兄：

九日惠函已收到。生丁此時此地，真如處荊棘中，國人竟有販人命以自肥者，尤可憤嘆。時亦有意，去此危邦，而眷念舊鄉，仍不能絕裾徑去，野人懷土，小草戀山，亦可哀也。日本為舊遊之地，水木明瑟，誠足怡心，然知之已稔，遂不甚嚮往，去年頗欲赴德國，亦僅藏於心。今則金價大增，且將三倍，我又有眷屬在滬，並一嬰兒，相依為命，離則兩傷，故且深自韜晦，冀延餘年，倘舉朝文武，仍不相容，會當相偕以泛海，或相率而授命耳。盛意甚感，但今尚無恙，請釋遠念，並善自珍攝為幸。此佈，即頌

曼福不盡。

迅　啓上　二月十八日

令夫人均此致候。

致　台靜農

靜農兄：

八月十日信收到。素園逝去，實足哀傷，有志者入泉，無為者住世，豈佳事乎。憶前年曾以布面《外套》一本見贈，殆其時已有無常之感。今此書尚在行篋，覽之黯然。

鄭君治學，蓋用胡適之法，往往恃孤本秘笈，為驚人之具，此實足以炫耀人目，其為學子所珍賞，宜也。我法稍不同，凡所泛覽，皆通行之本，易得之書，故遂孑然於學林之外，《中國小說史略》而非斷代，即嘗見貶於人。但此書改定本，早於去年出版，已囑書店寄上一冊，至希察收。雖曰改定，而所改實不多，蓋近幾年來，域外奇書，沙中殘楮，雖時時介紹於中國，但尚無需因此大改《史略》，故多仍之。鄭君所作《中國文學史》，頃已在上海豫約出版，我曾於《小說月報》上見其關於小說者數章，誠哉滔滔不已，然此乃文學史資料長編，非"史"也。但倘有具史識者，資以為史，亦可用耳。

年來伏處牖下，於小說史事，已不經意，故遂毫無新得。上月得石印傳奇《梅花夢》一部兩本，為毗陵陳森所作，此人亦即作《品花寶鑑》者，《小說史略》誤作陳森書，衍一"書"字，希講授時改正。此外又有木刻《梅花夢傳奇》，似張姓者所為，非一書也。

上海曾大熱，近已稍涼，而文禁如毛，緹騎遍地，則今昔不異，久見而慣，故旅舍或人家被捕去一少年，已不如捕去一雞之聳人耳目矣。我亦頗麻木，絕無作品，真所謂食蔌而已。早欲翻閱二十四史，曾向商務印書館豫約一部，而今年遂須延期，大約後年之冬，才能完畢，惟有服魚肝油，延年卻病以待之耳。

　　此覆，即頌

曼福。

迅　啓上　八月十五夜。

致　曹聚仁

聚仁先生：

二日的惠函，今天收到了。但以後如寄信，還是內山書店轉的好。喬峰是我的第三個兄弟的號，那時因為要掛號，只得借用一下，其實是我和他一月裡，見面不過兩三回。

《李集》我以為不如不審定，也許連出版所也不如胡謅一個，賣一通就算。論起理來，李死在清黨之前，還是國民黨的朋友，給他留一個紀念，原是極應該的，然而中央的檢查員，其低能也未必下於郵政檢查員，他們已無人情，也不知歷史，給碰一個大釘子，正是意中事。到那時候，倒令人更為難。所以我以為不如“自由”印賣，好在這書是不會風行的，赤者嫌其頗白，白者怕其已赤，讀者蓋必寥寥，大約惟留心於文獻者，始有意於此耳，一版能賣完，已屬如天之福也。

我現在真做不出文章來，對於現在該說的話，好像先前都已說過了。近來只是應酬，有些是為了賣錢，想能登，又得為編者設想，所以往往吞吞吐吐。但終於多被抽掉，嗚呼哀哉。倘有可投《濤聲》的，當寄上；先前也曾以羅憮之名，寄過一封信，後來看見廣告，在尋這人，但因為我已有《濤聲》，所以未覆。

看起來，就是中學卒業生，或大學生，也未必看得懂《濤聲》罷，近來的學生，好像“木”的頗多了。但我並不希望《濤聲》改淺，失其特色，不過隨便說說而已。

　　專覆，並頌

著祺。

魯迅　上　六月三夜

致　曹聚仁

聚仁先生：

惠書敬悉。近來的事，其實也未嘗比明末更壞，不過交通既廣，智識大增，所以手段也比較的綿密而且惡辣。然而明末有些士大夫，曾捧魏忠賢入孔廟，被以袞冕，現在卻還不至此，我但於胡公適之之侃侃而談，有些不覺為之顏厚有忸怩耳。但是，如此公者，何代蔑有哉。

漁仲亭林諸公，我以為今人已無從企及，此時代不同，環境所致，亦無可奈何。中國學問，待從新整理者甚多，即如歷史，就該另編一部。古人告訴我們唐如何盛，明如何佳，其實唐室大有胡氣，明則無賴兒郎，此種物件，都須褫其華袞，示人本相，庶青年不再烏煙瘴氣，莫名其妙。其他如社會史，藝術史，賭博史，娼妓史，文禍史……都未有人著手。然而又怎能著手？居今之世，縱使在決堤灌水，飛機擲彈範圍之外，也難得數年糧食，一屋圖書。我數年前，曾擬編中國字體變遷史及文學史稿各一部，先從作長編入手，但即此長編，已成難事，剪取歟，無此許多書，赴圖書館抄錄歟，上海就沒有圖書館，即有之，一人無此精力與時光，請書記又有欠薪之懼，所以直到現在，還是空談。現在做人，似乎只能隨時隨手做點有益於人之事，倘其不能，就做些利己而不損人之事，又不能，則做些損人利己之事。只有損人而不利己的事，我是反對的，如強盜之放火是也。

知識分子以外，現在是不能有作家的，戈理基雖稱非知識階級出身，其實他看的書很不少，中國文字如此之難，工農何從看起，所以新的文學，只能希望於好的青年。十餘年來，我所遇見的文學青年真也不少了，而希奇古怪的居多。最大的通病，是以為因為自己是青年，所以最可貴，最不錯的，待到被人駁得無話可説的時候，他就説是因為青年，當然不免有錯誤，該當原諒的了。而變化也真來得快，三四年中，三翻四覆的，你看有多少。

古之師道，實在也太尊，我對此頗有反感。我以為師如荒謬，不妨叛之，但師如非罪而遭冤，卻不可乘機下石，以圖快敵人之意而自救。太炎先生曾教我小學，後來因為我主張白話，不敢再去見他了，後來他主張投壺，心竊非之，但當國民黨要沒收他的幾間破屋，我實不能向當局作媚笑。以後如相見，仍當執禮甚恭（而太炎先生對於弟子，向來也絕無傲態，和藹若朋友然），自以為師弟之道，如此已可矣。

今之青年，似乎比我們青年時代的青年精明，而有些也更重目前之益，為了一點小利，而反噬構陷，真有大出於意料之外者，歷來所身受之事，真是一言難盡，但我是總如野獸一樣，受了傷，就回頭鑽入草莽，舐掉血跡，至多也不過呻吟幾聲的。只是現在卻因為年紀漸大，精力就衰，世故也愈深，所以漸在迴避了。

自首之輩，當分別論之，別國的硬漢比中國多，也因為別國的淫刑不及中國的緣故。我曾查歐洲先前虐殺耶穌教徒的記錄，其殘虐實不及中國，有至死不屈者，史上在姓名之前就冠一“聖”字了。中國青年之至死不屈者，亦常有之，但皆秘不發表。不能受刑至死，就非賣友不可，於是堅卓者無不滅亡，游移者愈益墮落，長此以往，將使中國無一好人，倘中國而終亡，操此策者為之也。

此覆，並頌

著祺

魯迅　啓上　六月十八夜。

致　何家駿、陳企霞

家駿
企霞　先生：

來信收到。連環圖畫是極緊要的，但我無材料可以介紹，我只能説一點我的私見：

一，材料，要取中國歷史上的，人物是大眾知道的人物，但事跡卻不妨有所更改。舊小説也好，例如《白蛇傳》（一名《義妖傳》）就很好，但有些地方須加增（如百折不回之勇氣），有些地方須削弱（如報私恩及為自己而水滿金山等）。

二，畫法，用中國舊法。花紙，舊小説之繡像，吳友如之畫報，皆可參考，取其優點而改去其劣點。不可用現在流行之印象畫法之類，專重明暗之木版畫亦不可用，以素描（線畫）為宜。總之：是要毫無觀賞藝術的訓練的人，也看得懂，而且一目瞭然。

還有必須注意的，是不可墮入知識階級以為非藝術而大眾仍不能懂（因而不要看）的絕路裡。

專此佈覆，並頌

時綏。

魯迅　上　八月一日

致　董永舒

永舒先生：

你給我的信，在前天收到。我是活着的，雖然不知道可以活到甚麼時候。

《雪朝》我看了一遍，這還不能算短篇小説，因為局面小，描寫也還簡略，但作為一篇隨筆看，是要算好的。此後如要創作，第一須觀察，第二是要看別人的作品，但不可專看一個人的作品，以防被他束縛住，必須博採眾家，取其所長，這才後來能夠獨立。我所取法的，大抵是外國的作家。

但看別人的作品，也很有難處，就是經驗不同，即不能心心相印。所以常有極要緊，極精采處，而讀者不能感到，後來自己經驗了類似的事，這才瞭然起來。例如描寫飢餓罷，富人是無論如何都不會懂的，如果餓他幾天，他就明白那好處。

《偉大的印象》曾在雜誌《北斗》上登載過，這雜誌早被禁止，現在已無從搜求。昨天託內山書店寄上七（？）本書，想能和此信先後而至，其中的《鐵流》是原版，你所買到的，大約是光華書局的再版罷，但內容是一樣的，不過紙張有些不同罷了。

高爾基的傳記，我以為寫得還好，並且不枯燥，所以寄上一本。至於他的作品，中國譯出的已不少，但我覺得沒有一本可靠的，不必購讀。今年年底，當有他的《小説選集》和《論文選集》各一本可以出版，是從原文直接翻譯出來的好譯本，那時我當寄上。

　　此覆，即頌
時綏。

魯迅　啓上　八月十三日

　　以後如有信，寄“上海北四川路底內山書店”收轉，則比較的可以收到得快。又及。

致　徐懋庸

懋庸先生：

十八日信收到。侍桁先生的最初的文章，我沒有看他，待到留意時，這辯論快要完結了。據我看來，先生的主張是對的。

文章的彎彎曲曲，是韓先生的特長，用些“機械的”之類的唯物論者似的話，也是他的本領。但　先生還沒有看出他的本心，他是一面想動搖文學上的寫實主義，一面在為自己辯護。他說，沙寧在實際上是沒有的，其實俄國確曾有，即中國也何嘗沒有，不過他不叫沙寧。文學與社會之關係，先是它敏感的描寫社會，倘有力，便又一轉而影響社會，使有變革。這正如芝麻油原從芝麻打出，取以浸芝麻，就使它更油一樣。倘如韓先生所說，則小說上的典型人物，本無其人，乃是作者案照他在社會上有存在之可能，憑空造出，於是而社會上就發生了這種人物。他之不以唯心論者自居，蓋在“存在之可能（二字妙極）”句，以為這是他顧及社會條件之處。其實這正是囈語。莫非大作家動筆，一定故意只看社會不看人（不涉及人，社會上又看甚麼），捨已有之典型而寫可有的典型的麼？倘其如是，那真是上帝，上帝創造，即如宗教家說，亦有一定的範圍，必以有存在之可能為限，故火中無魚，泥裡無鳥也。所以韓先生實是詭辯，我以為可以置之不理，不值得道歉的。

藝術的真實非即歷史上的真實，我們是聽到過的，因為後者須有其事，而創作則可以綴合，抒寫，只要逼真，不必實有其事也。然而他所據以綴合，抒寫者，何一非社會上的存在，從這些目前的人，的事，加以推斷，使之發展下去，這便好像豫言，因為後來此人，此事，確也正如所寫。這大約便是韓先生之所謂大作家所創造的有社會底存在的可能的人物事狀罷。

我是不研究理論的，所以應看甚麼書，不能切要的說。據我的私見，首先是改看歷史，日文的《世界史教程》（共六本，已出五本），我看了一點，才知道所謂英國美國，猶如中國之王孝籟而帶兵的國度，比年青時明白了。其次是看唯物論，日本最新的有永田廣志的《唯物辨證法講話》（白楊社版，一元三角），《史的唯物論》（ナウカ社版，三本，每本一元或八角）。文學史我說不出甚麼來，其實是 G. Brandes 的《十九世紀文學的主要潮流》雖是人道主義的立場，卻還很可看的，日本的《春秋文庫》中有譯本，已出六本（每本八角），（一）《移民文學》一本，（二）《獨逸の浪漫派》一本，（四）《英國ニ於ケル自然主義》，（六）《青春獨逸派》各二本，第（三）（五）部未出。至於理論，今年有一本《寫實主義論》係由編譯而成，是很好的，聞已排好，但恐此刻不敢出版了。所見的日文書，新近只有《社會主義的レァリズムの問題》一本，而缺字太多，看起來很吃力。

中國的書，亂罵唯物論之類的固然看不得，自己不懂而亂讚的也看不得，所以我以為最好先看一點基本書，庶不致為不負責任的論客所誤。

此覆即頌

時綏。

迅　上　十二月二十夜。

致　姚克

姚克先生：

第五信收到。來論之關於詩者，是很對的。歌，詩，詞，曲，我以為原是民間物，文人取為己有，越做越難懂，弄得變成僵石，他們就又去取一樣，又來慢慢的絞死它。譬如《楚辭》罷，《離騷》雖有方言，倒不難懂，到了揚雄，就特地"古奧"，令人莫名其妙，這就離斷氣不遠矣。詞，曲之始，也都文從字順，並不艱難，到後來，可就實在難讀了。現在的白話詩，已有人掇用"選"字，或每句字必一定，寫成一長方塊，也就是這一類。

先生能發表英文，極好，發表之處，是不必太選擇的。至於此地報紙，則刊出頗難，觀一切文藝欄，無不死樣活氣，即可推見。我的投稿，自己已十分小心，而刊出後時亦刪去一大段，好像尚未完篇一樣，因此連拿筆的興趣也提不起來了。傅公，一孱頭耳，不知道他是在怎麼想；那刊物，似乎也不過捱滿一年，聊以塞責，則不復有朝氣也可知。那捱滿之由，或因官方不許，以免多禁之譏，或因老版要出，可以不退定款，均說不定。

M. Artzybashev 的那篇小說，是《Tales of the Revolution》中之一，英文有譯本，為 tr.Percy Pinkerton，Secker，London；Huebsch，N.Y.；1917. 但此書北平未必能得，買來也可不必。大約照德文轉譯過來，篇名為《Worker Sheviriov》，亞拉籍夫拼作 Aladejev 或 Aladeev，也就可以了。"無抗抵主義者"我想還是譯作"托爾斯泰之徒"（Tolstoian？），

較為明白易曉。譯本出後，給我三四本，不知太多否？直寄之店名，須寫 Uchiyama Book-store，不拼中國音。

送 S 君夫婦之書，當照來函辦理，但未知其住址為何，希見示，以便直寄。又令弟之號亦請示及，因恐行中有同姓者，倘僅寫一姓，或致誤投也。

前回的信，不是提起過錢君不復來訪嗎，新近聽到他生了大病，群醫束手，終於難以治癒，亦未可知的。

武梁祠畫像新拓本，已頗模胡，北平大約每套十元上下可得。又有《孝堂山畫像》，亦漢刻，似十幅，內有戰鬥，刑戮，鹵簿……等圖，價或只四五元，亦頗可供參考，其一部分，亦在《金石索》中。

此佈，即頌

時綏。

豫　頓首　二月二十日（第四）

致　魏猛克

××先生：

七日信收到。古人之“鐵線描”，在人物雖不用器械，但到屋宇之類，是利用器械的，我看是一枝界尺，還有一枝半圓的木杆，將這靠住毛筆，緊緊捏住，換了界尺劃過去，便既不彎曲，又無粗細了，這種圖，謂之“界畫”。

學吳友如畫的危險，是在只取了他的油滑，他印《畫報》，每月大約要畫四五十張，都是用藥水畫在特種的紙張上，直接上石的，不用照相。因為多畫，所以後來就油滑了，但可取的是他觀察的精細，不過也只以洋場上的事情為限，對於農村就不行。他的沫流是會文堂所出小說插畫的畫家。至於葉靈鳳先生，倒是自以為中國的 Beardsley 的，但他們兩人都在上海混，都染了流氓氣，所以見得有相似之處了。

新的藝術，沒有一種是無根無蒂，突然發生的，總承受着先前的遺產，有幾位青年以為採用便是投降，那是他們將“採用”與“模仿”併為一談了。中國及日本畫入歐洲，被人採取，便發生了“印象派”，有誰說印象派是中國畫的俘虜呢？專學歐洲已有定評的新藝術，那倒不過是模仿。“達達派”是裝鬼臉，未來派也只是想以“奇”驚人，雖然新，但我們只要看 Mayakovsky 的失敗（他也畫過許多畫），便是前車之鑑。既是採用，當然要有條件，例如為流行計，特別取了低級趣味之點，那不消說是不對的，這就是採取了壞處。必須令人能懂，而又有益，也還是藝術，才對。《毛哥哥》雖然失敗，但人們是看得懂的；陳靜生先生的連環圖畫，我很用心的看，但老實說起來，卻很費思索之力，而往往還不能解。我想，能夠一目瞭然的人，恐怕是不多的。

報上能夠討論，很好，不過我並無甚麼多意見。

我不能畫，但學過兩年解剖學，畫過許多死屍的圖，因此略知身體四肢的比例，這回給他加上皮膚，穿上衣服，結果還是死板板的。臉孔的模樣，是從戲劇上看來，而此公的臉相，也實在容易畫，況且也沒有人能說是像或不像。倘是“人”，我就不能畫了。

此覆，即頌

時綏。

迅　上　四月九夜

致　陳煙橋

霧城先生：

昨天才寄一函，今日即收到十六日來信，備悉種種。做一件事，無論大小，倘無恆心，是很不好的。而看一切太難，固然能使人無成，但若看得太容易，也能使事情無結果。

我曾經看過 MK 社的展覽會，新近又見了無名木刻社的《木刻集》（那書上有我的序，不過給我看的畫，和現在所印者不同），覺得有一種共通的毛病，就是並非因為有了木刻，所以來開會，出書，倒是因為要開會，出書，所以趕緊大家來刻木刻，所以草率，幼稚的作品，也難免都拿來充數。非有耐心，是克服不了這缺點的。

木刻還未大發展，所以我的意見，現在首先是在引起一般讀書界的注意，看重，於是得到賞鑑，採用，就是將那條路開拓起來，路開拓了，那活動力也就增大；如果一下子即將它拉到地底下去，只有幾個人來稱讚閱看，這實在是自殺政策。我的主張雜入靜物，風景，各地方的風俗，街頭風景，就是為此。現在的文學也一樣，有地方色彩的，倒容易成為世界的，即為別國所注意。打出世界上去，即於中國之活動有利。可惜中國的青年藝術家，大抵不以為然。

況且，單是題材好，是沒有用的，還是要技術；更不好的是內容並不怎樣有力，卻只有一個可怕的外表，先將普通的讀者嚇退。例如這回無名木刻社的畫集，封面上是一張馬克思像，有些人就不敢買了。

前回說過的印本，或者再由我想一想，印一回試試看，可選之作不多，也許只能作為“年刊”，或不定期刊，數目恐怕也不會在三十幅以上。不過羅君自說要出專集，克白的住址我不知道，能否收集，是一個疑問，那麼，一本也只有二十餘幅了。

此覆即頌

時綏。

迅　上　四月十九日

又前信謂先生有幾幅已寄他處發表，我想他們未必用，即用，也一定縮小，這回也仍可收入的。

致　鄭振鐸

西諦先生：頃得十二日惠函，複印木刻圖等一卷，亦同時收到。能有《箋譜補編》，亦大佳，但最好是另有人仿辦，倘以一人兼之，未免太煩，且只在一件事中打圈子也。加入王、馬兩位為編輯及作序，我極贊同，且以為在每書之首葉上，可記明原本之所從來，如《四部叢刊》例，庶幾不至掠美。《十竹齋箋譜》刻成印一二批後，以板贈王君，我也贊成的，但此非繁銷書，印售若干後，銷路恐未必再能怎麼盛大，王君又非商人，不善經營，則得之亦何異於駿骨。其實何妨在印售時，即每本增價壹二成，作為原本主人之報酬，買者所費不多，而一面反較有實益也。至於版，則當然仍然贈與耳。《雕版畫集》印刷甚好，圖則《浣紗》《焚香》最佳，《柳枝》較遜，所惜者紙張不堅，恐難耐久，然亦別無善法。此書無《北平箋譜》之眩目，購者自當較少，但百部或尚可售罄。有圖無說，非專心版本者莫名其妙，詳細之解說，萬不可缺也。

得來函後，始知《桂公塘》為先生作，其先曾讀一遍，但以為太為《指南錄》所拘束，未能活潑耳，此外亦無他感想。別人批評，亦未留意。《文學》中文，往往得酷評，蓋有些人以為此是“老作家”集團所辦，故必加以打擊。至於謂“民族作家”者，大約是《新壘》中語，其意在一面中傷《文學》，儕之民族主義文學，一面又在譏刺所謂民族主義作家，笑其無好作品。此即所謂“左打左派，右打右派”，《鐵報》以來之老拳法，而實可見其無“壘”也。《新光》

中作者皆少年，往往粗心浮氣，傲然陵人，勢所難免，如童子初着皮鞋，必故意放重腳步，令其橐橐作聲而後快，然亦無大惡意，可以一笑置之。但另有文氓，惡劣無極，近有一些人，聯合謂我之《南腔北調集》乃受日人萬金而作，意在賣國，稱為漢奸；又有不滿於語堂者，竟在報上造謠，謂當福建獨立時，曾秘密前去接洽。是直欲置我們於死地，這是我有生以來，未嘗見此黑暗的。

烈文係他調，其調開之因，與"林"之論戰無涉，蓋另有有力者，非其去職不可，而暗中發動者，似為待［侍］桁。此人在官場中，蓋已頗能有作為，且極不願我在《自由談》投稿。揭發何家槐偷稿事件，即彼與楊邨人所為，而《自由談》每有有利於何之文章，遂招彼輩不滿，後有署名"宇文宙"者之一文，彼輩疑為我作，因愈怒，去黎之志益堅，然宇文實非我，我亦終未知其文中云何也。梓生忠厚，然膽小，看這幾天，投稿者似與以前尚無大不同，但我看文氓將必有稿勒令登載，違之，則運命與烈文同。要之，《自由談》恐怕是總歸難辦的。

不動筆誠然最好。我在《野草》中，曾記一男一女，持刀對立曠野中，無聊人競隨而往，以為必有事件，慰其無聊，而二人從此毫無動作，以致無聊人仍然無聊，至於老死，題曰《復仇》，亦是此意。但此亦不過憤激之談，該二人或相愛，或相殺，還是照所欲而行的為是。因為天下究竟非文氓之天下也。匆覆，即請

道安。

迅　頓首　五月十六夜。

短文當作一篇，於月底寄上。　又及

致　竇隱夫

隱夫先生：

來信並《新詩歌》第三期已收到，謝謝；第二期也早收到了。

要我論詩，真如要我講天文一樣，苦於不知怎麼説才好，實在因為素無研究，空空如也。我只有一個私見，以為劇本雖有放在書卓上的和演在舞台上的兩種，但究以後一種為好；詩歌雖有眼看的和嘴唱的兩種，也究以後一種為好；可惜中國的新詩大概是前一種。沒有節調，沒有韻，它唱不來；唱不來，就記不住，記不住，就不能在人們的腦子裡將舊詩擠出，佔了它的地位。許多人也唱《毛毛雨》，但這是因為黎錦暉唱了的緣故，大家在唱黎錦暉之所唱，並非唱新詩本身，新詩直到現在，還是在交倒楣運。

我以為內容且不説，新詩先要有節調，押大致相近的韻，給大家容易記，又順口，唱得出來。但白話要押韻而又自然，是頗不容易的，我自己實在不會做，只好發議論。

我不能説窮，但説有錢也不對，別處省一點，捐幾塊錢在現在還不算難事。不過這幾天不行，且等一等罷。

罵我之説，倒沒有聽人説，那一篇文章是先前看過的，也並不覺得在罵我。上海之文壇消息家，好造謠言，倘使一一注意，正中其計，我是向來不睬的。

專此佈覆，即頌

時綏。

迅　上　十一月一夜

就是我們的同人中，有些人頭腦也太簡單，友敵不分，微風社罵我為“文妖”，他就恭恭敬敬的記住：“魯迅是文妖”。於是此後看見“文妖”二字，便以為就是罵我，互相報告了。這情形頗可嘆。但我是不至於連這一點辨別力都沒有的，請萬勿介意為要。 又及。

致　李樺

李樺先生：

先生十二月九日的信和兩本木刻集，是早經收到了的，但因為接連的生病，沒有能夠早日奉覆，真是抱歉得很。我看先生的作品，總覺得《春郊小景集》和《羅浮集》最好，恐怕是為宋元以來的文人的山水畫所涵養的結果罷。我以為宋末以後，除了山水，實在沒有甚麼繪畫，山水畫的發達也到了絕頂，後人無以勝之，即使用了別的手法和工具，雖然可以見得新穎，卻難於更加偉大，因為一方面也被題材所限制了。彩色木刻也是好的，但在中國，大約難以發達，因為沒有鑑賞者。

來信說技巧修養是最大的問題，這是不錯的，現在的許多青年藝術家，往往忽略了這一點。所以他的作品，表現不出所要表現的內容來。正如作文的人，因為不能修辭，於是也就不能達意。但是，如果內容的充實，不與技巧並進，是很容易陷入徒然玩弄技巧的深坑裡去的。

這就到了先生所說的關於題材的問題。現在有許多人，以為應該表現國民的艱苦，國民的戰鬥，這自然並不錯的，但如自己並不在這樣的旋渦中，實在無法表現，假使以意為之，那就決不能真切，深刻，也就不成為藝術。所以我的意見，以為一個藝術家，只要表現他所經驗的就好了，當然，書齋外面是應該走出去的，倘不在甚麼旋渦中，那麼，只表現些所見的平常的社會狀態也好。日本的浮世繪，何嘗有甚麼大題目，但它的藝術價值卻在的。如果社會狀態不同了，那自然也就不固定在一點上。

至於怎樣的是中國精神，我實在不知道。就繪畫而論，六朝以來，就大受印度美術的影響，無所謂國畫了；元人的水墨山水，或者可以説是國粹，但這是不必復興，而且即使復興起來，也不會發展的。所以我的意思，是以為倘參酌漢代的石刻畫像，明清的書籍插畫，並且留心民間所賞玩的所謂"年畫"，和歐洲的新法融合起來，許能夠創出一種更好的版畫。

專此佈覆，並頌

時綏。

迅　上　二月四夜。

致　蔡斐君

斐君先生：

八月十一日信，頃已收到；前一回也收到的，因為我對於詩是外行，所以未能即覆，後來就被別的雜事岔開，壓下了。

現在也還是一樣：我對於詩一向未曾研究過，實在不能說些甚麼。我以為隨便亂談，是很不好的。但這回所說的兩個問題，我以為先生的主張，和我的意見並不兩樣，這些意見，也曾另另碎碎的發表過。其實，口號是口號，詩是詩，如果用進去還是好詩，用亦可，倘是壞詩，即和用不用都無關。譬如文學與宣傳，原不過說：凡有文學，都是宣傳，因為其中總不免傳佈着甚麼，但後來卻有人解為文學必須故意做成宣傳文字的樣子了。詩必用口號，其誤正等。

詩須有形式，要易記，易懂，易唱，動聽，但格式不要太嚴。要有韻，但不必依舊詩韻，只要順口就好。

至於詩稿，卻實在無法售去，這也就是第三個問題，無法解決。自己出版，本以為可以避開編輯和書店的束縛的了，但我試過好幾回，無不失敗。因為登廣告還須付出錢去，而託人代售卻收不回錢來，所以非有一宗大款子，準備化完，是沒有法子的。

專此佈覆，並頌

時綏。

迅　上　九月二十日。

致　蕭軍

劉兄：

一日的信收到兩天了。對於《譯文》停刊事，你好像很被激動，我倒不大如此，平生這樣的事情遇見的多，麻木了，何況這還是小事情。但是，要戰鬥下去嗎？當然，要戰鬥下去！無論它對面是甚麼。

黃先生當然以不出國為是，不過我不好勸阻他。一者，我不明白他一生的詳細情形，二者，他也許自有更遠大的志向，三者，我看他有點神經質，接連的緊張，是會生病的——他近來較瘦了——休息幾天，和太太會會也好。

叢書和月刊，也當然，要出下去。叢書的出版處，已經接洽好了，月刊我主張找別處出版，所以還沒有頭緒。倘二者一處出版，則資本少的書店，會因此不能活動，兩敗俱傷。德國腓立大帝的“密集突擊”，那時是會打勝仗的，不過用於現在，卻不相宜，所以我所採取的戰術，是：散兵戰，塹壕戰，持久戰——不過我是步兵，和你炮兵的法子也許不見得一致。

《死魂靈》已於上月底交去第十一章譯稿，第一部完了，此書我不想在《世界文庫》上中止，這是對於讀者的道德，但自然，一面也受人愚弄。不過世事要看總賬，到得總結的時候，究竟還是他愚弄我呢，還是愚弄了自己呢，卻不一定得很。至於第二部（原稿就是不完的）是否仍給他們登下去，我此時還沒有決定。

現在正在趕譯這書的附錄和序文，連脖子也硬的不大能動了，大約二十前後可完，一面已在排印本文，到下月初，即可以出版。這恐怕就是叢書的第一本。

至於我的先前受人愚弄呢，那自然；但也不是第一次了，不過在他們還未露出原形，他們做事好像還於中國有益的時候，我是出力的。這是我歷來做事的主意，根柢即在總賬問題。即使第一次受騙了，第二次也有被騙的可能，我還是做，因為被人偷過一次，也不能疑心世界上全是偷兒，只好仍舊打雜。但自然，得了真贓實據之後，又是一回事了。

那天晚上，他們開了一個會，也來找我，是對付黃先生的，這時我才看出了資本家及其幫閒們的原形，那專橫，卑劣和小氣，竟大出於我的意料之外，我自己想，雖然許多人都說我多疑，冷酷，然而我的推測人，實在太傾於好的方面了，他們自己表現出來時，還要壞得遠。

以下答家常話：

孩子到幼稚園去，還願意，但我怕他說江蘇話，江蘇話少用 N 音結末，譬如“三”，他們說 See，“南”，他們說 Nee，我實在不愛聽。他一去開，就接連的要去；禮拜天休息一天，第二天就想逃學 —— 我看他也不像肯用功的人。

我們都好的，我比較的太少閒工夫，因此就有時發牢騷，至於生活書店事件，那倒沒有甚麼，他們是不足道的，我們只要幹自己的就好。

昨天到巴黎大戲院去看了《黃金湖》，很好，你們看了沒有？下回是羅曼諦克的《暴帝情鴛》，恐怕也不壞，我與其看美國式的發財結婚影片，寧可看《天方夜談》一流的怪片子。

專此佈覆，並頌

儷安。

豫　上　十月四日

致　顏黎民

顏黎民君：

昨天收到十日來信，知道那些書已經收到，我也放了心。你說專愛看我的書，那也許是我常論時事的緣故。不過只看一個人的著作，結果是不大好的：你就得不到多方面的優點。必須如蜜蜂一樣，採過許多花，這才能釀出蜜來，倘若叮在一處，所得就非常有限，枯燥了。

專看文學書，也不好的。先前的文學青年，往往厭惡數學，理化，史地，生物學，以為這些都無足重輕，後來變成連常識也沒有，研究文學固然不明白，自己做起文章來也胡塗，所以我希望你們不要放開科學，一味鑽在文學裡。譬如說罷，古人看見月缺花殘，黯然淚下，是可恕的，他那時自然科學還不發達，當然不明白這是自然現象。但如果現在的人還要下淚，那他就是胡塗蟲。不過我向來沒有留心兒童讀物，所以現在說不出那些書合適，開明書店出版的通俗科學書裡，也許有幾種，讓調查一下再說罷。

其次是可以看看世界旅行記，藉此就知道各處的人情風俗和物產。我不知道你們看不看電影；我是看的，但不看甚麼"獲美""得寶"之類，是看關於菲洲和南北極之類的片子，因為我想自己將來未必到菲洲或南北極去，只好在影片上得到一點見識了。

說起桃花來，我在上海也看見了。我不知道你到過上海沒有？北京的房屋是平鋪的，院子大，上海的房屋卻是直疊的，連泥土也不容易看見。我的門外卻有四尺見方的一塊泥土，去年種了一株桃花，不料今年竟也開起來，雖然少得很，但總算已經看過了罷。至於看桃花的名所，是龍華，也有屠場，我有好幾個青年朋友就死在那裡面，所以我是不去的。

我的信如果要發表，且有發表的地方，我可以同意。我們不是沒有說甚麼不能告人的話麼？如果有，既然說了，就不怕發表。

臨了，我要通知你一件你疏忽了的地方。你把自己的名字塗改了，會寫錯自己名字的人，是很少的，所以這是告訴了我所署的是假名。還有，我看你是看了《婦女生活》裡的一篇《關於小孩子》的，是不是？

就這樣的結束罷。祝

你們好。

魯迅　四月十五夜。

致　李霽野

霽野兄：

五月五日信並匯款，均收到無誤。

我是不寫自傳也不熱心於別人給我作傳的，因為一生太平凡，倘使這樣的也可做傳，那麼，中國一下子可以有四萬萬部傳記，真將塞破圖書館。我有許多小小的想頭和言語，時時隨風而逝，固然似乎可惜，但其實，亦不過小事情而已。

新近印成一部《死魂靈百圖》，已託書店寄上，想不日可到。翻印此種書，在中國雖創舉，惜印工殊不佳也。

專此佈覆，即頌

時綏。

迅　上　五月八日

點評

魯迅書信今存一千五百多封，與家人、朋友、青年互通音訊，談人事、文事、家事、世界事，吐露自己的見解、學識、態度和心情，零零星星，隨意而談，視角散漫，智慧閃爍，構成了一個豐富多彩的半私人的精神空間。比如談教育界："教育界的稱為清高，本是粉飾之談，其實和別的甚麼界都一樣，⋯⋯正如人身的血液一壞，體中的一部分決不能獨保健康一樣，教育界也不會在這樣的民國裡特別清高的。"不特別清高，弊端何在？"現在的所謂教育，世界上無論那一國，其實都不過是製造許多適應環境的機器的方法罷了，要適如其分，發展各各的個性，這時候還未到來，也料不定將來究竟可有這樣的時候。"由此談及社會，認為"中國又是向來善於運用金錢誘惑法術的地方"，"總之是抱'發財主義'的居多"，如此戳破，發聾振聵。進而反省置身其中的文明古國："中國大約太老了，社會裡事無大小，都惡劣不堪，像一隻黑色的染缸，無論加進甚麼新東西去，都變成漆黑，可是除了再想法子來改革之外，也再沒有別的路。"這就是順理成章地引發他終生致力的解剖國民性的命題："所以此後最要緊的是改革國民性，否則，無論是專制，是共和，是甚麼甚麼，招牌雖換，貨色照舊，全不行的。"

他也談人生、談學術、談文藝、談自己，真誠而不虛飾，深刻而不以青年導師自居。他認為："走'人生'的長途，最易遇到的有兩大難關"：一是"歧路"，二是"窮途"。引述掌故，談得亦莊亦諧，歸結到最重是"壕塹戰"。

古之智者説過：知人者智，自知者明。魯迅將認識自我放在關鍵的位置，往往不惜痛下利刃，解剖自己。他説："我的作品，太黑暗了，因為我常覺得惟'黑暗與虛無'乃是'實有'。"他是將黑暗、虛無這些別人多少忌諱的詞語，當作本體論問題來討論，討論得出無結果的結果，“卻偏要向這些作絕望的抗戰，所以很多偏激的聲音。⋯⋯我終於不能證實：惟黑暗與虛無乃是實有。所以我想，在青年，須是有不平而不悲觀，常抗戰而亦自衛，倘荊棘非踐不可，固然不得不踐，但若無須必踐，即不必隨便去踐，這就是我所以主張‘壕塹戰’的原因，其實也無非想多留下幾個戰士，以得更多的戰績”。他一方面強調，“我總還想對於根深蒂固的所謂舊文明，施行襲擊，令其動搖，冀於將來有萬一之希望”；另一方面他對於因此而受傷，“我是總如野獸一樣，受了傷，就回頭鑽入草莽，舐掉血跡，至多也不過呻吟幾聲的”。這都令人覺得他是狼的乳汁養大的，不願被馴化為狗，而且與狗為敵，一見叭兒狗、癩皮狗、甚至落水狗，就不留情面地撕咬。

但他有時又像一頭牛，不僅有詩為證：俯首甘為孺子牛。而且他說：“我常常說，我的文章不是湧出來的，是擠出來的。聽的人往往誤解為謙遜，其實是真情。⋯⋯譬如一匹疲牛罷，明知不堪大用的了，但廢物何妨利用呢，所以張家要我耕一弓地，可以的；李家要我挨一轉磨，也可以的；趙家要我在他店前站一刻，在我背上帖出廣告道：敝店備有肥牛，出售上等消毒滋養牛乳。我雖然深知道自己是怎麼瘦，又是公的，並沒有乳，然而想到他們為張羅生意起見，情有可原，只要出售的不是毒藥，也就不說甚麼了。但倘若用得我太苦，是不行的，我還要自己覓草吃，要喘氣的工夫；要專指我為某家的牛，將我關在他的牛牢內，也不行的，我有時也許還要給別家挨幾轉磨。如果連肉都要出賣，那自然更不行，理由自明，無須細說。倘遇到上述的三不行，我就跑，或者索性躺在荒山裡。即使因此忽而從深刻變為淺薄，從戰士化為畜生，嚇我以康有為，比我以梁啓超，也都滿不在乎，還是我跑我的，我躺我的，決不出來再上當。”又說：“這‘擠’字是擠牛乳之‘擠’；這‘擠牛乳’是專來說明‘擠’字的，並非故意將我的作品比作牛乳，希冀裝在玻璃瓶裡，送進甚麼‘藝術之宮’。”這種狼的乳汁、牛的乳汁，並不希望“裝在玻璃瓶裡，送進甚麼‘藝術之宮’”，因此他對舉世趨慕的諾貝爾獎也處之淡然，敬謝不敏：“諾貝爾賞金，梁啓超自然不配，我也不配，要拿這錢，還欠努力……倘這事成功而從此不再動筆，對不起人；倘再寫，也許變了翰林文字，一無可觀了。還是照舊的沒有名譽而窮之為好罷。”這就是在草莽中舐着自己的血跡，儘管深知道自己是瘦公牛，並沒有乳，有時也不逃避站在店前做推銷牛乳的廣告，卻不願戴上一頂紙糊的假冠或珠光寶氣的王冠的緣故。魯迅的偉大是特別的，曠世無二的。

魯迅也談自己的創作用意，比如談到“《狂人日記》實為拙作，又有白話詩署‘唐俟’者，亦僕所為。前曾言中國根柢全在道教，此說近頗廣行。以此讀史，有多種問題可以迎刃而解。後以偶閱《通鑑》，乃悟中國人尚是食人民族，因成此篇。此種發見，關係亦甚大，而知者尚寥寥也”。他的信中不乏此類自白，是可資考證的。

但他更主動談論的是文學觀、文學史觀。比如說：“文學與社會之關係，先是它敏感的描寫社會，倘有力，便又一轉而影響社會，使有變革。這正如芝麻油原從芝麻打出，取以浸芝麻，就使它更油一樣。”又說：“現在的文學也一樣，有地方色彩的，倒容易成為世界的，即為別國所注意。”他也關注文體的異同，自稱是“私見”，不強求別人都認同他的看法，“我只有一個私見，以為劇本雖有放在書卓上的和演在舞台上的兩種，但究以後一種為好；詩歌雖有眼看的和嘴唱的兩種，也究以後一種為好；可惜中國的新詩大概是前一種。沒有節調，沒有韻，它唱不來；唱不來，就記不住，記不住，就不能在人們的腦子裡將舊詩擠出，佔了它的地位。……我以為內容且不說，新詩先要有節調，押大致相近的韻，給大家容易記，又順口，唱得出來。”又說：“詩須有形式，要易記，易懂，易唱，動聽，但格式不要太嚴。要有韻，但不必依舊詩韻，只要順口就好。”他也從平民主義的立場，考察文學史的規律：“歌，詩，詞，曲，我以為原是民間物，文人取為己有，越做越難懂，弄得變成僵石，他們就又去取一樣，又來慢慢的絞死它。”這種說法是推開傳統的老調，另開新的文化視境的。

魯迅討論中國精神，也採用這種視境：“至於怎樣的是中國精神，我實在不知道。就繪畫而論，六朝以來，就大受印度美術的影響，無所謂國畫了；元人的水墨山水，或者可以說是國粹，但這是不必復興，而且即使復興起來，也不會發展的。所以我的意思，是以為倘參酌漢代的石刻畫像，明清的書籍插畫，並且留心民間所賞玩的所謂‘年畫’，和歐洲的新法融合起來，許能夠創出一種更好的版畫。”

他的許多文化史和發生學的見解，確實是獨具慧眼，格外精彩，令人對其史識油然而生欽佩。比如他揭示從神話到“鬼道”的演變：“中國之鬼神談，似至秦漢方士而一變，故鄙意以為當先搜集至六朝（或唐）為止群書，且又析為三期，第一期自上古至周末之書，其根柢在巫，多含古神話，第二期秦漢之書，其根柢亦在巫，但稍變為‘鬼道’，又雜有方士之說，第三期六朝之書，則神仙之說多矣。”談到內容可分四類之後，特別點出：“此外則天地開闢，萬物由來（自其發生之大原以至現狀之細故，如烏雅何故色黑，猴臀何以色紅），苟有可稽，皆當搜集。”他從發生學上談神話，又特別關注中國人的信仰形態和思維方式：“中國人至今未脫原始思想，的確尚有新神話發生，譬如‘日’之神話，《山海經》中有之，但吾鄉（紹興）皆謂太陽之生日為三月十九日，此非小説，非童話，實亦神話，因眾皆信之也，而起源則必甚遲。故自唐以迄現在之神話，恐亦尚可結集。”如此得出的理論，是具有充分的中國原創性的。基於此，他認為：“中國學問，待從新整理者甚多，即如歷史，就該另編一部。古人告訴我們唐如何盛，明如何佳，其實唐室大有胡氣，明則無賴兒郎，此種物件，都須褫其華袞，示人本相，庶青年不再烏煙瘴氣，莫名其妙。其他如社會史，藝術史，賭博史，娼妓史，文禍史……都未有人著手。”他提出的命題，當須史識高明者始能洞幽察微，勘破玄機。

魯迅對青年，悉心點撥，認為開拓新路，寄託於未來。他晚年多與青年人探討新形態的東方之美，提出：“畫法，用中國舊法。花紙，舊小説之繡像，吳友如之畫報，皆可參考，取其優點而改去其劣點。不可用現在流行之印象畫法之類，專重明暗之木版畫亦不可用，以素描（線畫）為宜。總之：是要毫無觀賞藝術的訓練的人，也看得懂，而且一目瞭然。”他告訴青年作者：“此後如要創作，第一須觀察，第二是要看別人的作品，但不可專看一個人的作品，以防被他束縛住，必須博採眾家，取其所長，這才後來能夠獨立。我所取法的，大抵是外國的作家。”對於那些對自己充滿仰慕之情的青年人，又特別提醒：“不過只看一個人的著作，結果是不大好的：你就得不到多方面的優點。必須如蜜蜂一樣，採過許多花，這才能釀出蜜來，倘若叮在一處，所得就非常有限，枯燥了。”其培植未來的拳拳之心，惟天地可鑑。